CANGACEIROS

JOSÉ LINS DO REGO
CANGACEIROS

Apresentação
Xico Sá

São Paulo
2022

© **Herdeiros de José Lins do Rego**
15ª Edição, José Olympio, Rio de Janeiro 2011
16ª Edição, Global Editora, São Paulo 2022

Jefferson L. Alves – diretor editorial
Gustavo Henrique Tuna – gerente editorial
Flávio Samuel – gerente de produção
Vanessa Oliveira – coordenadora editorial
Nair Ferraz e Juliana Tomasello – assistentes editoriais
Tatiana Souza e Flavia Baggio – revisão
Mauricio Negro – capa e ilustração
Ana Dobón – diagramação
Danilo David – arte-final

Dados Internacionais de Catalogação na Publicação (CIP)
(Câmara Brasileira do Livro, SP, Brasil)

Rego, José Lins do, 1901-1957
    Cangaceiros / José Lins do Rego ; apresentação Xico Sá. —
16. ed. — São Paulo : Global Editora, 2022.

    ISBN 978-65-5612-318-9

    1. Ficção brasileira I. Sá, Xico. II. Título.

22-112744   CDD-B869.3

Índices para catálogo sistemático:
1. Ficção : Literatura brasileira   B869.3
Cibele Maria Dias - Bibliotecária - CRB-8/9427

Obra atualizada conforme o
NOVO ACORDO ORTOGRÁFICO DA LÍNGUA PORTUGUESA

Global Editora e Distribuidora Ltda.
Rua Pirapitingui, 111 — Liberdade
CEP 01508-020 — São Paulo — SP
Tel.: (11) 3277-7999
e-mail: global@globaleditora.com.br

 globaleditora.com.br   @globaleditora

 /globaleditora   @globaleditora

/globaleditora   /globaleditora

blog.grupoeditorialglobal.com.br

 Direitos reservados.
Colabore com a produção científica e cultural.
Proibida a reprodução total ou parcial desta
obra sem a autorização do editor.

Nº de Catálogo: **4473**

Sumário

Deus e o Diabo na terra do cangaço,
Xico Sá.. 7

PRIMEIRA PARTE
A mãe dos cangaceiros..................... 17

SEGUNDA PARTE
Os cangaceiros.............................. 127

Cronologia.................................. 373

Deus e o Diabo na terra

do cangaço

Xico Sá

O tema está presente na literatura brasileira muito antes do nascimento de Virgulino Ferreira, o Lampião, que veio ao mundo em 1898, em Serra Talhada, Pernambuco. O primeiro romance a tratar do assunto foi *O Cabeleira*, lançado ainda em 1876 pelo escritor cearense Franklin Távora. O paraibano José Lins do Rego adotou o assunto ao publicar *Pedra Bonita*, em 1938, ano da morte do rei do cangaço. Quinze anos depois, lançou este *Cangaceiros*, um dos livros mais cultuados sobre o universo dos bandos violentos que vingaram no Nordeste do Brasil até a década de 1930.

Último romance de Lins do Rego, *Cangaceiros* retoma a saga de *Pedra Bonita*, mas pode ser lido separadamente, sem que haja prejuízo na compreensão do enredo. O foco principal da narrativa dramática está no personagem Antônio Bento, o Bentinho, que cresceu entre santos populares e bandoleiros, misticismo e batalhas sangrentas. É hora de o rapaz deixar a vila do Açu e pegar a vereda.

Na passagem para a vida adulta, a sombra de toda aquela brutalidade parece acompanhá-lo quase como destino ou sina. Dois irmãos já estão a serviço do cangaço, Aparício e Domício Vieira. A mãe, sinhá Josefina, blasfema aos céus, entre o desgosto e a revolta. Ela debita o infortúnio na conta de uma maldição familiar ligada aos movimentos messiânicos. Estaria pagando, no seu entendimento delirante, pelo banho de sangue nos rochedos de Pedra Bonita, episódio histórico do século XIX, ocorrido no sertão de Pernambuco, quando fanáticos religiosos cometeram sacrifícios e assassinatos na crença do retorno de dom Sebastião, rei que traria as bonanças de um reino encantado.

> — Meu filho Aparício, Deus te mandou para que o nosso povo saiba mesmo que a maldição não parou. O teu rifle não pode mais que o rosário do santo. A tua força faz tremer o sertão. É a força dos malditos da nossa raça, da raça do teu pai que a terra vai comer. Tu, Aparício, não para mais nunca. (p. 21)

Assim reflete a mãe do cangaceiro, como se rezasse um rosário, entre a súplica e a resignação.

Josefina, os filhos e todas as criaturas deste romance sobrevivem no mundo entre *Deus e o Diabo na terra do Sol*, para lembrar aqui o título do importante filme do cineasta baiano Glauber Rocha, devoto confesso e artista influenciado pelas imagens apresentadas na escrita de Lins do Rego. Como adverte o autor no comecinho do livro, "é o sertão dos santos e dos cangaceiros, dos que matam e rezam com a mesma crueza e a mesma humanidade".

Neste mesmo deserto do semiárido nordestino, fica evidente o poder do Estado (nas tropas da segurança pública) e a força dos latifundiários representada pelos coronéis – estes exercem um duplo papel nesse teatro de crueldades, dividindo-se entre os que são aliados das volantes policiais e os que protegem os cangaceiros nas suas fazendas.

Em uma dessas propriedades rurais, encontramos novamente Josefina, na sua penitência materna, com os resmungos que parecem orações:

— Não, meu filho, Deus me abandonou mesmo. Eu vi o sangue do povo empapando a terra. Eu vi cachorro lambendo o sangue do povo. Sangue, meu filho, sempre sangue no meu caminho. Aparício está matando. Domício, que tinha a alma de moça donzela, está matando. E tu, meu filho, tu, tu se não fugires desta minha vida vais terminar matando como os outros. (p. 29)

O temor da mãe era que o seu Bentinho, bom menino e afilhado do padre Amâncio de Pedra Bonita, caísse na bandalheira. Bentinho também sente a sombra desse destino que parece traçado no berço. Reconhece, em algumas horas, que é até um pouco covarde por estar longe dos irmãos do cangaço. As notícias das batalhas, dos combates, dos "fogos" chegam como em uma feira. Cada um, portador ou visita, conta um mar de histórias sobre os mortos e os feridos de uma guerra sem fim nos sertões.

Além de viverem escondidos nos cafundós de uma serra, mãe e filho experimentam a tortura do silêncio. Muito ouvem e pouco podem falar sobre o parentesco com Aparício, um personagem que, de certa maneira, guarda semelhanças com o Lampião real, o mitológico rei da caatinga. Assim como Lampião, Aparício é amado e odiado, tem fama de justiceiro e ao mesmo tempo vê o seu nome associado às desgraças da vida sertaneja.

Josefina é obrigada a ouvir calada relatos cruéis sobre o filho cangaceiro. Aquele repertório de atrocidades, uma ladainha interminável, é perverso. Os interlocutores, como as lavadeiras de roupas do lajedo, não imaginam que estejam diante da mãe do assassino. Bentinho vive o mesmo sacrifício: não pode revelar nem para Alice, seu grande amor, os seus laços familiares. Quando o pai da moça descobre, a intriga empata o enlace sentimental. Difícil se livrar da maldição sanguínea e sanguinária do cangaço.

Com a sua marca regionalista que nos deu *Menino de engenho* e *Fogo morto* – livros do "ciclo da cana-de-açúcar" –, Lins do Rego consegue, em *Cangaceiros*, narrar um drama universal e ao mesmo tempo manter o traço de documentário que está explícito em toda a sua obra.

CANGACEIROS

À Naná, minha mulher, constância
de energia em minha vida

Continua a correr neste *Cangaceiros* o rio de vida que tem as suas nascentes em meu anterior romance *Pedra Bonita*. É o sertão dos santos e dos cangaceiros, dos que matam e rezam com a mesma crueza e a mesma humanidade.

PRIMEIRA PARTE

A mãe dos cangaceiros

1

SINHÁ JOSEFINA JÁ ESTAVA ali há mais de dois anos. Viera tangida pela fúria dos soldados que haviam destroçado o reduto do santo, em Pedra Bonita. E ali ficara, depois de longas caminhadas pelas caatingas, acompanhada do filho Bentinho. Léguas e léguas andaram, como se fossem retirantes, de fazenda em fazenda, a pedir a um e a outro uma coité de farinha que lhes matasse a fome, e pés roídos pelos espinhos e olhos fundos de sofrimento. O filho Aparício, na hora da fuga, no momento em que preparava os homens para caírem na caatinga, lhe dissera: "Mãe, Bentinho vai te levar para Roqueira; lá tem um lugar num sítio do capitão Custódio, onde a senhora pode ficar". E o tiroteio da força que apertava o cerco não deixou que Aparício continuasse.

— Compadre Vicente – gritou ele —, aguenta o fogo no boqueirão. Sustenta a pisada com os "mata-cachorros".

Despediram-se da vista agoniada da mãe. Bentinho e a velha deitaram-se no chão da latada, e o zumbido das balas tinia nos seus ouvidos. A gritaria no arraial parecia um fim de mundo. O fogo ganhava as palhoças lá de cima. Com o rosto pregado na areia, com o corpo moído de medo, Bentinho se deixou vencer pelo pavor da morte.

Chorava, as suas lágrimas molhavam a terra quente. Longe ficara o padre Amâncio, na ânsia da agonia, o padrinho a morrer, atrás da bondade de Deus para a sua última hora, para o fim de uma vida de santo. Num relance Bentinho viu que tudo para ele mudara, de uma vez para sempre. A vila do Açu se perdera, e agora ficava como numa distância de mil léguas. O seu mundo era aquele das balas, do fogo, da morte. E assim ficaram horas.

Cangaceiros • 19

Quando a noite chegou só se ouvia o gemido dos que ficaram estendidos pelo chão. A mãe sentada, com as mãos pegadas nas suas mãos, mãos quentes, mãos de energia e de quem ainda tinha força para proteger, foi lhe dizendo:

— Menino, agora é como Deus quiser. Eles mataram o santo e o sangue que entrou de terra adentro é sangue que não seca mais nunca. Pode o sol ser o rei do mundo que não terá quentura para secar esta terra desgraçada. Meu filho, esta vai ser a terra de sangue que vai toda a vida pedir vingança.

E calou-se. O céu de estrelas, na escuridão, como milhões de olhos para verem o fim de um povo devastado. Tinha-lhe morrido o marido, oito dias antes da chegada, às carreiras, de Bentinho. Morreu de repente, sem um gemido. Quando olhou para a rede viu o marido de braços arriados. Correu para perto com a certeza do que havia acontecido. Bentão entregou a alma ao Criador, sem ter feito um sinal para ela. Domício chorou muito. E romeiros vieram cercar o corpo. Os gemidos do velório cobriram as cantigas das ladainhas das mulheres da latada do santo. Ela não chorou, o seu coração não se aluiu com o passamento do marido. Porque para ela Bentão era um morto em pé, homem já sem vida, no alheamento das coisas da terra, entregue somente aos caprichos daquele pegadio com o bode. Triste foi o berreiro com que o animal pareceu chorar o defunto. Era como se fosse coisa de gente e gente de natureza boa. Precisou Domício sair com ele para longe e amarrá-lo na caatinga. Foi quando Aparício entrou no arraial. Viu o filho à frente dos cangaceiros, de chapéu de couro, de rifle nas costas, de punhal atravessado. Os cabras encheram as latadas de risadas, de pabulagens, de histórias de briga. Aparício chegou para a latada da mãe e tomou-lhe a bênção, manso como um cordeiro. E sentou-se ao seu lado de chapéu na mão, falando macio:

— Mãe, por que a senhora não vai embora daqui? Tenho inté notícia de que vem tropa pra acabar com o santo. Eles matam tudo, mãe. Não vai ficar ninguém para semente. Vim praqui só pra vê se dou um jeito no home. O tenente Maurício entregou a alma ao diabo. Só não toquei fogo naquelas desgraças porque não é da vontade de Deus. A terra e os urubus que comam aquelas desgraças. Eu sei que a força do governo está no Açu, pronta para o ataque. Vou falar pro santo. Este povo não tá com a cabeça no lugar. Inté Domício tá crente na força do home. Eu sei, mãe, que a gente não paga inocente. O sangue da gente é sangue que ofendeu a são Sebastião. Mas o meu rifle não tem medo de praga. Mãe, saia deste lugar. O velho morreu, Bentinho está no Açu. Tem um sítio na Roqueira do capitão Custódio. Lá a senhora vai viver no escondido, sem que o governo venha a saber quem é a mãe de Aparício.

O chefe parou de falar e a velha Josefina só fez lhe dizer:

— Meu filho Aparício, Deus te mandou pra que o nosso povo saiba mesmo que a maldição não parou. O teu rifle não pode mais que o rosário do santo. A tua força faz tremer o sertão. É a força dos malditos da nossa raça, da raça do teu pai que a terra vai comer. Tu, Aparício, não para mais nunca. E me deixa, meu filho, me deixa com os últimos anos desta vida. Eu quero viver até o fim, eu quero carregar esta cruz nas costas, Aparício. Vai pro santo e pega com ele um taco da força que ele tem. A tua força, Aparício, é a do sangue que corre nas tuas veias, é a força do teu avô, o home que era mais duro que o pau-ferro. Vai beijar a mão do santo, Aparício. Que ele passe a mão no teu rifle, que ele toque no teu punhal, para ver se assim Deus possa entrar no teu corpo ruim.

— Mãe, eu só quero a tua bênção.

E levantou-se. Por perto da latada ajuntaram-se romeiros para ver de perto o rei do sertão. Os olhos de Aparício pousaram na multidão espantada. E ele, já de posse da sua autoridade, gritou para o povo:

— Não sou bicho não.

A multidão recuou como se uma onça furiosa tivesse avançado sobre ela. Os cabras de Aparício chegaram para perto do chefe, atrás de ordem. Ele, porém, baixou outra vez a cabeça, e voltou-se para a latada onde a mãe sentada no chão seco, calada, murcha, era tudo que ele tinha no mundo. Ouviam-se as ladainhas das mulheres do santo. Aparício estava parado e os cabras não se mexiam. Romeiros estarrecidos esperavam que a onça desse o seu bote de fera. Aparício não se mexeu. Aí foi quando se ouviu, no silêncio da caatinga, um grito mais alto do que o das siriemas nas correrias. O santo, de barbas até o peito, camisa de azulão, apareceu no outro lado. A figura magra do homem arrancou o povo do medo e todos correram para ele numa confusão de pânico. Caíram de joelhos. A ladainha fanhosa encheu o mundo. Aparício e os cabras permaneceram de pé. A mãe Josefina levantou-se e foi caminhando para o filho:

— Aparício, meu filho, para aqui não vieste para acabar com a tua mãe, para matar a tua mãe, para cuspir na cara da tua mãe, para pisar a madre que te pariu. Aparício, meu filho, ali está a força que pode mais que o teu rifle, uma coisa que fere mais no fundo que o teu punhal. Vai para ele, Aparício.

A palavra da velha conduzia o filho como se empurrasse um cego na estrada. O santo gritava, gritava com um vozeirão de roqueira. Aparício e os cabras chegavam para ele. E ele que tinha aos seus pés milhares de criaturas parecia não enxergar os cangaceiros de chapéu na cabeça. De repente, porém, como se os seus olhos se abrissem, olhou fixamente para Aparício e os seus homens. E manso, tal uma ventania que se abrandasse numa brisa mansinha, fixou no terror das caatingas a sua atenção. Com a voz de homem para homem, não mais de santo para impuros, foi dizendo:

— Deus do céu e o meu santo mártir são Sebastião te mandou para perto de mim.

E marchou para o meio dos cangaceiros, rompendo por entre os romeiros que caíam a seus pés, com a cabeça erguida e as barbas açoitadas pelo vento. Aparício, quando viu-o de perto, ajoelhou-se. O rifle caiu-lhe das mãos, enquanto o santo punha-lhe na cabeça os dedos magros. Podia-se escutar os rumores dos bichos da terra naquele silêncio de mundo parado. E soturno, com a voz que saía de uma furna, o santo ergueu para o céu o seu canto. E as ladainhas irromperam de todos os recantos do arraial. Muitos cangaceiros começaram a chorar. Aparício, porém, possuiu-se de fúria, e era uma fera acuada, com milhares de cachorros na boca da toca. E ergueu-se. E já com o rifle na mão esquerda fitou o santo, cara a cara, e com a mão direita cheia de anéis puxou o punhal da bainha e disse aos berros:

— Povo, eu não tenho medo.

2

A Roqueira ficava às margens do rio Moxotó, trepada na serra do Cambembe e pertencia ao capitão Custódio dos Santos, gente de família dos antigos da terra que para ali vieram tangidos pelas secas. A terra era boa de tudo.

O capitão Custódio, logo que a velha apareceu com o filho às portas de sua casa, tratou-a como de sua igualha, mandando-a para o sítio, de casa de telha e de parede de barro, com casa de farinha ao lado e cercado de pedra. Sinhá Josefina ali ia encontrar tudo como se estivera no seu Araticum. Só lhe faltavam mesmo os seus trastes. Os utensílios da nova morada davam bem para serventia de duas bocas. O necessário estava ali. Quando no outro dia lhe apareceu o capitão, parando na porta de frente, viu que não estaria abandonada. O velho amarrou, ele mesmo, o cavalo no pé de juazeiro e veio conversar. A princípio querendo esconder as suas intenções, mas logo depois se abriu com a maior franqueza:

— Senhora dona Josefina, o seu filho Aparício escolheu este lugar para sua pousada. Quando ele aparece por aqui, acoita-se neste cocuruto de serra e ninguém, nem de longe, vai pensar que Aparício Vieira descansa nestas quatro paredes, criando sustância para as lutas contra o governo. Deus me livre de que alguém pudesse saber disto. Gosto de Aparício e sei que ele não faz mais do que tem que fazer um sertanejo de vergonha na cara. O governo é que é tirano. Senhora dona Josefina, só o governo é capaz de fazer o que estão fazendo por aí. Vivo no meu buraco para não saber nada deste mundo. Desde que mataram o meu filho Luís Filipe, em Jatobá, numa feira, a mando do miserável Cazuza Leutério, que eu daqui não saio e aqui morrerei. Já disse mesmo à minha gente: "O corpo de Custódio dos Santos será comido por esta terra de Cambembe. Não me levem para Tacaratu, não quero que desgraçado nenhum daquelas bandas olhe para a minha cara, mesmo depois de morto."

Sinhá Josefina ouviu calada a conversa comprida do capitão. Bentinho estava lá embaixo na grota, e enquanto o homem lhe falava ia ela notando as feições amigas do velho. Podia ter idade avançada, mas não apresentava nenhuma fraqueza. Cabelos brancos aparados rente, a barbinha, os olhos azuis, os trajes de brim riscado e as botas até o joelho onde guardava do lado esquerdo um punhal de cabo de osso. Falou-lhe sinhá Josefina da viagem de agruras, e não tinha palavras para agradecer todas aquelas atenções. O seu filho Aparício saberia pagar por ela as bondades do capitão. O filho Bentinho era homem capaz de aguentar a família. Tinha idade diminuta mas era rapaz de juízo, cordato, de natureza boazinha. O capitão podia contar com ele para qualquer serviço. Deus Nosso Senhor que livrasse esse seu filho do cangaço.

— Senhora dona Josefina, razão tem a senhora para muito sofrer e eu sei bem o que é ser uma mãe de cangaceiro. Sei o que é uma dor sofrida por um filho, neste mundo. Vi o meu chegar numa rede, de corpo todo furado de punhal. Vi a minha finada mulher, a pobre Doninha, abraçada com o corpo estendido na minha porta. Fiz uma força danada para não me entregar. Fui com estas mãos cavar a cova para o pobrezinho. Eu mesmo furei o buraco e eu mesmo cobri tudo de terra. Está ele ali no canto do cercado. Era o meu filho, o que tinha sobrado da cambra de sangue do ano de 1884. Meninão, bicho bom para todo e qualquer trabalho. Esta terrinha de serra ele sabia lavrar como se fosse um homem de Brejo, e o gado nas mãos dele estava nas mãos de um pai. Posso dizer à senhora que nunca me deu o menor desgosto, que não seja o da morte. Mataram o menino na feira de Jatobá. Foi o Cazuza Leutério. Este desgraçado é o dono de todo este sertão infeliz. Sobe partido e desce partido e o desgraçado vai ficando. O menino estava em Jatobá para o trato de uma vendagem de rapadura e um cabra de Cazuza Leutério afrontou o menino. Aí ele se fez nas armas e o cabra pagou a ofensa. O punhal do menino furou. Lá nele, no vão esquerdo, o bicho caiu ciscando. Foi quando a força do destacamento partiu para cima do menino. O sargento Donato disparou logo a carabina e os outros foram de facão como se quisessem acabar com um cachorro doente. Eu só sei é que uma das praças não ficou para contar a história. Mataram o menino. Fizeram renda no corpo dele. E mandaram deixar ele aqui na minha engenhoca com um recado do Cazuza Leutério: "Diga ao capitão Custódio que a jararaca dele não morde mais boi manso". O menino não era uma jararaca, dona Josefina. Era até brando demais, trabalhador. O que era o que devia fazer? Não tinha mais filho, mas tinha vergonha. Cazuza Leutério está vivinho da silva, manda nas eleições e no júri e este seu criado aqui neste fundo de serra, fazendo rapadura, criando um gadinho. Tinha comigo um negro que vivia me impeiticando: "Capitão, vossa mercê sabe que o coronel Cazuza Leutério tem um filho nos estudos. Vossa mercê sabe que ele sai de Jatobá para a Bahia e que atravessa o rio na canoa de Joca Lopes?" O diabo do negro não me deixava em paz. Eu não queria briga com o Cazuza. A minha mulher Doninha morria devagar como um passarinho. Lá um dia o negro Fidélis desapareceu da Roqueira. Não me disse para onde ia. Uma semana depois chegou a notícia por um tangerino que passou pela minha casa atrás de uma rês fugida. Tinha acontecido com o negro Fidélis uma desgraça. Ele estava na estrada, bem na passagem do São Francisco, de clavinote descansando debaixo de um pé de juazeiro. E com a arma escorada se pôs a dormir. Sucedeu que por perto estourou uma boiada e o negro acordou assustado. E com o rompante bateu na arma que disparou e veio ferir o pobre bem nos peitos. Pelos urubus deram com o corpo dele. A minha mulher Doninha quando soube do acontecido caiu no pranto. Num pranto desesperado. Nunca pensei que ela tivesse tanta força para chorar. Senhora dona Josefina, foi choro como eu nunca ouvi de ninguém. No outro dia, estava em cima da cama e me disse: "Custódio, eu tinha mandado o negro Fidélis para o serviço. Deus não quis que ele chegasse no fim do meu mandado. Custódio, o nosso filho não foi vingado. E para que viver com ele morto nas nossas costas?" Uma semana depois Doninha morreu. Estava branquinha, sem uma gota de sangue. Enterrei a pobrezinha, ali junto do filho. Cazuza Leutério formou o filho e deu festa. Dançaram em Jatobá três dias e três noites. Ele manda nas eleições e no júri. Ele manda no governo. Ele só não manda no vosso filho Aparício.

Os olhos azuis do velho cobriram-se de névoa. Sinhá Josefina não teve coragem de romper o silêncio que se estabeleceu. Aí foi chegando Bentinho. O capitão levantou-se para apertar-lhe a mão:

— Menino, você está muito magro.

Bentinho sorriu e passou logo à conversa:

— Capitão, eu estou aqui para o trabalho. A minha mãe já deve ter falado com o senhor.

— Não precisa falar coisa nenhuma. A família de Aparício Vieira é minha família. Aqui está nesta Roqueira em terra sua. Quando o amigo Aparício mandou a sua mãe para aqui é porque sabe o que vale a nossa amizade. E depois eu vinha mesmo falar neste assunto: senhora dona Josefina eu tenho em meu poder uma quantia para vos dar. Mandou-me Aparício com a ordem de passar às vossas mãos. É dinheiro dele.

E arrastou da bota um pacote passando às mãos da velha.

— Não contei, senhora dona Josefina. Como me chegou aí está. Agora para que não dê na vista o menino deve cuidar de ir lá para a engenhoca. Tenho trabalho maneiro para ele. Ninguém pode imaginar que aqui neste cocuruto de serra está a mãe do maior sertanejo de Pernambuco. Ninguém lá em casa vai saber de nada. Disse que tinha chegado do Pajeú uma família aparentada com a gente de Doninha e todo mundo acredita.

Cangaceiros • 27

Cazuza Leutério está bem certo que o capitão Custódio dos Santos é um cachorro, um camumbembe, sem vergonha na cara, capaz de sofrer a maior afronta calado e quieto como qualquer pé-rapado. Eu sei e todo mundo sabe nessa redondeza que Cazuza Leutério enricou no contrabando de cachaça para o outro lado do rio. Menino, quero te dar um conselho: fica por aqui com tua mãe e não arreda o pé um minuto. O teu irmão Aparício me disse: "Capitão Custódio, o cangaço tem as suas obrigações. A minha mãe muito tem sofrido pelo filho que tem. E eu quero fazer tudo para que ela não padeça mais por minha causa."

Começou a escurecer. Naqueles ermos, os bichos da noite, mal o sol se escondia, davam para gritar, para gemer, para piar. O canto dos passarinhos baixava de tom, mas a tristeza crescia de tamanho, para cobrir tudo de uma paz de fim de mundo. O capitão se despediu. Queria, porém, dizer alguma coisa:

— Pode estar certa, senhora dona Josefina, que não vai aparecer ninguém aqui para vos aborrecer. Neste oco do mundo não vai bater homem nem mulher. Para todos da fazenda eu disse que tinha cedido este sítio para uma parenta viúva de Doninha. E o que eu digo o povo acredita com fé. O menino pode aparecer, trabalhar no serviço que quiser. Precisa não bater com a língua e nem ir com a conversa de ninguém. Só tenho gente de confiança, mas a vida de Aparício Vieira é a salvação destas terras. Se não fosse ele, em cada canto havia um Cazuza Leutério.

Despediu-se e da montaria ainda fez um sinal cerimonioso, com o chapéu. E os passos do seu cavalo soaram na boca da noite como se fosse um ruído de cavalhada. Os passarinhos bateram asas do juazeiro, assustados. Sinhá Josefina olhou para Bentinho, e aquele seu olhar tinha muita coisa para dizer. O filho baixou a cabeça e as palavras da mãe foram chegando duras e terríveis:

— Meu filho, Deus nos condenou para sempre. O castigo de Aparício, o castigo de Domício, o castigo de teu pai, dói na gente e há de doer para o resto da vida. Deus quer e Deus manda. Tu fazia melhor sumindo de perto de mim. Há tanto lugar no mundo para um homem viver. Será que a minha vida vai ser o teu castigo?

Bentinho não teve coragem para olhar a mãe naquele instante de mágoa tão profunda. Vontade tinha de abraçá-la e beijar-lhe as mãos. Tinha que ser homem. E como homem governar a casa. E foi com essa coragem desesperada que ele conseguiu falar-lhe:

— Mãe, para os castigos de Deus o homem deve ter coração forte e a alma com força para não se acabar.

— Não, meu filho, Deus me abandonou mesmo. Eu vi o sangue do povo empapando a terra. Eu vi cachorro lambendo o sangue do povo. Sangue, meu filho, sempre sangue no meu caminho. Aparício está matando. Domício, que tinha a alma de moça donzela, está matando. E tu, meu filho, tu, tu se não fugires desta minha vida vais terminar matando como os outros.

O vento da noite naquele pico de serra começava a correr. Bentinho acendeu o candeeiro e uma nuvem de mosquitos encheu a casa.

— Vamos ter chuva – disse a mãe, com voz firme e sem mágoa. Era a mãe do Araticum que voltava.

3

Bentinho custou a se habituar à vida que lhe impuseram os acontecimentos. Desde o dia do massacre de romeiros que se operou na sua alma um transtorno completo. Fechava os olhos e na mente corriam-lhe os fatos um a um, e nos seus ouvidos batiam os tiros, os gemidos, as ladainhas. Os dias da viagem, a fome, a miséria, não tinham podido vencer na sua cabeça os pensamentos voltados para a desgraça do povo. Só por um milagre puderam escapar. Lembrava-se de sua mãe inteiramente alheia aos perigos, e, se não fosse ele, obrigando-a a deitar-se na areia quente, teria a velha morrido. Na manhã, após o tiroteio, o fogo das latadas pegara nas caatingas como numa gigantesca queimada para roçado. Ainda de longe, escondidos nos lajedos, podiam ver a fumaça que subia para os céus, confundindo-se com as nuvens bem altas. Arrastaram-se como cobras até chegar no meio da caatinga, e debaixo de um pé de umbu viu a mãe abrir-se num pranto que lhe cortou o coração. Foi-lhe aquilo um sofrimento maior que o das desgraças do tiroteio. Ali estava a sua família inteira, o resto do seu povo, na velha magra, de boca murcha, de olhos como uma mina de lágrimas que lhe banhavam as faces enrugadas. E mesmo com o sol queimando, naquele dia desgraçado de dezembro, dormiram ao abrigo do umbuzeiro. De muito longe ouvia-se ainda um tiro ou outro, a encher de terror o sertão. Seria Aparício? Seria Domício? Conseguiu Bentinho ligar os fatos e em sua cabeça a realidade foi-se acentuando para que ele pudesse avaliar a situação. Era um homem-feito, era agora chefe de família. Teria que conduzir a mãe ao destino indicado pelo irmão mais velho. Mas o que o espantou foi ver Domício de rifle e de cartucheira no meio dos cabras de Aparício, forte e desembaraçado, de olhos esfogueados de raiva, igual ao irmão, uma fera como Aparício. O Domício dos cantos, das tremuras de medo, das noites de suores frios, dos amores com mistério da cabocla da furna, virava naquele homem que matava, num Aparício com as fúrias do avô de Araticum. Da viagem com a mãe, até chegar à Roqueira, nem era bom lembrar-se mais. Terríveis dias de susto, esfarrapados, sujos, com a fome que a caridade do povo matava com um punhado de farinha e um taco de carne. Mas havia os que corriam deles, os que os sacudiam para fora de suas terras, temendo os castigos do céu porque os sabiam fugitivos, romeiros da Pedra Bonita. A história do santo corria o sertão e por toda a parte aterrava. Os que nele acreditavam pediam notícia do acontecido. E muitos choravam e tremiam só em ouvir a narrativa que ele fazia do tiroteio. E diziam para Bentinho como se fossem eles que de lá tivessem vindo: "Menino, tu não sabe de nada. Tu fugiste com medo e não viste o que aconteceu. O santo não morreu não. A tropa gastou toda a bala, mas ele saiu com Aparício e foi para outro canto juntar mais romeiros para o milagre. As balas do governo não puderam com ele. Gente que está vindo do Ceará já vai dando notícia dele para as bandas da serra das Russas."

Lembrava-se bem daquela conversa de uma velha com a sua mãe numa estrada. Tinham parado, até que o sol quebrasse por debaixo de um umbuzeiro. Foi quando apareceu uma velha de cacete na mão e logo que os avistou saiu-se com pergunta:

— Mulher, tu não vem vindo da Pedra Bonita?

E como a mãe lhe dissesse que sim, ela os olhou com olhos de fúria para dizer:

— Resto de gente que não tiveste coragem de morrer com o santo. Eu te esconjuro.

Sinhá Josefina não se alterou e com voz branda respondeu:

— Minha senhora, aqui estamos porque Deus deixou. Carrego esta sina como castigo. E andando vou por este mundo pela vontade do Alto.

E como não tivesse dado valor à raiva da velha, esta abrandou-se e entrou a falar do santo e dos seus milagres. Ela

Cangaceiros • 31

sabia, com toda a certeza, que a terra do sertão se cobriria de verde, que os riachos jamais secariam, que o leite das vacas e das cabras sobrariam nas panelas dos pobres, que o povo nunca mais passaria fome, quando o santo enviado do mártir são Sebastião desencantasse os mistérios, na Pedra lavada com o sangue dos inocentes. Ela sabia que todos que vissem o santo ressuscitariam para o louvor final, para a festa maior de todos os tempos.

— O meu filho Anacleto, depois que foi se perder em Jatobá, caiu no cangaço e anda no bando de Aparício e me disseram que Aparício carregou o santo para o Ceará. Este cabra tem desgraçado o sertão e botado a perder os filhos da gente. Anacleto era um bom rapaz. Fez só aquela besteira em Jatobá. Podia ter ido para o júri e lá o coronel Cazuza livrava ele. Mas não. Foi para o desgraçado Aparício. Que mãe desnaturada teve de parir este desinfeliz?

A velha Josefina permaneceu calada. Bentinho quis adiantar alguma coisa mas o olhar da mãe silenciou-o. Mais tarde, quando ficaram a sós, saíram-lhe da boca palavras amargas:

— Ouviste o que ela disse? A mãe de Aparício só pode ser mesmo um ente infeliz. É, meu filho, a sina é esta mesma. O teu pai sabia de tudo. O mal que Aparício vem fazendo é mal de sangue venenoso. Todos nós temos que sofrer até o fim os traçados do Alto.

Bentinho não lhe respondeu porque sabia que o melhor era calar e deixar que o tempo pudesse curar as mágoas e as queixas da mãe. Ele mesmo vacilava. Também, às vezes, se punha a acreditar no peso daquele destino. Reagia, as lições do padre Amâncio ajudavam-no. Outra vez, quase ao pôr do sol, bateram à porta de uma casa, à beira da estrada. Pediram pousada para a noite. Apareceu-lhes uma moça bonita, de cara triste. E mandou que entrassem e lhes deu de comer. Vivia sozinha, e tanto olhou para Bentinho que este não se conteve:

— Está me achando parecido com alguma pessoa?

— É verdade. Nunca vi cara tão parecida. Só sendo da mesma família.

E voltando-se para o outro lado perguntou à velha:

— Estão chegando da Pedra Bonita?

— Sim, senhora. Estamos de rota batida para as bandas de Tacaratu. Vamos à procura da fazenda do capitão Custódio.

— Ah, eu conheço este homem. Mataram um filho dele em Jatobá. E este rapaz é seu filho?

— Sim, senhora, é o meu filho mais moço.

— Pois minha senhora, nunca vi homem se parecer tanto com Aparício.

Bentinho estremeceu e a velha Josefina não se alterou:

— Já me tinham falado isto.

A moça, porém, continuou:

— Conheci Aparício e isso já faz cinco anos, numa festa daqui a duas léguas, na fazenda do major José Soares. É bom fechar a porta.

E a moça correu para a porta da frente, olhou para a estrada como se estivesse com medo que aparecesse alguém e voltou:

— Aparício apareceu na fazenda com dez cabras e foi uma desgraça. Havia moças donzelas e os homens que estavam lá não tiveram tempo de se fazer nas armas. Aparício entrou na sala e perguntou pela filha do dono da casa. A mocinha correu para o quarto. Não queria vir e chorava alto, como menina apanhando. Depois se chegou. E tremia como vara verde. O homem mandou que o harmônico tocasse um xote e saiu com a menina se arrastando na sala. Foi aí que se deu a desgraça.

Cangaceiros • 33

Juca Novais pulou do meio da rapaziada e nem teve tempo de chegar perto dos dois. Um cabra deu-lhe um tiro. O rapaz estendeu-se no chão. Parou a festa. O major José Soares dirigiu-se para o cangaceiro pedindo misericórdia. Aparício falou então e disse que não tinha vindo ali para acabar a festa. Os seus cabras só queriam era uma dança e aquele cachorro atravessou-se para morder. Agora ia tocar a dança para a frente. Deixaram o morto no lugar onde tinha caído e arrastaram a gente para o baile até de madrugada. Mas não fizeram mal a moça nenhuma. Ele disse mesmo: "Major Soares, Aparício Vieira não chegou em sua casa para fazer o papel de 'mata-cachorro'". Mas minha senhora, ainda hoje tenho na cabeça a cara daquele homem. E era a cara deste rapaz. Aqui eu moro com meu pai. Ele não tarda a chegar.

Um pouco mais apareceu o dono da casa, e a filha contou que havia dado pousada àqueles dois retirantes. Era gente que ia para a fazenda do capitão Custódio. O homem não disse nada. Apenas foi conduzindo os retirantes para a casa de farinha. E lá chegando foi lhes dizendo:

— A minha filha não regula bem. Desde o dia do ataque de Aparício à fazenda do meu compadre Soares que ela só fala no miserável do bandido. É o que sobra para sertanejo. Quando não é a seca é o cangaceiro, é o soldado.

Deixou-os na casa de farinha, ao abrigo da friagem da noite. Sinhá Josefina não abriu a boca para o menor comentário. Foi Bentinho quem lhe falou:

— Mãe, ouviu a história da moça? Ela me achou parecido com Aparício.

Mal terminou, apareceu a moça, trazendo uma lamparina, duas esteiras e dois lençóis de algodãozinho. Queria, porém, era falar de Aparício:

— Eles ficaram até de madrugada. O defunto no meio da sala, numa poça de sangue. Foi quando a dona sinhá, mulher do major, mandou que parasse o harmônico e disse: "Capitão Aparício, o senhor deve ter mãe viva?" O cangaceiro olhou para ela e lhe respondeu: "Tenho, sim senhora, com a graça de Deus". "Pois pelo amor que tem à sua mãe, deixe que a gente leve este cristão dali, morto como se fosse um cachorro, sem uma vela, sem uma luz, para iluminar os seus passos no outro mundo." E quis se ajoelhar aos pés do cangaceiro. Aparício não deixou. Não deu mais uma palavra. Não falou mais com ninguém. No pátio da casa já havia o clarão do dia. Chorava todo mundo na casa do major. Vi os cangaceiros, para mais de dez, e na frente deles Aparício. A senhora pode ficar certa, é um homem bonito. Tem uns olhos grandes. É um homem robusto, de cabelo preto, mais para alto. É a cara deste rapaz. Homem bonito, minha senhora, homem bonito como nunca vi outro na minha vida. Dancei com ele e não tive medo. Medo de quê? Cangaceiro não é bicho. Homem bonito, minha senhora, de porte de gente branca. Não olhei para os outros cabras.

Da casa partiu um grito:

— Vem para casa, Ester.

— É o meu pai. Fica danado quando eu falo de Aparício, porque ele malda da minha falação.

E saiu. Sinhá Josefina e Bentinho guardaram silêncio. Depois a mãe foi quem abriu a boca para mais um desabafo:

— É isto mesmo. Aparício anda por aí como se fosse mandado pelo demônio. Quando não mata, aleija. Deus quer e Deus pode. Domício era outro homem, sabia eu que aquele menino não se perderia assim. Mas que pode uma vontade de mãe? Pode mais é a sina de cada um. Eu não quero te dizer nada, não quero estar bulindo nos mandos do Alto. Sempre eu senti que Aparício tinha vindo para pagar uma dívida. O teu pai não sentia as coisas. O teu pai era como uma pedra de lajedo; no lugar que estava, ia ficando. Eu sabia, Bentinho, eu sabia que o filho que vivia nas minhas entranhas carregava as penas do teu povo. Nas noites de agonia, as dores do meu ventre não me enganavam. Eram as dores da sina triste. Eu não quero dizer nada, nada mais.

Bentinho escutava-a somente. Nisto ouviram gritos na casa de perto. O homem levantava a voz para a filha. Chegou até eles o choro da moça.

— Vem de Aparício – continuou sinhá Josefina. — Vem tudo de Aparício.

No outro dia, levantaram-se com o clarear das barras. O céu estava com nuvens escuras, carregado de chuva para as bandas do norte. E ventava frio. Apareceu-lhes o homem chamando-os para tomar café. E na mesa não apareceu a moça. O velho sentado no batente da casa não dava uma palavra. Tinham que sair depressa. A estrada para Roqueira marginava o Moxotó e já se avistavam os contornos da serra que iriam subir. Retiraram-se depois dos agradecimentos e tiveram receio de perguntar pela moça. Já iam na estrada, e num grande bosque de oiticica viram uma pessoa correndo para eles. Era a moça. Era a moça bonita. Estava de pés no chão e trazia os cabelos soltos:

— Não falem, não gritem. O meu pai não quis que eu aparecesse mais. Em toda a parte ele só vê gente de Aparício. Mas eu queria ver outra vez a cara deste rapaz. Minha senhora, ele é todo Aparício.

Os olhos da moça cintilavam. Eram olhos negros na cara branca que nem parecia cara de sertaneja daquele sol. Até fazia medo. Sinhá Josefina teve calma para lhe agradecer:

— Deus do céu vos proteja, minha filha. Muito temos que andar.

A moça calou-se e os olhos pretos fixaram-se em Bentinho, arregalaram-se na procura de qualquer coisa perdida. Os cabelos vinham-lhe à cintura e no aconchego das árvores frondosas ela foi se aproximando cada vez mais dos dois para lhes dizer baixinho, em tom de segredo:

— Vou parir de Aparício.

E correu de estrada afora, como se fosse fugindo de um bicho do mato.

4

QUANDO O CAPITÃO CUSTÓDIO retirou-se, sinhá Josefina chamou Bentinho para conversar sobre Aparício. O pacote de dinheiro estava sobre a mesa e ela pediu ao filho que o abrisse. Era muito dinheiro. Bentinho contou dez notas de duzentos, vinte de cem e muitas outras de dez e de cinco mil-réis. Para mais de cinco contos. Com o dinheiro espalhado em cima da mesa ela foi dizendo ao filho:

— Olha, Bentinho, Aparício mandou para o nosso sustento este dinheiro que tomou dos ricos. É dinheiro roubado, eu bem sei. O governo acabou com a nossa casa, desgraçou o Araticum. Eu podia guardar este dinheiro, mas a gente precisa comer e vestir. É um roubo, eu bem sei. Guarda esta desgraça num buraco de parede. E já que viver para mim é este sofrer de toda hora, pouco vale comer do roubo de Aparício. Não me sai da cabeça aquela moça que a gente viu na estrada. Tu reparaste na brancura dela? E na fome daqueles olhos, meu filho? Será que Aparício fez mal à menina?

Juntando o dinheiro Bentinho procurou desviar a mãe daquele pensamento. Ele bem se lembrava da moça e da conversa do pai falando da doidice da pobre. E disse mesmo para a velha:

— Mas minha mãe, a senhora não se lembra que o homem falou em doidice?

— Qual nada, meu filho, Aparício castiga este povo de todo o jeito.

Bentinho media as palavras da mãe com certa repulsa. Não seria que ela chegasse a perceber que ele não concordava, que ele começava a sentir pelo irmão mais velho uma admiração que se confundia com o respeito por um pai? Bastava ver aquela dedicação que Aparício tinha pela mãe, com aqueles cuidados todos. Estava certo de que no momento em que a mulher do major Soares lhe pedira misericórdia com o nome da mãe na boca, conseguira por este modo abrandar a fúria do cangaceiro. E era sabido de todo o mundo que todos que procuravam Aparício com a invocação de sua mãe, tinham tudo. O povo dizia mesmo que o rei do sertão só era fraco para as ordens da velha, que ele adorava. Podiam pedir pelo nome de Deus, e ele não dava ouvidos. Aos gritos, porém, dos que se valiam da sua mãe, dava tudo o que podia. Bentinho, no entanto, começou a intrigar-se com aquele ódio de sinhá Josefina pelo filho mais velho. Sempre fora assim, mesmo quando estavam no Araticum e que Aparício era rapaz novo. Agora a coisa devia ser diferente, pois a força dos ricos e do governo, de todos os poderosos, estava contra Aparício.

Os dias foram correndo naquele mesmo compasso. Sinhá Josefina aos poucos recobrava o gosto pelas coisas da casa e ia dando a tudo a ordem que carecia. Em cima daquela serra, só com o céu para testemunha de sua vida, pudera encontrar alguma tranquilidade. A casinha de barro isolada do mundo parecia feita para colher a sua desdita. Por ali não passava vivalma. Bem distante ficava a casa mais próxima, embaixo na grota, no caminho que conduzia à Roqueira. Moravam ali uns negros velhos com duas filhas solteiras. Quando sinhá Josefina descia para lavar os seus panos na vertente do pé da serra, encontrava sempre as duas negras no mesmo serviço. Ouvia então vozes humanas, ouvia histórias do mundo lá de fora, e ficava sabendo de coisas que lhe pareciam mais estranhas. As negras não paravam a língua na boca:

— Mas sinhá dona, pro mode que a senhora e o seu fio chegou pra este fim de terra?

A velha não podia escapar de uma explicação mentirosa. Tinham chegado a mando de parentes da mulher do capitão Custódio. Tinham perdido tudo nas enchentes do outro ano. As negras tinham conhecido a dona Doninha:

— Morreu de dor, minha senhora. E não pagou o inocente. Era muié de mandá dá surra, de não tê pena de pobre. Mataram o fio dela, um menino genista. E ela não aguentou o repuxo. Deus Nosso Sinhô tem oio de gato, vê na escuridão. Dissero que o capitão Aparício prometeu vingar a morte. O coronel Cazuza de Jatobá é home de mandá no governo. Fez e ficou bem-feito.

Sinhá Josefina tudo ouvia calada, embora não pudesse conter as conversas das negras:

— Olhe, minha senhora dona, o véio meu pai mora neste retiro para mais de cinquenta anos. O meu irmão Fidélis se desgraçou por via daquele povo. Morreu, coitado, numa barranca do São Francisco, de um tiro doido. Ele disse aqui, a pai, que ia a mando de dona Mocinha. Mió que tivesse ido pro cangaço. Aparício não rouba de pobre e castiga os graúdos. Ói, se tivesse cangaço pra muié, estava nele.

Certa vez apareceu mais gente para lavagem de roupa. As negras deixaram sinhá Josefina e traçaram língua com as

Cangaceiros • 39

outras. As mulheres vinham de longe, atrás da água doce que não cortava sabão. Uma delas era de perto de Tacaratu e veio contando histórias de Aparício:

— Aparício chegou em Paus dos Ferros e estava na casa do prefeito, todo de grande, como dono de tudo. Os cabras comiam e bebiam pelas bodegas. Pois não é que um sujeito botou-se para Aparício querendo matar o homem? Aí, menina, a coisa pegou fogo. A briga nem demorou um minuto. Aparício pulou para a rua com o sujeito e o bicho ficou estendido na calçada. Aí ele gritou para os cabras: "Vamos dar uma lição nesta cambada". E deram mesmo. Não ficou nem uma donzela em Pau dos Ferros, comeram até uma menina de nove anos.

— Virge, Nossa Senhora!

— Pois não quiseram matar ele?

— Só mesmo natureza de bicho. Que tinham que ver as moças donzelas com a briga?

— Que tinha que ver? Cangaceiro com raiva, minha senhora, não tem lei de gente. Dizem que Aparício pegou a mulhé do homem da mesa de renda, um tal Feliciano, e mandou os cabras se servir da pobre, um por um. Pau dos Ferros não tem mais honra e o povo fugiu de lá. Até feira não dá mais.

A outra mulher que ainda não entrara na conversa voltou do coradouro e vendo a sinhá Josefina quieta, sem dar uma palavra, dirigiu-se para ela:

— Sabe a senhora, essa gente aqui deste sertão não sabe quem é Aparício. Aqui em Tacaratu e Jatobá ele não põe os pés. O coronel Leutério tem força muita e tem gente no cangaço. E é por isso que este povo anda gabando as façanhas de Aparício. Eu sei o que ele tem feito por este mundo de Deus. Tenho um irmão com uma filha chamada Ester. Homem viúvo que mora ali na estrada que vem da Pedra para aqui. Este meu irmão é um esquisito. Ficou viúvo e foi como ter morrido para o resto da família. Criou a filha sem mulher dentro de casa, uma moça bonita mesmo. Moça de porte de gente fina. Vi esta menina de passagem e posso dizer que era bonita deveras. Ora se deu que o meu mano Deodato levou a filha a uma fazenda do Coió, do major Soares. Foi a desgraça dele. Era a primeira vez que saía com a filha para um baile. Aí apareceu Aparício com o grupo. Matou um rapaz dentro da sala da dança e soltou os cabras na festa. Pois não é que a menina de Deodato se apaixonou pelo acontecido e ficou lesa! Sim senhora, lesinha. Avalie que lhe deu um triste e ficou espantada. Não podia ouvir um mexer de ventania, um barulho de lagartixa que não desse para chorar. Ontem mesmo passei pela porta do meu mano. A moça é como se não vivesse neste mundo. E é só falando de Aparício. É Aparício pra aqui, é Aparício pra acolá. E sabe mais de uma coisa? Entrou na cabeça dela que vai parir do cangaceiro. Disse para mim: "Tia Noca, vou parir de Aparício". Veja a senhora que desgraça haveria de cair na cacunda do pobre do meu irmão.

As mulheres batiam roupas nos lajedos. A água azul da fonte minava do pé da serra. Na encosta, um verde viçoso de capim cobria a terra de fartura cheirosa. No fundo da grota, na lagoa formada pelas enchentes, marrecas gritavam, patoris cortavam o silêncio com as suas estridências. Batiam nas pedras as peças encardidas de brins fluminenses, de azulão, as camisas de algodãozinho, a roupa rude do sertanejo. Sinhá Josefina não sabia falar para as outras. Ouvia tudo e se punha no seu serviço com os restos de suas forças, de alma pisada, muito mais batida do que as pedras dos lajedos. Uma das negras lhe perguntou:

— Minha senhora, a senhora é da Ribeira do São Francisco?

Teve que dizer que havia chegado da Pedra Bonita, lá das bandas do Açu.

— Ah! – adiantou-se a outra negra —, veio da terra do santo? Aparício é filho daquelas bandas. É terra de muita desgraça. De cabeça baixa a velha ensaboava os seus panos. Mais tarde a mulher que lhe contara as histórias da moça, chegou-se mais para perto e com voz baixa lhe perguntou:

— A senhora estava com os romeiros, não estava? Estive sabendo da mortandade. O governo foi mesmo de coração de pedra.

Sinhá Josefina não pôde fugir e contou-lhe um pouco do acontecido. Os olhos da outra marejaram de lágrimas, parou ela de trabalhar, baixou a vista para um canto e confessou:

— Minha senhora, eu sei que aquele povo da Pedra é da sina de castigo. O finado meu pai me contou tanta coisa de lá, dos meninos e das donzelas que um santo matava para lavar a pedra com sangue. Eu sei de tudo, mas, porém, eu cismo que Deus Nosso Senhor mode que anda por aqueles esquisitos.

A tarde vinha chegando e as lavadeiras começavam a recolher os trapos espalhados pelas moitas de mato. O vento brando dobrava o capim crescido dos altos, e com pouco naquele fundo de grota chegaria mais depressa a noite. Sinhá Josefina arrumou a sua trouxa e começou a subir a ladeira com dificuldade. As pernas grossas pelas varizes sentiam o peso da roupa ainda úmida. Mas lhe pesavam mais na alma seca as palavras sobre o filho perdido nas caatingas, como uma onça suçuarana. Nisto um canto de bendito encheu a terra de tristeza. Uma das negras abriu a boca no mundo num louvor à Virgem Santa. Rompia a alma da velha como se fosse a música fanhosa das rezas dos romeiros. E corria também do seu corpo de mãe castigada o sangue dos inocentes. No seu corpo curtido de dor Aparício ia deixando, a rifle e a punhal, as marcas das vinganças de Deus. Com aquela trouxa na cabeça, curvada, com os últimos raios do sol no verde da mataria, assemelhava-se a um quadro bronco de via-sacra. Era o destino que se arrastava como um verme de Deus.

5

Vivia Bentinho dando dias de serviço na engenhoca de rapadura do capitão Custódio. Trabalhava na arrumação das caixas, com mais dois sertanejos de Vila Bela, dois caboclos calados e tristes que bateram ali sozinhos, sem família, atrás de ocupação. Moravam numa dependência da casa do capitão. Chamavam-se Terto e Germano e pouco contavam de suas vidas. Apenas se referiam a Vila Bela e à seca que havia arrasado seu povo. Terto, o mais moço, se acamaradou logo com Bentinho, enquanto Germano permanecia distante, mudo e de cara trancada na arrumação das rapaduras, nas caixas de palha. E foi assim que Bentinho veio a saber da história de Terto. Germano fora à venda comprar mantimento e Terto se abriu com o companheiro. Eram irmãos e moravam na fazenda Serrinha do capitão Zé do Monte, ali na serra dos Ciganos. Viviam com o pai, agricultor, nascido dos índios da Serra Talhada. Uma vez, passou pelo sítio onde ele morava o capitão Aparício Vieira. O velho recebeu os homens conforme as suas posses. Deu-lhes coalhada e tratou-os como se trata uma visita de cerimônia. Pois bem, não demorou muito e bateu por lá a força do tenente Lopes, homem também natural de Vila Bela: "Pegaram o velho meu pai e foram com ele ao cipó de boi. Amarraram ele na prensa da casa de farinha e foi um dar de cortar coração. Eu e Germano já estávamos no meio das praças. Germano ainda quis se fazer na faca e levou uma

Cangaceiros • 43

coronhada de rifle que pegou, lá nele, bem no pé do ouvido. As minhas irmãs deram para chorar e eu vi o desgraçado dum praça apalpando uma delas como se fosse galinha. Pulei pra cima do cabra e nem sei contar o que aconteceu. Veja esta marca de talho, aqui na testa. Fizeram o diabo nas moças bem na nossa cara. Levaram o velho para Vila Bela, estragaram as moças minhas irmãs e foram dando no velho até na cadeia. Deixaram a gente naquela miséria. Só sei que dois dias depois bateu na nossa casa a notícia: o velho tinha morrido. O capitão Zé do Monte chamou Germano e pediu a casa. Não queria saber de coiteiro nas suas terras. A minha mãe mudou-se com as meninas ofendidas para uma propriedade que uma irmã dela tinha, para as bandas de Triunfo. Germano não podia olhar para as meninas. E me disse mesmo uma vez que, pelo gosto dele, matava as duas. Moça desonrada assim não valia a pena viver. E nunca mais eu vi Germano arreganhar os dentes para sorrir. É aquela cara de pau, de manhã à noite. Ele me diz todo o dia que só descansa quando cair no grupo de Aparício Vieira. Mas como eu não quero saber de cangaço, ele vive fugindo do mundo. Viemos para este esquisito e aqui estamos neste cocuruto de serra. A raiva de Germano está roendo a alma dele. Nunca mais soubemos nem de mãe nem das meninas. Germano como que tem nojo da nossa gente."

Ouviu Bentinho as histórias do caboclo e lembrou-se muito bem do que sofrera sua gente no Araticum. O tenente Maurício reduzira o seu povo àquela mesma desgraça. Graças a Deus que não tivera irmãs para sofrimento maior.

Agora, porém, não podia compreender aquela mágoa constante de sua mãe, aquele sofrer de todos os instantes, em relação a Aparício. Para ela, o filho mais velho seria um castigo imposto, uma dor que ela sofria sabendo que nunca mais pararia de doer. Para Bentinho a mãe Josefina estava em erro. Pela sua vontade ele nunca deveria ter saído do Açu. Muito quisera sua mãe que ele se separasse duma vez para sempre de sua gente. Fora dado, na grande seca, ao padre Amâncio, e na companhia do padrinho subira de condição. É. A sua mãe não estaria certa nem aquela mortandade dos romeiros pudera mudar a sua opinião. A velha não rezava mais. Tinha secado o seu coração, e padecia no seu silêncio, como uma pedra, num canto, indiferente ao sol, à chuva, à lua. Não tinha vontade de voltar para casa. Lá, naquele retiro, o mundo minguava de tamanho. Sinhá Josefina cuidava muito bem da casa. E pelo dia, de enxada na mão, curvada sobre a terra, cuidava da horta, dos seus coentros, das suas malvas, dos seus bredos. Dava-lhe a bênção e quando falava com ele era num falar de instante. Já não era mais aquele comunicar de coração a coração. Há meses que moravam ali, e dia a dia sinhá Josefina secava. O corpo fino, a boca murcha, o olhar vago sem a energia do antigo olhar da mãe do Araticum. A vida para ela comprimia-se cada vez mais. Numa tarde de domingo, apareceu para uma visita o capitão Custódio. Amarrou o seu cavalo no juazeiro e foi logo entrando na conversa que o tinha trazido até ali:

— Senhora dona Josefina, trago um recado do vosso filho, do capitão Aparício Vieira. Chegou-me este recado pela boca do tangerino Moreno. Mandou dizer o capitão que fosse ficando a senhora por aqui mesmo e que o vosso filho Domício tinha sofrido um ferimento de bala, na perna, mas que com a graça de Deus estava quase são. O fato é que o grupo de Aparício entrou num fogo pesado com a tropa da Paraíba. Ele estava acoitado numa fazenda de um tal Crisanto Pereira, quando se viu cercado. O fogo durou para mais de duas horas. Aparício estava com vinte cabras e, se não fosse a munição que tinha recebido há oito dias atrás de uns amigos do Ceará, estaria liquidado. Mas o vosso filho, senhora dona Josefina, tem mesmo a proteção de Deus. Os soldados do tenente Oliveira não puderam atravessar o cercado de pedra do curral do velho Crisanto Pereira. Foi quando o vosso filho Domício, com mais dois cabras, saltaram para o meio dos soldados, fizeram fogo, quase que na cara dos cabras. Aí, Aparício aproveitou e deu uma descarga e rompeu o cerco, caindo na caatinga. Perdeu dois homens, e o vosso filho Domício recebeu, lá nele, um tiro na perna esquerda. Mas com tamanha sorte que foi ferimento leve. Me disse o Moreno que a força teve mais de cinco mortos para enterrar em Princesa. O velho Crisanto está preso na capital, mas já tem advogado. É homem de Marcolino, de Princesa. Com pouco mais está na rua.

A velha procurou inteirar-se de mais detalhes sobre Domício, porém o que o capitão Custódio sabia já lhe havia confessado. E passou a falar do coronel Cazuza Leutério. O filho agora era deputado. A filha se casara com um engenheiro da estrada de ferro de Paulo Afonso. Agora mandava também nos trens. Cada vez mais poderoso, mais dono de tudo.

— Eu sei, senhora dona Josefina, que a senhora não está querendo saber de minhas queixas. É que tenho um filho assassinado, senhora dona, sou um pai desonrado.

A voz do capitão apertou-se na garganta. E sinhá Josefina pôde falar com mais franqueza diante daquela confissão de homem fraco:

— É verdade, capitão, eu não sei o que é um filho assassinado. Deus, porém, me reservou outras dores, sofrimento que só uma mãe sabe o quanto custa sofrer.

Bentinho, temendo que a mãe se adiantasse nas suas referências a Aparício, entrou na conversa:

— Capitão, podia o senhor me dizer se o ferimento de Domício deu para quebrar-lhe a perna?

— Menino, não lhe posso dizer nada. O tangerino Moreno me falou somente do ferimento, e não me adiantou nada sobre o estado do rapaz. Acredito que teu irmão já deve estar outra vez no serviço. Cazuza Leutério está imaginando que há de mandar a vida inteira neste sertão. Outro dia me vieram falar de política. Foi o promotor de Alagoas de Baixo, rapaz filho dos Wanderley de Triunfo. Eu disse a ele: "Senhor doutor, aqui quem manda é Cazuza Leutério, manda mais do que o governo. Jatobá e Paracatu é o mesmo que fazenda dele. E está tudo acabado. Foi assim na Monarquia e assim entrou pela República. Haja rei, haja presidente, manda Cazuza e está acabado." Bem, eu quis cortar a conversa. "Nada quero de política, senhor doutor. Fui liberal nos tempos antigos e os liberais nunca puderam aqui com o povo do pai de Cazuza Leutério. Eu sei é que, hoje em dia, de nada vale o direito do voto. Manda Cazuza Leutério nas eleições e no júri. O resto é conversa." O meu filho está ali, enterrado com a mãe, e eu estou aqui, de cara calçada. Menino, só o teu irmão Aparício Vieira é que é homem neste sertão. Ele sabe que justiça de verdade só mesmo na boca do rifle. Tive vontade de dizer ainda mais ao doutor: "Este velho que está ali, naquele cocuruto de serra, só sai de casa para votar no nome do capitão Aparício Vieira". Fechei, porém, a minha boca e dei o calado como resposta. Os Wanderley de Triunfo estão pensando que podem com o Cazuza Leutério. O meu filho está ali, debaixo da terra, e eu estou aqui contando histórias.

Depois do café, o capitão Custódio despediu-se. Bentinho foi com ele até o juazeiro. E aí o velho, quase ao seu ouvido, foi-lhe dizendo:

— Menino, o teu mano Domício está muito ferido. Nada quis dizer a tua mãe para não aperrear a coitada. Ferimento, lá nele, no vão direito. Tá lá em casa, e vem para aqui, na outra semana. O homem está muito doente, tenho, porém, para mim que vai arribando.

Bentinho voltou para a mãe que logo procurou saber o que lhe havia contado o capitão Custódio:

— Olha, Bentinho, o capitão me escondeu a verdade. Uma coisa me diz que Domício não está bom. Coitado. Solto aí por estas caatingas como um bicho.

E baixou a cabeça e lágrimas lhe vieram aos olhos.

— Eu não tenho coragem de nada pedir a Deus. Ele lá, no alto, sabe que a minha gente merece tudo isto que está padecendo.

Bentinho fez força para não lhe contar o que sabia.

— Nada, mãe, a senhora está em erro. Deus não vai castigar os inocentes. Que mal pode ter feito a senhora neste mundo?

Ela não lhe deu resposta, mas fixou os olhos molhados sobre ele e os seus olhos baços e tristes falaram mais que a sua boca.

Naquela noite Bentinho não pregou olhos, não encontrou jeito de ficar na rede, quis abrir as portas e sair, andar, desabafar os pensamentos que ficavam em sua cabeça. Domício, o irmão Domício, doente, varado de bala, amarelo, sem uma gota de sangue, esperava por ele. Bem que podia ter seguido o capitão e chegar na casa-grande e abraçar o irmão querido. Ele não devia ter feito isso. Todo o cuidado era pouco. O rastro de um cangaceiro era seguido pelas terras do sertão, como de caça acossada pelos cachorros. Tropas de quatro estados corriam atrás de Aparício, varavam as caatingas, matando e espancando.

Só mesmo Aparício tinha cabeça e pulso para aguentar aquele repuxo. Estava certo que a sua mãe naquele momento não pregaria olhos. Domício estaria na sua mente. Sabia que a mãe tinha o seu fraco pelo filho Domício. O filho triste sabia cantar tirando da viola mágoas do coração. E de repente criara têmpera de cangaceiro. Sabia que Domício estava metido com o grupo de Aparício e era agora homem de ação de macho, pronto para enfrentar uma tropa, com aquela disposição de que lhe falou o capitão Custódio. Lembrou-se de Domício, fraco como uma moça de alma partida, com medo do canto da mulher nua da Furna das Caboclas. Viu assim chegar a madrugada pela telha-vã. Quando abriu a porta da frente todo o céu parecia banhado de sangue. O sertão inteiro cantava pelos seus pássaros, e até as cigarras, que tinham se sumido, voltavam assanhadas com o calor de dezembro. Bentinho sentou-se no batente do copiá. Soprava a doce brisa da madrugada que se arrebentava nas barras cor de zarcão. Quis deixar a mãe e correr para Domício. Lá de dentro, porém, ouviu o chamado pelo seu nome. Sinhá Josefina, de pé, também saíra do quarto para fugir dos seus pensamentos:

— Bentinho, não preguei olhos a noite toda. Estou certa de que Domício está muito ferido. Aquela conversa do capitão não me deu fé no que ele dizia. Se Deus me desse força eu ia correndo para junto de meu filho. Eu sei que Domício não tem aquela ira de Aparício, aquela doença comendo a alma dele. Coitado, sozinho por estas caatingas. Aparício só sossegou quando carregou com ele o meu filho. O sangue do povo do teu pai não corre nas veias daquele menino.

Tomaram café em silêncio. Bentinho com uma vontade louca de sair de casa e correr até a Roqueira, e sinhá Josefina sombria, de olhar vago. Nisto ouviram passadas de cavalo na

Cangaceiros • 49

porta de casa. Bentinho levantou-se às pressas. A velha não se mexeu do lugar, sentada no tamborete de costas para a porta de frente. Ouviu-se o grito de Bentinho correndo para um homem que havia parado por debaixo do juazeiro. A velha levantou-se rápida e como se estivesse vendo uma miragem enxergou o seu filho Domício, amparado nos braços de Bentinho. Passou a mão nos olhos para verificar se não era mentira. Então, como se tivesse recobrado toda a agilidade da mocidade, correu para o viajante e abraçou-se com ele aos soluços:

— Foi Deus quem te mandou, meu filho. Foi Deus.

Domício veio se arrastando até o copiá, sem forças, ofegante. Tinha a palidez de uma mulher parida. Os cabelos quase que nos ombros. A imagem perfeita de um romeiro, às portas da morte. Não pôde falar. Somente apontou para o peito, enquanto a mãe e o irmão o conduziam para a rede do quarto:

— Mãe – foi dizendo, de língua empastada —, estou nas últimas.

Os olhos amarelos se fixaram na velha, que se transformou por completo.

— Qual, meu filho, aqui está a tua mãe para te curar as feridas. Ainda tenho vida para te dar. Bentinho, traz café para Domício.

6

Com uma semana após a chegada, Domício já era outro homem. Iam-lhe voltando as cores. Bentinho aparara-lhe a cabeleira de mulher e andavam juntos pelos arredores do sítio. E mais do que Domício mudara a mãe, que se pusera a serviço do filho com desvelos de todos os minutos. A mãe do Araticum estava ali toda viva, naquele retiro de mundo. Mesmo quando voltou à vertente para lavagem de roupa notaram as outras mulheres a diferença que se operara. As negras tinham sabido do fogo de Aparício com o tenente Oliveira e contavam dos estragos que o cangaceiro fizera nas tropas. Contava-se que não ficara um para contar a história. O próprio tenente tivera a cabeça espatifada nos lajedos e a gente de Aparício escapara sem um ferido:

— Deus está com ele, minha véia. Deus dá proteção a Aparício porque fechou o corpo dele como fez com a raça dos Briantes.

Mas as notícias das outras mulheres não confirmavam as informações das negras. A mulher branca, irmã do homem da moça da estrada, soubera dos fatos por um tangerino que passara pela sua porta em companhia de um tísico que ia se curar na serra do Cambembe. Era o negro Moreno, do Crato:

— Me contou ele que Aparício brigou muito, mas que teve ferido na sua gente. Aquele tísico me pareceu um penitente pelo jeito que estava, amarelo, de vista amortecida. Me disse mais o negro Moreno que o tal sujeito vinha de Vila Bela atrás dos ares da serra. Dormiu até na casa de farinha e de manhã o meu marido esteve com eles conversando em segredo. O negro Moreno é tangerino, mas, porém, não há quem me tire da cabeça uma coisa: aquele negro anda com algum mandado por este mundo.

Sinhá Josefina batia os seus panos e a cara que mostrava às companheiras já não era aquela de sofrimento, de indiferença à vida dos outros.

O sol queimava no meio-dia sertanejo. A água azul que minava no pé da serra corria de leve no chão úmido, e o bater dos panos nas pedras estrondava na solidão. Lá no fundo, a tapera das negras. E pelas margens da lagoa crescia um mato espesso. As marrecas gritavam. E pássaros em bando, periquitos, canários, galos-de-campina, voavam de um canto para outro com as suas cantorias desencontradas. A negra mais moça sabia dos milagres do santo, na serra das Russas, no Ceará. O povo estava correndo para aquelas bandas. O santo da Pedra não tinha morrido. Ele não podia morrer, como Deus não morria. As mulheres baixavam a voz, paravam o serviço, para ouvir as histórias das negras. Enterraram ele na Pedra e ele apareceu no Ceará, vivinho, com a mesma cara, dando ao povo tudo que a gente carece. Ele cura cego de nascença, ele levanta aleijado, ele verte sangue do corpo.

A mulher branca sabia de um fato de arrepiar cabelo. Uma muda chamada Laurentina, conhecida da família do seu marido, menina que tinha perdido a fala com um susto, foi com os romeiros para a Pedra e quando a menina viu o santo desatou a falar como uma carretilha.

— Esta véia não esteve na Pedra? Não foi, véia? Tu não viste os milagres do santo?

Sinhá Josefina podia falar melhor que nos outros dias. E contou as histórias que sabia. Falou da entrevada que viera carregada do Brejo da Madre Deus, e que, aos gritos do santo, levantou-se do chão e saiu andando, como menino novo, tropeçando até chegar aos pés dele. "Vi mesmo com estes olhos e conto para que a verdade do Alto não se esconda."

— É, minha senhora – falou a mulher branca —, este mundo está mesmo para se acabar. A minha mãe me dizia sempre: minha filha, toma o sinal. Há de aparecer um santo neste sertão com a força de tirar e de botar a vida nos outros. E depois dele o mundo vai se acabar. Dizem que vem do céu uma estrela de rabo de fogo. E este fogo vai queimar até as águas do rio grande.

À tarde, sinhá Josefina arrumou os panos e, de trouxa na cabeça, subiu a ladeira. Pisava firme e não levava mais na alma aquele peso de mágoas. Em casa estaria o filho Domício, quase bom, com as cores da vida na cara, de olhos sem amarelão, longe dos perigos da caatinga, longe de Aparício. Ela não pensava no futuro. Todas as suas energias renascidas eram como as de uma árvore que o inverno desse sumo para a folhagem de muita sombra. E nem chegou a falar ao filho da vida que levava ele pelas caatingas. Era como se Domício estivesse agora no Araticum, e ela estivesse cuidando de um doente que muito precisava do seu carinho. Domício era o menino que escapara das febres no ano de 1888 e sinhá Josefina tinha cuidados com ele iguais aos dos tempos de menino. Não queria que ele saísse para o sol, fazia tudo para que ele se recolhesse antes da boca da noite. E assim, com poucos dias, Domício era outro homem. A companhia de Bentinho isolava-o da mãe. Quando acontecia ficar a sós com ela, temia-a, ficava inseguro. O olhar da velha doía-lhe dentro da alma, furava-lhe mais no fundo do coração do que as balas dos "mata-cachorros". Domício e Bentinho saíam para as capoeiras de perto, atrás de nambus. E foi num destes passeios que ele começou a falar ao irmão de sua vida no cangaço:

— Tu sabe, Bentinho, eu caí no cangaço sem mesmo saber como. Estava lá na Pedra e o santo tinha tomado conta de mim. Eu vi aquela desgraça do tiroteio da tropa. Tu chegaste nas vésperas com a notícia da força do governo. Para te falar com franqueza, eu não cheguei a acreditar. Foi um fogo danado. Eu estava longe da latada da minha mãe. O velho tinha se enterrado, nem fazia uma semana. E eu vou te dizer, quando Aparício entrou na Pedra eu disse comigo: "Aparício e o santo vão se encontrar e não vai aparecer neste mundo poder maior do que os dois juntos". Eu tinha para mim que Aparício tinha parte com o diabo. Eles dois se encontraram tu bem sabe como. Fugi com Aparício. Nos primeiros dias andei como um leseira, com o grupo, rompendo os espinhos da caatinga. Menino Aparício não tem o corpo de gente viva não. Os cabras passaram com ele mais de uma semana sem parar num lugar. A gente chegava num espojeiro e só dava tempo de chupar uns umbus, para cair outra vez nos atalhos da caatinga fechada. As aparagatas dos cabras já estavam no fim. Andamos assim duas semanas sem parar. Uma noite Aparício me chamou e longe dos cabras a gente tirou um soninho. Foi aí que ele me disse: "Domício, tu agora é do cangaço. Quando a gente chegar nos Avelós, eu vou te dar o rifle que foi de Cobra Verde. É arma já amansada pelo cabra mais valente que eu já tive." Tremi com a fala de Aparício. Doido fiquei para me soltar do grupo e ir pelo mundo afora, com as minhas cantorias e a minha viola. Bentinho, eu não era do rifle. Nada disse a Aparício, mas fiquei com o meu plano na cabeça. Na primeira encruziada eu caía com o corpo fora. Vi aí como Aparício dormia. Não era um dormir do corpo todo. Ficava nele como que acordada uma parte do corpo. Mal se mexia uma lagartixa, Aparício abria os olhos e segurava no rifle. Dormia de armas nas mãos à espera de qualquer ataque. Olha, Bentinho, fui vendo que o nosso mano não é homem como nós. Ele veio da mesma barriga que nós, é verdade. É filho de Bentão. É dos Vieira. É tudo isto e é outra gente, Bentinho. Andei duas semanas naquele corre-corre desgraçado. Uma noite, porém, paramos numa grota. De longe, via-se uma luzinha acesa. A escuridão da noite era de breu. Vinha eu ao lado de Aparício e ele me disse bem baixo: "Ali fica a casa de Pedro Firmino, morador dos Avelós. É um coiteiro de munição." O grupo dormiu por perto da casa por debaixo de uma imburana e Aparício e eu fomos lá para dentro. O homem estava com a panela de fogo e a mulher, de cabeção, lavava um pedaço de carne para a janta: "Capitão", foi dizendo o homem, "eu marquei a sua passagem mesmo para hoje. O tangerino Moreno passou por aqui e me disse: 'O capitão caiu na caatinga não faz duas semanas'. Eu marquei tudo. Saí atrás do velho Nena Silvino e pus ele a par do sucedido. Não faz três dias que a carga chegou aqui em casa. A munição veio do coronel Juca Simões, de Flores, e quem trouxe ela para aqui foi Benevenuto, aquele que vende cesto na feira de Jatobá."

"Num canto da sala estava um saco de couro carregado de balas. Aparício pegou nas bichas e foi falando com o homem: 'Eu soube que aquele caboclo Josué da vila de Tacaratu está na cadeia'. 'É verdade, capitão, o caboclo fez uma morte besta.' 'Pois você vá se entender com o Juca Trindade para soltar o homem.' Comemos batata-doce com carne de sol. Os cabras lá para fora conversavam em voz de cochicho. Aparício deitou-se na rede da camarinha e com pouco estava dormindo. Não preguei olhos. No outro dia de manhã, ele me chamou para dizer: 'Este rifle foi de Cobra Verde. Cobra Verde morreu no tiroteio com a força da Paraíba. Eu sei, mano, que tu não tem calibre de cangaceiro. Mas tu é irmão de Aparício Vieira e os 'mata-cachorros' não vão te deixar viver. Tu tem que fazer a vida no rifle. Este menino Cobra Verde, eu tirei ele da família com quinze anos. E os 'mata-cachorros' mataram o pai dele por questão de terra, numa peitica de divisão. O menino tinha uma natureza de caninana. Foi ele mesmo que se botou para mim pedindo para cair no cangaço. Era um menino que nem tinha buço. Uma carinha de moça. O meu compadre Vicente mandou ele para os peitos da mãe: 'Vai chorar longe, menino'. Ele ficou e não houve jeito de arredar o pé. Ele ia vingar a morte

Cangaceiros • 55

do pai. Estava ali porque a mãe mesmo tinha mandado. Disse então para o 'coisinha' ficar. Podia servir para tomar conta do feijão. Disse que ficasse, mas até tive pena dele. Pois não é que o diabo do menino carregava o demônio no corpo? Foi logo mostrando o que era num ataque que demos na fazenda do velho Zuza Peixoto. Este Zuza não andava às direitas comigo. Fazia dois anos que eu estava querendo tirar uma desforra daquele cachorro. Demos o fogo na fazenda, numa tarde de chuva. Pegamos o bicho desprevenido e ele e a família comeu relho até dizer basta. Foi aí que eu vi a natureza do menino. O bichinho sangrou a punhal um cabra de Zuza que se fizera de besta. Parecia que estava matando uma galinha. Menino danado. Pois eu te digo que eu até virei o rosto para não ver a cara do cabra na agonia. O meu compadre Vicente lhe deu aí o apelido de Cobra Verde. Dei a ele este rifle. Esteve comigo no grupo mais dois anos e nunca houve um fogo que ele não desse conta de um ou dois. Tu não ouviste falar num fogo que demos no Teixeira? Foi tudo obra do diabo do menino. A coisa começou assim: pegamos um tangerino que vinha de rota batida para o Ceará e ele quando viu Cobra Verde foi logo dizendo: 'Tu não é o filho do Terto de Sousa, morto naquela briga de terra? Olha, o velho Zé de Paula que matou o teu pai está de rico no Teixeira, trabalhando para os Dantas.' Aí, desde este dia o menino não me falava mais noutra coisa. Eu já tinha criado estimação pelo diabo. Uma viagem para Teixeira não era fácil. Tinha que atravessar a Princesa, do coronel Zé Pereira, e eu tinha um trato com o coronel para não parar por aquelas bandas. O menino me azucrinou tanto que chamei o compadre Vicente, que é filho do Monteiro, para combinar as coisas. O compadre me disse: 'Capitão, e o trato com o coronel? Trato é trato. E depois a gente nem tem coiteiro por aqueles mundos.'

Mas eu tinha estima pelo menino, e fiz a vontade dele. Andamos mais de uma semana para chegar à serra do Teixeira. Cobra Verde rastejava canto por canto como um cachorro veadeiro. Pegamos um sujeito que vinha com uma carga de farinha e o homem conhecia o velho Zé de Paula. A casa dele ficava a uma légua de distância, numa grota. O menino ficou assanhado que só uma cascavel. Não dormiu. Na mesma noite, nós cercamos a casa do homem. Tinha um curral de pedra bem atrás da casa. Chegamos para perto e demos o primeiro fogo. Ouvimos bem a gritaria do povo dentro da casa. E os animais arrombaram as cercas com os estampidos. Lá de dentro da casa responderam o fogo. Era o que Cobra Verde queria. Posso te dizer que foi a mortandade mais feia que eu já fiz. Não ficou nem as galinhas, no poleiro. Cobra Verde sangrou o velho Zé de Paula e fez até precisão na cara do defunto estendido no meio da mulher e das filhas mortas. O menino saiu para fora e matou tudo: os bois, os cavalos, até os cachorros. E tocou fogo na casa. De madrugada o serviço estava feitinho. Voltamos de rota batida para a caatinga. E no outro dia o menino me disse: 'Capitão, eu já posso morrer. A minha mãe me pediu vingança e eu dei a vingança.' Ele tinha tirado do pescoço da véia um trancelim de ouro com uma imagem de Nossa Senhora: 'Olhe, capitão, vou mandar este ouro para minha mãe. Ela lá que dê fim a isto.' E desde este dia que o menino parou com o azougue que tinha no corpo. Ficou quietinho e só ia mesmo dar sinal de vida num tiroteio. Aí o bicho valia por vinte. O meu compadre Vicente me dizia sempre: 'Capitão, com cinco meninos deste calibre a gente ia até o mar'. Pois foi morrer num fogo besta com a tropa da Paraíba. Um fogo besta com o major Jesuíno. Pegou uma bala, lá nele, bem no peito. Morreu como um passarinho. O meu compadre Vicente carregou ele nas costas um dia inteiro para enterrar no espojeiro de Salu. Tem cruz na cova. Menino danado. Este rifle foi dele e vai ser o teu.

"Olha, Bentinho, posso te dizer que não me bateu a passarinha a história do menino. Peguei do rifle e voltei com Aparício para casa. Os cabras espichados por debaixo do arvoredo. Antes do sol esquentar, Aparício chamou o negro Vicente e disse para ele: 'Este é meu irmão Domício, está agora com a gente. É homem para o serviço mais brabo.' Mas eu tinha o santo na cabeça. Quase que tinha virado beato na Pedra. Aparício me arrancou de lá, até fiquei meio leso uns tempos. Não era para menos. Eu tinha visto a mortandade da Pedra. Vi cachorro lambendo sangue de gente no chão. E nem sei do que aconteceu ao santo. Sei somente que andei com o grupo como um pé de mato arrancado da terra. A minha cabeça não funcionava. Aparício é o homem de mais tino que eu encontrei. Me deixou para um canto e não foi me dando palavra. Assim, tivemos que andar por este mundo afora, pelas caatingas, num andar de não parar. Era preciso fugir das forças que chegaram no sertão com mais de duzentas praças. Castiguei o corpo nos espinheiros, nos lajedos, nas fomes danadas, nas sedes de rachar a boca. Mas quando a gente parava por debaixo de uma ramagem de oiticica, na beira de um riacho que ainda minava água, era mesmo que dormir na fresca do Araticum.

"Te conto o primeiro fogo que assisti. Foi nuns lajedos, ali por perto de Pajeú. Aparício vinha sentindo que havia perigo. É que não tinha aparecido um coiteiro chamado Zumba, que dava as notícias daquele retiro. Ouvi ele dizendo para o negro Vicente: 'Zumba não deu sinal. Isto é coisa. Estou certo de que tem 'mata-cachorro' lhe botando tocaia.' E tudo se preparou. Eu fiquei espichado na sombra de um umbuzeiro. E Aparício dando ordens. Dividiu os cabras em três grupos e tomou as pontas dos lajedos. O caminho se apertava bem na subida do rio. Passamos toda a noite sem mexer os pés de onde estávamos. Mas quando foi de madrugada apontou na subida o primeiro homem da força. Depois mais uns dez. Já vinham subindo a ribanceira do rio. Aí Aparício deu um grito de fera e o tiroteio principiou. Os cabras gritavam com o pipocar do rifle. Os 'mata-cachorros' se deitaram no chão e responderam ao fogo gritando também. No primeiro rompante tinham caído mais de três. Eu ouvi bem os gritos de Aparício, na descompostura, e a voz do negro Vicente mais forte do que o pipoco dos rifles. Durou uma hora. Depois foi uma calmaria de morte. Só o sol apareceu por cima dos lajedos tirando chamas, no meio-dia. Aparício parou muito tempo de papo para o ar. Tinha os olhos vermelhos e o cano do rifle dele queimava. O chão estava coalhado de cartuchos. E assim ele levou mais de horas. Depois virou-se para o negro Vicente e lhe disse: 'Compadre Vicente, desta vez parece que não ficou gente nossa chamuscada. O serviço foi bem-feito. É bom tomar sinal por 'mata-cachorro', pode ter sobrado algum para uma traição'.

"Nisto ouviu-se o estampido de uma arma de fogo. E a carreira de um homem de punhal na mão no destino da beira do rio: 'É o cabra Dédé', gritou Aparício.

"Viram-se dois homens rolando pelo chão, na beira do rio:

"— Deixe Dédé com o 'mata-cachorro'.

"O cabra parecia um demônio.

"— Te garanto que ele sangra o bicho.

"O soldado ferido, porém, não se entregou. A luta durou para mais de cinco minutos. Os outros cabras gritavam: 'Dédé, acaba com este filho da puta!'

"Aí se viu o soldado cair de papo para o ar. E quando o cabra botou-se de punhal pra cima dele, o desgraçado pulou de lado como um gato e foi com a arma direitinho no vão do outro. Inté espirrou sangue na cara dele. Dédé deu um grito de onça e grudou-se com o outro. Caíram os dois no chão. Aparício correu para ver de perto o serviço. Fui ver também. Os dois homens arquejavam, os dois sangues se juntaram na areia do rio.

"— Puxa Dédé daí – gritou Aparício, e puxou o seu punhal e chegando no pé da goela do homem enfiou até o pé. O sangue pulou alto. E todos os outros cabras fizeram a mesma coisa. Tive vontade de vomitar. Aparício chegou-se para Dédé, olhou o ferimento, apalpou o canto do corpo furado:

"— Cabra bom, mas não vai morrer não.

"Dédé pedia água. O negro Vicente encheu o chapéu de couro na cacimba do rio e deu para ele beber. O sangue ia parando de correr, devagarinho. Dédé chamou Aparício para lhe dizer:

"— Capitão, eu conheci aquele cachorro do bute, é o Neco de Félix, de Ingazeira. Foi cabra do capitão Cazuza Leutério de Jatobá. Eu estava vendo o bicho escondido atrás da touceira de gravatá. O cabra disparou o rifle para matar o capitão.

"Aparício fez sinal para que parasse de falar. Deixaram os defuntos de dentes arreganhados para o sol, e como as armas deles não prestassem, pois os soldados trabalhavam com fuzil, fizeram um buraco no meio da caatinga e enterraram tudo. Os cabras limparam os soldados do que eles traziam. Tiraram do dedo do oficial um anel com pedra e um relógio de corrente e deram a Aparício. E o negro Vicente, vendo um dente de ouro no sargento, foi com o coice do rifle e quebrou a cara do homem. Posso te dizer, Bentinho, saí com o grupo para a caatinga com um nó na garganta. Aparício me chamou para um canto do espojeiro, na noite daquele dia, e me confessou: 'Domício, 'mata-cachorro' é como bicho, a gente tem de matar bem matado'. Depois foi dormir na camarinha do umbuzeiro. Ouvi o ronco do seu sono. Aí vi que a minha vida tinha que ser aquela mesma. O mundo gemia com os bichos da noite. Ficou bem na minha mente a cara do sargento de dente de ouro, feita em pedaços. Não vi mais a cara do santo bulindo com a minha alma. É verdade, Bentinho, Aparício pode muito com os homens. Isto eu te digo com toda a minha franqueza. Bom é a gente não se encontrar com ele, porque encontrando não larga mais."

Parou Domício de falar. A negra da grota da vertente cantava um bendito. E a boca da noite se abria para comer o mundo. Somente aquela cantiga da negra dava sinal de gente na imensa solidão.

— A velha está esperando. Deus me livre que ela venha a saber da nossa vida.

— Ela sabe, Domício. Mãe tem Aparício na conta de filho do diabo.

7

Sinhá Josefina sabia que o seu filho tinha nascido outra vez pelas suas mãos. Ela própria não se continha na alegria. Domício fizera o milagre de reverdecer o seu coração. E os dias foram seguindo assim até que numa tarde bateu à porta da casa o capitão Custódio.

— Senhora dona Josefina, primeiro que tudo quero lhe dar alvíssaras pela saúde do vosso filho. O rapaz está de rego aberto. Carinho de mãe vale mais do que tudo. Mas o que me traz aqui é um recado do vosso filho Aparício para os dois manos. Esteve lá na minha casa o tangerino Moreno, e da boca dele ouvi o mandado para os vossos filhos.

E como nem Domício nem Bentinho estivessem em casa, o velho foi passando à mãe constrangida o recado que trazia:

— Eu penso que pode a senhora dona Josefina dizer aos dois rapazes que o capitão Aparício entrou no Ceará, a caminho da Serra das Russas, onde vive um novo santo que está fazendo milagre. E de volta, ele quer que o vosso filho Domício se apresente outra vez para o trabalho. Me falou o tangerino em mais de dois meses, coisa lá para a quaresma.

E dado o recado o capitão começou outra vez a falar de suas mágoas:

— Senhora dona, a política do Estado está pegando fogo. Dizem que vem um grande das bandas da Corte com jeito de acabar com o governo. Mas, para Cazuza Leutério não há de ser de mais nem de menos. Ele termina mandando no grande como manda nos outros. E o meu filho enterrado com a mãe, um menino de quilate, e o pai por aqui, de cara mais limpa a contar história. Me contou o Moreno a história do menino Cobra Verde, do grupo do vosso filho Aparício. O tal se fez no rifle para vingar a morte do pai. E vingou como bem quis, um menino de dezesseis anos. E eu, Custódio dos Santos, dono desta fazenda Roqueira, sou mesmo que nem uma gata velha.

Sinhá Josefina puxou outro assunto. Queria saber do capitão as histórias do novo santo.

— Será que é o mesmo da Pedra, capitão?

— Minha senhora, para falar a verdade eu de nada sei. Romeiro tem subido para o Ceará, em busca do tal beato. Dizem que é criatura de não comer e beber, de levantar aleijado, de reza muito forte. Tenho lá em casa dois caboclos de Vila Bela que acodem pelos nomes de Terto e Germano e já me falaram em partir para o Ceará. O tal do Germano não abre a boca para dar um bom-dia. Me disseram que é por causa da morte do pai, assassinado pela força do governo, em vista de ter dado um agasalho ao vosso filho Aparício. Estes dois rapazes me dão uma grande ajuda. Estou com pena de que se botem para as bandas do Ceará. Vão para o beato. Este nosso sertão é assim mesmo, senhora dona Josefina, há de sofrer do governo, de rezar com beato, e lavar os peitos com os cangaceiros. Mas como ia lhe dizendo, tenho o meu filho enterrado com a mãe lá pertinho de casa. O menino assassinado com a proteção de Cazuza Leutério. E eu estou aqui contando a história. Um dia Deus há de se lembrar da minha desgraça, há de aparecer um homem para lavar a afronta desta minha cara já que eu não tenho coragem para tanto.

Sinhá Josefina quase que não ouvia o falaço do capitão. Em sua cabeça estava o recado de Aparício. Saber ela sabia que Domício, com poucos dias, teria que voltar para a caatinga. Doía-lhe na cabeça aquela ideia. O capitão se despediu e ela ficou sozinha. O sol da tarde deitava-se por cima dos altos e a passarada, de bico aberto, tirava as suas cantorias pelos arvoredos quietos. Saiu para a sua horta, pegou na enxada e começou a fingir que trabalhava. Com ela só estava o pensamento da separação de Domício. O filho curado já começava a ser outra vez o mesmo rapaz do Araticum. Ouvira ele a cantar numa das noites de lua com o céu da serra estrelado de canto a canto. Ouvira bem a voz de Domício e aquela não era a voz de quem matava, de quem sangrava gente, de quem roubava o povo. Regalara-se com as cantigas do filho. Estava ele agora são e forte, e tudo obra de suas mãos. Pelas suas mãos entrara-lhe no corpo todo o sangue que vertera, o sangue que Aparício tinha bebido. O filho do demônio não aplacava aquela sua sede de sangue. Tinha que beber sangue como uma fera. Tinha que desatar as veias do povo para saciar a sua vontade infernal. Não era seu filho, bem que sentira nas suas entranhas o doer de uma dor que não era de gente. Aparício vinha das iras do povo do pai, do avô que matava inocentes, das raivas de Deus e de seus santos. Curvada sobre a terra a velha raspava o mato. Os leirões de coentro, de erva-cidreira, de malva, tratados pelas suas mãos, pareciam do Araticum. Cheirava o craveiro que se abria na tarde de vento macio. E o velho coração da mãe outra vez murchava. Sim. Aparício estava de volta naquela casa. Parou o serviço e se pôs a olhar o mundo, sentada no tamborete na frente de casa. A passarada recolhia-se aos ninhos. Cantava ainda numa mágoa de mãe triste a rola-cascavel que fizera o seu ninho na biqueira do copiá. Voz para cortar coração, voz de quem sofria como a velha Josefina. Outra vez Aparício dentro de casa, o castigo de Deus. De longe ela viu os dois vultos dos filhos que se aproximavam. Teria que contar-lhes tudo. Não mentiria para Domício. Estava escrito pela mão de Deus e que fosse o que Deus bem quisesse. E se se calasse? Se escondesse do filho o recado de Aparício? Não. Ela nunca que abrisse a boca para fugir da verdade. Domício ia se perder pela vontade do Alto. E mal o filho botou os pés na porta de casa ela levantou-se do tamborete e lhe disse:

— Meus filhos, Aparício mandou vos prevenir de que, na quaresma, Domício terá que voltar outra vez para a companhia dele.

E não falou mais nada. Acendeu o candeeiro de querosene e foi Domício quem primeiro abriu a boca:

— Mãe, eu sei que a senhora vai sentir muito a minha viagem. Vossa mercê deve saber que não tem outro jeito. Estou no cangaço. Aqui fiquei estes tempos escondido, neste cocuruto de serra. E se o governo soubesse do meu paradeiro aqui estaria para me matar a mim, à senhora e Bentinho. O governo mata, como a gente mata.

Sinhá Josefina não lhe deu resposta. Entrou para botar comida na mesa. E os três ficaram em silêncio até que Bentinho se dirigiu ao irmão:

— A sina da nossa gente é essa mesma, Domício. É morrer e matar. Mãe está sofrendo. Ela bem viu a desgraça da Pedra. O governo matando daquele jeito.

A velha ergueu-se da mesa e olhou para os filhos com olhos de ira:

— Cala a tua boca, Bentinho. Cala a tua boca. O que tu aprendeste do padre Amâncio não deu para lavar o coração de bicho que te bate no peito. Se tu também quer ir, por que não vai com Domício e não me deixa, só no mundo? Não vai fazer falta não. Fico sozinha para padecer. Vai matar também, Bentinho, vai matar, vai correr nas caatingas como cobra de veneno. Vai. Para que me falar assim deste modo?

Os filhos se calaram e as lágrimas da mãe começaram a correr pelas faces rugosas, como se resina corresse de um pé de mato seco. Fez-se um terrível silêncio até que Domício voltou a falar:

— Mãe, eu sei que Deus me botou no mundo para pagar pelos outros. Eu sei que dói muito ser mãe de cangaceiro. Tudo foi feito para nós assim neste cortar desgraçado. O governo matou os inocentes da Pedra. Eu vi, mãe, a cara morta do santo. Eu vi a cabeça de barba, de cabelos grandes, no chão como os outros romeiros. Não era santo, mãe. Era homem assim como eu e Bentinho. Lá estava ele de boca aberta, defunto como os outros. Fui para Aparício porque me carregaram como leso. Perdi a alma que tinha, mãe, e tive que matar com os outros. Sofri como a senhora está sofrendo. E depois, fui ficando mais duro do que pedra. Bentinho sabe de tudo.

A voz de Domício foi perdendo o tom de desabafo rude para se transformar numa lamúria. O poeta das tiradas de viola queria amaciar a aspereza do que dissera:

— Mãe, dê a bênção aos vossos filhos.

Sinhá Josefina não lhe disse nada. Recolheu-se para seu quarto e Bentinho e Domício saíram de casa para ver a beleza da lua. Até onde a vista alcançava o luar espalhava o seu prateado de luz fria. Domício voltou-se para o irmão e lhe disse:

— Bem queria que Aparício nunca viesse a saber deste desespero da nossa mãe. Ele só confia nela. Quando fala nela é para abrandar a voz e ficar manso.

Saíram os dois e se puseram a olhar, em silêncio, o mundo que parecia somente deles.

— Mãe mudou muito depois da morte do velho. Tu sabe, pai era aquele homem calado, aluado, mas valia muito para ela. Agora a coitada só tem mesmo nós. E é mesmo que não ter nada.

Bento procurou fugir do assunto e arrastou Domício para as histórias da caatinga:

— Domício, este negro Vicente é ainda homem moço?

— Moço não digo que seja. Mas tem já muito crime nas costas. Foi de Monteiro, da gente de Santa Cruz, e quando se passou para o grupo de Aparício chegou com três cabras. Já tinha um grupo feito na Paraíba. É negro de precisão. Aparício tem estima pelo diabo e só dá um ataque combinando primeiro com ele. Uma vez, estava tudo preparado para um fogo na vila de Mata Grande, em Alagoas. Aparício estava de ajuste com o coronel Fonseca para liquidar um inimigo dele. E era ajuste que não podia demorar muito. Tinha vindo um mandado para fazer o serviço com rapidez. Andamos dois dias beirando o São Francisco. Passamos pelas terras do capitão Manuel Filipe, bem

perto da linha de ferro. Aparício rebentou os fios do telégrafo.
E quando a gente já estava para dar o ataque numa distância de
meia légua de Mata Grande, bem acoitado numa engenhoca
de rapadura, o negro Vicente chamou Aparício para um canto
e falaram baixo. Aparício é homem de ouvir muitas coisas.
E depois de falar com o negro, ele me chamou: "Domício, o
compadre Vicente está me alertando para o risco deste ataque.
Me diz ele que a gente pode estar no caminho de uma traição.
Este coronel me mandou dinheiro para este serviço. É meu
conhecido de outras empreitadas. Tudo isto é verdade. Me
falou o compadre, porém, de traição e me deixou com a mosca
na orelha. O homem que nos deu o recado tratou de que o
negócio era por via de política. O coronel Fonseca estava agora
de cima." Aparício ficou com o grupo mais para o pé da serra,
no espojeiro da caatinga. E quando foi de tarde, voltamos de
rota batida pelo Tabuleiro de Santana. Pois bem, não era que o
negro tinha adivinhado? Veio um tangerino de Bom Conselho e
contou tudo a Aparício. Tinha força de Pernambuco e Alagoas
empiquetadas para nos pegar de jeito no dia marcado para
o ataque. Aparício levou o ano de 1917 só cuidando de uma
vingança. Botou coiteiro só para trabalhar na feira de Água
Branca. E estava gente nos lajedos do outro lado do rio lá por
cima das cachoeiras. Dias e dias levamos no descanso com os
cabras até admirados de tanto paradeiro. E houve até um crime
no meio da gente. Tinha lá um tal Laurentino, rapaz branco, de
calibre de tigre, um sujeito muito esquisito. Pois não é que este
cachorro deu para cair com os quartos! A princípio se amigou
com o Tété e era uma amigação sem-vergonha. Aparício não se
importava. Não havia mulher, o grupo estava parado, Laurentino
podia servir de mulher-dama. Mas se deu que Tété só queria
para ele. E ficava com o diabo no corpo quando via outro cabra

Cangaceiros • 67

se engraçando de Laurentino. Foi quando estourou a briga de Tété com João Patrício. A briga mais feia que eu já vi. Os cabras se estranharam no punhal e só acabaram quando não tinha mais sangue para escorrer. Dois mortos assim em menos de meia hora. Aparício estava de longe, com o negro Vicente. Eu não quis me meter. E mesmo os cabras não me davam ouvido. Estava eu novato no grupo. E deu o bute em Aparício. Chamou o cabra Laurentino e foi-lhe dizendo: "Filho de uma puta. Tu vai pagar pelo fogo do teu cu." E passou-lhe a coronha do rifle na cara. O sangue esguichou e o cabra se fez no punhal para Aparício. O mano deu uma quebra de corpo e Laurentino espichou-se no chão. Aí o negro Vicente, trincando os dentes, gritou para Aparício: "Compadre, deixa a puta comigo". E de punhal caiu em cima de Laurentino. Deu-lhe para mais de vinte furadas e levantou a bunda do homem e foi com a arma banhada de sangue e enfiou o punhal, lá nele, de cu adentro. Enterraram o homem na caatinga. O negro Vicente queria deixar o Laurentino para os urubus. Aparício não consentiu. "Não, compadre, vai dar urubu, e pode servir de sinal para os 'mata-cachorros'."

No outro dia Bento chegou em casa com uma viola. Tinha pedido emprestado ao caboclo Terto. Domício regalou-se com a lembrança. Os seus dedos nem se lembravam mais das cordas e foi trincando até que acertou e começou a encher a casa de uma doce música. A memória retornou aos tempos do Araticum e as imagens do amor doente, do amor pela mulher da furna, entrou--lhe de alma adentro. As cantigas de Domício foram encher o coração da mãe castigada e outra vez as esperanças puderam morar na sua alma estorricada. Bento ficou de pé a ouvir o irmão, mais manso do que um carneiro de corda. Ele mesmo sentia-se outra vez o menino do padre Amâncio. Na companhia do irmão, nas tardes mornas, por debaixo das oiticicas. Outra vez Domício era para ele o sertanejo capaz de virar as cabeças das moças assim como aquele cantador Dioclécio, que andava pelo mundo vencendo até a brabeza dos cangaceiros. Mas Domício parou e foi saindo para a frente de casa. Bentinho chegou-se para ele e viu o mano chorando de verdade:

— Bentinho, para que tu me trouxeste esta viola? Pois ela furou este meu coração com mais dor do que um punhal.

Sinhá Josefina chegou no copiá, atrás das cantigas do filho. Olhou para os dois e, como os meninos não a vissem, compreendeu muito bem que aquilo não era mais do que uma despedida. Nunca mais que visse Domício. Nos seus ouvidos ficaram cantigas do filho. Teria que ir embora. Era Aparício quem mandava na sua casa. E ela não passava de uma mãe de cangaceiro.

8
—

Voltara sinhá Josefina à vertente para bater roupa. E lá foi encontrar uma mulher novata que viera com as outras para o mesmo serviço. As negras batiam com as línguas nos dentes e o assunto era o mesmo: Aparício Vieira. A novata, porém, sabia de muita coisa:

— Tu não me fale de Aparício, menina. Muito conheço eu deste homem miserável. E o que eu ouvi não é para contar.

E como uma das companheiras pedisse para contar o que sabia, a novata num tom de voz de medo foi dizendo:

— Isto se deu na Água Branca no ano de 1918. Eu tinha chegado de Bom Conselho com o meu povo. Tinha dado a peste de bexiga e o meu pai saiu com a gente correndo este mundo.

Cangaceiros • 69

O velho estava como doido por causa da peste. Minha mãe lhe dava conselho: "Anacleto, a gente morre no dia marcado pelo Santíssimo". E assim fomos parar em Mata Grande. E quando souberam que a gente vinha de Bom Conselho, foram logo mandando que pai se aboletasse na entrada da rua, numa tapera caindo de velha. Ficaram com medo de nós. O padre Firmino é que vinha trazer comida e conversar com pai. Mãe só abria a boca para azucrinar o velho. Pois lá um dia, quando a gente viu foi uns homens armados chegando pelo lado do rio seco. Eles ficaram parados atrás da casa e pegaram o pai e amarraram ele. Isto durou um tempão. Os cabras deitados por debaixo de um pé de cavaçu e a gente tremendo dentro de casa. Aí se ouviu uns tiros pela banda da rua. Nisto um negro diz para os outros: "O Compadre Aparício já começou", e correram mais para perto, deixando na nossa casa um cabra quase menino. O tiroteio pegou e nem sei bem o tempo que durou. Eu só sei é que os cachorros que ficaram tomando conta da beira da estrada começaram a bulir com a gente. Um deles partiu para cima de Francisquinha e ali mesmo na frente da gente desgraçou a menina. O meu pai urrava como um boi na castração. E a minha mãe chorando, só fazia gritar: "Eu não te dizia, Anacleto? Eu não te dizia, Anacleto?" Depois vieram para cima de mim. Eu já não era moça donzela, mas aguentei o diabo do outro cabra. O bicho se pôs em cima de mim e fedia como carniça e debochava do velho: "Vem, velho, vem tomar conta da uveia". A menina Francisquinha gemia de fazer dó. No chão melado de sangue ela estremecia como menino com ataque. O tiroteio continuava mais forte ainda. Ouvi bem um cabra dizer para outro: "Desta vez o capitão Aparício vai tirar o couro do coronel Joca Freitas". "Está aí, Anacleto", dizia a minha mãe, "isto é desgraça mais grande que bexiga de Bom Conselho".

Depois os dois saíram na direção da rua. E quando foi de noite Mata Grande ficou um deserto. O povo tinha corrido para os matos. Aparício tocou fogo na casa de comércio do coronel. Fogão, menina. Francisquinha com as vergonhas não levantou a cabeça do chão. A minha mãe chorava e o velho só fazia dizer: "Vou sentar praça, vou cair na caatinga atrás destes bandidos". E porque a velha só falasse contra ele espumando de raiva, passou-lhe a mão nas ventas da pobre, arrancando sangue. E ela gritou: "Vai dar nos cabras que desonrou tua filha, velho mofino". No outro dia, de manhãzinha, a notícia correu. Aparício tinha soltado os presos da cadeia e arrasado tudo. Uma filha do coronel passou a cabroeira toda e até a velha teve que tomar dentro, como mulher-dama. E eu só conto esta história para mostrar quem é Aparício Vieira. Desgraçada a mãe que pariu este infeliz.

A negra Assunção só fez dizer:

— É, mas porém ninguém pode com ele.

Houve um grande silêncio. Os panos batiam nos lajedos e a água da vertente corria, num fio, minando do pé da serra, azul e doce. As negras se calaram enquanto a novata continuou:

— A família da gente se acabou. O velho meu pai desapareceu depois de três dias e nós só tivemos que cair no mundo. E neste mundo estamos. Francisquinha não levantou mais a cara pra homem nenhum. Tivemos que aguentar o repuxo. Vim bater na fazenda do capitão Josué e lá estou com as graças de Deus. Me disseram que Aparício tem mãe viva. Mulher do povo da Pedra, de parentesco com os antigos que bebiam sangue de menino e de donzela. E me disseram que a mãe dele é quem dá o poder dele matar e roubar e pra comer as moças do sertão. Dizem que a mãe dele tem reza forte, com força para esconder o que é visto e botar luz na escuridão.

Cangaceiros • 71

— Mas, mulher – adiantou-se a negra mais moça —, tu está dizendo que esta véia mãe de Aparício é como catimbozeira? Eu não estou crente nas tuas palavras. Isto de Aparício comer muié dos outros, ele faz porque a força do governo não está respeitando a bondade de ninguém. Tu pode tá contra Aparício, mas porém eu te digo: muié, dá calma a esta tua língua.

A outra negra já pareceu para moderar a irmã:

— Te põe no teu lugar, Assunção. A muié tem dor no peito.

— É verdade – disse a mulher branca. — Esta moça Assunção não sabe o que é cangaceiro. É mesmo que bexiga lixa, menina.

Sinhá Josefina muita força fez para não se abrir, tomar a palavra e falar direito para as companheiras. Vontade teria de dizer tudo que lhe ia na alma e só não o fez porque não queria botar no caminho da perdição os dois filhos que estavam em sua casa. Bem que poderia voltar-se para aquela pobre mulher e dizer-lhe: "É verdade, moça, a madre que pariu Aparício é de fato a de uma mulher desgraçada. Dentro de minhas entranhas gerou-se um filho do demônio. Eu pari um castigo de Deus." Calou-se. E as companheiras espalhavam os panos pelos lajedos e pelos galhos de marmeleiros. Àquela hora do dia os pássaros do sertão ensaiavam os seus cantos festivos e o sol arrancava fogo das pedras, fulgurava nas folhas dos arvoredos. No fundo da grota jaçanãs abrigavam-se na mansidão da lagoa coberta de baronesas. A sinhá Josefina separou-se mais das companheiras. A negra Assunção continuava a falar. Dentro da alma da velha, Aparício Vieira entrava como na casa do coronel Joca Freitas, arrasando tudo. Não tinha mais coragem para resistir a seus desejos. Deixou que o sol quebrasse, e sentada sobre uma pedra, embaixo de uma oiticica, isolou-se das outras. Do seu canto só ouvia mesmo a voz áspera da negra Assunção. Escondida do mundo, no esquisito daquele sítio que Aparício escolhera para sua prisão, via muito bem para onde caminhava. Perderia Domício, perderia Bentinho. Só lhe ficava mesmo a dor, o triste fardo do destino. As outras mulheres podiam falar. Bem melhor fora a sina da donzela Francisquinha. Os cabras se puseram em cima de suas carnes, comeram-lhe a virgindade e no entanto podia sair pelo mundo e contar a sua história. E o mundo inteiro teria pena da moça violada. E ela? Bem que era mais infeliz do que Francisquinha, do que a mãe de todas as donzelas desonradas pelos cangaceiros. Os brutos saciavam as suas carnes imundas e se iam, sem que nada deixassem de tão miserável como aquilo que ela levava nas entranhas, a desgraça de ter parido um castigo de Deus. Ela concebera e parira um monstro de Deus. E quando a tarde vinha chegando, fez a sua trouxa e agora podia sair à vontade sem que as outras mulheres viessem a descobrir a miséria do seu coração. Tinha sido uma mulher emprenhada pelo cão.

Domício ajudou-a a botar a trouxa no quarto. E com pouco mais apareceu Bentinho, ansioso como quem tinha qualquer coisa escondida para falar ao irmão. E logo que pôde, chamou-o para rondar por perto e desembuchou tudo. Havia passado pela Roqueira um comprador de rapadura com a notícia do fogo de Aparício com a força de Alagoas. A coisa se dera no Serrote Preto e tinha sido uma mortandade dos diabos. Pelo que contara o matuto, Aparício tinha sido baleado, mas o tenente Olavo e mais dez praças levaram o diabo. Por isto os três estados estavam reunidos na perseguição dos cangaceiros. Chegara até tropa de linha em Bom Conselho.

Na mesa da ceia a velha sinhá Josefina não deu uma palavra de conversa. Os irmãos não podiam disfarçar as preocupações e mais tarde a velha chamou Bentinho:

— Menino, o que é que tu andas escondendo de mim? Não tenho mais precisão de saber de coisa nenhuma. É mesmo, sou uma velha boa só mesmo para esticar a canela.

Bentinho contou-lhe o sucedido. O sertão estava cheio de tropa na perseguição de Aparício.

— Graças a Deus que Domício não está com ele, mas termina indo.

Alta noite Domício chamou Bentinho e ficaram os dois no copiá a espiar a lua do céu branqueando a serra.

— O diabo é essa história do ferimento de Aparício. Porque assim com o sertão cheio de "mata-cachorro" vai ser difícil para ele se acoitar sem perigo. Bentinho, eu só tenho vontade de cair na caatinga. Aparício está precisando e eu aqui na viola, feito um banana, mas é que nem sei por onde andam os rapazes. Serrote Preto fica em terras das Alagoas. Aparício tem ali a amizade do capitão Rodrigues de Piranhas. É amigo do peito dele. Será que ele se tenha acoitado pela beira do rio? Se tem tropa de linha no sertão é capaz de não respeitarem o capitão Rodrigues. "Mata-cachorro" não entra nas fazendas dele, mas soldado federal é capaz de não levar em conta. Tu acha, Bentinho, que eu devo correr o risco?

O irmão falou-lhe no recado de Aparício. Ali ele estava e ali devia ficar até que chegasse uma ordem de arribar. Sair assim, às doidas, podia até servir de isca contra o grupo. O melhor seria esperar o recado. Domício calou-se. Uma coruja foi pousar em cima do juazeiro. E banhada pela luz da lua mostrava os olhos abertos como se estivessem fixos nele.

— Tange aquela infeliz.

Bentinho sacudiu uma pedra e a bicha saiu voando por cima da casa, no seu cortado de mortalha.

— A velha não pode ouvir este canto de coruja. Quando a gente era pequeno, ela dizia que aquilo era aviso de desgraça por perto. E uma vez, quando Aparício matou uma coruja e trouxe a infeliz para casa, mãe ficou desesperada. Matar coruja era bulir nos mandados de Deus. Foi até um rebuliço em casa e no outro ano deu aquela seca que sacudiu a gente para longe do Araticum. Tu ficaste na casa do padre. E mãe botou para a coruja que Aparício tinha matado a razão de tudo.

Recolheram-se alta noite e mal começaram a dormir ouviram um tropel de cavalo na porta de casa. Saiu Bentinho para abrir a porta e apareceu o capitão Custódio. Sinhá Josefina levantou-se também. Acendeu a lamparina e o velho disse logo para o que vinha:

— Aqui estou, senhora dona Josefina, para trazer um recado do vosso filho Aparício. Me trouxe o aviso o tangerino Moreno. É que o capitão deu um fogo com as tropas de Alagoas e fez um estrago danado. Me disse o tangerino que para mais de dez mortos, sendo que um tenente, o tal Olavo, filho dos Pereira de Pão de Açúcar. Pois é que o capitão Aparício mandou avisar o vosso filho Domício que está no coito de Água Branca do velho Lucindo Luna. O vosso filho terá que ir de rota batida amanhã, para a feira de Piranhas, e lá vai encontrar um vendedor de fumo, um negro Miguel, que sabe do caminho. É coisa para fazer logo. Me disse o Moreno que o negro Vicente teve um tiro, lá nele, na perna direita, mas com tal sorte que só fez varar a coxa. O vosso filho Aparício, com as graças de Deus, de nada sofreu.

Dito isto, o capitão se despediu, mas chegando na porta voltou-se:

— Tinha até me esquecido, trago esta encomenda para a senhora.

Cangaceiros • 75

E retirou da bota um pacote e passou às mãos de sinhá Josefina.

A casa ficou quieta como num paradeiro do tempo para uma trovoada. Domício e Bento saíram para o copiá e lá ficaram de boca fechada à espera de qualquer coisa. Foi aí que eles ouviram um choro alto, a velha mãe num arrombar de açude, numa torrente de pranto de meter medo. Bentinho quis correr para o quarto e Domício não permitiu:

— Deixa a velha lavar os peitos.

Assim ficaram até de madrugada. Os filhos sentados no copiá, com um vento fino roçando-lhes a cara, com os passarinhos pulando dos ninhos para as cantorias. E o choro soturno da velha mãe.

— Bentinho, amanhã tenho que romper as estradas para Piranhas. Vou levar aquelas aparagatas que tu compraste na Roqueira e mais duzentos mil-réis.

Mal acabara de falar apareceu a velha, desfigurada, de olhos duros. Nem parecia que daqueles olhos que o clarão da madrugada iluminava houvessem brotado tantas lágrimas:

— Meu filho Domício, por que tu não fica com tua mãe? Por que tu não abandona o teu irmão Aparício? Por que tu não foge desta sina danada?

E como não esperasse resposta nenhuma, passou a falar às carreiras, chegando para a porta da casa. Já todo o céu era um clarão de nuvens pegando fogo. O vento da manhã que se abria, soprava de manso com o cheiro da terra orvalhada. A velha voltou-se ainda para o filho que permanecia sentado, de cabeça baixa:

— Meu filho, pelas chagas de Nosso Senhor Jesus Cristo, eu te peço.

Aí a sua voz rouca baixou de tonalidade, os olhos duros se cobriram outra vez de lágrimas.

— Mãe – respondeu Domício —, eu sei de tudo, eu sei da vossa dor. Eu vi a cabeça do santo, bem no chão, com os cabelos rolando na areia. E veio Aparício e me arrancou dali. Mãe, o rifle me fez de homem. O sertão está aí com a tropa do governo, caçando a gente como bicho para esfolar. Aparício pode ser tudo que a senhora disse que ele é. Mas é homem que manda, é um homem que não tem medo.

A velha como que não ouvia a voz do filho, e chegando-se para bem perto dele, olhou-o de frente, à procura de qualquer coisa, à procura talvez do filho do Araticum. Demorou-se um instante, virando-se rápida como a fugir de um perigo terrível. E de longe gritou com a voz dura e estridente:

— Tu já tens os olhos do outro, tu já és um filho do demônio.

E ainda mais alto, violenta, possuída de uma fúria de animal desembestado:

— Eu te amaldiçoo, irmão de Aparício, filho de Bentão, neto de Aparício velho.

E caiu no chão, tesa e dura como uma pedra.

9
—

A VOLTA DE DOMÍCIO alterou a vida na casa de sinhá Josefina. A mãe abandonada caiu num paradeiro de doença. Bentinho ia continuando no seu serviço. Mas lhe acontecera conhecer uma moça, filha do mestre de açúcar, Jerônimo, homem do Brejo que viera para a Roqueira trazido, dizem, por um crime cometido lá para as bandas da cidade de Areia, na Paraíba.

O mestre Jerônimo era homem branco, com mulher e dois filhos, sendo que Alice, a mais moça, com mais de dezesseis anos. Moravam numa casa de telha na beira da estrada. Bentinho sempre que passava pela porta do mestre Jerônimo via a moça no serviço do roçado, de pano encarnado na cabeça, e de pés no chão, com a mãe e o outro irmão. O mestre ficou logo gostando do rapaz e lhe disse uma vez:

— Menino, estou neste fim de mundo por causa da vida. Nem sei como um rapaz bem-parecido como tu vive neste serviço. Só quem está pagando pecado.

O mestre, porém, não era de muita conversa. O capitão Custódio lhe tinha entregue a engenhoca na certeza de confiar em homem de muita cabeça. A rapadura da Roqueira estava sempre no melhor ponto. O mestre Jerônimo gabava as terras e numa ocasião disse para Bentinho:

— Este velho não sabe a terra que tem. Vive por aí com o desgosto dele e não ata e nem desata. Planta uma bobagem de cana e tem estas grotas de serra que davam para mais de três mil cargas de rapadura. Mas sertanejo é bicho tacanho danado. Isto na mão de um capitão Cunha Lima, de Areia, dava para enricar.

Quis saber da vida de Bentinho. Quando soube que só tinha a velha mãe, gente da família da mulher do capitão Custódio, deu razão ao rapaz: "É verdade, tu está com a razão. A gente tem que aguentar tudo para servir a uma mãe." E numa tarde, quando voltavam os dois, convidou Bentinho para tomar uma xícara de café. A princípio o rapaz recusou, mas teve receio de desagradar o mestre e sentou-se na sua mesa. Lá estavam a mulher e os dois filhos. Alice fez de criada e o rapaz começou a falar de Aparício. Tinha passado pela estrada um matuto de Tacaratu dizendo que a força chegara em Jatobá e trazia até peça de canhão. Bentinho no seu canto, acanhado, foi ouvindo a história, até que o mestre falou para os dois:

— Aqui nesta mesa eu não quero conversa sobre este cabra Aparício. Não é por ele ser criminoso, mas cangaço para mim não é coisa de homem sério. Ouvi dizer que ele está vingando a morte do pai. Mas um homem de consciência não faz o que ele faz.

Alice, de cabeça baixa, soltou um rabo de olho para o convidado e a mãe, mostrando no rosto as rugas de idade que não tinha, queixava-se de dores de cadeiras. Depois o mestre Jerônimo saiu com Bentinho para debaixo de um pé de tamarindo galhudo e a conversa continuou sobre o capitão Custódio:

— Me contaram que mataram o filho do velho em Jatobá e ainda desfeitearam o homem com um recado atrevido. E é por isto que o velho perdeu o mando. Tem esta propriedade que é uma gema de ovo. Tenho feito açúcar em muita terra, mas como esta estou por ver. E aqui, no sertão, com gente na porta para comprar tudo que se faz. É a história do filho morto. Por estas bandas um homem que não vinga uma morte é homem morto. O capitão Custódio é como defunto. A mulher morreu de desgosto e ele vive a leseirar por aí.

Alice sentou-se no batente da casa e a mãe voltou para o pilão. De vez em quando a moça arriscava um olhar para a visita. Depois Bentinho retirou-se e veio de estrada fora imaginando na beleza de Alice. Era de fato bonita. Podia andar pelos dezesseis anos e tinha um corpo esbelto, o olhar terno, de olhos pretos. Podia ele naquele instante esquecer-se da mãe, de Domício, de Aparício. O olhar furtivo da moça trouxe para ele uma novidade. Seria que ela já tinha reparado nas suas passagens? Os olhos pretos de Alice arrebataram o rapaz da vida oca, do coração que jamais batera por mulher alguma. Mas ele não podia cuidar de namoro, tinha a mãe para tomar conta, tinha que cumprir as ordens de Aparício. Era um irmão de cangaceiro. Em casa chegou ainda com dia e a velha estava na horta, de corpo curvado sobre os leirões. Agora, quase que não lhe dirigia a palavra. Quando ela voltou, tomou-lhe a bênção levantando a mão, e ouviu a voz rouca de sinhá Josefina na resposta:

— Deus te abençoe.

Aí é que começou o sofrimento do filho que se sentiu assim abandonado, muito mais abandonado do que na casa do padre Amâncio, quando fora deixado na grande seca para não morrer de fome. Ficou no copiá com a tristeza da tarde que se consumia. Havia ainda no outro lado da serra luz de sol sobre os arvoredos. O pau-d'arco recebia, mesmo no rosto de suas flores, uma pancada de luz. E os pássaros davam as suas últimas tocadas. Lá estava, ainda de fora, no galho do juazeiro, a rola-cascavel, com os seus cantares de viúva, triste lamento de saudade. E no mais, o silêncio da casa escondida, o refúgio de duas criaturas perseguidas pelo ódio de três estados, de centenas de soldados soltos no mundo para acabar com a sua raça. Compreendeu então a imensa dor de sua mãe. Mãe de cangaceiro, mãe dos Vieira, dos tigres do sertão. Alice tinha aqueles olhos mansinhos. Era tão bonita e talvez que o amasse com o seu coração de donzela inocente. E ele não podia amá-la. Não podia perder-se pelo amor, não era homem para ligar-se a mais ninguém. Um irmão de cangaceiro só valia mesmo para o cangaço. Como poderia chegar perto da moça e lhe contar tudo dizendo que era irmão de Aparício Vieira? Não poderia nunca amar de verdade, era somente o irmão de Aparício, sujeito a padecer nas mãos do governo, a sofrer todas as desgraças. A tarde caía de vez e as sombras da noite vinham cobrir as mágoas que afligiam a alma sofrida. Com pouco mais, sinhá Josefina chamou-o para o café. E bem que lhe agradaria se ela puxasse conversa sobre a vida que os dois levavam. Queria naquele instante sentir a dor da mãe para nela refugiar a sua própria dor. E não durou o lamento de todos os dias:

— Deus Nosso Senhor está me dando saúde para que eu possa pagar os pecados do meu povo, com estes meus olhos abertos e estes meus ouvidos na escuta. Tudo tem que doer em mim como não dói nas outras criaturas. O meu filho Domício se foi para o inferno e tu termina indo.

E olhou com os seus olhos de garra para o filho:

— Para que tu não fala, para que não me diz: "Mãe, eu só estou esperando a hora da tua morte para cair na caatinga com os outros?"

Calou-se. Bentinho saiu para o copiá na esperança de ficar mais livre, na solidão da noite de tanto chiado, de pios estranhos, de céu estrelado. Ele bem que tivera vontade, pela primeira vez, de se abrir com a velha e lhe dizer: "É verdade, mãe, nós dois somos mesmo criaturas de pagar pelos outros. Eu também queria viver longe de tudo isto, eu bem que me queria ligar ao povo do mestre Jerônimo. Casar com a filha dele, aprender o ofício de mestre e sair do sertão atrás de um engenho no Brejo, onde pudesse viver longe, bem longe de Aparício. Mudaria minha vida, correria dos antigos da família e com a minha mulher e com os meus filhos tinha que criar outro mundo onde pudesse voltar às lições do padrinho, do padre do coração de ouro." Lá dentro estava a mãe, com as suas dores, devorando-lhe a alma. E Domício? Poderia fugir de Domício? O sangue que lhe corria nas veias era o sangue condenado pela maldição. Não, não devia acreditar nestas coisas. Desde que Domício se fora que não conseguira, como naquela noite, fugir

Cangaceiros • 81

dos pensamentos agoniados. Vinha a moça da estrada, olhava para ele e aqueles olhos pretos muitas coisas lhe queriam dizer. E foi assim dormir na ilusão de uma nova vida para viver. De manhã levantou-se com outra disposição, sem temer a cara triste da mãe. Calado ficou, à espera do café que ela preparava e, sentado à mesa, de cabeça baixa, foi se servindo da batata-doce assada. Sinhá Josefina falou-lhe, como em todas as manhãs, de sua desgraça. Ele tinha sabido das intenções de Domício e não lhe tinha dito nada. Terminaria como os outros irmãos. Seguiria o mesmo destino dos outros, soltos de canga e corda na caatinga. E ela que aguentasse aquele fim de vida, pagando, dedo a dedo, pelos pecados dos outros. Bentinho quase que não ouvia aquele falar da mãe. Em sua cabeça estava o pensamento virado para a moça da estrada, e mal bebeu o seu caneco de café foi saindo de casa, descendo a serra, num estado de alma em alvoroço. E assim reparava nas coisas por onde passava sempre de olhos fechados. Reparou no verde da mataria, nas flores do campo que se abriam ao lado do caminho, enfeitando a terra. Naquele pé de serra minava a água azul, fria e doce, e o mato nunca perdia as cores de inverno. Tudo estaria naqueles sertões estorricados. Ali não, as secas não podiam com o vigor daquela terra molhada. Viam-se pau-de--cheiro florindo, num vermelho de crista de galo-de-campina, e o manacá cheirando um cheiro tão bom que dava para se comer. Bentinho já estava no caminho que ia para a Roqueira. Parou um instante para encher o peito com o perfume da terra umedecida. O sol de verão começava a queimar às seis horas e as pedras da estrada endureciam o chão seco. Bandos de periquitos voavam em magotes cobrindo os lajedos de verdura. E cantavam os canários amarelos e as rolas-cascavéis gemiam as suas queixas dolentes. Ele tudo via e tudo escutava. A moça da estrada já estaria no roçado, com a mãe e o irmão. E de fato, de longe distinguiu o vermelho do pano que ela trazia na cabeça. Foi-se chegando. Batia o seu coração apressado. Os passos se amiudaram, tinha medo de qualquer coisa. Deu um bom-dia acanhado. A velha levantou os olhos, parou a enxada para a conversa:

— Bom dia, seu Bento. Jerônimo ainda está em casa, e até pediu para lhe dizer que, caso pudesse, parasse para conversar com ele. Teve ontem à noite uma dor, lá nele, para as bandas do fígado.

Alice olhou para Bento e toda a sua beleza estava nos seus olhos pretos, naquele jeito de boca de sorrir envergonhada. O rapaz não teve coragem de demorar mais um pouco. E saiu para bater na porta da casa e ouviu lá de dentro a voz do mestre Jerônimo:

— É Bento? Pode entrar, menino.

Estava na rede, com folhas de mato amarradas na cabeça:

— É o diabo da macacoa que me dá de quando em vez. No Brejo, ouvi o doutor que me disse que isso era mal do fígado. É coisa para dois dias. Dá-me uma dor de cólicas danada. Me vem uma escuridão na vista e a cabeça só falta pipocar. Depois dos vômitos passa tudo. Mas vou me levantar para sair contigo.

Desceu da rede com dificuldade e foi para a panela d'água. Lavou a boca, sacudiu para um canto a água e continuou:

— Tu sabe, menino, que desde que cheguei para aqui é a primeira vez que me dá esta desgraça. Não é que tivesse raiva, até que ontem saindo daqui eu disse à minha mulher: "Veja você, Aninha, sai a gente do Brejo e vem encontrar aqui, neste calcanhar de judas, um rapaz como este Bento, moço até de trato muito delicado". Mas vamos embora. A engenhoca do velho está parada hoje e eu tenho que dar um jeito na tacha de cozinhamento que está vazando.

Foram caminhando pela beira do rio, com a vazante coberta de lavoura.

— Estas terras do sertão aqui da serra pouca diferença faz das terras lá do Brejo. Subir pr'os altos é como estar no Brejo. Faz até frio como no engenho do velho Lourenção, onde me criei.

E, parando, voltou-se para Bentinho:

— Tu és filho de Pedra Bonita? É terra de muita história e de muito enredo. Eu só saí do Brejo por via de um caso que eu te conto. Como já te disse, eu trabalhava no engenho do velho Lourenção. Vivia até bem com o meu povo, e era mestre de açúcar conceituado. Engenho com safra três vezes maior do que este daqui. O velho tinha dois filhos, Pedrinho e Jorge, dois rapazes de muita peitica. Eu gostava dos rapazes. Um deles, o Pedrinho, arranjou uma cabra para amásia. Mulher até bonita e cheia de fogo. O outro irmão não gostava daquilo e se pôs a aconselhar o rapaz para tirar aquela tipa do engenho. Pedrinho ouviu o outro que era o mais velho. Pois não é que um irmão da tal sujeita, morador no engenho Serra Azul, achou de tomar as dores pela moça! Um dia, nós estávamos na porta da venda de Chico Faria quando apareceu o tal irmão. E logo que chegou foi dirigindo um desaforo para o rapaz. O seu Jorge, com a tabica que estava na mão, mandou-lhe uma chibatada na cara. Vi aí o cabra puxar de uma faca e botar-se para o rapaz. Grudei-me com ele e a briga ficou comigo. Eu só sei é que o tal não foi feliz. Ficou estendido com uma furada, lá nele, no peito esquerdo. Fui ao júri e me desgostei muito com o velho Lourenção, porque não tomou o caso a peito. Se não fosse o doutor Cunha Lima, até advogado não tinha no júri. A briga não foi minha e quem pagou cadeia foi o seu criado.

Subiram a ladeira que dava para a engenhoca e ao encontro deles veio chegando o capitão Custódio. Vinha devagar, com o chicote de montaria na mão, e de botas:

— Muito bom dia, mestre. Estava de saída para um chamado na vila de Tacaratu. O caboclo Germano anoiteceu e não amanheceu. Me disse o mano dele que o cabra saiu de rota batida para o Ceará. Ontem à noite me chegou aqui um oficial de justiça, o velho Quinquim, com um recado do juiz para conversar comigo. Nem sei do que se trata. O próprio Quinquim nem sabe também. Estou de volta no cair da tarde, se tudo correr como Deus mandar.

E voltou-se para Bentinho:

— Menino, tenho até que trocar contigo umas palavras. Na volta da vila, tenho que ir ver uns estragos que o gado do Zé Oliveira anda fazendo nas canas e passo lá em cima no sítio de tua mãe. Estão para chegar uns cargueiros de rapadura e o mestre pode apalavrar com ele. O preço eles já sabem, é só pagar.

Mais tarde, Bentinho encontrou-se com Terto que lhe falou de Germano:

— Foi-se embora sem me dar uma palavra. Até eu vi ele em conversa com aquele tangerino Moreno. Nem sei de que tratava, mas vi que Germano logo depois mudou de cara. Ficou até alegre. Uma coisa me diz, seu Bento, que o mano foi para o cangaço. Ele só descansa quando pegar no rifle e se meter com o capitão Aparício.

O mestre Jerônimo saiu para a mata atrás de cipó de imbé para calafetar a tacha furada, e Bentinho ficou só, com o pensamento em Germano. Estava certo que o Moreno tinha arrastado

Cangaceiros • **85**

o rapaz para o grupo. Aparício precisava de homens com a raiva de Germano para o seu serviço. Terto, com ele, sem raiva no coração, não teria préstimo. Depois Terto chegou e vinha visivelmente alterado:

— Menino, vida desgraçada é esta de sertanejo. Tu bem está vendo que eu não tenho mais ninguém neste mundo. O meu povo, lá em Triunfo, as meninas desonradas, e a minha mãe, mais morta do que viva. Germano foi para o cangaço, e agora que sou irmão de cangaceiro, vai começar o meu sofrer com os soldados. Com pouco todo mundo vai saber. E a gente se aperreia tanto que só vai descansar quando cair também no cangaço.

A voz do rapaz se partia de mágoa. Depois chegaram os matutos para a compra de rapadura. Era um grupo de dez cargueiros, gente do Ceará. Desamarrados os animais, puseram-se a conversar com ditos e histórias. Tinham encontrado, em Moxotó, uma volante em demanda do Ceará. O tenente os apertara para saber alguma coisa de Aparício. Chegou até a ameaçar com surra. Mas um dos rastejadores que estava com a força conhecia o velho Marinho e falou para o tenente:

— É gente do Ceará, seu tenente; pode deixar o homem.

E vieram até ali, com receio de algum fogo, porque Aparício não estava longe da força.

Os cargueiros fizeram brasas para a carne de sol e ficaram contando histórias. As forças de três estados andavam na perseguição de Aparício. Estava correndo que o irmão mais moço do cangaceiro vivia no Ceará com o novo santo. Depois um louro, de cabelo grande, pegou da viola e começou a tirar cantigas de muita dolência. Lembrou-se Bentinho de Domício e ficou na escuta, ouvindo o rapaz de voz doce. Cantava ele para um amor distante e nos versos magoados deixava que o seu coração se derramasse em saudades.

Um pouco mais, o mestre Jerônimo chegou-se para falar com o maioral da tropa. E a conversa virou sobre os engenhos do Brejo. O mestre gabava as várzeas de lá, a água corrente, os homens de mais trato. Aqueles cargueiros varavam os sertões, de feira em feira. Feitas as contas, esperaram o quebrar do sol para descer a serra. Bentinho e o mestre foram andando em conversa, até a casa, onde a mulher com os filhos à porta tomavam a fresca da boca da noite. Alice olhou para Bentinho, com medo.

— Menino, fica para tomar café – foi dizendo a velha —, é coisa de pobre mas dá para mais uma boca.

Alice, de pé, escondia-se atrás do irmão mais velho. Mas Bentinho não podia ficar. Tinha que puxar rápido para chegar em casa. A velha mãe não podia esperar muito e vivia só.

— Eu nem sei mesmo como a tua mãe fica naquele esquisito sozinha, cercada de mato – disse sinhá Aninha. — Só quem tem mesmo coragem de homem.

Despediu-se e não deixou de olhar para Alice. E os olhos pretos esperavam mesmo pelos seus. Encheu o seu coração de alegria e foi andando para casa com aquele sentimento que dava outra disposição para viver. Tudo porém ia ficando para trás. Em casa encontraria sinhá Josefina e outra vez a mãe dos cangaceiros viria oprimir as suas aspirações de homem igual aos outros. De fato, logo que botou os pés no copiá, a velha já estava de palavras engatilhadas contra ele:

— Menino, adonde tu estava até esta hora? Já tinha até pensado que tu tinha te danado pelo mundo afora.

Falou-lhe do mestre Jerônimo e das conversas que o tinham prendido por mais tempo. Foi para a mesa tomar café, com a mãe de cara fechada. E sem que nem mais saiu-se ela:

— Tu deve estar com tenção de cair na caatinga.

— Minha mãe – foi lhe dizendo —, a senhora está muito enganada. Não tenho coragem para fazer uma coisa destas. A minha criação não foi para estas coisas.

— Menino, ninguém me engana. Aparício manda na vida de todo mundo, quanto mais na vontade de um irmão como tu. Eu sei que a tua vida está como a de Domício, nas palmas das mãos dele. No dia que ele quiser, te leva como levou o outro. É. Todos os meus filhos se danarão.

Bentinho reparou nas feições da mãe e verificou uma mudança radical naquela cara tão pacífica de outrora. O modo de olhar, o jeito da boca, o tom das palavras, pareciam de outra criatura. Muitas vezes a velha se punha a lhe contar histórias da vida, dos antigos, do seu sofrimento. Era um lamento, as tristezas de um coração ferido. Mas sempre com aquela sua ternura, com aquele seu modo generoso de ser mãe. Agora quando ela começava a falar todo o seu corpo cobria-se de espinhos como um pé de cardeiro sem flor. A mãe que ele amava, aquela triste mãe da retirada da Pedra, sofrendo a fome e os pedregulhos do caminho, olhava para ele com raiva. O que fizera para merecer tanta repulsa? Estava ali, no sacrifício daquela vida, cercado de tanta solidão, podia ter ficado com a irmã do padre e fugir do sertão para sempre. Mas não, tudo fez para se ligar à sua gente desgraçada, querendo ser somente um homem do Araticum, com todas as dores do seu povo, e ali estava sem o menor arrependimento. Doía-lhe a atitude esquisita de sua mãe. Que se revoltasse contra Aparício que era o castigo do sertão, vá lá. Por que então aquele ódio violento contra ele, que ali vivia somente para servi-la? Levantou-se da mesa e sentou-se no chão do copiá. Uma lua de leite banhava a mataria em redor. Gritava a bicharia noturna com todo o vigor, no silêncio medonho.

A velha ficou sentada na sala. Aí lembrou-se ele de Alice e aquela lembrança pareceu-lhe como um toque de mão carinhosa sobre a sua cabeça dolorida. Os olhos pretos, aquele sorriso de anjo, a cabeça com um pano encarnado, a moça bonita da estrada. A secura da mãe o reduzia, o esmagava. O silêncio da noite, o gemido dos bichos, a solidão do mundo coberto de lua, não lhe feriam a alma.

Nisto ouviu um grito da mãe, chamando. Correu para ela e teve medo de sua cara:

— Menino, tu está escondendo alguma coisa.

Bentinho, submisso e aterrado, quis falar, quis mesmo descobrir o segredo do seu coração e a velha não deixou.

— Pois fica para o teu canto, vai para teu irmão, o teu sangue é como o sangue dos dois demônios. Eu quero estar só, com o castigo de Deus.

E passou a soluçar alto e terrível como se todas as dores de suas entranhas quisessem escapar pela sua boca e não pudessem.

10

DESDE AQUELA NOITE QUE entre a mãe e o filho se estabeleceu uma separação, que cada dia mais se acentuava. Bentinho procurava por todos os meios possíveis restabelecer a confiança que se liquidara. A princípio, teve ainda esperança que com os dias pudesse sinhá Josefina dominar aquela ira. Foi inútil pensar em semelhante coisa. Calada ficava, enquanto ele permanecia em casa. E, mesmo, se por acaso os seus olhos aconteciam se encontrar, o olhar da velha fugia depressa do seu. Constrangeu-se, imaginou-se perdido e, se não fosse a presença constante de Alice na sua vida interior, talvez que tivesse desesperado, procurando uma solução definitiva para aquele estado de agonia. Alta noite, de seu quarto, ouvia a mãe em sussurros como se estivesse a conversar com outra pessoa. Amanhecia o dia e a velha preparava o café e saía ele dando graças a Deus de se ver livre daquela solidão de matar. Descia a ladeira correndo e quando se aproximava da casa do mestre Jerônimo o coração batia-lhe mais forte. Lá estava Alice, com a mãe, no serviço do roçado. Parava para dar duas palavras e sempre a sinhá Aninha queixando-se de dores nos quartos. O mestre se fora para o trabalho e vontade tinha de ficar ali por mais tempo a conversar. A moça lhe falava e não havia jeito de encontrar uma saída para uma conversa mais demorada. Bonita era muito. O seu sorriso sereno era um sorriso de anjo bom que não lhe saía da lembrança. Ouvia a cantoria dos pássaros e via o azul das flores que cobriam a cerca. Tudo era bonito, claro, cheirando aos perfumes da terra, tudo tão macio. Alice estava lá para trás e bem podia casar-se com ela. Era um sonho, que só sonho podia ser aquelas suas lucubrações de irmão de cangaceiro.

Terto, sem a companhia do irmão, perdera toda a franqueza de falar e vivia triste querendo saber notícias de Aparício, com a certeza de que Germano se tinha ligado ao grupo. O capitão Custódio tinha voltado de Tacaratu onde esteve a chamado do juiz. Procurou Bentinho para conversar. Tudo não passava de conversa sobre política. O promotor do Triunfo através do colega queria saber se podia contar com o capitão para as eleições de deputado. Fora franco com o doutor. Nada de eleições, nada de política. Mandava naquele sertão o seu inimigo Cazuza Leutério e era bastante fraco para tomar partido contra ele.

Mais tarde, naquele mesmo dia, o capitão chamou Bentinho para as bandas do açude e passou a falar-lhe, em segredo:

— Menino, tu fica quieto e não bate com a língua, nem mesmo com a tua mãe. O ataque de Aparício a Jatobá está para breve. Aí o velho Custódio dos Santos pode morrer descansado. Aí posso andar de cara levantada por estes sertões. O teu mano Aparício vai me lavar o peito. É. O capitão Aparício Vieira não podia me faltar. Ele é quem sabe da minha vergonha. E nem foi preciso lhe falar. Isto não faz muito tempo. Estava ele aboletado no sítio onde pousa a tua mãe e lá lhe fui dar uma conversinha. O capitão me disse mesmo: "Capitão Custódio, eu sei que o senhor tem uma raiva trancada". "Sim, capitão, é verdade, a morte do meu filho a mando de Cazuza Leutério, sem que o menino tivesse afrontado ninguém, não foi vingada até hoje. Não tive, capitão, força para fazer o serviço. E é por via de tudo isto que eu não tenho cara para enfrentar os homens de bem do sertão. Sou um homem morto, capitão." Foi nesse dia que teu mano me disse: "Pois capitão, um dia o coronel Cazuza Leutério vai pagar no dobro pelo que fez". E agora eu te conto: o juiz de Tacaratu anda de palavra com teu mano Aparício. Quando o homem me falou de eleição eu vi que ele tinha um propósito escondido. E tinha mesmo. "Capitão Custódio", foi me dizendo, "eu sei de tudo que se passa neste sertão. Mandei-lhe chamar para lhe falar de Aparício." Aí eu tremi, menino. Vi que estava perdido, e saí-me com esta: "Seu doutor, o senhor está muito enganado, eu nada tenho com bandido nenhum". Ele sorriu e continuou: "Não adianta, capitão, o tangerino Moreno aqui esteve nesta casa, aí mesmo nesta cadeira onde o senhor está". Posso te dizer, menino, que só não perdi a fala porque o homem se abriu logo: "Capitão, este Cazuza Leutério é a desgraça deste sertão. E só mesmo Aparício pode acabar com ele." Ainda me fiz de desentendido. Aquilo tudo podia ser uma esparrela para pegar o pobre velho. Mas qual. O juiz me pôs a par de tudo. A coisa é de política. O pai do juiz é o coronel Januário, da cidade de Caratinga, e a coisa se prende ao prestígio de Cazuza Leutério. Eles todos querem acabar com a força do miserável e tomar conta do terceiro distrito. Sim, tudo isto era verdade, mas que tinha eu com a história do juiz? Aí é que entra o tangerino Moreno. O diabo do negro falou demais, dizendo ao doutor que somente eu podia dar uma opinião ao teu mano. "Ora, seu doutor", fui eu lhe dizendo, "que posso eu fazer? O capitão Aparício tem as suas vontades e só ele sabe o que vai fazer." Mas o doutor empeiticou. Até sabe de tudo o que se passa por aqui e teve até conversa também com o teu mano Aparício. O pai dele é protetor de cangaceiro e inimigo de Cazuza Leutério. O juiz esteve ciente da estadia do teu irmão Domício aqui na Roqueira.

A história do velho alarmou mais ainda a Bentinho. Se Aparício desse mesmo aquele ataque a Jatobá, muitos fatos poderiam acontecer. A corda quebraria do lado mais fraco. Aquele juiz muito se parecia com aquele outro de Açu. Estava certo que ficaria de fora, e contra os pequenos viria a fúria do governo. Pensou em Alice, pensou na força volante invadindo a Roqueira, devastando tudo, matando, ofendendo as donzelas, tocando fogo. Aparício estava mandando até nos juízes. Não podia mais escapar do irmão. O velho Custódio se fizera de coiteiro para uma vingança. O filho morto e a impunidade do crime mantida pelo seu inimigo Cazuza Leutério conduziam aquele homem manso aos braços do banditismo, a uma vingança que parecia ser a sua única saúde. Para ele pouco valia o que lhe pudesse acontecer, desde que a vingança contra o homem que odiava chegasse ao fim. Voltando para casa, Bentinho levava Alice na cabeça. Aparício atacaria Jatobá e sem dúvida liquidaria o chefe político. Muito em breve as forças do governo subiriam aquelas serras para dar uma lição duríssima no povo. A família de Cazuza Leutério escolheria na certa os preferidos para repressão. E foi com este pensamento que chegou até a casa do mestre. O sol já se pusera e a filha e a mãe sentadas à porta podiam descansar do trabalho do dia inteiro. Parou para falar com a sinhá Aninha, e Alice, mais sem-cerimônia, entrou também na conversa. Queixava-se a mãe daquela vida, ali naquele esquisito. O marido se aborrecera do Brejo e não havia jeito de querer voltar, sempre com aquela história do júri na cabeça. É verdade que tinha a sua ponta de razão. Mas não havia só o Brejo de Areia para viver. Podia ter ido para a Várzea do Paraíba, onde mestre de açúcar valia tanto. Com a cabeça dura do mestre Jerônimo não havia quem pudesse, e virando-se para a filha:

— Esta menina esteve até na escola. Desde que passamos para estas bandas que ela não viu mais uma cartilha. Eu não sei, seu Bento, como pode uma pessoa que tem pernas para andar ficar atolada neste cocuruto de serra. Pois aqui não há noite que eu não durma com tenção nos cangaceiros. Quem tem filha solteira em casa não descansa. Eu venho dizendo todo o dia ao meu marido: "Jerônimo, vamos voltar para o Brejo. Tu te esquece do acontecido. Tu tem moça donzela em casa."

Alice sorriu com as referências da mãe, e disse:

— Ora, mãe, pai está sabendo o que faz. E é até bom estar a gente escondida do mundo.

Apareceu o mestre e vendo Bentinho convidou logo para o café:

— É de pobre, mas dá, menino.

Alice retirou-se para dentro de casa e o mestre comentou com Bentinho:

— Menino, o velho Custódio está de passarinho verde na cabeça. Hoje só me falou da história do filho e do tal Cazuza Leutério. Desta vez, porém, o velho não afinou a voz para tratar da morte e até me disse que vai fazer planta de cana este ano. O diabo desta engenhoca nas mãos de um homem de fôlego até que dava para safrejar. Eu é que não disse nada, mas vontade tive de soltar a língua e falar direito com o velho. Homem quando chega ao ponto daquele, o mais certo que faz é morrer. O caboclo Terto anda com um desejo danado de danar-se atrás do mano. Ouvi até dizer que Germano caiu no grupo de Aparício. E para ser franco eu vou até te dizer que ele tem a sua razão. Não é que o governo fez, do povo dele, um bagaço? Caboclo Terto não dá para estas coisas. O outro, a gente bem via que não era do mesmo calibre. É. Mas isto pode mudar. Estiveram me dizendo que o tal Domício, irmão de Aparício Vieira, era um rapaz cantador de viola e até puxado a bundeiro, e virou uma caninana. A gente vê cara e não vê coração. Eu conheci, no engenho do doutor Cunha Lima, um sujeito mofino, cabra de peia, tipo amarelo, mesmo assim como Terto. Não havia quem desse nada por ele. E tu não avalia quem era o tal. Foi no cerco, na casa do doutor, que o homem deu sinal do que era. As forças de Simião Liá cercaram o engenho e foi um fogo danado. Deu a moléstia no amarelo e ele, de rifle na mão, espumava como cachorro doente. Depois, o doutor Cunha Lima deu casa para ele morar, deu até botina de festa e ele ficou na cozinha do homem. Hoje é até compadre. Agora o caboclo Terto está de sentimento por via do mano. Isto de irmão bole com a gente mesmo.

Retirou-se Bentinho para ver se chegava em casa ainda com a luz do dia e subiu a ladeira com a boca da noite gemendo nos bichos do mato. Veio-lhe imediatamente a imagem da mãe que o esperava. Parou um pouco, como se quisesse preparar para um ato de perigo. Estava sozinho. Ainda ouvia, vinda de longe, a cantiga da negra Assunção, subindo do fundo da grota, como a mágoa de uma penitente. Sabia que a mãe esperava por ele, com aquela cara de raiva, o olhar vidrento, a voz áspera. Foi aí que pela primeira vez lhe assaltou a ideia da fuga. Não quis, porém, que aquele pensamento ruim permanecesse na cabeça e subitamente marchou para casa. A ladeira íngreme passava por uns lajedos com moita de mandacaru. Outra vez a ideia insistia. Podia fugir, arrancar o dinheiro que a mãe enterrava no quarto e, aguardando o dia em que ela saísse para lavagem de roupa, preparava tudo e se danava no mundo. Alice poderia fugir com ele. Mas pensava em bobagem. Nunca que pudesse escapar do que era: irmão de cangaceiro. Tinha que aguentar a vida assim como era. Chegou em casa e a velha custou a aparecer. Depois viu-a na cozinha preparando a janta. Mas quando se chegou para perto pôde ver a cara dura, a rigidez da face enfurecida. Tinha que sofrer calado tudo que viesse dela. Era sua mãe, a mais sofredora das mães. De repente, ela começou a falar, a falar com uma rapidez espantosa. Não precisava pensar, para dizer as coisas. Os seus pensamentos pareciam feitos e trabalhados, na alma agitada. As palavras saíam de sua boca em carretilha, sofregamente, sem esperar que fossem ouvidas. E não parecia falar para ele. Tinha um auditório invisível para escutar o que ela falava:

— Todo mundo está pensando que eu pari Aparício. Tu pensa também, o teu pai, o teu mano Domício. Aparício é filho do diabo. Ele se fez aqui nesta minha madre com a força do cão. Eu botei para fora um filho do diabo. O teu pai, Bentão, bem sabia disto. Porque as dores que eu tive não foram as dores de uma mãe prenha de homem. Eu tenho que dizer a todo mundo. Tu fica só calado porque tu e Domício se pegaram ao diabo, tu pegaste com ele o que ele tem.

E as palavras se sucediam, num martelar constante, num raciocínio dentro daquele absurdo como se funcionasse novamente. Bentinho quis se levantar da mesa e teve medo. Não escutava o que lhe dizia a mãe alterada. Viu que tudo estava perdido. A velha perdera o juízo. Uma dor profunda reduziu-a a um trapo. Ali bem perto da criatura que ele sempre se acostumara a sentir como o amparo seguro de sua vida. Mesmo no tiroteio, no medonho tiroteio de Pedra Bonita, as mãos quentes de sua mãe valeram-lhe com segurança. Eram as mãos quentes de sua mãe. De repente tudo se acabara. E ela se perdia naquela fuga desgraçada da realidade! Quis sair de casa para pedir socorro a uma criatura humana. Lembrou-se de Alice, lembrou-se de sinhá Aninha, do velho Custódio, do mestre Jerônimo. E não escutava mais do que sinhá Josefina dizia. Aos poucos, as palavras foram se espaçando, e calada estava ela em sua frente, de olhos pregados nos seus. Teve vontade de dizer-lhe alguma coisa, de procurar vencer aquela ausência, aquela separação. Calou-se porém, de cabeça baixa. A velha ergueu-se do tamborete, rápida, sem aquela maneira tão sua de levantar-se do lugar. Deu-lhe a impressão de que recuperava os movimentos do tempo do Araticum, quando estava mais moça. E foi refugiar-se no quarto, e Bentinho ficou no copiá, atrás de descobrir solução para aquele caso inesperado. O que poderia fazer com a mãe naquele estado? Melhor que tivesse morrido com ela na Pedra. Vieram naquela romaria triste, dilacerados por tanto sofrimento, para se esconder naquele fim de mundo. Domício ainda enchera aquele deserto de vida. E se fora. E agora acontecia aquilo que estava acontecendo. O que poderia fazer?

Um silêncio mortal cercava a casa. Só o vento mexia nos galhos do juazeiro e o gemer dos bichos da noite ainda mais lúgubres fazia as coisas. O que poderia fazer? Encostou-se na parede, estendeu-se no chão frio e deixou que os fatos viessem para cima dele como o barro que vai cobrindo uma cova. Sentiu-se enterrado vivo com a terra tapando os seus olhos, os seus ouvidos, a sua cabeça. Um pedaço de sono entorpeceu-lhe os sentidos, para despertar ainda mais agoniado. Logo de manhã teria de sair às carreiras para contar tudo ao capitão Custódio. A sua desgraçada mãe se acabava de vez. Por cima da casa passou, cortando mortalha, uma coruja. Encolheu-se para se defender do medo, como se o seu corpo precisasse perder o tamanho para deixar passar um vento mau. O que devia fazer? Lembrou-se da moça da estrada, a que tinha aqueles cabelos de fogo, a que perdeu o juízo com medo de Aparício. Todos os medos vinham chegando para ele. Lembrou-se mais de Domício, o irmão que tremia com pavor da cabocla da furna, da mulher que era só miragem. E ficou homem forte, capaz de fogo, de sangrar outros homens. Havia porém ali, a dois passos, uma desgraça maior, a mãe destruída, capaz de fugir, de sair pelo mundo como doida varrida. Aquela palavra que lhe roçava o pensamento furava-lhe a alma como punhal. Doida. A mãe doida. A coruja veio pousar bem em cima do pé de cardeiro. A cara do pássaro parecia um rosto de gente, de olhar brilhando, na escuridão. Nem teve coragem de espantá-la. Não queria fazer o menor movimento, temendo que fosse provocar a fúria adormecida da mãe que se calara. Assim ficou por muito tempo. Estirado no chão do copiá, com os ouvidos abertos ao menor ruído que partisse do quarto,

Cangaceiros • 97

não tinha forças para sair dali. Vinham-lhe os pensamentos, sucedendo-se um a um, cada qual mais triste, mais de lhe doer no coração. Perderia a mãe, mas Deus lhe dera o amor de Alice. Podia ficar mesmo na Roqueira, casando-se com a moça, tendo filhos. Mas qual! O que podia fazer um irmão de cangaceiro? Pondo a questão naquele pé viu-se ilhado, cercado de perigo por todos os lados. Como poderia viver com a mãe naquele estado? A noite andava devagar, nos seus passos lentos, com as trevas cobrindo o mundo inteiro. Os bichos da terra gemiam sem parar e os pios sinistros da coruja, de quando em vez, subiam de tom, eram mais altos do que os outros rumores da escuridão. Bentinho teve medo. Se a mãe aparecesse e, furiosa com a força dos doidos, se virasse contra ele? Lembrou-se dos seus medos da igreja do Açu, do velho caixão de defunto no fundo da sacristia. Encolheu-se mais ainda, como se procurasse um amparo, como se temesse um golpe de morte contra o seu corpo bambo. Como ansiava pela luz do dia, pelo clarão da madrugada! Fez um esforço tremendo para não gritar e permanecer parado. E foi aos poucos recuperando a energia que se desmanchava no suor frio que lhe corria pelo corpo, melando-lhe as carnes trêmulas. Lembrou-se das orações do padre Amâncio, repetiu o padre-nosso quase que balbuciando as palavras, as palavras todas saídas de dentro do coração esmagado. Repetiu, recitou as ave-marias com a mente voltada para a Mãe dos Homens, e não teve paz. Não encontrou um canto para segurar naquele pedaço de terra fria. Então baixou a cabeça na terra, com as mãos crispadas, num esforço desesperado para manter o ânimo. Ouvia os menores ruídos do quarto da mãe e aquilo vinha repercutir como um grito. Não podia avaliar a que horas andava a noite. Os minutos pesavam no seu corpo como chumbo. Foi aí que desejou o fim de tudo, a morte de tudo. E relaxou os membros, estendeu-se outra vez sobre o chão, para que pudesse chegar mais fácil o golpe final. Acordou com os pássaros na biqueira da casa. Teria dormido um nada. A luz da madrugada ressuscitou-o. Era outra vez um homem. Foi quando viu aparecer a mãe, de olhar vidrento. Chegou ela na porta, olhou o tempo, parada, à espera de qualquer sinal e depois voltou-se para a cozinha e começou a mexer no fogo. Sentiu Bentinho o cheiro do café enchendo a casa inteira. E ouviu espantado a voz da mãe, forte e mandona:

— Menino, vem tomar café.

11

A VIDA DE BENTINHO começou a girar em torno do estado de saúde da mãe. A princípio, ele tomou aquele desabafo do primeiro dia como qualquer momento de alucinação passageira. Tanto assim que, quando a velha o chamou para tomar café, após aquela noite terrível, imaginou que tudo tivesse voltado ao natural. De fato, sinhá Josefina não lhe deu mais motivo, nos dias seguintes, para uma desconfiança séria. Permaneceu severa e ausente, mas de conversa comum, fora de toda aquela exaltação que o aterrara. Na manhã depois do ataque, saiu ele de casa com o propósito de tocar no assunto ao capitão Custódio. Desceu a ladeira com o firme desejo de desabafar, de falar com alguém sobre os acontecimentos da noite. E mal se chegou para perto da casa do mestre Jerônimo as coisas mudaram de rumo. Alice estava sozinha, à beira da estrada, como se tivesse parado ali somente para conversar com ele. Esqueceu-se de tudo quando a viu, com aquele sorriso manso e os olhos pretos e vivos, o rosto queimado do sol, mas de tanta paz estampada nas faces. E Alice queria mesmo falar-lhe. A sua voz vagarosa tremia nos seus lábios finos:

— Seu Bento – foi ela dizendo —, mãe manda pedir para o senhor falar com o pai sobre o meu mano Zé Luís. Pai quer dar no menino porque ele andou de vadiação com os filhos do seu Targino. E Zé Luís está fugido de casa. Mãe sabe onde ele está e mandou pedir ao senhor para arredar da cabeça de pai a raiva com que ele está. Mãe não veio falar porque nem pode levantar-se hoje com as dores nas cadeiras.

Bentinho ouviu fora de si a fala da moça, e lhe prometeu que tudo faria, ele mesmo procurava o rapaz. Alice ficou calada, de cabeça baixa, perto de uma touceira de manacá que enchia a manhã de cheiro. Mais bela do que nunca pareceu-lhe a moça, com o seu corpo de menina grande, com os cabelos caindo nos ombros. Quis tê-la nos braços e poderia sair com ela pelo mundo, até onde não chegassem as ruindades dos outros. Alice, porém, foi saindo. Já o sol da manhã espalhava-se sobre o sertão florido, naquele mês de junho, riachos que ainda corriam, mês de muito leite nos currais, de gado gordo, de roçados de milho bonecando. Para ele, aquela manhã de tanta luz, de tantos perfumes, de tantas cores, lavava-lhe a alma machucada pelos terrores da noite agoniada. Deixou que Alice seguisse para o seu canto. Viu-a debruçada sobre o chão úmido com a enxada nas mãos como se fosse um homem de eito. Demorou-se no gozo daquele momento, muito feliz de sua vida. Estava certo de que a moça gostava mesmo dele. Não seria assim tão desprote-gido de Deus. Viu no céu um gavião em voo de cobiça atrás de um pássaro miúdo. E os outros pássaros cantavam pelos galhos, pela relva gorda, pelas estacas da cerca. Não era mais aquela criatura perdida, sem vivalma com que pudesse contar. Parou mais adiante para sentir aquela felicidade que não lhe poderia escapar sem mais aquela. Alice, sem dúvida, inventara aquela história do irmão só para aparecer na volta do caminho, só para ter oportunidade de trocar duas palavras com ele.

Mais para longe encontrou um cargueiro parado por debaixo de um pé de oiticica. O rio descia barrento e não dava passagem livre. Os homens quiseram saber se por ali não morava um tal de Jerônimo, mestre de açúcar, pois traziam para ele um recado do Brejo. E como Bentinho indicasse a casa do mestre, o mais velho deles foi-lhe dizendo:

— Menino, este tal de Jerônimo não deve estar em casa a esta hora. Mas tu de volta pode chegar até lá e dizer que foi um recado que lhe mandou o doutor Cunha Lima. Nós estamos aqui à espera de que o Moxotó baixe o lombo para ganhar a estrada que dá para Jatobá. Diz ao tal do Jerônimo que o doutor manda dizer que ele está em tempo de voltar. Não te esquece não, menino. É coisa séria.

Bentinho largou-se de estrada afora com mais aquela. Se ficasse calado as coisas tomariam outro rumo. Os cargueiros não o conheciam e com o seu silêncio iria contribuir para a sua felicidade. Sem Alice morreria de uma vez para sempre. Até chegou a acreditar que havia contra ele um mandado do céu. Tudo se formava para botar para trás os seus sonhos, as suas alegrias, os seus desejos. Mas, logo que viu o mestre na porta da casa-grande, não resistiu e o procurou para desincumbir-se da missão que lhe fora confiada. Pensou que talvez não agradasse falar-lhe da história na frente do capitão e deixou para mais tarde o assunto. E quando falou ao mestre do acontecido, o homem ficou furioso:

— E mandaram mesmo dizer isto que estás dizendo? Pois, menino, isso se trata de uma tramoia. Eu não tenho nada combinado com o doutor e este cargueiro é capaz de ser gente do finado Casemiro, o miserável que se atravessou na minha vida. Já que tu me conta esta história eu vou ser franco. Na verdade, eu tenho dois júris na minha vida. Contei-te já o caso dos rapazes do velho Lourenço. Este finado Casemiro era homem de muito governo, na Cachoeira de Cebola. Era té subdelegado e tinha feito umas obras para um grande de Campina. Era homem de muito se gabar. O caso se deu numa venda, na estrada para o Crumataú. O homem me afrontou por uma bobagem. Eu nem quero contar, porque faz uma vergonha, e foi por causa dos outros. Tomei as dores por um amigo que estava comigo e, sem que nem mais, o finado Casemiro, muito bebido, me lascou uma tabicada na cara. O homem não tinha necessidade de fazer aquilo. Acabei com ele. Fui no júri no Brejo de Areia e saí livre. O doutor Cunha Lima me botou advogado, mas depois não teve coragem de me aguentar. Estou por aqui, e até vou te falar, não estou arrependido: a família vai bem e não tenho inimigo pela frente. E me vem este recado. Pode ser tudo tramoia. O finado tem família que está com gana neste seu criado. Este recado tem água no bico.

Ficou Bentinho na casa de farinha onde trabalhavam naquele dia. Vendo-o, o capitão chamou-o para conversar e lhe veio outra vez com a história do juiz de Tacaratu. Tinha recebido outro recado e até não estava gostando daquela conversa. O capitão Aparício Vieira lhe confiara a guarda de sua mãe e a insistência daquele homem era capaz de lhe trazer complicações. Não queria saber de política. Tinha que somente vingar a morte do filho. E não podia, porque era um velho sem préstimos. Todo o sertão sabia que ele de nada podia valer. Bentinho quis dar-lhe notícias dos acontecimentos da noite. O velho, porém, só falava do filho morto.

— O que é que pode apresentar em política um homem que nem tem cara para falar de um filho assassinado? Mandei dizer ao juiz que procurasse outro. Não me metesse naquele caso. É verdade que o pai do homem é inimigo de morte de Cazuza Leutério e bem que pode dar com o miserável no chão. A força de Cazuza Leutério, até aqui, não encontrou igual. Não me meto com este juiz e nem quero mais saber de negócios com ele. O capitão Aparício um dia há de me lavar o peito. Hei de morrer com esta alegria. O meu menino está enterrado com a mãe, ali em cima. A minha mulher morreu de penar, de saber que tinha um marido que não era homem para vingar uma afronta.

O dia se passou com Bentinho entre a doença da mãe e a história do mestre Jerônimo. Estava certo ele que havia qualquer coisa na vida do mestre e que por isto Alice corria perigo. À tarde saíram os dois, sem que a princípio nenhum quisesse entrar no assunto. Mas o mestre não se conteve:

— Esta história de recado de gente do Brejo não me está cheirando bem. Vim para este fim de mundo, com a certeza de que aqui estava livre de peitica, e não estou. Os parentes do finado Casemiro deram comigo. Estou até me lembrando de cair no Ceará. De anoitecer e não amanhecer. Estou te falando, menino, porque gostei da tua cara. Ontem Aninha até me disse: "Este rapaz Bentinho nem parece gente desse calcanhá de judas". Mas é o jeito. Para onde eu for estas desgraças dão em cima de mim. O melhor é esperar aqui mesmo. Vou até pedir ao capitão uma arma. Aquele velho é mesmo que gata, mas deve ter um rifle para o meu serviço. Porque eu te digo, o primeiro que aparecer por aqui com leseira, toco fogo nele e enterro na beira do rio.

A tarde de estiada enchia a vista com a beleza do sol se pondo num céu carregado de nuvens. Raios de sangue nas costas dos monstros que se formavam no poente. E a passarada despedia-se do dia, com as suas algazarras de periquitos e anuns. O mestre parou de falar. Aí Bentinho entrou com um pedido para o filho.

— É verdade, até me tinha esquecido. Não é nada, não. Quis somente dá um ensino naquele novilho de ponta fina. Amanhã, vai se chegar escondendo debaixo da saia da mãe. É menino bom. Isto não vai ser nada. O diabo do recado é que não me sai da cabeça. Me diz uma coisa: o tal do velho que te falou não era um ruzagá de olho verde com uma marca no rosto?

Bentinho não pôde responder ao certo. Era um homem de corpo cheio, com um chapéu de couro e de bolsa de matuto atravessada.

O mestre demorou-se um pouco, depois voltou-se para o companheiro num tom de mando:

— Bem, vamos parar com esta conversa. Te peço que não fale disto a ninguém. O meu povo não deve saber de nada.

Encontraram por debaixo do pé de oiticica ainda as brasas do fogo dos cargueiros. Havia um resto de farinha pelo chão e mais para um canto o mestre reparou num pedaço de jornal:

— Tu que sabe ler, menino; isto é folha de onde?

Bentinho passou a vista no pedaço de jornal e pôde informar:

— Mestre, é jornal de Pernambuco.

— Quer dizer, menino, que o velho sabe ler. Posso te garantir agora que não é quem eu pensava. Deve ser mesmo matuto que faz comércio de feira. Até parece gente mesmo do sertão, que vai para o Brejo atrás de farinha e rapadura.

Com pouco foram chegando e Alice estava na porta bem junto do pé da roseira velha. Olhou para Bentinho e tomou a bênção ao pai. Sinhá Aninha apareceu com um pano amarrado na cabeça.

— Tu soubeste do paradeiro do menino, Jerônimo?

— Ora, mulher, tu já vem com o teu disfarce. O teu filho anda por aí. Tu bem que sabe onde ele está.

E sorriu. Alice sorriu. E a velha Aninha muito contente:

— Seu Bentinho, o senhor hoje fica para o café.

— É, menino – disse o mestre —, a velha está de dente arreganhado por causa do filho. Mas eu te digo, Aninha, na primeira este bicho vai comer cipó de boi. Mando ele para o cabacinho.

Depois sinhá Aninha falou que por lá tinham passado uns cargueiros. Tinham-lhe pedido água para beber e perguntaram pelo mestre:

— Tu falaste com estes homens, Aninha?

— O velho me pediu um caneco d'água e me disse que tinha passado no Brejo. Falou-me até do doutor Cunha Lima. Ele não te conhece e me disse que tinha dado o recado para ti a um rapaz que tinha encontrado na beira do rio. Eu sei que tu gosta daquelas paragens e para que bulir em ferida velha?

O mestre mudou de conversa. Os cargueiros tinham falado de Aparício. O capitão tinha passado em Bom Conselho e nem dera um tiro. Deram festa para ele, e até baile houve. Os soldados caíram no mato e os presos da cadeia ganharam o mundo.

O mestre se fechara, sem uma palavra, e na cabeceira da mesa bebia a sua xícara de café, mas a cabeça rondava por fora. E quando Bentinho se despediu, olhou para Alice que tinha os olhos negros fixos nele. O mestre saiu com ele e de estrada afora continuou:

— Ouviste a conversa de minha mulher? Os cabras vieram até cá. Agora estou ciente de que se trata mesmo do povo do finado Casemiro. Preciso mesmo de arma. Vou botar meu filho Zé Luís de sentinela. Veja tu que desgraça. Tirei júri, me botaram na rua porque estava com a razão. Saí daquele Brejo para viver com o meu povo no esquisito danado e nem assim me deixam em sossego. É o diabo.

Como Bentinho chegasse na travessia que dava para sua casa, o mestre se despediu:

— Vou até te dizer, se não fosse a mulher e os filhos, fazia uma besteira. Não tenho natureza para viver à espreita de traição como se fosse uma paca. Eu não quis matar ninguém. Aquele desgraçado do finado Casemiro me dá aquela cipoada na cara e não podia ficar nisso. Posso te dizer que matei e nem com raiva fiquei da alma dele. Matei no direito.

A noite estava botando a cabeça de fora. Bentinho foi subindo a ladeira quase no escuro. A papa-ceia brilhava no céu e a escuridão que envolvia aquele pedaço de mato fechado deu-lhe mais forças nas pernas. Tinha medo daquele pedaço de caminho. Mesmo quando passava por ali com a luz do dia, tinha os seus receios. Era um capão de mato fechado, só com uma vereda que dava passagem a uma pessoa. Ali por aqueles lombos de serra o sertão não sabia o que era seca de matar de fome e de sede. Lá embaixo, na grota, a água azul minava dos baixios da serra, doce e fria como mimo de Deus. Mas havia a mãe. Parou antes de chegar em casa, como se quisesse tomar fôlego e criar coragem para espreitar o inimigo. O medo apoderou-se de Bentinho. Chegou em casa e a velha estava no quarto. Ouviu bem o chiar da rede nos armadores. A lamparina coberta de mosquitos e silêncio de uma casa abandonada. Foi até a cozinha e lá encontrou o seu prato na beira do fogo. Comeu ali mesmo fazendo o mínimo barulho. Depois foi saindo para o copiá e ali ficou um tempão. A rede, no quarto, continuava a chiar. Então se lembrou de que não tinha tomado a bênção à mãe. O que devia fazer? Levantou-se devagar, parou na porta do quarto e com voz trêmula:

— Bênção, minha mãe.

A rede parou e a voz da velha ríspida e dura:

— Vai pedir bênção a Aparício. A tua comida está na cozinha.

E continuou a rede a chiar nas cordas dos armadores.

12

NAQUELE DIA, O CAPITÃO Custódio estava nos seus azeites. Andara aos gritos com o vaqueiro Florentino por causa de uma vaca perdida. O sertanejo, parado na porta do copiá da casa-grande, não dava ouvidos ao desabafo do capitão:

— Estão enganados, estão muito enganados. Esses cachorros me roubam e ainda me vêm com cara descarada falar nisto e naquilo.

— Seu capitão, o caso não se deu assim. A vaca de Vossa Senhoria passou para os lados da propriedade do velho Tolentino e quando eu cheguei lá pedindo a rês o homem saiu com desaforo, dizendo que não era ladrão de gado. Até falou em matar a gente. Eu disse: "Vossa Senhoria me desculpe, vim somente atrás da vaca e não vim pegar briga não".

O capitão Custódio abrandou a fúria e chamou Bentinho para um canto:

— Menino, vem comigo.

Saíram para as bandas do balde do açude e logo que se viu longe dos outros começou a falar:

— Ontem passou por aqui o tangerino Moreno. Me disse ele que o teu mano Aparício anda mesmo de combinação com o coronel Josué, pai do juiz, para ver se dão com o Cazuza Leutério no chão. Me disse o Moreno que o tal é homem de muita força na capital. O negócio está mesmo preparado. E aí, menino, este velho pode morrer. Tu não ouviste a história da vaca? O que posso eu fazer com aquele ladrão do Tolentino? Não posso fazer nada. Sou um velho desonrado. Me mataram um filho e não tive coragem para vingar a sua morte. A minha mulher morreu de penar. O vaqueiro Florentino sabe bem disso. Se ele fosse vaqueiro de um velho de honra, não deixava a vaca no cercado do ladrão. Entrava e saía como macho, sabendo que ia brigar a favor de um homem que garantia o seu feito. É, menino, o teu mano vai me lavar o peito. Me disse o tangerino que o capitão esteve em Bom Conselho e até baile deram na casa de Zuza de Abílio. Tu fica certo que este sertão só endireita com as ordens do capitão Aparício. No dia em que ele entrar em Jatobá e der fim às grandezas de Cazuza Leutério, eu, Custódio dos Santos, posso entregar a alma ao Criador sem pena nenhuma deste mundo. O meu menino lá de cima há de dizer: "É isto mesmo, meu pai, vossa mercê pode falar grosso na Roqueira, vossa mercê é homem de honra". Coitada de minha mulher que está enterrada. Se ela vivesse neste dia deixava de chorar e podia olhar outra vez para o marido.

Por cima das águas paradas do açude, patoris deslizavam, tranquilamente.

— Menino, outro dia o mestre Jerônimo me disse: "Capitão, esta sua terra podia lhe dar muita riqueza. O senhor tem neste sertão uma terra que não falta água, de fonte corrente no pé de serra e estas grotas com varges para encher de cana." Eu nada disse ao mestre, mas bem que queria dizer:

"Mestre, riqueza não foi feita para quem não pode com ela. Eu sou um velho mais do que aleijado. De que me serve plantar muita cana, fazer rapadura, quando não tenho alma no corpo? Sou um velho sem préstimos." Uma vez, e isto já faz quatro anos, o teu mano Aparício estava lá em cima na casa onde mora tua mãe, e eu apareci por lá, e conversa vai e conversa vem, eu disse a ele: "Capitão, este seu criado não merece a luz do dia". Teu mano olhou para mim espantado e eu continuei: "Não merece a luz do dia quem tem como eu a honra na lama". O teu mano sabia de tudo e foi franco: "De fato, capitão, o seu negócio é mesmo para acabar com o freguês. Mas deixe comigo este tal do Cazuza Leutério. Um dia eu faço um serviço nele." Eu sei, menino, que eu não entro na coisa. Ah, desgraçado (aí a voz do capitão estremeceu na garganta e seus olhos marejaram de lágrimas) tu me mandaste o menino morto, numa rede, todo furado de punhal, mas o teu corpo, o corpo da tua mulher, a virgindade da tua filha, hão de pagar por tudo.

Patoris gritavam, os pássaros cantavam e mais de longe chegava o gemer de um carro de boi. O capitão, porém, parou de repente:

— É, menino, depois do serviço de Jatobá estas terras vão sofrer muito. Eu nem sei se tua mãe deve ficar por aqui. Em todo caso o tangerino Moreno há de trazer as ordens do capitão.

O chiar do carro se aproximava. O capitão e Bentinho foram subindo. O mestre Jerônimo falava com o carapina Cosme que viera a chamado do capitão:

— É, mestre, estou precisando mesmo mudar os varaus da bolandeira.

O capitão aproximou-se e o carapina e o mestre foram ver os troncos de pau-d'arco que vieram no carro.

— É um pau de primeira.

E o carreiro chegou-se para falar com o capitão:

— Seu capitão, estava lá na mata de Vossa Senhoria quando me apareceu o Jacinto Torres, aquele carapina de Tacaratu, e o homem estava metendo o machado num pau linheiro que tem lá. E eu lhe perguntei com que ordem estava ele ali. E me disse que não vinha com ordem de ninguém. E eu só fiz lhe dizer: "Mestre, estas terras são do capitão Custódio". E foi o mesmo que não dizer nada. Lá ficou ele com mais dois sujeitos, sendo que um armado de rifle.

O velho escutou o carreiro, mas desviou a conversa para o mestre Jerônimo:

— Mestre, veja aí com este carapina se o pau-d'arco dá para a obra.

Quando saíram, à tarde, o mestre Jerônimo veio conversando com Bentinho:

— Aquele capitão Custódio é o homem mais sofredor que conheci. Esta história da morte do filho vai matando o velho devagarinho. Aqui neste sertão tem ele terra e não manda nela. É como se fosse um casado que os outros come a mulher. E ele nem como coisa. Um homem deve punir pelo que é seu. Este safado do Tolentino deu agora para roubar o gadinho do capitão, e não sai ação nenhuma desta afronta. Eu te digo: tenho até vontade de mudar-me deste lugar só para não assistir a estas coisas.

Bentinho botou tudo para a doença. A morte do filho tinha bulido com a cabeça do velho.

— É doidice, deu a doidice nele para ficar mofino. Melhor ter morrido na ponta da faca – disse-lhe o mestre. — Mas, porém, pelo que tenho escutado, o maioral desta redondeza é o tal de Cazuza Leutério de Jatobá. Foi ele quem garantiu os assassinos do filho do capitão e é por isto que o velho é todo de Aparício. Ele nada me disse. Estou vendo aquele tangerino Moreno entrar e sair nos cochichos e eu te digo: aquele negro é capaz de ser um leva e traz. E muito bem faz o capitão. Aparício é cangaceiro mas tem lá a sua justiça e pode dar razão a quem tem razão. Estou neste lugar há mais de dois anos e outro dia estive imaginando. Foi quando passou lá pela Roqueira aquele sujeito amarelo com o negro Moreno. Maldei para cangaceiro fugido atrás de pouso. Quando morava no Brejo, Antônio Silvino mandou um cabra baleado curar o ferimento numa propriedade do doutor Cunha Lima, no Crumataú. Vi aquele amarelo e disse comigo: "É capaz de ser gente de Aparício". Depois não vi mais o homem. Esta história de cangaceiro tem uma maçonaria danada.

Vinham os dois pela estrada, e antes de chegar aos pés de oiticica, avistaram um comboio que vinha do outro lado do rio. Eram aguardenteiros do contrabando que demandavam para as bandas do Ceará. Os homens olharam para os dois e pararam para a conversa:

— Muito bom dia, meus amigos, nós estamos de rota batida para o Ceará e soubemos que tem chegado muita força em Jatobá. Estamos sabendo se o homem lá de cima podia dar uma pousada para o comboio. Estamos com um rapaz de febre e não queremos deixar ele assim no sereno.

O mestre aconselhou-os a subir. Lá na certa que o capitão daria pousada.

— Não é o velho Custódio?

— Sim, senhor, é ele mesmo.

— Ah, eu conheço, é homem de paz. O sertão está pegando fogo. Aparício dançou em Bom Conselho nas barbas do capitão Jesuíno e o governo deu o bute. E soltou os soldados no sertão que só na Guerra de Canudos. Estão dizendo que Aparício estourou em Floresta com um grupo de mais de cem homens. Quem paga tudo isto é o sertanejo que nem pode trabalhar sossegado. Quando não tem seca, tem soldado. Quando não tem soldado, tem cangaceiro.

Despediram-se, e Bentinho viu logo que o ataque a Jatobá não podia ser mais naquele tempo. As forças que vinham chegando talvez que fossem pedidas em vista da descoberta do plano. Parou na porta do mestre e lá estava a família inteira. Alice com os seus olhos e o sorriso que lhe enchia o coração de alegria. Naquela tarde trazia uma flor na cabeça e os cabelos soltos iam-lhe quase nas cinturas. Preparara-se para ele. Reparou nos sapatos que ela trazia nos pés que sempre vira descalços e sujos de terra. A família falou do comboio e Zé Luís referiu-se logo às notícias e às conversas sobre Aparício.

— Menino, tu não fica aí batendo os dentes com esta gente. É capaz de haver espias neste comboio. Quando eu estava no Brejo conheci um cego que pedia esmola na feira. E depois o povo descobriu que o tal não era cego nem nada. Era espia de Antônio Silvino. No cerco do Serrão com o tenente Paulino Pinto, encontraram ele morto de rifle nas mãos. Aqui neste sertão a gente precisa viver com cautela.

Zé Luís tinha apanhado uma faca com um dos matutos.

— Isso é obra de Campina – disse o mestre. — Toma cuidado, menino, estes comboieiros vivem de histórias, de um lado para outro. Não quero conversas com eles. É bom dia para cá e bom dia para lá e só.

Alice olhava para Bentinho e ele, se pudesse, ficaria ali a noite inteira. Mas não podia ficar para o café. Tinha que chegar em casa cedo para não fazer a sua mãe esperar.

— Olha, Zé Luís, isso é que é filho. Seu Bentinho é filho de dar gosto à mãe, falou sinhá Aninha. Tu anda por aí feito novilho novo e quando eu falo tu não quer escutar.

— Não fala não, minha mulher. Tu é que é culpada de tudo.

E mal Bentinho deu a volta na estrada os pensamentos ruins chegaram para o aperreio. Aquelas palavras do capitão Custódio, fazendo referência aos sofrimentos que viriam para eles depois do ataque de Jatobá, o impressionaram. Aconteceria aquilo mesmo que sucedera no Araticum com o tenente Maurício. Pagariam os inocentes pelas culpas dos outros. A força entraria na Roqueira para castigar o capitão Custódio, coiteiro de cangaceiro. E a fúria dos soldados não respeitaria nada. Sofreriam mulheres e meninos, porque a ordem era para arrasar. Com esta impressão chegou à porta de casa. A lamparina já estava acesa. Aproximou-se do copiá e lá estava na porta, sentada, sinhá Josefina. Pediu-lhe a bênção e ela fez que não ouviu. Então entrou rapidamente para a sala. Havia fogo na cozinha. Estava outra vez com medo. A presença da mãe aterrava-o; e ali mesmo, em pé, comeu o seu prato, à espera de que qualquer coisa de grave pudesse acontecer. Depois veio para o copiá e não mais encontrou a mãe. Ouviu o ranger das redes nos armadores e como a noite de lua deixasse ver o mundo lá de fora nas suas belezas, no céu claro, nas árvores que a ventania agitava, foi ficando até tarde, procurando vencer o seu pavor com aquelas belezas que podia ver. Queria compor uma vida para sair daquele cerco onde estava. A rede rangia, no seu ir e vir, num balanço ininterrupto. De repente, porém, Bentinho esfriou com o silêncio que se fez. Abriu os ouvidos e esperou. Naquela expectativa estava há mais de um minuto, agoniado, incapaz da menor defesa. Procurou ver se tinha coragem para

Cangaceiros • 113

sair do lugar, e não tinha. Parecia pegado ao chão do copiá. Foi quando sinhá Josefina levantou-se e ele sentiu o barulho que seus pés fizeram no chão. Era como se tivesse dado um salto de enorme altura. Fechou os olhos e ela apareceu na porta da sala, de cabeção como estava, com o rosário branco no pescoço, e foi gritando para ele:

— Que vieste fazer aqui, demônio, raça de cobra, resto de gente? Não quero te ver mais, não quero que tu fique nesta casa.

Bentinho não teve ânimo de levantar os olhos para ela. Calado e estarrecido ficou, ferido no seu coração, no fundo da alma. E os gritos da velha foram crescendo:

— Sai desta casa, demônio, eu sei de tudo. Tu está aqui para me espiar, tu e aquele velho. Tu está aqui para me entregar a ele, para me agarrar como uma cachorra. Sai desta casa, desgraçado.

O rapaz não fez um movimento, tinha os membros arrasados, tinha o espírito em pânico. E com esforço extraordinário ergueu-se do chão e passou-se mais para longe, trêmulo, com o corpo inteiramente arrasado. Aí a mãe correu para dentro de casa e trancou a porta. Lá de dentro gritava, gritava sem parar. A lua cobria a casa de brancura. Pelas frestas da janela a luz da lamparina rompia até fora. Compreendeu Bentinho que aquilo era o fim de tudo. Romperam-se entre ele e a mãe as últimas ligações possíveis. O que deveria fazer? Estava só, mais só do que nunca. Devia agir pela sua própria cabeça. Foi descendo um pouco para a grota e viu uma luz acesa na casa das negras, lá longe, como um sinal de que o mundo continuava. Parou, antes de chegar no trecho de caminho que tanto o amedrontava. Não tinha o direito de abandonar a sua mãe naquele estado. Aparício a entregara a ele e nele pusera toda confiança. E acontecia aquela desgraça. Também pela cabeça da velha passara tanto sofrer que não pudera aguentar. Partira-se. Estava doida. Teria ele no outro dia que bater na porta do mestre Jerônimo e contar tudo. Não lhe falaria, é certo, de Aparício. Quando chegou, porém, de volta, viu a porta aberta outra vez. Teve receios de aproximar-se. Foi criando mais coragem e chegou ao copiá. A rede continuava a ranger nos armadores. Acomodou-se no chão e os minutos se foram passando, numa lentidão de suplício. Outra vez a velha começou a gritar:

— Me mata, demônio, me mata com o ferrão que o diabo te deu. Vem pisar nesta madre que te pariu.

E deu uma risada cortante. Em seguida se fez outra vez o mesmo silêncio. Só se ouvia o ranger da rede. O rapaz procurou estabelecer um plano para o dia seguinte. Ele iria logo de manhã ao capitão e lhe contaria tudo. Teria que descobrir um jeito para aguentar a velha em casa. E se ela desse para fugir, para correr pelo sertão, como aquela mulher de um morador do Açu chamada Chica Grande, que não parava em parte alguma, sempre a falar, sempre com a boca cheia de nomes feios, atacada pela impiedade dos meninos, furiosa nos tempos de lua, fazendo medo quando lhe apareciam os momentos de crise? A mãe de Aparício, solta no mundo, corrida de um lado para outro.

A madrugada veio chegando, a rolinha-cascavel pulou do ninho e já estava no terreiro atrás de comida para os filhotes, que cantavam alegres com as providências da mãe ativa. A velha continuava a se balançar na rede. O mundo se banhava na luz carinhosa do amanhecer. O verde enchia o sertão de fartura. Bentinho sentia-se, no entanto, separado daquele mundo feliz. De que lhe valia aquele florescer de todas as árvores do sertão, de que lhe valiam as águas que corriam nos córregos, roçados de terra molhada, se a seu lado a velha mãe secava a cabeça, variando, na triste sina de uma doidice de doer nos outros? Imaginou as providências que tomaria. A velha mãe amarrada de corda, estrebuchando, aos gritos. Levantou-se para fugir daquele pensamento cruel. E ouviu outra vez a voz áspera:

— Sai de minha casa, assassino, ladrão, vai para a caatinga matar os inocentes de Deus. Tu não me pega, não. Tu não me arranca a madre infeliz que te pariu. Tu não é filho de Bentão, tu é filho de Aparício. Ah, meu Deus, eles querem me matar.

E o pranto abafou-lhe as palavras. Chorava alto, num chorar de bulir com as pedras. Demorou-se assim uma meia hora naquele desabafo de açude arrombado. E silenciou como se tudo tivesse acabado. O filho permaneceu parado à espera de outra crise. Mas tudo tinha parado. Nem o ranger da rede nos armadores. Saiu um pouco para libertar-se daquela tensão nervosa que o oprimia e mal botou os pés para fora ouviu outra vez a mãe aos gritos:

— Bentinho, não me deixe sozinha com ele, não me deixe sozinha com ele. Ele está aqui no quarto; corre, Bentinho, corre, Bentinho.

Pulou para junto da mãe e ela nem parecia mais aquela fúria de olhos terríveis.

— Meu filho, ele está ali escondido. Ele vem me pisar na madre, ele quer me encher outra vez de um filho com o mal dentro.

E chorava com um desespero de quem tinha todas as partes do corpo abaladas por um susto repentino. O filho acolheu-a num abraço de proteção. Mas outra vez ela o repeliu, com violência, gritando:

— Vai, vai com ele, tu também quer me matar. Sai, sai, demônio, sai deste quarto, Aparício.

E com as mãos em garras partiu para o filho que correu para o terreiro. De longe olhava ele para a casa. E foi depois se aproximando bem devagar. Como podia deixar a velha naquele estado?

Pelos arvoredos de perto todos os pássaros cantavam numa festa de sol sobre uma terra que tudo paria sem dor, abundante e risonha. A velha apareceu na porta, chegou no copiá, e ainda com mais força gritou:

— Sai desta casa, Aparício, vai matar os inocentes, vai comer as donzelas.

Num ninho da biqueira piavam, no aconchego da mãe que lhes dava de comer, os filhotes da rolinha-cascavel. E como Bentinho ainda permanecesse por debaixo do juazeiro, a velha desceu os batentes da casa e com pedras na mão saiu a enxotá-lo:

— Sai daqui, Aparício, dana-te, filho do diabo, filho de madre podre.

13

Aproximando-se da casa do mestre, Bentinho levava a certeza de que desabafaria com Alice e sinhá Aninha todas as suas mágoas. Lá, sem dúvida, no regaço da família boa, encontraria lugar onde descansar de seus tormentos e de seus medos. Deixou a mãe e, às carreiras, desceu a ladeira. Viu na casa das negras um ajuntamento de povo. Uma mulher lhe deu a notícia: o negro velho, pai das moças, tinha morrido naquela noite. Não quis parar e foi andando com sofreguidão. Era muito cedo e a porta da casa do mestre ainda estava fechada. Esperou, até que viu sinhá Aninha abrindo a janela. Teve vontade de correr para ela, mas se conteve. Parado, na beira da estrada, foi ficando e aí refletiu melhor. Não devia falar com a gente do mestre. Primeiro procuraria o capitão Custódio. Aparício os mandara para a Roqueira, à procura da proteção do velho. E não ficava bem contar o sucedido a estranhos. Alice apareceu na porta, num desmazelo de quem não esperava ser vista, assim como estava. Escondeu-se ele atrás de uma moita de cabreira e foi se apossando de seu espírito um pavor esquisito. Viu depois o mestre na porta, nu da cintura para cima, olhando para a estrada. Tomou coragem e apareceu para dar bom-dia:

— Está madrugando, menino.

— Não, mestre, estou com doença em casa. A minha mãe caiu doente de noite, e estou indo para falar com o capitão.

— E o que tem ela? Fala ali, com Aninha, e te garanto que ela é capaz de ensinar uma meizinha.

— Mas mestre – e os olhos de Bentinho se encheram de lágrimas e quase que não pôde articular —, é que a velha está variando da cabeça.

— Mas como, menino? É de febre?

— Não tem febre não, mestre.

O homem parou um momento e chamou a mulher:

— Aninha, vem cá. Repara no que aconteceu a Bentinho. A mãe dele está de juízo fraco.

Alice apareceu na porta e Bentinho olhou para a moça atrás de um consolo, de qualquer coisa que viesse para aliviá-lo daquela tristeza.

— Coitada. Mas menino, a tua mãe já vinha doente? Será espírito?

O mestre concentrou-se e de cara séria foi dizendo:

— Eu dizia todo dia a Aninha: "Mulher, a vida da mãe de Bento não vai dar certo. Aquela mulher não aparece, não fala com ninguém." A gente carece de falar, menino. Agora tudo isto pode ser uma coisa de passar.

— É, seu Bentinho, pode passar, foi dizendo sinhá Aninha. Eu tive uma tia que deu nela uma agonia dessa e levou dias num falar que não parava. Quando foi numa manhã o meu tio Francelino estava limpando uma arma de fogo e a bicha caiu no chão disparando. A minha tia com o tiro deu um grito e caiu para trás. Pois não é que depois daquilo ficou boinha! Isto é coisa mesmo de mulher.

Alice olhava para Bentinho e tudo que um olhar poderia dar de conforto, os olhos da moça estavam dando. Bentinho tinha que sair e a sinhá Aninha se ofereceu para ir até a casa da velha.

— Agradeço à senhora, mas a minha mãe não vai gostar. Ela não quer ver ninguém e pode até estranhar a senhora.

Alice, de pano na cabeça, se preparava para o serviço. Foram os dois andando de estrada afora. Pela primeira vez encontrava-se ele com moça, sem a presença de outra pessoa. Sinhá Aninha ficara em casa e Zé Luís estava no velório do negro velho. Andaram os dois uns vinte passos, calados, até que Alice com a voz macia falou para ele:

— Bentinho, eu tenho pena da tua mãe. Mãe falou que ela pode ainda ficar boa. Deus permita.

Pararam na entrada que dava para o roçado. O rapaz só fazia olhar para ela e não tinha uma só palavra. Os olhos pretos de Alice esquentavam a manhã com o seu brilhar. Eram os olhos de luz de atravessar um coração, mas o sorriso terno e manso punha nas suas feições uma doçura de paz camarada. Mas Bentinho, sem saber como, como se aquilo tivesse saído de sua boca num impulso incontido, lhe disse:

— Alice, eu queria casar com você.

Cangaceiros • 119

A moça correu para o roçado e ele ficou parado na beira da estrada, até que a avistou de cabeça baixa, na limpa do roçado. Pensou que a tivesse ofendido, que as suas palavras a magoassem. Apareceu então o mestre e se foram pela beira do rio.

— Aninha me disse que vai à casa da velha ver as coisas. Mulher tem mais jeito. Mas, menino, eu para te falar com franqueza não dou mais nada pela tua mãe e até te digo: melhor que tivesse morrido. Ela está só neste mundo. Só conta mesmo com o filho homem, e doido vive muito. Vai ser um penar de anos e anos. É verdade, com as vontades de Deus ninguém pode.

Por debaixo das oiticicas encontraram uns homens parados com os animais na peia, no pasto. O mestre parou para dar bom-dia. Aqueles homens estavam chegando do outro lado do São Francisco. Aparício tinha atravessado para a Bahia por causa da tropa de Pernambuco. Em Jatobá havia muito soldado, às ordens do coronel Cazuza Leutério. Até se falava na prisão dum tangerino chamado Moreno, que andava de recado de Aparício para o juiz de Tacaratu. Deram com o bicho na cadeia e a peia comeu. O sertão estava cheio de história. O tal doutor tinha um pai compadre de Aparício. Agora o capitão tinha caído nas caatingas da Bahia e o governo de lá não estava perseguindo.

O mestre, porém, queria saber notícias do Brejo, mas os matutos há tempos que não tinham conhecimento daquelas terras.

— A rodagem do federal está mudando o sertão. Só se vê é engenheiro medindo terra. Estão dizendo que açude vai ter, em toda parte.

No caminho para a Roqueira o mestre foi continuando a falar:

— Menino, esta história de juiz na proteção de Aparício é o diabo. O pai do homem é compadre do cangaceiro e o filho quer subir nas costas de Aparício. Lá no Brejo se dizia que Antônio Silvino deu a um doutor da Paraíba, que era juiz de direito, um anel de doutor. Cangaceiro pode muito neste sertão. As palavras do homem não repercutiam nas cogitações de Bento. A prisão de Moreno podia trazer perturbações sérias na vida de todos. Se o negro tivesse falado. Quando chegaram lá em cima com a notícia, deu o desespero no capitão Custódio. Chamou ele Bentinho para longe de casa e a voz tremia-lhe:

— A doença da tua mãe foi uma dos diabos. O capitão Aparício sabendo, vai ficar desesperado. Ele tudo fez para que a velha pudesse viver fora dos perigos e das perseguições do governo. Nem sei como dar um jeito neste caso. E vem tu com esta notícia da prisão do negro. Bem que eu já estava maldando. O negro tinha que me trazer notícias do serviço de Jatobá. Bem que eu não quis conversa com esse juiz. Com o capitão, na Bahia, a coisa vai esfriar mais. Só tenho medo da língua do negro. Se o diabo confessar, a gente está liquidado. Menino, Cazuza Leutério mandou matar o meu rapaz e está aí mandando em tudo como um rei. Está em Jatobá cheio de praças, às ordens dele. O diabo é se o negro falar. Porque tu fica na certeza de uma coisa: o capitão teu mano ainda dá conta dele. Pode não ser no dia de hoje mas pode ser no dia de amanhã. Eu só quero é que Deus me dê vida para chegar até lá. Depois que venham para aqui e arrasem tudo o que eu tenho. O meu menino está ali enterrado bem perto da mãe.

Voltaram e o mestre Jerônimo se chegou para conversar sobre o carapina. Os serviços não estavam valendo nada.

O capitão Custódio não lhe deu ouvidos e subiu para a casa-grande.

— Estás vendo, o diabo deste velho só pode estar de miolo mole. A gente dá uma notícia desta e entra por um ouvido e sai pelo outro; assim nem vale a pena o sujeito trabalhar. E que disse ele da tua mãe?

— Mestre, o capitão pensa como o senhor, é coisa perdida.

À tarde apareceu Zé Luís correndo atrás do pai e foi contando tudo às pressas. A mãe de Bentinho tinha passado por lá. A velha estava toda alterada. Parou na porta da casa e abriu a boca para dizer muita coisa feia.

— Mãe me mandou para que eu viesse correndo dizer a Bentinho.

O rapaz alarmou-se e quis sair. Aí o mestre e o capitão Custódio apareceram para combinar qualquer coisa.

— É preciso jeito, menino. Doença assim como esta carece de muita cautela. Eu vou contigo e a gente há de descobrir um recurso para levar a velha para casa.

A agonia de Bentinho estampava-se no seu olhar vago, na palidez da face, no atônito de seus gestos.

— Capitão, a gente precisa descobrir a velha.

— Não te aperreia, menino. Pior desgraça me aconteceu aqui neste copiá quando meu filho apareceu na rede todo ensanguentado.

— É, capitão – disse o mestre —, o caso é sério. Eu vou com o rapaz procurar a velha. Garanto que ela não deve andar por muito longe.

E saíram com o rapaz inteiramente destroçado.

— Mestre, a minha mãe é capaz de ter se afogado no rio. Este rio assim como está é um perigo.

— Fica quieto, e deixa a coisa comigo.

Bentinho não reparava em coisa nenhuma. Pela estrada não encontraram vivalma. Só o sol sertanejo brilhando pelos lajedos e pelos verdes das árvores. Em casa, sinhá Aninha deu notícias melhores. A velha já tinha passado de volta levando uns galhos de mato nas costas. O melhor era tomar todas as providências.

— Meu filho, assim é que não pode ficar. Ela é capaz de fazer uma desgraça. Alice acompanhou ela de longe e viu até quando ela subiu para casa num passo de carreira. Eu quis subir para lá mas fiquei com medo de espantar a ela.

O mestre Jerônimo e Bentinho saíram deixando sinhá Aninha aflita. Alice procurou acalmá-la.

— Minha filha, tu reparaste nos olhos da velha? Nunca vi coisa igual. E os cabelos? Tive até medo quando vi aquela mulher na estrada. Ela vinha com vontade de fazer um mal.

— Mãe, eu estou só sentindo é o sentimento de Bentinho. A velha dizia tanta coisa à toa. A senhora ouviu ela falando de Aparício, dizendo que tinha parido ele? E a voz, mãe, que voz de doer nas ouças.

— Menina, até deu para imaginar muita coisa. Esta gente veio da Pedra, das histórias do santo. Aquilo pode ser espírito de caboclo. Quando um bicho deste entra num corpo não sai mais. Zé Luís ouviu dizer que andou na casa de Bentinho um homem amarelo, de cabelo comprido. Na venda de seu Lucrécio falaram a Zé Luís na história de uma amizade do capitão Custódio com os cangaceiros. A velha estava com Aparício na boca.

— É coisa de doida, mãe.

Alice calou-se e sinhá Aninha continuou:

— Eu não sou cega não, menina. Bem que eu estou reparando no teu namoro com este rapaz. Agora para ele a coisa vai ficar difícil. Tem uma mãe doida nas costas para toda a vida.

Cangaceiros • 123

O mestre e Bentinho encontraram a negra Assunção. O pai tinha sido enterrado e ela voltava para casa ainda de olhos inchados de chorar:

— A véia tua mãe chegou na porta lá de casa, para chamar nome a gente. Até a gente viu que ela não estava de bom juízo. Gritou tanto para nós que fez medo ao povo. A velha está ruim mesmo. Por volta das três da tarde ela foi subindo a ladeira com uns galhos de mato nas costas.

O mestre combinou com Bentinho um jeito de segurar a velha em casa:

— Menino, a coisa é difícil. Estas casas não têm segurança. Se tu trancar a tua mãe num quarto ela arrebenta tudo e foge para mais longe. Acontece cada uma!

Já começava a escurecer e eles foram se aproximando da casa. Passaram pela mata e Bentinho não reparou em coisa nenhuma. Estava com medo de chegar, de ver a mãe, de olhar para o ente querido reduzido a nada. O mestre, porém, estava tranquilo.

— O pior que pode acontecer é ela me estranhar. Aí só tem mesmo um jeito, é amarrar a velha. Vai ser duro, menino, mas para esta doença só mesmo botando o coração de lado. Tu chega lá primeiro do que eu e conforme for, me chama.

As pernas de Bentinho tremiam, um frio de morte entrara--lhe de corpo adentro, mas foi andando bem devagar como se estivesse num quarto, com receio de acordar alguém. Chegou no copiá e não viu ninguém. A casa toda em silêncio. Foi à cozinha e o fogo estava apagado. Pôs os ouvidos para escutar, e nada. Aí criou mais coragem e empurrou a porta do quarto da mãe. Deu um grito de pavor. O corpo de sinhá Josefina pendia de uma corda, com a língua de fora e os olhos esbugalhados. O mestre já estava ao seu lado e com a faca cortou a corda. Sinhá

Josefina estendeu-se no chão, rígida. O filho abraçou-se com ela, num choro convulso de cortar coração. O mestre Jerônimo passou-se para o copiá, fugindo da tristeza do quadro. A noite entrava de portas adentro com os gemidos de seus bichos. Ventava frio, um sopro de nordeste que trazia de longe um cheiro das açafroas da horta de sinhá Josefina. O choro do rapaz doía-lhe no coração. Era preciso chamar sinhá Aninha e Alice. Era preciso tratar da defunta com rezas. E sem dizer nada apressou os passos e foi dar a notícia desgraçada. Sozinho na casa, com o corpo da mãe estendido no chão, apoderou-se de Bentinho um medo indomável. A sua cabeça não funcionava, não encontrava um galho de árvore para segurar-se. Veio-lhe então a lembrança de Domício, do irmão do peito que ele tanto amava. Ficou sentado no copiá e seus ouvidos começaram a escutar o ranger da rede nos armadores. Fugiu da casa e refugiou-se por debaixo do juazeiro. A escuridão aterrou-o ainda mais. Não pôde calcular o tempo que passou naquele estado. Depois ouviu vozes que se aproximavam. Saiu para a estrada e sinhá Aninha e Alice apareceram. Foram logo para a sala e acenderam a lamparina. Alice ficou no copiá com ele e a mãe tratou logo de acender o fogo da cozinha. Mais tarde chegou o capitão Custódio e se abraçou com Bentinho em soluços. Chamou o rapaz para um canto:

— Menino, o que não vai dizer o capitão Aparício? É capaz de botar para cima de nós a culpa de tudo. Tu deve te consolar. A tua mãe morreu e foi melhor assim. Tenho meu filho assassinado e está com a minha mulher lá em cima enterrados.

Vinham chegando outras pessoas. O corpo já estava em cima da mesa, coberto com um pano branco. As negras da grota tinham trazido restos de vela do velório do pai.

E quando foi para mais tarde começou o choro lúgubre pela defunta. Vozes fanhosas enchiam o sertão de uma dor desesperada. Choravam a mãe dos cangaceiros.

SEGUNDA PARTE

Os cangaceiros

1

HÁ MAIS DE DOIS MESES que não se falava de Aparício. Penetrara nos sertões da Bahia, e do outro lado do São Francisco o mundo era maior para ele. Bentinho deixara o sítio lá de cima e agora assistia no quarto da bolandeira, onde o capitão Custódio fazia depósito de milho, nos tempos da prosperidade da Roqueira. Lá se recolhia, e desde a morte da mãe não voltou a ser o que era antes. A sua conversa, enquanto não aparecia o mestre Jerônimo, era com Terto, sempre com as mesmas saudades do irmão. Encontrou Bentinho, no caboclo, um amigo de alma partida como a sua. As notícias que apareciam sobre Aparício eram escassas. O tangerino Moreno tinha desaparecido. Um comprador de rapadura, de Tacaratu, soubera das surras que o negro aguentara no lombo. O tenente Raposo só não lhe arrancou o fígado pelas costas; tudo mais fizera para ver se conseguia a confissão do negro. Mandaram-no para Recife, e até os jornais falaram dele, com retrato grande.

O capitão Custódio andava mais triste e já não procurava Bentinho para os desabafos. O mestre Jerônimo preparava a engenhoca para safrinha de duzentas cargas de rapadura. Bento não tinha ânimo para fugir da depressão que o abatia. Enterrou a mãe, ali bem perto da cova da mulher do capitão, dentro de um cercado de pedra para que os bichos não fossem bulir com o seu corpo. Mas não lhe saía da cabeça a língua estirada, os olhos esbugalhados da velha pendendo da corda e aquele baque no chão. Aparício e Domício ainda não deviam saber de nada.

Numa tarde, porém, o capitão Custódio esteve em conversa demorada com um matuto. Parecia gente vinda de

Cangaceiros • 129

longe. Cavalo magro descansava perto do cocho de ração dos animais. E, à boca da noite, quando o homem saiu, o capitão demorou-se sozinho no copiá, de cabeça baixa, amparado no cacete de jucá que trazia na mão. Depois chamou Bentinho para dentro de casa e contou-lhe tudo, fechando a porta da frente, com cautela de assustado.

Aparício tinha mandado um próprio para saber notícias da mãe. O homem atravessara o rio em Pão de Açúcar para não dar muito na vista. O capitão estava agora em Sergipe, na fazenda do coronel Carvalho, cujo filho mandava na política. Tudo ia correndo muito bem, e só estava esperando a ocasião para dar um ensino no chefe de Jatobá. A prisão do negro Moreno desconjuntara os planos do capitão. Havia, porém, outro cabra fazendo o serviço. Tratava-se de um aguardenteiro chamado Vítor, homem branco com um defeito: tinha beiço lascado. O capitão estava de boa saúde. O próprio trouxera também um recado de Germano para o irmão Terto. Nem sabia se devia dar aquela notícia. O melhor era mesmo ficar calado, senão o caboclo Terto ia ficar sabendo o que ninguém ali devia saber.

— Dei a notícia da morte de tua mãe com um nó na garganta. Eu sei que vai doer muito no capitão. Tinha que contar tudo e mandei dizer que tu estava comigo. Mas, menino, vou te ser franco: já não conto com a desgraça de Cazuza Leutério. O capitão Aparício vai se esquecer de mim. Tem outros compromissos e este velho já não vale nada. O meu menino é que está morto, e tudo há de ficar no mesmo.

Uma imensa mágoa abafou as últimas palavras do velho. Bentinho reparou nos seus olhos úmidos, na tristeza daquele rosto magro, de boca murcha.

— Eu não falo com Terto, não. Para quê? Germano está feliz no cangaço, e eu te garanto que termina se vingando.

Mais tarde Terto conversou com Bentinho:

— Germano deve de estar com o bando de Aparício, lá para as funduras da Bahia. Os soldados de Jatobá estão se entrincheirando na beira do rio mas o capitão Aparício tem cabeça para tudo. Tu fica certo de que não vai chegar notícia dele tão cedo. Os cabras de Jatobá estão contando prosa.

Bentinho começou a compreender que o seu destino não era aquele de ficar ali como besta. Morrera-lhe a mãe e a sua alma perdera o viço de rapaz. Ficou assim com a morte atravessada na sua cabeça, possuído de pensamentos desconcentrados. Para onde iria? Tinha no bolso uma parte do dinheiro que Aparício mandara para o sustento da casa. Se ele quisesse poderia descer com um comboio com destino ao Brejo. Mudava de nome, e, longe do sertão, viveria a sua vida, fora de todos os perigos. Poderia escapar de Aparício? Dormia com a certeza e acordava com a dúvida. Não escaparia mais, estava para sempre ligado aos Vieira, ao pai de Bentão, ao irmão Aparício, ao irmão Domício. Outras vezes descia com o mestre e ficava em conversa com Alice. O namoro pegara e todos de casa já falavam em casamento. De fato, Alice enchia, em certos momentos, a sua vida de uma alegria diferente. Quando ficava ao seu lado, o mundo criava outro sentido, nem lhe parecia o mundo perdido de um irmão de cangaceiro. Roía-lhe, porém, a vida o segredo que ele guardava. Não tivera coragem e nem confiança de confessar a Alice a sua história inteira. Mais forte do que o seu amor era Aparício, era a força do sangue que o comprimia naquele silêncio sobre tudo o que ele era. Se contasse tudo a Alice estaria perdido. Sofreu muito com estas preocupações, e por isto começou a fugir da casa do mestre. À noite, no seu quarto, só com estas dúvidas, transformava-se numa criatura condenada à morte. Se fugisse com Alice não lhe compreenderiam o gesto e o mestre ia fazer dele uma ideia injusta. Não, seria para

Cangaceiros • 131

o resto de seus dias um irmão de cangaceiro. Aí chegava-lhe um medo maior. Se Aparício o levasse para o bando? Domício não nascera para aquilo e lá ficou, igual aos outros, matando como o negro Vicente. Muito em breve chegariam as ordens. O caçula de Aparício caminharia para o cangaço. E tudo estaria perdido. Perderia Alice. Sinhá Aninha já lhe tinha falado no casamento.

O capitão Custódio abriu-lhe os olhos:

— Menino, é preciso saber se o capitão aprova. Tu é mano dele e mano de cangaceiro não é como os outros.

E não era mesmo como os outros homens. Amar não podia, porque se chegassem a saber o que ele era, poderia ser temido, mas não estimado como qualquer outra criatura. Ia conversar com Alice, e, até certo ponto, tudo corria entre namorados. De repente, porém, assaltava-lhe um remorso tremendo, e sentia-se culpado, um miserável a enganar uma moça. Se Alice soubesse de sua vida ficaria alarmada e correria de sua companhia. Por outro lado, punha o seu caso em comparação com o do mestre Jerônimo, com duas mortes nas costas. E no entanto homem pai de família, dos melhores, sem vício, sem gostar de bebida, todo escravo de seus deveres. Quis fugir da casa do mestre e no dia em que deixou de aparecer por lá, recebeu logo um recado de sinhá Aninha pelo mestre:

— Menino, a velha mandou perguntar se estás de mal.

Desculpou-se como pôde e naquela tarde apareceu para conversar com Alice. Ficaram os dois, ali mesmo, na porta da casa, e sinhá Aninha não saiu de perto, fazendo renda na almofada, tinindo os bilros nas mãos calejadas. Zé Luís apareceu com as notícias que soubera na venda da beira da estrada. Chegara lá um homem falando da morte de um cabra do coronel Leutério, na feira de Jatobá. O assassino não se entregou e tinha morrido na faca. Era um cabra que andava na casa do juiz de Tacaratu e, pelo que corria, fora mandado para liquidar o coronel.

— Povo infeliz – disse Alice —, só vive de matar e morrer. Só queria, Bentinho, sair desta terra, e nunca mais ouvir falar destas coisas. Zé Luís está no caminho de pai. Não tarda a cair no crime como os outros.

— Menina, tu não fala assim – foi-lhe dizendo a mãe —, a vida da gente vai ser esta, até o fim. Quisera tu que todo homem fosse como Jerônimo, homem de matar e morrer mas porém de coração de ouro. O sertão é isso mesmo, menina. E se tu for pro Brejo é a mesma coisa. Tu quer sair do meio da gente mas não pode não. Tem que ficar aqui mesmo e chegar até às últimas.

Alice não lhe deu resposta. Saiu com Bentinho e foram os dois caminhando para a beira da estrada. Pelo cercado de pedra enroscava-se uma trepadeira, florindo no mais lindo roxo. A tarde lindíssima estava boa para namorados que quisessem falar de amor. Mas Bentinho trazia um carrapicho dando-lhe na alma frágil. E não podia pedir a Alice que o ajudasse a vencer o sofrimento que lhe esmagava o coração. Queria falar a verdade, descobrir-se, merecer toda a pena dos que o amavam. E nem isto podia fazer:

— Bentinho, tu tem qualquer coisa escondida, por que tu não abre o teu coração?

— Nada, Alice, é que ainda não me esqueci da morte da velha. Fecho os olhos e só vejo a pobre naquele estado.

Era mentira. Não era a imagem da mãe que o perseguia assim. Não era o pavor do corpo espichado. Não. O que o atormentava, e o arredava de Alice, era a miséria do destino que ele sabia invencível. Se abrisse a boca para confessar-se, perderia a amizade da casa boa do mestre. Quem aceitaria um irmão de cangaceiro na sua mesa de comer ou na convivência de uma filha? E, depois, ele trairia o irmão, se abrisse a boca. Calado

Cangaceiros • 133

teria que ficar. E assim o amor que tinha pela moça foi esfriando. Como conservá-lo com ele esquivo, sem abrir-se de alma, sem a sinceridade de tudo contar? E, no entanto, mais do que nunca amava aquela criatura que ele sabia toda entregue ao seu afeto. Não tinha uma pessoa para descarregar as suas tristezas. Pensou em chamar o mestre e contar-lhe tudo de uma vez. Conteve-se. Para que passar aos outros a sua desgraça? A mãe morrera de desgosto, de um desgosto que lhe devorou o juízo, que era o mais forte deste mundo. Não devia arrastar a família do mestre para a sua infelicidade. E por isto achou melhor fugir da casa da namorada. E que pretexto descobriria para mascarar a sua vontade? Não encontrou nenhum. E mesmo não teve forças para resistir. Entregou-se. A engenhoca preparava-se para safrejar e se entreteve no trabalho. Era homem para todos os serviços. Terto o acompanhava de perto, como se quisesse como ele, abafar um desgosto no trabalho duro.

— Bentinho – disse uma vez —, vou terminar como o Germano. Já não posso mais. Vem para cima de mim uma agonia dos diabos. Eu estou parado na rede à espera do sono, e lá vem a minha mãe e lá vêm as meninas atrás de mim. Esteja certo de que o meu gosto era de voltar para o lado de meu povo. Eu sei que as meninas estão acabadas. Germano me dizia sempre: "Terto, elas estão mais do que mortas. A gente não pode olhar para a cara das meninas." É mesmo. Tudo isto me passa pela cabeça. Mas, cadê força para suportar este pensamento? Uma coisa fica roendo dentro de mim, fica me falando assim neste cortar: "Terto, tua mãe está morrendo de fome. Terto, as tuas manas estão morrendo de fome." E me dá um azucrim no coração que não me deixa pregar olhos. Olha, Bentinho, eu ainda me dano atrás do Germano.

***

134 • José Lins do Rego

O capitão Custódio vivia de gritos com o vaqueiro Florentino e cada dia mais ficava triste. Já estava no mês de outubro e não vinha notícia nenhuma do capitão Aparício. O sertão descansava com aquela trégua geral. As volantes paradas, os cangaceiros na engorda e o povo sem uma notícia. Pelas feiras os cantadores só falavam de bravatas antigas. Aparício escondera-se na caatinga; estava, como as cascavéis mudando de pele. Depois ressurgiria como fera faminta. O capitão Custódio vivia das violências de Aparício. O filho morto carecia daquilo para se sustentar onde estava.

Uma noite Bentinho estava no quarto quando lhe apareceu o velho falando:

— Menino, este paradeiro do teu mano Aparício está me dando no que pensar. Desde a morte de tua mãe que não se fala no homem. Eu mandei a notícia por aquele matuto do coronel Carvalho, de Sergipe, e nada de me aparecer o tal do Vítor, com a notícia. É capaz do capitão, enojado, não querer saber mais deste pobre velho. E tem razão, sabe, menino, tem toda razão. Bem que a minha mulher morreu de desgosto. Como podia ela viver em casa com um homem desonrado e mofino?

A voz do capitão mergulhou-se em lágrimas de um pranto copioso. Bentinho nunca tinha visto um velho chorar. A lamparina do quarto tremia com o vento, e a cara do velho com a barba suja e os soluços que se quebravam na garganta, fizeram pensar na mãe morta.

— Já não tenho esperança – disse. — Já não tenho mais esperança, o capitão me abandonou.

Bento procurou consolá-lo. Estava certo de que, com pouco mais, bateria ali um próprio de Aparício com uma boa notícia. No íntimo o rapaz sentia-se mal com a presença de homem tão derrotado, tão infeliz. Quase que não dormiu naquela noite. Seria

Cangaceiros • 135

doidice do capitão? Demorou-se nas palavras do velho, com aquela ideia fixa do filho morto. Estaria na certa avariado, e vinha, há anos, doido. A sua mãe não aguentara e se partira, de meio a meio, como árvore atravessada por um raio. Mas, no fundo, a dor do capitão era a mesma de sua mãe. Tudo estava ligado aos filhos. Morta a mãe, ficara-lhe a presença de Domício para uma ligação com o seu passado. Inútil procurar descobrir em Alice uma energia capaz de arrancá-lo do seu destino. Ali estava sozinho, bem sozinho, escondido das criaturas que o cercavam. Não era bem ele a pessoa que Alice gostava de ver, não era o amigo de mestre Jerônimo, não era o confidente de Terto. Só mesmo o capitão Custódio falava com ele, sabendo quem ele era, sabendo a sua verdade. Estava assim como que suspenso sem pisar na terra que imaginava pisar. No outro dia tinha que tomar uma decisão radical sobre a sua vida e chamaria Alice para lhe falar com absoluta sinceridade: "Alice, sou irmão de Aparício, o assassino, o ladrão, o bandido". E se fizesse isto, passaria a ser um homem verdadeiro com o mestre Jerônimo, com Terto, com sinhá Aninha. Se Alice o quisesse assim, muito bem. Ao contrário, que fugisse de sua vida. Não tinha mais mãe e não era livre e não se sentia com disposição para libertar-se da prisão onde vivia. É, um homem como mestre Jerônimo teria cabeça para orientá-lo no bom caminho. Casado, criaria outra situação e a mulher e a sogra, o cunhado e o mestre, entrariam para a sua vida.

Acordou naquela manhã com disposição firme. Mas logo ao se levantar viu um cavalo arreado na porta da casa-grande. Reparou no animal magro, de sela velha, de estribos de corda. Com mais um pouco, o capitão apareceu no copiá e, vendo-o, fez um sinal, chamando-o. E trancaram-se na sala onde estava o homem de beiço lascado.

— Menino, este homem chegou com um recado do capitão. Me disse ele que o capitão, com a notícia da morte da mãe, deu no desespero.

Aí o homem fanhoso entrou na conversa:

— O capitão está com o diabo. Até chegou a chorar. O coronel Carvalho fez tudo para aguentar o homem. E ele não quis saber de nada e caiu na caatinga. Eu estava na minha casa, nas divisas com a Bahia, quando chegou o bando todo. O capitão mandou saber do menino, mano dele. E me disse para ele ficar por aqui até as festas. E mandou este molho de dinheiro para o rapaz, me dizendo para o menino não arredar o pé do sertão. Para ficar mais escondido ainda.

A voz do homem arranhava os ouvidos de Bentinho. Guardou o pacote no bolso e quando ele retirou-se não teve vergonha de dizer ao velho:

— Está vendo o senhor? Aparício está com todo este cuidado comigo porque ele está pensando que a nossa mãe morreu pensando nele. A velha morreu descrente dos filhos.

— Nem é bom falar nisto, menino. O teu mano, a esta hora, deve de estar com o desespero. Está crente que a velha morreu com o pensamento nele. Tu vai ver o desespero que deu nele. Eu até já estava desenganado. O meu menino está ali em cima enterrado e este teu velho amigo sem esperança de mais nada. Esta notícia do capitão Aparício, outra vez assim como está, me alivia o peso. Desta vez Cazuza Leutério vai aguentar a força do teu mano. O meu menino chegou todo ensanguentado, aí mesmo neste lugar onde tu está. E vinha na rede todo furado de punhal. Cazuza Leutério mandou-me aquele recado. A minha mulher morreu de desgosto. Quem não morreria assim como ela? Só quem não tinha mesmo sentimento. E ainda mais a morte do negro Fidélis. É. Mas o teu mano vai fazer o serviço em Cazuza. Isto ele faz, e faz bem-feito.

Cangaceiros • 137

Vinha chegando o mestre Jerônimo para a engenhoca. O capitão parou a conversa com Bentinho e alegre se dirigiu para ele:

— Bom dia, mestre. Agorinha mesmo me saiu um matuto que me veio encomendar vinte cargas de rapadura. Depois que o senhor meteu os pés nesta engenhoca que rapadura da Roqueira não esquenta lugar.

E saiu na direção do açude. O mestre falou com Bentinho:

— Bento, Aninha não amanheceu hoje boa. Ontem teve uma raiva dos diabos. É que Zé Luís meteu-se numa briga, na venda, com um rapaz filho de um morador de Quinca Luís e chegou em casa com a cabeça quebrada. A velha se espantou com o filho ensanguentado e deu um desmaio. Depois eu fui saber e a briga do menino não passou de bobagem. Bobagem de venda. O rapaz já tinha ganhado os campos. Mas Aninha quer bem demais àquele filho. E hoje nem pode levantar-se da cama. Eu disse a ela: "Mulher, bota arnica na cabeça do menino e está tudo acabado". É esta história de Aparício. Tudo que é novilho de chifre apontando neste sertão só cuida de cangaço.

A fumaça da engenhoca enchia a Roqueira de um gosto de mel. Os bois puxavam a bolandeira, as moendas espremiam a cana madura e o mestre Jerônimo caprichava no ponto. O caboclo Terto tombava cana enquanto Bentinho tangia os animais ronceiros.

Na hora do almoço chegou Alice com a comida do mestre. Para Bentinho a presença da namorada tinha força de mudar os seus pensamentos. Enquanto o mestre comia, os dois puderam falar.

— Bentinho, Zé Luís vai dar desgosto a mãe. Assim mesmo de cabeça quebrada saiu, de manhã, atrás do sujeito que brigou com ele.

— Nada não, Alice. Rapaz é assim mesmo.

— Mas é, Bentinho, que mãe tem medo que ele faça um crime. Aqui, nesta terra, só se fala de cangaceiro. Todo dia eu

138 · José Lins do Rego

digo a mãe: "No dia que a gente botar os pés fora desta terra eu sou a criatura mais feliz deste mundo".

E olhou para Bentinho com os seus olhos negros e com tamanha ternura que ele não pôde resistir a um desabafo de satisfação:

— Nada, Alice. A gente sai disso. Eu tenho certeza que a gente sai daqui.

Naquele instante pensou mesmo que podia fazer o que prometia. O cheiro do mel entrava-lhe de sentidos adentro. Alice estava tão perto dele. O calor da manhã animou-lhe o sangue e o coração bateu mais depressa. Teve vontade de beijar a moça, de grudar-se com ela, de fugir de todos e de ficar, num recanto de silêncio, onde pudessem falar de amor, onde só eles mandassem nas coisas. Alice como que sentindo o entusiasmo de Bentinho afastou-se um pouco:

— O que é que tu teus, Bentinho?

— Nada não.

E sorriu, num derrame de alma, como nunca havia sentido em toda a sua vida.

2

Aparício ressurgiu com violência nunca vista. Deu dois ataques, em menos de uma semana. Os cargueiros passavam pelas estradas com o pavor dos cangaceiros que não estavam respeitando as volantes. Atacaram Jurema e como o destacamento tivesse reagido aos primeiros tiros, não ficou vivo nem um soldado. Sangraram a todos. O delegado, um tal major Quaresma, teve toda a família massacrada. As feiras começaram a minguar outra vez. Os sertanejos sofriam dos cangaceiros e das volantes. Por onde passavam os soldados os estragos eram os mesmos. O povo botava a mão na cabeça, no desespero de não ter para onde recorrer. Contou um matuto que estivera, dois dias depois do ataque, em Pão de Açúcar. Até o padre caiu na caatinga. Aparício entrou na cidade e foi, de casa em casa, deixando a marca de sua malvadez. A mulher de um homem da mesa de renda passou, ela sozinha, quinze cangaceiros, bem na calçada da igreja. Dizia o povo que dera um mal em Aparício depois da morte da mãe. Dizia-se que a velha tinha morrido nas mãos do tenente Faustino e era por isto que o filho estava com a peste na desforra. Quem tivesse moça donzela que escondesse.

Ouvindo a história do matuto, sinhá Aninha entrou na conversa:

— O senhor podia me dar notícia das missões de Vila Bela?

— Qual nada, minha senhora. O povo está no mato. Aparício não está respeitando nem os frades da Penha.

Mas quando o homem se foi ela não se conteve:

— Se tu, Jerônimo, me ouvisse, a gente não ficava mais nesta terra. Ninguém está livre de Aparício aparecer por aqui, e fazer uma desgraça. A mulher que pariu este homem deve ter parte com o diabo. Ah, madre desgraçada!

Fez-se silêncio no grupo até que o mestre se aproximou. Era noite clara e pelas árvores se estendiam as alvuras da lua. O mestre olhou para o tempo e se dirigiu a Bentinho:

— Menino, a gente não pode viver no sossego, nem para olhar o tempo com o coração, no vagar. Este negócio de Aparício, no desespero em que está, está virando a cabeça do povo. Mas não volto para o Brejo não. Eu sei que lá chegando a gente do finado Casemiro vai voltar na peitica. Tenho aí esta menina, tenho filho, tenho família. Não, não arredo o pé daqui não. No Brejo sou conhecido e por onde passar lá vem gente com a história do crime.

Alice estava bem perto de Bentinho, e, no frio da noite, os dois corpos se chegaram um para o outro. O mestre foi saindo para a beira da estrada, e sinhá Aninha, sentada no batente da casa, permaneceu silenciosa. Aí o rapaz sentiu a mão de Alice segurando a sua. Um calor de vida abrasou-lhe o corpo inteiro. Alice apertava a sua mão.

— Menina, vai buscar um caneco d'água – disse-lhe sinhá Aninha.

E quando ela entrou, falou em voz baixa para Bento:

— Se eu pudesse, saía com esta menina do sertão.

Depois a conversa mudou de rumo. A noite bonita convidava mesmo para outras falas. O mestre Jerônimo chegou-se para conversar sobre o capitão Custódio:

— O velho anda caducando. Avalie que deu para chorar por besteira. Saí hoje para conversar com o homem sobre um corte de cana e lá estava o velho de cabeça baixa, nem me viu entrar. Chamei por ele, levantou a cabeça. Estava correndo lágrimas dos olhos do homem. Quis voltar, e ele fez sinal para que eu ficasse: "Pode ficar, mestre, pode ficar. Faz hoje oito anos que o corpo do meu menino chegou, ali naquele lugar, todo furado de punhal. Os cabras de Cazuza Leutério chegaram com um recado me dizendo nem sei o quê. E eu onde estava, fiquei. Mestre, a minha mulher morreu de pena e tudo está no mesmo." Olha, menino, tenho dó do velho. Até já estava com raiva dele. O diabo não quer trabalhar com uma terra como esta que tem. Voltei para o trabalho e disse comigo: É o diabo viver um homem com uma raiva no coração.

— E o filho era bom rapaz? – perguntou sinhá Aninha.

— Eu não sei de nada, mulher, era filho e está acabado. Mataram o rapaz na feira de Tacaratu e acabaram com o capitão. O tal do Cazuza Leutério tinha vingança por motivo de eleição,

Cangaceiros • 141

e desgraçou uma família. Eu não sou homem de raiva mas digo todo santo dia: Deus me livre de uma afronta, e mais ainda uma afronta como esta que fizeram ao velho. Matar um filho e ainda debochar em cima.

O mestre calou-se e sinhá Aninha continuou no assunto:

— Me disse a negra Assunção que a mulher do capitão era de gente soberba. E até desgraçou um irmão dela com um mandado de crime.

— Nada. Mulher de vergonha era o que era. Só não vingou o filho porque não teve calibre de aguentar a vida.

Mais tarde Bentinho voltou para casa. E pela estrada banhada de luz, com a terra na felicidade de um luar de leite, a sua cabeça não resistiu aos pensamentos tristes. O amor de Alice ficou para trás. E o que existia era Aparício. Somente Aparício. Sabia que não tardaria chegar a cada momento uma ordem, chamando-o para a vida infeliz. Quis ver se fugia daquele pensamento e não conseguia. As notícias das barbaridades do grupo arrasavam o sertão. A morte da velha devia ter enfurecido ainda mais o seu irmão. Vingava-se, no povo, de sua dor e por isto não escolhia mais gente para matar. A mãe bem que lhe falava no demônio de Aparício. Era mesmo um demônio. Sinhá Aninha e todas as mães daquelas terras infelizes temiam pelas suas filhas donzelas. Quando chegou no seu quarto viu que a casa do capitão ainda estava com luz acesa, e mal se preparou para recolher-se apareceu-lhe, na porta, o velho muito aflito:

— Estava mesmo à tua espera. Chegou-me um recado de teu irmão pelo homem de beiço lascado. Mandou me pedir para comprar uma munição para rifle, deixando dinheiro em minha mão. Me disse ele que o capitão está carecendo de muito material. O ataque de Jurema foi dos diabos. Sangraram oito praças do destacamento e nem o major Quaresma e nem a família escapou. O teu mano está no desespero pela morte da velha. Disse o homem para eu procurar um sujeito chamado Lourenço, de Bom Conselho, que tem lá munição, à espera. Tenho que sair daqui com um cargueiro para esta romaria. E não tenho, menino, um homem de confiança. Me lembrei de te levar. É serviço para mais de uma semana. A gente sai dizendo que vai apanhar uns burros em Bom Conselho e faz o serviço direitinho para teu mano. Tenho depois que deixar a encomenda lá no sítio onde tua mãe morreu. Me parece que Aparício, lá para o fim do mês, vai chegar por estas bandas. Tenho que sair amanhã de tardinha. Tu dizes por aí que vais comigo para a compra dos burros.

Após a saída do capitão, Bentinho reviu a situação com calma. Estava certo de que Aparício viria para o refúgio do sítio na espera do ataque a Jatobá. Fingiria outra escapada para a Bahia, e, ali escondido, preparava o ataque contra o homem mais poderoso do sertão.

No outro dia, contou ao mestre do chamado do velho para a viagem. Alice não gostou:

— Tu vai te arriscar aí por estas estradas. Aparício está atacando todo mundo.

Bentinho cobriu-se de vergonha, sentindo-se um mentiroso a fingir para a criatura a quem mais queria no mundo. E era obrigado a fazer assim. A continuar naquele mesmo sistema de mentiras a propósito de tudo. Por mais que promessas fizesse para se libertar daquele estado, não encontrava coragem. Aparício mandava nele. Era só ele o dono da sua vida. Não quisera acreditar nas palavras da mãe, naquela história de sangue maldito, e tinha que acreditar de verdade. Corria-lhe nas veias o sangue venenoso.

À tardinha, saiu com o capitão para a viagem. Arrearam os dois melhores animais e partiram para a missão arriscada. Sabia o capitão que o tal Lourenço, de Bom Conselho, tinha um sítio de café na entrada do caminho que ia para o Brejão. Era homem de negócio na capital, e de muitas posses. O recado de Aparício devia coincidir com a ordem para a entrega da mercadoria. Andaram três dias, com o velho fazendo pousadas para o descanso. Na saída da caatinga, encontraram uma força volante. O tenente quis saber para onde iam e de que lugar estavam chegando. A cara do capitão inspirava confiança. O próprio oficial deu conselhos:

— Se estão levando valor, tenham cuidado. O bandido Aparício está roubando até cego.

Reparou Bentinho nos trajes dos soldados. Não fazia diferença dos cangaceiros. Chapéu de couro, punhal atravessado, alpercatas de couro cru. O tenente estava de barba crescida, dando a impressão de rapaz de pouca idade. Na primeira casa onde pararam para descanso, o morador foi logo perguntando:

— Não encontraram a volante do tenente Sabino?

E quando soube que o tenente o tinha tratado muito bem, o homem se espantou:

— Pois aqui em casa ele esteve e me disse o diabo. Veja o senhor, moro aqui nesta beira de estrada, na terra do velho Teteco, pago o meu forinho para ter esta lavoura que o senhor vê e vem o tenente Sabino para me dizer o que disse. Tenho mulher e filhos pequenos. Sou homem só do meu trabalho. O tenente parou ali na porta e veio com conversa atravessada, dizendo que tinha sabido que Aparício passara por aqui. Eu disse a ele: "Seu tenente, não vi este homem, que Nossa Senhora me defenda de me encontrar com ele". Ele não acreditou e me saiu com quatro pedras na mão como se eu fosse um coiteiro.

Me disse o diabo. Felizmente a minha mulher apareceu e como está ela de barriga, parece que abrandou o tenente. Os soldados se espicharam por debaixo do umbuzeiro e até cantoria tiraram. Ficaram assim a noite inteira. O tenente, mesmo ontem de manhã, saiu mas me falou deste modo: "Olhe, se ficar sabendo que Aparício parou por aqui, venho lhe dar um ensino. Estou arrancando orelha de coiteiro." Agora me diga o senhor: o que pode fazer um sertanejo com Aparício chegando na sua casa? É receber o homem como um rei.

O capitão pediu para que ele preparasse um pedaço de carne para o jantar e foram para debaixo do umbuzeiro. O fogo da volante ainda queimava nas últimas brasas.

— Eu não conheço o senhor, mas vejo que é homem de posse. O governo manda volantes dar cabo dos cangaceiros e estes desgraçados vêm é maltratar os sertanejos. É por isto que tem tanta gente gostando de Aparício. Não faz muitos dias passou aqui em minha casa o cantador chamado Dioclécio, pedindo pousada. Como estava lua bonita, ele abriu a boca e cantou muito. Os meninos até gostaram do cabra. Vi aquela figura de cabelo comprido, de viola atravessada nas costas, e me pareceu um penitente. Mas o diabo sabe cantar. Eu conheci Inácio da Catingueira, mas este tal de Dioclécio não fica atrás. O diabo botou a vida de Aparício no verso. E saiu com histórias de todo jeito. Contou a vida da mãe do homem sofrendo na cadeia de Açu e do irmão Domício mais feroz do que uma caninana e de um menino Bento, que morreu com o santo na Pedra. Os meus meninos ficaram, até de madrugada, na escuta do sujeito.

Depois que deixaram a casa do homem, foi Bentinho à procura do passado que as referências a Dioclécio animaram. Estava morto para o povo. E a imagem do cantador que ele conheceu no Açu, o desbocado Dioclécio, deu-lhe saudade dos dias melhores da sua vida. Podia ter ficado com a irmã do padrinho, e estaria longe daquele inferno, das noites terríveis que passou com a mãe doente. Pela estrada dura do sertão caminhavam para o perigo. Se fossem surpreendidos no trabalho para Aparício, na certa que estariam mortos. Mas não era o medo de morrer que mais o abatia. Havia um medo maior, mais deprimente, mais terrível, consumindo-lhe a vida: o medo de cair no cangaço, de mudar, como tinha mudado Domício, de virar uma cobra, como o irmão que ele sabia de coração tão bom, de alma tão caída pelas belezas da terra.

Dois dias depois, pararam na porta do homem indicado para a transação. Casa de homem rico, no meio de um sítio de muitas fruteiras e toda pintada de oca. O capitão foi recebido com os maiores agrados pelo proprietário, homem de trato. Bentinho foi à estrebaria para alojar os animais. Mais tarde comeu na cozinha, enquanto o capitão conversava com o grande. Deram-lhe um quarto para dormir pegado à estrebaria. E lá já estava outro cargueiro. Era um rapaz de Taquaritinga, que negociava nas feiras com fumo de corda. A princípio não se falaram. Logo mais tarde a conversa pegou. O homem, sempre que tinha que fazer negócios no sertão, parava ali na casa do major Sindulfo. Bentinho compreendeu que o cargueiro estava como ele, talvez que a serviço mesmo de Aparício. Trouxera, sem dúvida, de algum lugar, a mercadoria procurada:

— Seu menino, os tempos estão duros para negócio. Ninguém põe os pés nas feiras com medo de Aparício. E nem sei mesmo o porquê deste medo todo. Aparício só ataca mesmo os inimigos dele. Foi amigo, está garantido.

146 • José Lins do Rego

A noite quente obrigou-os a vir à porta. O homem levantou-se da rede e foi fumar cachimbo do lado de fora, e de lá mesmo falava para Bentinho:

— Este major Sindulfo tem uma propriedade que é um brinco. Aqui, por estes lados de Bom Conselho, não conheço coisa melhor. Só o café que tem, dá para botar os filhos nos estudos. Tu vem daonde?

Bentinho falou-lhe de Tacaratu e o homem não perdeu vaza:

— Olha, aquilo é terra de jararaca. E há quem diga que cabra malvado só dá no Pajeú. Qual nada! Eu ouvi dizer na feira de Garanhuns, que um tal Germano do grupo de Aparício tinha vindo daquela terra. Dizem que este tal sangra gente batendo na veia para inchar. O major Sindulfo me aboleta por aqui há mais de quinze anos. Vi os meninos dele pequenininhos. Um já está de doutor, no Recife. Em que negócio tu está?

Bentinho falou-lhe do capitão Custódio. Estava de passagem, pois o velho vinha para uma compra de burros. E como nada mais lhe respondesse o homem, parou a conversa e voltou para a rede:

— Tenho que fazer uma madrugada.

Bentinho não pregou olhos, compreendendo que não podia mais escapar do cerco. Reparou na saída do homem de madrugada, quase no escuro. E sentindo-se só, pôs-se de pé e chegou para a porta de frente. A casa-grande tinha varanda de ferro. O major negociava com Aparício, e como os pés de café que se escondiam debaixo dos arvoredos, as balas vendidas a Aparício, para o cangaço, deviam lhe render muito. Ali ficou, até aparecer o velho Custódio:

— Tudo está pronto. O negócio está feito. O coronel me vendeu dois burros para que não dê na vista esta minha viagem

Cangaceiros • 147

e a munição vai toda por debaixo das panelas de barro, na carga que tu vais levar. Para as volantes que a gente encontrar tu vais passar como vendedor de louça.

O trabalho foi todo feito antes do amanhecer do dia e com a manhã saíram de volta. O capitão dando distância a Bentinho, porque teriam que andar três dias através de perigos medonhos. A viagem se fez, porém, sem nenhum transtorno. Não encontraram nem uma volante. Apenas, ao chegar num pouso, botando a carga no chão, partiu-se uma panela do caçuá e o cabra que estava ajudando reparou:

— O barro destas panelas pesa muito. – E riu-se.

O capitão alarmou-se e mais cedo do que esperava levantou acampamento.

Uma semana depois estavam em casa. A história da compra dos burros pegou. Bentinho foi ele mesmo levar de noite a carga para a casa do sítio. E quando ia lá chegando viu que havia luz acesa. Quis voltar receoso de alguma tocaia. Quem estaria por lá? Parou com o animal longe, um pouco, e foi se aproximando devagar. Viu então um homem sentado no copiá. Sentindo o rumor de seus passos, a figura levantou-se e aí Bentinho viu Domício, o irmão Domício andando para o seu lado. Pensou que fosse uma assombração e recuou alarmado. Domício mais se chegou para ele, e abraçaram-se.

— É tu, Bentinho? Eu estou por aqui desde a noite de ontem. É que Aparício me mandou passar uns dias no descanso. Não é doença não. Mas depois daquele tiro dei para cansar.

Foram para a cozinha e acenderam o fogo para assar um pedaço de carne de sol. Reparou Bentinho na cara do irmão à luz da lamparina. Tinha os cabelos até os ombros, a barba sujando o rosto amarelo. A conversa pegou à beira

do fogo e Domício queria saber da doença da mãe. Contou-
-lhe tudo.

— Para, para, menino. Nem quero saber de mais nada. Aparício, no dia que chegaram com a notícia, no coito do coronel Carvalho, deu o desespero. Chamou-me para um canto, bem para longe dos cabras e vi lágrimas nos olhos dele. A morte da velha buliu com o mano. E tu nem avalia como ele anda. Outro dia saímos para atacar a vila de Jurema e nunca vi tanto sangue. E era ele quem mandava os cabras fazer as malvadezas. Olha, até me arreliei. Já era demais. Comeram as filhas do delegado, duas mocinhas novinhas. Chamei Aparício para um canto e lhe disse: "Aparício, para com isto". E ele me respondeu: "Se tu está com medo, vai para as missões, para os frades da Penha". Os soldados tinham dado uns tiros e foi a conta. Mas Bentinho, a velha morreu mesmo de cabeça aluada?

Bentinho contou-lhe do sofrimento da pobre, das palavras terríveis contra Aparício.

— Aparício nem deve saber disto.

Depois foram esconder a munição.

— Este capitão Custódio vem fazendo o diabo para agradar Aparício. Todo mundo sabe que ele tem uma peitica com o coronel de Jatobá. Cada bala desta está custando um dinheirão. O major Sindulfo, de Bom Conselho, não quer outra vida. É só comendo dinheiro de Aparício.

— E a saúde, Domício?

— Eu te conto. Doença eu não tenho nenhuma, porque não sinto dor, mas o corpo não é igual. Estou como velho. O negro Vicente disse que é morrinha de sangue fraco e me disse: "Tu precisa sangrar gente, menino. Ver sangue correr das goelas dos outros dá força no corpo." O negro é mais danado do que Aparício.

E ficaram os dois sentados no copiá, até alta noite. O cavalo do capitão, amarrado no juazeiro, batia com as patas pelo chão duro, quebrando o silêncio.

— Vou voltar, Domício. Amanhã estou aqui outra vez. É preciso trazer mantimento e mudar esta água da jarra. Desde que a velha morreu que não boto os pés nesta casa.

— Diz ao capitão que vem gente esta semana atrás da munição. Aparício está sentindo falta.

A cara amarela de Domício, o jeito vagaroso de falar, o desânimo que as palavras dele demonstravam, fizeram em Bentinho uma impressão deplorável. Foi ele descendo devagar a ladeira. Passou pela casa do mestre e nem sinal de gente acordada. Puxou do animal para chegar o mais depressa possível. Mal apareceu no pátio da casa-grande notou que a porta do capitão estava aberta. Apareceu-lhe o velho:

— Tu nem sabes o que aconteceu. Aqui me chegou um sujeito de Tacaratu, um tal de Manuel Lopes, comprador de rapadura, me dando a notícia de morte do teu irmão Domício. "Não sabe, capitão", me disse ele, "o irmão de Aparício morreu de doença do peito".

— Qual nada, capitão, é mentira. Domício está lá em cima e até trouxe um recado de Aparício para o senhor. Vem gente atrás da munição, na semana que entra.

O velho recebeu com alegria extraordinária a notícia e abraçou o rapaz.

— É preciso levar mantimento de boca para o rapaz.

Deixou Bentinho para recolher-se.

Para o rapaz ia começar a vida nova. Sabia que Domício viera recorrer à sua ajuda. Lembrou-se então de Alice e um cheiro de madrugada de inverno inundou-lhe a alma estorricada.

3

DOMÍCIO FOI FICANDO BOM e já era outro com os ares da serra. Bentinho mudou-se para morar com ele e ficou na ilusão de que outra vez o irmão tivesse voltado à vida do Araticum. A ausência da mãe, porém, obrigava-os a cair na realidade dura. Domício, desde que o irmão saía para o trabalho na engenhoca, passava a sofrer como se fosse um condenado em sentença. A presença de Aparício oprimia-o cada vez mais. Matava, era assassino como os outros, sustentava fogo, e no ardor dos tiroteios as suas fúrias eram como as do negro Vicente, de Pilão Deitado, de Jararaca. No cangaço não se podia esperar. Tinha-se que matar para não morrer. No dia do ferimento, quando sentiu a bala atravessar-lhe o peito, no chão coberto de mato seco, viu o seu sangue correndo como água de fonte de pé de serra, um fio vermelho, na terra quente da caatinga. Sentiu a morte, e ali morria feliz, sem medo, sem dor, só com aquela secura na boca. "Bebe o teu sangue", gritou-lhe o negro Vicente, e com a mão foi ajuntando o sangue que perdia, levando-o à boca. Doce, muito doce. Depois foi carregado e não morreu pela graça de Deus. Quando o botaram por debaixo da imburana e que Aparício ficou ao seu lado, olhou para o céu lá de cima, azul, todo azul como um vestido de santa, e sentiu mesmo que não ia morrer. Demoraram com ele uma semana na caatinga. E naquele refúgio, cercado dos pássaros e dos bichos miúdos da terra, a vida que se tinha partido foi se soldando outra vez. Até vontade de cantar ele teve. Aparício mandou buscar remédio e não lhe deu calor de febre. O mundo que via lhe pareceu o mundo manso lá do Araticum. As tardes mornas encheram-lhe o corpo de coragem.

Estava mais fraco do que uma mulher parida, verde de tão amarelo. Sentiu que a vida lhe voltava devagar, mas voltava. Se tivesse a viola, daria para tirar uns versos, daria para ajudar o espírito ficar mais leve e para o corpo aguentar o repuxo. Andou nas costas dos cabras, até a casa do coiteiro, na grota do Jenipapo. Levou dez dias no bom tratamento de leite, de umbuzadas. Aí a vida tomou conta dele e o peito ferido não doía mais. A terra sertaneja, naquelas grotas, cobria-se de todas as suas flores nos tempos das chuvas, e ele pôde sentir que era mesmo um cangaceiro e que a bala que lhe atravessara o vão não queria dizer nada. O ofício era aquele mesmo. Foi-lhe ficando aquela fraqueza do corpo, os tempos que passara com a mãe deram-lhe mais energia para o serviço. A caatinga com o sol de seca parecia um inferno. Batiam as primeiras chuvas e o sertão floria e cheirava como se tivesse nascendo de novo. Criou raiva, endureceu o coração, teve que matar, e matava nas fúrias do combate com ódio de morte. Mas o corpo não era do mesmo calibre. Vinha a história da doença da mãe para bulir ainda mais com a sua natureza. Sempre se apoiou naquela força que era capaz de resistir a tantos aperreios. A velha mãe não sentia o tempo, e não temia desgraças. Cabeça de quem sabia pensar e sabia mandar. E Bentinho lhe contava aquelas histórias, a velha dizendo besteiras, aos gritos, com raiva de todos os filhos. Aparício chorou no dia da notícia. O irmão que era uma fera chorou, correndo lágrimas de seus olhos vermelhos. Mas ali havia o irmão Bentinho. Para ele, Domício, a vida já estava decidida. Estava no cangaço e no cangaço ia morrer. Bentinho não tinha natureza para cair na caatinga, para aguentar tiroteios, de inverno a verão, andar nas correrias, no triste viver das emboscadas, das noites no mato, dos ataques, de matar gente como bicho. Na solidão daquela casa perdida, sem ouvir voz humana, até sentia saudades dos cabras do grupo. Era preciso viver e ali ele não vivia. Não era homem, não tinha nada para entreter os pensamentos. A fonte dos versos tinha-lhe secado na alma. Agora tudo era como um carrascal. O irmão Aparício lhe fazia falta. Precisava dele, carecia do seu vigor, necessitava da sua voz de mando, dos seus modos, da sua violência, das suas ordens. Sim. Tinha perdido o amor às coisas da vida. Já não lhe batiam a passarinha as flores que cobriam o sertão, os pássaros que cantavam. A sua vida mudara desde aquele tiro no peito. Tudo que era bom se sumira com o sangue que ensopara a terra. Agora era outro homem. Queria que Bentinho tomasse outro caminho na vida. Quando Aparício deu ordem para que ele viesse para ali, veio com o pensamento no irmão caçula e ainda não teve jeito de falar-lhe. Até tinha vontade de lhe dizer com toda a franqueza: "Menino, sai deste mundo, sai deste sertão, que isto é um pedaço do inferno. Aqui, tu vai ficar toda a vida como irmão de Aparício. O povo todo vai ter medo de ti como de bicho. E tu termina no rifle." Não teve forças para falar com o coração na mão. Bentinho fora criado no carinho do padre Amâncio e ia acabar na caatinga como qualquer cabra malvado. Aparício não era um homem como todo mundo. Era da sina dos Vieira. Neto de homem que matara no descanso, sem dor na consciência. Não. O caçula teria que procurar um jeito de debandar daquele regime. E o rapaz lhe tinha falado de moça, tinha desejo de se casar. E quem queria casar com um irmão de cangaceiro? Se soubessem que ele era irmão de Aparício corriam logo para os ouvidos da volante, e o pobre pagaria inocente pelo que o irmão estava fazendo. Ele estava bem no meio dos cabras, porque uma coisa lhe dizia que aquele era o seu destino. Aí vinham as saudades do Araticum. Daqueles medos, das noites em que ouvia o canto da mulher

Cangaceiros • 153

do fundo da Furna das Caboclas. Ah! O coração se partia de dor, uma angústia esfriava-o, e lhe vinha a ânsia de correr mundo, um terrível medo se apoderava das suas vontades e sucumbia, mole, de alma quebrada. Tudo se acabara. O medo da morte não lhe esfriava mais os pés. A morte não conta para um cangaceiro. O que importa é matar, é não ter pena de nada; e se a morte chegar, chegar como uma necessidade. Perdera a fé em Deus e nos santos, perdera a fé nos milagres. Aparício sempre lhe dizia: "Domício, tu tem coração de besta. A gente tem que matar para não se findar nos punhais dos 'mata-cachorros'."

Iam uma vez de rota batida, na direção da casa de um coiteiro, em Panela. O grupo vinha devagar com o negro Relâmpago na frente fazendo de rastejador. De repente, o negro parou e disse: "Capitão, vai gente na frente e tem mulher no meio. Ficou cheiro nos matos." O negro sentia as coisas como cachorro de caçador. E na primeira parada, numas oiticicas da beira do riacho, lá estavam os viajantes no repouso da caminhada. Deram o cerco e era uma família com duas moças e quatro homens. Quando se viram cercados, não tiveram tempo de se mexer. Era povo da família dos Fialho, aparentados com o coronel Teotônio, um sujeito de quem Aparício não gostava. O homem mais velho foi dirigindo a palavra a Aparício: "Capitão, não trago dinheiro, vou levando as minhas filhas para a cidade de Panela, para os estudos, na casa do meu irmão". Eram duas mocinhas. O pai muito calmo se deu a conhecer. Tinha fazenda de gado, mas era homem pobre. Não trazia dinheiro, mas o que trazia podia passar para Aparício. Queria somente que as meninas nada sofressem. "Pois velho, eu não quero o teu dinheiro, mas quero as tuas filhas." "Capitão, não ofenda as moças." As meninas correram para trás de uma oiticica grande e

154 • José Lins do Rego

quando Aparício fez menção de correr para as moças, o homem deu um pulo de gato e de arma em punho escorou-se no pé de mato e gritou: "Capitão, primeiro vai me matar, mas um desgraçado eu deixo estendido". E nem fechou a boca. O negro Vicente, do outro lado, derrubou-o com um tiro na cabeça e os cabras fizeram fogo sobre os outros homens. E só ficaram as meninas aos prantos, correndo de um lado para outro como duas doidas. Aí Aparício mostrou mesmo quem era e arrastou uma delas para o mato. A menina estrebuchava. Mordia as mãos dele. Mas o bicho, com o diabo no corpo, arrastou-a por cima dos espinhos, derrubou-a no chão, e ali mesmo, como uma fera assanhada pela fome, caiu em cima dela. Nem era bom contar o resto de tudo.

Domício recordava-se deste fato como se estivesse vendo. Lembrava-se do negro Vicente saciando-se nas carnes brancas das moças e o cio dos cabras numa voracidade de cães famintos. Depois foi o silêncio mais desgraçado. Deixaram a mais moça em petição de miséria e os defuntos estendidos nas sombras das oiticicas. O sertão calado, os bichos da terra com pavor daquela miséria. Saiu de cabeça baixa e quando ficou só com o irmão desembuchou: "Aparício, tu é igual ao que o povo diz de ti. Tu é pior do que a seca de 1877." E ele sorriu: "Domício, cangaceiro tem que fazer estas coisas todas, senão amolece e perde as forças. Se não fosse o negro Vicente, aquele cabra tinha me comido na pistola. O sertão precisa ficar com medo da gente, senão a gente afrouxa." E não lhe disse mais nada. As duas moças ficaram desgraçadas com as carnes sujas e pisadas. Domício passou três dias com aquela cena na cabeça. Sentia-se culpado também e os cabras mangaram da sua vergonha, com brincadeiras: "O rapaz não gosta de carninha de uma marrã". E davam gaitadas: "Dei quatro, rapaz. Também a gente estava num jejum danado." E só mesmo quando entraram no fogo com o sargento Gomes, nas barrancas do São Francisco, foi que aquilo passou. O grupo precisava passar para o outro lado, quando o rastejador Relâmpago disse para Aparício: "Capitão, vai força na frente". Aí Aparício chamou o negro Vicente e falou baixo. Teriam que cortar a volante em duas. O sargento Gomes ia na certa em cima do coiteiro, do coiteiro Zé Guedes, da beira do rio. O que tinha canoas para o serviço do grupo. E a manobra foi estabelecida. O negro Vicente, com dez cabras, atravessou a caatinga para o lado esquerdo e Aparício seguiu no mesmo passo, nas traseiras da força. O negro ia se colocar nos lajedos, atrás da casa de Zé Guedes, e para tanto precisava fazer um esforço tremendo, rompendo os espinheiros. Mas para o negro Vicente não havia segredo no sertão. Aparício caminharia no encalço da força e logo que se aproximasse da barranca do rio teria que começar o fogo. Dito e feito. Domício ficou com o mano e aí viu a calma com que ele comandava a sua gente. O sargento Gomes era um dos mais valentes da tropa de Pernambuco. Estavam caminhando assim para um fogo decisivo. E foi o que se deu. Aparício parou a umas duzentas braças da casa do coiteiro, com os cabras deitados em linha de combate. Era o primeiro fogo de Domício. Aí se ouviu o pipoco do negro Vicente. A tropa tiroteou para o outro lado. Aparício foi andando de rastro, rompendo os espinheiros, até chegar quase em cima dos "mata-cachorros". E deu a primeira descarga. A gritaria dos cabras quase que abafava os estampidos das armas. E o fogo não durou meia hora. Domício deu o primeiro disparo e depois a arma roncou nas suas mãos. Atirou até não escutar disparo mais nenhum. Ouviu muito bem os gritos de Aparício. O irmão estava a seu lado e os seus olhos pareciam duas postas de sangue. Corria suor da testa misturado com o óleo da brilhantina que escorregava dos cabelos. Viu então Aparício de punhal desembainhado gritando para os cabras: "Deixa o sargento para mim". E o praça ainda vivo teve forças para levantar a voz e dizer: "Mata, bandido, filho de uma puta, tu mata um homem". Aparício enterrou-lhe o punhal de boca adentro. O sangue esguichava da garganta furada como do pescoço de um porco, ensopava a terra dura, rolava pelos pedregulhos. Domício assistiu a tudo aquilo como se fosse uma coisa natural. Depois, foram para a casa do coiteiro e comeram e se riram a noite inteira. Dormiram por debaixo dos arvoredos. De manhã, saíram para beber leite no curral, tranquilos e felizes. Tinham que atravessar o rio e ganhar para o lado da Bahia. O sargento Gomes e os praças espichados na terra ficaram por ali, com a marca de Aparício nas gargantas furadas. As moças da estrada de Panela foram se sumindo da cabeça de Domício. Foi ele se acostumando com a vida, até que chegou o seu dia. Foi numa tarde. O bando caminhava para um coito nas proximidades de Cabrobó. Foi quando Aparício se lembrou de que ali por perto havia uma fazenda de um Matias, pai de um tenente de uma volante de Pernambuco. Deixou que escurecesse. E quando a noite chegou, atravessaram o riacho e ficaram bem pertinho da casa. Os bois ainda rondavam no curral e havia luz na casa de portas abertas. Deram os primeiros tiros. E de repente, lá de dentro, rompeu um fogo cerrado. Apagadas as luzes o tiroteio foi crescendo cada vez mais. Aparício ficou por detrás de um esteio de aroeira e conversou com o negro Vicente: "O bicho estava preparado". E quanto mais fogo, maior resistência. Os animais urravam e podia aparecer gente de perto. Aparício não contava com aquilo. E ficou mais furioso. Aí o cabra Sindô pulou para o copiá e deitado gritou para dentro da casa: "Filhos de uma puta, não vai ficar nem semente de

Cangaceiros • 157

gente". E lá de dentro responderam no mesmo tom: "Entra, ladrão de cavalo, tu está pisando em casa de homem". E o fogo crescia. Os homens da casa atiravam pela porta da frente e pelas janelas. Nisto se ouviu um grito do cabra Sindô: "Capitão, já estou no punhal". Tinha pulado por cima da janela e brigava de arma branca dentro de casa. Fecharam o cerco e tomaram a casa de arranco. As mulheres estavam pelos quartos. O fazendeiro e os três filhos feridos. Um ainda menino. O velho botava sangue pela boca. E se deu a coisa, Domício nem sabia contar. Pegou-se com uma moça, e às tontas caiu sobre ela. Sentiu-se nos braços da mulher da Furna das Caboclas e saciou-se como uma fera. Não teve dó e nem sentiu remorso. A vida era outra. O cangaço lhe dera mais força do que os versos e as cantigas e as noites de lua. Isto foi até o dia do ferimento. Com a morte bem perto, foi sentindo mudança na sua vida. Tinha o corpo mais fraco, uma vontade mais bamba. Voltara da casa da mãe, daqueles dias que pareceram os mais felizes da sua vida e, no meio dos cabras, e mesmo na companhia de Aparício, não encontrou nada que lhe falasse de perto. O irmão lhe confessou: "Domício, tu voltaste com cara de mulher parida". Sim. Atravessara os perigos da morte e de lá não trouxera firmeza e coragem para viver. Não era covardia, porque nos fogos em que estivera dera mais do que antigamente. Pelo contrário, possuíra-se de uma raiva maligna nos momentos de luta. O que lhe faltava era um mundo na sua frente para correr atrás dele. Não tinha mais nada para pensar. Quando soube da morte da mãe, não teve uma lágrima como Aparício, mas por dentro tudo arriou de uma vez. Teria que morrer na bala ou no punhal dos "mata-cachorros". Só isto. Só isto, só a morte e somente ela. Aparício não tinha natureza para pensar. Tudo que lhe caía nas mãos ele agarrava. Nele havia fome, sempre fome.

E assim era chefe, com a vontade que não tinha tamanho. O rifle nas suas mãos disparava como um relâmpago e o punhal furava com a rapidez de arma do diabo. O sangue dos outros até lhe abria o apetite e não se importava com a morte. Não havia a morte para Aparício. O negro Vicente era como ele. Bastava um olhar de Aparício para que tudo virasse em coisa sua. No dia da notícia da morte da mãe, viu lágrimas nos olhos vermelhos do mano, assim como água minando de uma boca de fornalha. Mas o coração do mano mais duro ficou. Aquelas foram as últimas lágrimas dos seus olhos. E começou a dar aqueles ataques mais terríveis, matando pobre e rico, como se todos os sertanejos fossem iguais. E até falou com ele: "Aparício, o povo termina todo contra nós". O chefe nada lhe respondeu. Aquela cara fechada dizia tudo. Mais tarde ele o chamou para dar uma ordem: "Domício, tu precisa ficar parado. Vai lá para a Roqueira e com teu mano tu vai ficar bom. Estou com medo que o teu corpo não aguente o repuxo." Pensou que Aparício não confiasse mais nele. E veio para junto de Bento. E se sentia mais só agora do que no meio dos cabras. Começou a reconstituir a vida da mãe. Lá estava ela no Araticum com o pai esquisito, com os filhos, fazendo tudo na casa. Depois foi a seca, e a retirada, o pavor da fome, e as histórias da Pedra Bonita. A presença dos mortos, dos inocentes, do avô que traíra os romeiros. E Aparício, o irmão que puxara ao avô assassino. E as suas tristezas, os seus medos, as angústias de rapaz bobo correndo atrás das cantigas da mulher do fundo da furna. Mas a mãe governava tudo. O irmão mais velho fugiu e foi ficando o homem maior do sertão e a mãe foi minguando, foi perdendo as forças, foi se transformando somente numa sombra. Já não mandava e não tinha poder. Ele, Domício, ainda se encantara com as coisas do santo da Pedra. Aparício deu-lhe coragem para o cangaço. Mudou a sua alma, varreu do seu coração os medos. Ficou outro homem com Aparício, o sangue do peito, o sangue perdido, os dias ao lado da velha, outra vez mudaram a sua vida. Chegou a cantar, e as cantigas brotavam do seu coração como se da terra seca saísse um fio de água da fonte. E virou homem desde o dia do pegadio com a moça da fazenda do velho Matias. Romperam-lhe dentro do corpo todas as alegrias escondidas, um gozo que estremeceu nas suas entranhas. Podia viver como os outros. Não mais lhe esfriavam os membros, o medo de se entregar, de ser igual a todo mundo. Andou dias e dias como se tivesse sentido um choque libertador. Depois disto, o cangaço foi para ele uma espécie de liberdade, de um viver com todas as partes do corpo. Não mais se aperreou com os pensamentos ruins sobre a vida. Matou com os cabras e podia dizer, sem o menor tico de remorso. Mas veio o tiro no peito e o sangue perdido. Ficou fraco. Voltou da casa da mãe e o seu corpo não acompanhou a sua vontade. Estava como aleijado. Tudo estava perfeito no corpo, mãos, pés, cabeça, tudo perfeito. Faltava-lhe um fogo de dentro, uma ânsia verdadeira de viver. O irmão compreendeu que ele ficara com morrinha e se lembrou de mandá-lo para perto de Bento. Ainda havia em Aparício sentimento de família, mesmo depois da morte da mãe. E ali estava ele, e via as coisas chegando e saindo como se ele estivesse fora de tudo. Estaria leso? Seria um castigo, uma paga pelas desgraças que fizera. A mãe dele dissera na hora da partida: "Tu vai ficar igual a teu irmão. Tu vai te acabar. Tu não é uma criatura de Deus."

Domício ficara à espera de Bentinho e os ares da serra não lhe curavam nem o corpo mole e nem a alma ferida. Corria lá de dentro de sua alma um sangue que ninguém via e ele não podia beber este sangue porque não podia tê-lo nas mãos.

4

O MESTRE JERÔNIMO CHAMOU Bentinho para lhe dizer que aparecera um freguês, na sua porta, com conversa fiada, sobre o Brejo. Ele não estava em casa, mas Zé Luís conversou com o matuto. Era um sujeito baixo, entroncado, com uma marca de talho no rosto. Fazia crer, pelas conversas do menino, que se tratava de um tal de Jesuíno, um cabra que estivera na companhia do doutor Cunha Lima, nos tempos dos Simeão, em Areia. Este Jesuíno até respondeu júri em Lagoa Grande, por crime de morte.

— Não chegou a indagar do cabra, o que andava ele fazendo por este sertão. Mas eu não tenho dúvida. A família do finado Casemiro anda a minha procura. Pois, menino, eu te digo sem querer me gabar: estou aqui no trabalho só cuidando da família, mas se topar este Jesuíno pela frente não vou atrás de conversa não. Toco fogo. Homem só morre uma vez e nada me faz andar pelo mundo fugindo de tocaia como cutia. Não, o negócio comigo tem que se decidir logo. Não vê tu este velho? Não tem sustância para aguentar a vida e anda por aí como alma penada, gemendo como gata no cio. A menina já está criada, o menino já sabe andar com os pés dele. Ficar por aí, a espreitar atrás de touceira de mato, é que não fico. Não viste aquele rapaz Germano que andava de cabeça baixa, ofendido? Saiu atrás de Aparício e hoje voga pelo mundo dando expansão à sua raiva.

Depois apareceu Terto e o mestre desviou a conversa. O caboclo cada dia mais triste andava. O mestre indagou pelas folhas de cana que tinha mandado botar para secar e dos paus de marmeleiro para os garajaus de rapadura. E Terto murcho e amarelo foi dando conta do serviço.

Cangaceiros · 161

Ficando a sós com Bentinho, ele abriu o coração:

— Tu já deve saber de Germano. Tomou o nome de Corisco. No ataque de Pão de Açúcar foi ele quem mais deu trabalho ao povo. Bicho danado. Até tenho orgulho de Germano. Desde menino que ele tinha gosto para cair no cangaço. Estou me lembrando das histórias dos Briantes que minha mãe contava, um homem branco do Ceará que foi cangaceiro. Tu nem queira saber. Germano sabia de cor as histórias do verso, e minha mãe mais de uma vez disse para o meu pai: "Este menino vai dar o que fazer". Coitada, ela nem sabe da vida da gente. Está lá no Triunfo pensando que a gente se acabou. Mas Germano se vinga. O desgraçado do tenente que acabou com pai e com a honra das meninas ainda tem que gemer na unha de Germano. Bentinho, estou dormindo ainda hoje e acordo de repente com o fato daquele dia. Eu vi os soldados pegando nas partes das meninas. Povo desgraçado é este meu! E nem tenho fôlego para fazer como Germano. E vivo aqui como mulher, escondido do mundo. Deus não me deu calibre para o cangaço. Sou da forma deste velho Custódio, miador como gata.

E como Bentinho procurasse arredá-lo da conversa, Terto foi mais franco:

— Eu sei, Bento, que tu tem coisa na tua vida. A morte da tua mãe foi uma danada. A velha se enforcou e isto é de doer em coração de filho. Pelo gosto de Germano a nossa gente devia ter morrido toda. De que vale escapar para não ter cara para olhar os outros? Me disseram que tu está de namoro com a filha do mestre. Olha, menino, se tu vai te casar não fica aqui não. Com pouco mais vai aparecer força, e vai aparecer cangaceiro e tu não tem mais mulher para viver contigo na paz. O sertanejo é como bigorna de ferreiro: só serve para apanhar. Tu está só, entra mesmo na família do mestre e segue com eles. Eu termino me danando para o mundo atrás do meu povo.

***

O capitão Custódio ficou com erisipela e quando lhe dava este mal não botava a cabeça fora de casa. Sucedeu, porém, que o homem de beiço lascado chegou com recado de Aparício. Ele vinha comprar uma carga de rapadura mas trazia ordem para conduzir a munição. Deu notícias de que o bando se preparava nas caatingas de Sergipe para dar um ataque. Aparício estava com trinta cabras. Quis saber notícias de Domício.

— Seu capitão, o senhor não avalia que coração tem aquele homem.

A fala saiu-lhe pelo nariz. O velho deitado na cama de couro, com a perna doente envolvida em panos, animou-se com a presença e as notícias e, erguendo-se da cama, vencendo as dores da doença, passou a falar:

— Pois pode dizer ao capitão que eu só peço a Deus uma coisa: é viver, nem que seja um dia, só para ver a desgraça do miserável Cazuza Leutério. O meu menino está morto, enterrado ali em cima com a mãe. Morreu ela de desgosto porque não tinha marido macho para se vingar. É isto mesmo. Mas aquele desgraçado tem que pagar aqui mesmo na terra.

Os olhos do capitão, com a febre, criaram um brilho estranho e os lábios tremiam:

— Eu só estou vivendo para ver a desgraça de Cazuza Leutério.

O homem olhava espantado e Bentinho foi quem falou:

— Vou com o senhor até o sitio, lá em cima, e de noite o senhor pode sair com a munição.

Logo mais Bentinho saiu em companhia do cargueiro. Ia ele montado e o rapaz a pé. Lá em cima foi dizendo:

— Aquele velho Custódio não vai durar muito. Esse negócio de esipra termina em mal do monte. A perna vai inchando e acabou-se. É. Aparício está mesmo danado com o coronel de Jatobá.

Bentinho procurou saber do irmão. O Beiço Lascado estivera com ele no coito do coronel Ramalho:

— O capitão, depois da morte da finada mãe dele, está com azougue. Me disse o negro Vicente: "Seu Vítor, o capitão está carecendo de um fogo grande para serenar". De fato, a finada tem feito falta. Cangaceiro precisa de oração, de gente com força de reza. E me disseram que a finada mãe do capitão tinha poder forte na reza.

Passaram pela porta do mestre e Bentinho procurou falar com sinhá Aninha:

— Alice está no roçado; eu hoje nem tive coragem de pegar na enxada. É que as dores das cadeiras não me dão sossego. E este homem quem é?

— É um comprador de rapadura. O capitão Custódio me pediu para mostrar a ele o sítio lá de cima. Parece que quer vender.

Quando saíram de estrada afora Beiço Lascado quis saber que família era aquela. E perguntou a Bentinho:

— Este povo não sabe que tu é irmão de Aparício? Trabalha bem este velho Custódio. É por isto que o capitão Aparício me falou dele, dizendo: "O velho da Roqueira é coiteiro de qualidade. Nunca me deu susto. A velha minha mãe está morta por lá. O velho não teve culpa. Eu sei o que ele quer, e eu vou fazer."

Chegaram na casa do alto e Domício animou-se com as notícias do grupo. Falaram até alta noite. Depois passaram para os caçuás a mercadoria e o homem despediu-se. Ia pegar a estrada para o São Francisco. Havia um canoeiro, mesmo defronte da ilha Mirim, à espera dele. O capitão contava com aquilo, no mais tardar para mais dois dias.

Bentinho e Domício fecharam-se no silêncio de quem tinha uma dor comum, uma mesma saudade. O silêncio daquele retiro, na noite, doeu-lhes nos corações partidos de mágoa. Foi Domício quem primeiro falou:

— Bento, eu fico neste paradeiro e o que me vem na cabeça é uma coisa só. É o Araticum com a gente menino, com pai, com mãe, com as tristezas. Eu fico a imaginar no destino do nosso povo. Tu não pensa que o cangaço me secou o coração todo. Eu sei que perdi tudo, que nem posso mais abrir a boca para contar. Sim, mano, tudo passou, tudo se acabou. Mas se estou assim como agora, entra uma coisa dentro de mim, me entra no corpo e me esfria todo. Vê tu que não é fraqueza, que não é medo de morrer. Não é não. Morrer já podia ter morrido, quantas vezes. Não é medo não. É uma coisa parecida com um não sei o quê. Quando estava com Aparício, na caatinga, me chegava de quando em vez esta mesma coisa. A gente parava por debaixo de um pé de imburana para deixar o sol correr mundo. Eu me espichava por cima das folhas secas. Até os bichos do sertão tinham fugido daquele braseiro. E não cantava nem um passarinho, era só o tinir do sol na caatinga. Aí, menino, se dava o negócio. Vinha para cima de mim uma coisa assim como se fosse um frio. O coração batia mais depressa e eu só tinha uma vontade. Era de abrir a boca no mundo e cantar o que sabia, o que estava escondido nas profundezas. Queria cantar e não podia. Queria sentir outra vez, no corpo, aquela agonia dos outros tempos e não podia. Ah, Bentinho, tu não sabe o que é sofrer! Quando a bala dos "mata-cachorros" me botaram no chão quase que não senti nada. Só sede, muita sede. Mas naquela hora os sofrimentos que tomavam conta de mim eram de desesperar. Enterrava a cabeça no chão para que os cabras não vissem o que estava na minha cara e o calor da terra me varava de lado a lado. Um quente que era mais quente que a luz do sol no meio-dia. Eu não nego, Bentinho, chorava, molhava aquele chão de lágrima. Tinha medo de que Aparício me visse naquele estado. O irmão de Aparício não podia ter fraqueza. Eu penso que não era fraqueza não. Fraqueza é a gente correr de bala, de punhal, e eu não corria. Posso dizer-te até que ia para um fogo sem saber para onde ia. Mas toda esta agonia foi até aquele fogo na fazenda do velho Matias, na estrada de Cabrobó. Então este teu mano virou bicho de verdade. Aquela mulher de cabelo comprido, aquela moça de carne cheirando a fumaça, não me saiu mais da cabeça. Tinha agora vontade de encontrar sempre outra, de matar uma fome como se fosse uma fome canina. Nas paradas da caatinga, nos lajedos, nas grotas de pé de serra só via mulher, só sonhava com mulher. Dei para suar frio de noite, dei para ter esmorecimento no corpo, um quebranto de feitiço. E só me contentava quando a gente chegava num lugar qualquer e eu matava a fome em cima de qualquer uma. Os cabras me chamavam de bode e faziam brincadeira. Aparício nada dizia. Penso até que gostava da coisa. Mas eu é que sentia que tudo aquilo era uma doença de verdade. Eu sabia que era doença. Pois não é que me aconteceu uma danada: o bando vinha pela estrada que ia dar no barranco do São Francisco. Era de tardinha. Aparício parou numa mata de oiticica para o descanso. A gente ficava parado e ninguém podia sair do coito. Deu-me uma vontade danada de espairecer um pouquinho. E foi o que fiz. Deixei as armas e saí para a beira da estrada. Nisto eu vejo andando

166 • José Lins do Rego

para meu lado uma moça de cabelo comprido. Parecia visão. Tive até medo de que fosse coisa de assombração. A moça foi chegando e eu vi que era bonita de verdade. Tinha uma cabeleira que vinha quase na cintura, uma cabeleira de mulher como eu nunca tinha visto na vida. Tu não te lembra daquelas minhas agonias com a cabocla da furna, lá de cima da serra do Araticum? Pois aquela era a cabocla em carne e osso. Quis recuar e fugir daquele precipício mas a moça me falou. Foi-me falando num jeito de moda, numa fala que parecia um toque de viola. Ela me disse: "Aparício, vem cá". E era um chamado doce, um chamado de coração bom. Não pude fugir. "Aparício, eu te procuro há mais de um ano." Não disse nada. Tive medo de espantar a criatura. Era como se fosse uma rolinha-cascavel que estivesse na minha mão, dando arrulho. Ah, eu nem te conto! Contar isto até bole com as minhas entranhas. Peguei ela debaixo de uma cabreira. Soprava um ventinho de boca de noite como se o mundo quisesse me agradar. Era uma donzela. Ela tinha os olhos de negrume. Os olhos da moça se alumiaram de fogo. Nunca vi tanta ganância para um homem. Mano, a moça tinha um fogo de cem mulheres. Assim estive até alta noite. Ela gemia e só fazia chamar pelo nome de Aparício. E me disse uma coisa que me fez medo: "O teu filho que eu tenho na barriga, já está muito grande. Ele vai nascer, Aparício, vai se criar. O meu pai vai correr dele, Aparício." Não cheguei a entender tudo aquilo. Depois ela se foi e eu voltei para o meu canto no coito. Os cabras dormiam, mas Aparício me vendo chegar me chamou para dizer: "Cangaço é cangaço, Domício, tu saíste da ordem? O irmão pode sair da lei e nós não." Contei-lhe tudo. Não podia esconder no coração aquela alegria que me banhava o corpo todo. Aparício deixou que eu falasse e só fez me dizer: "Tu comeste a doida do capitão Glicério. É uma moça que anda dizendo que eu emprenhei ela. Anda pelas estradas como doida varrida." Calou-se e eu fui para mais longe, onde estendi o meu lençol para dormir. Por debaixo das oiticicas fazia um frio danado. A história de Aparício me arrepiou. Tinha comido uma doida. Olha, Bentinho, olha, mano, tive um nojo desgraçado, tive vontade de gritar naquele paradeiro. Saí para fora do coito e a noite de escuro era um breu só. No céu pinicavam as estrelas. Tinha comido uma doida! Aquilo me doía mais que o ferimento no peito. Era como se eu tivesse ofendido a uma santa de oratório. Tinha me espojado em cima de uma inocente, de uma pobre de cabeça, sem tino. Tinha sujado um corpo de menina. O céu era grande, não via mais nada que não fosse o negrume da noite. Foi aí que me lembrei de minha mãe, no Araticum, com medo de que eu endoidasse, quando me dava aquelas agonias. Tu te lembra? Uma coisa dentro de mim me dizia que eu havia matado mais gente do que Aparício. Só naquele mundo, sem um ente que pudesse compreender o que havia dentro de mim, não podia pregar olhos. O melhor que podia me acontecer era mesmo morrer num fogo, era levar o diabo. Até hoje, Bentinho, eu ainda sinto o gosto da moça na minha boca. E sinto os cabelos grandes, assim como se fosse de lã de barriguda, mais macio do que nem sei o quê. Não podia ser uma doida. Era tudo malvadeza de Aparício. Levei um tempo com aquela agonia. Agora não era só a morrinha de corpo que me fazia mal, o suor frio nas noites sem sono. Tinha dentro do peito uma ferida ruim, sim, Bentinho, uma ferida aberta, assim como uma chaga de imagem. A cara da moça não me saía mais da cabeça, olhava para um pé de mato e via aquela beleza nos meus braços, soluçando de amor, como uma rolinha tão mansa, com os olhos virando, com um cheiro de tudo, cheiro bom da terra. Não, Bentinho, aquilo tinha que acabar comigo. Aparício é que é um homem danado. Viu tudo e me disse: "Tu precisa espairecer, Domício. Está voltando para tua cabeça as leseiras do Araticum." O bicho sabia que o meu coração estava mais mole do que nunca. Ele tinha medo que o rifle caísse das minhas mãos. Mas qual. O que eu vou te contar se passou no ataque de Jenipapo Grande. Quando o fogo começou me deu uma vontade dos diabos de matar e de morrer. Briguei com tanta fúria que o negro Vicente me chamou para dizer: "Eu nunca vi um homem com o diabo no corpo, e hoje eu vi". Posso te dizer, Bentinho, que só matar e morrer era o que me contentava. Os cabelos grandes da moça ficaram dentro de mim e cheiravam como tu nem pode avaliar. Fiquei mole de corpo, parecia que tinham chupado meu sangue. E me doía demais a história de Aparício. Vim com os tempos a saber de tudo. Era verdade mesmo. Comi uma doida, menino. E tu nem sabe o que é isto.

Calou-se. Bentinho quis mudar de conversa e falou de Alice. Podia se casar com a moça e deixar aquela terra infeliz:

— Olha, Domício, a morte de mãe me deixou assim. Tudo me faz vergonha e tristeza. Esta vida tua e de Aparício no cangaço me arrasa. Penso em fugir, penso em me danar pelo mundo com a moça e não tenho coragem. Tu bem sabe que eu não nasci para ser como Aparício.

Aí temeu que tivesse ofendido ao irmão e quis mudar. Domício, porém, lhe disse:

— Tu é quem tem razão. Estou com Aparício, mas comigo a coisa é diferente. Nós dois estamos pagando pelos antigos. Tu está de fora de tudo isso. Tu viveste com o padre e já limpaste a tua alma. Eu sei que tenho que ir até o fim. Também pouco tempo tenho para viver. Só o que me dói é esta história da moça dos cabelos, aqueles cabelos onde enterrei as mãos,

Cangaceiros • 169

maciozinhos como lã de barriguda. E era os cabelos de uma doida! De uma inocente de Deus, de uma alma penada. Tu não pode calcular o que é um pensamento destes vivendo numa cabeça. Sim, a gente vai vivendo e não vive. Vive o corpo da gente como mandado, um criado do diabo.

Calaram-se. Via-se uma lua minguante no céu estrelado e a sua luz mortiça só dava para iluminar os arvoredos que o vento agitava devagar.

— Bentinho, tu deve ganhar o mundo. Tu deve meter os peitos e deixar esta desgraça do sertão. Olha, Aparício não para mais. Eu não sei, mas aquele homem tem poder do diabo. Fico até pensando que a força do santo da Pedra está naquele rifle que não mente fogo. Se tu visse Aparício num tiroteio, tu via o diabo em figura de gente. Ele tem os olhos como duas chagas encarnadas, assim como pitanga madura, e trinca os dentes e grita para os cabras com um fôlego de papa-vento e não há bala que chegue para ele. Eu vi Aparício num tiroteio com o tenente Oliveira da Paraíba, e vi como ele avançou para a casa onde a força estava entrincheirada. Quando a gente deu fé, Aparício estava atrás de uma rodeira de carro, debaixo do juazeiro, a gritar para o tenente, chamando o homem para brigar de peito a peito. O desgraçado pulou como um doido para fora da casa e o tiro de Aparício derrubou o bicho no primeiro salto. Caiu no chão como uma fruta podre. Mataram para mais de quinze praças e Aparício arrancou os olhos do tenente, gritando: "Vai, fio de uma puta, e conta ao governo o que tu viu aqui em Serrote Preto. Vai, fio de uma puta e diz ao governo que Aparício te arrancou os olhos de cachorro." Até o negro Vicente virou o rosto e meteram o punhal no homem como se ele fosse uma almofada de renda. O tal tenente Oliveira tinha prometido levar a cabeça da gente pro governo. Aparício, neste dia, não falou com ninguém. Ficou longe do grupo e o negro Vicente me disse: "O teu mano, meu compadre, está de barriga cheia, vai mandar os olhos do tenente para Suaçuna ver que a gente trabalha bem no riscado".

5

NAQUELA MANHÃ DEIXOU Bentinho a companhia do irmão e veio descendo a ladeira, quando lhe apareceu na estrada uma das negras que batiam roupa no olho-d'água. Vendo-o, parou para lhe falar:

— Aquele rapaz que está lá em cima não é teu mano? É a tua cara. Antonte esteve na lavagem uma mulher das bandas de Tacaratu e contou à gente que a moça doida pariu um fio. Diz ela que é de Aparício. Agora disse a mulher que a moça nem mais parece a mesma. Deu para calada e ficou véia de repente.

Bentinho trocou poucas palavras com a negra mas ela queria saber do homem lá de cima.

— Óia, menino, aquele rapaz não está bom não. Está amarelo que só papa-figo. Aquilo é tísica, menino. Dá lambedor de cambará a ele. A minha mana Chica deu pra tossir e foi com que se curou. Cambará dá sustança ao peito da gente.

Retirou-se Bentinho mas ficou com medo. A presença de Domício começava a ser notada na redondeza e era um perigo se soubessem que lá em cima estava gente estranha à terra. Ao chegar à porta da casa do mestre, ainda com o sol brando da manhã, Alice estava à sua espera.

— Não fui para o roçado só para falar contigo. Eu não sei mesmo como te diga.

E baixou a cabeça.

Cangaceiros • 171

— Eu sei, Alice, mas tu deve ter fé em mim. Nós precisamos sair deste mundo.

Dizendo isto, porém, arrependeu-se imediatamente. Saíram-lhe da boca aquelas palavras com toda a sinceridade do seu coração.

— Sair para onde, Bento?

Aí ele voltou a si e pôde dizer com mais domínio:

— Tenho esta vontade, Alice, mas cadê recurso? Tu tem a tua mãe carecendo de ti. Eu não tenho ninguém, e para ir por este mundo como retirante, é danado.

Alice permaneceu calada um instante, mas depois lhe falou de olhos nos seus olhos:

— Bento, tu gosta mesmo de mim? Tenho até tristeza de perguntar isto, mas é que fico na cisma e fica uma coisa doendo na gente.

O rapaz olhou para ela e os seus olhos lhe mostraram que amor ele tinha. Alice sorriu, a boca pequena se abriu para sua maior confissão:

— Bento, eu morro por ti.

Aí apareceu Zé Luís:

— Mãe está lá dentro que nem pode se levantar de dor.

E Bento ouviu bem que a velha gemia. E logo que sentiu a presença do rapaz na porta, levantou a voz:

— É seu Bento, Alice? Eu até quero falar com ele.

Bento entrou e na camarinha escura sinhá Aninha foi-lhe dizendo:

— Estas dores de cadeira estão me matando. Alice, sai, eu quero falar com o seu Bento.

E a sós, a velha num tom de cochicho se abriu:

— Menino tu me perdoa esta falação, mas a gente tem que falar com quem deve. Olha, eu vou te dizer: Jerônimo precisa ter muito cuidado. Eu não quis dizer nada, porque mulher não deve cuidar do que é cuidado do homem. Anda gente do Brejo atrás de Jerônimo e é pra matar. Jerônimo é homem descoberto, e coração de ouro, mas uma coisa me diz que ele está para morrer.

E chorou. Bentinho procurou restabelecer a confiança:

— Ora, sinhá Aninha, o mestre sabe se defender.

Ela porém não se contentou:

— Tu vê, menino, o meu filho Zé Luís. Se acontecer uma desgraça a Jerônimo ele vai cair no cangaço. O menino tem sangue quente e a gente vai ficar neste mundo sem amparo. Esta doença não me larga mais e aí fica Alice sozinha.

E mais lágrimas correram de seus olhos.

— Sinhá Aninha, a senhora sabe que eu vou me casar com Alice.

— É, menino, eu sei de tuas intenções, mas tu não está vendo que esta não é terra para a gente viver? Os cangaceiros andam por aí e as forças do governo fazem o diabo. Não respeitam nem moça, nem doida. Aquela menina maluca lá da estrada de Tacaratu deu à luz de Aparício. Não sei onde estava Jerônimo com a cabeça quando deu para sair do Brejo. Eu se fosse um rapaz assim como tu, deixava esta terra infeliz. Se tu tem que casar com Alice, casa e vai embora, senão tu fica sem mulher e tu tem que acabar no cangaço.

Bentinho calou-se um momento, mas teve ânimo bastante para animar a mãe alarmada:

— É verdade, sinhá Aninha, eu já tinha até pensado nisto. Só estou esperando a hora de arribar. Pode a senhora ficar descansada, eu me caso com Alice e vamos para um outro lugar viver a vida da gente.

— Pois eu só descanso vendo isto. Quisera que Deus só me desse vida para ver isto.

Depois Bentinho despediu-se e foi encontrar Alice por debaixo do pé de juá, à sua espera:

— Mãe te falou de alguma coisa?

— Falou. Ela está com medo de Zé Luís, ela está com medo que o menino se perca.

— Ela não te falou na história de pai?

— É, falou também e até me disse que se o mestre quisesse ouvir os conselhos dela, tinha que sair daqui.

— É verdade, Bento. No dia que isto acontecesse, mãe criava alma nova.

As palavras de Alice escondiam outra qualquer coisa.

— Eu até disse a tua mãe que casando contigo não ficava um dia nesta terra.

Aí a moça iluminou-se de uma alegria que não se conteve. Abraçou-se com Bento. Logo depois recolheu-se com susto e ficou vermelha de vergonha, baixando os olhos para o chão, murcha no entusiasmo daquele instante e procurou um disfarce:

— Bento, eu vou para o serviço.

E sem se despedir, com os pés no chão, saiu de enxada ao ombro para o roçado, na vazante do rio. Bento ainda se demorou um momento para escutar Zé Luís falando de Aparício.

— O homem deu um tiroteio em Sergipe e botou a tropa pra correr. Estava dizendo um matuto, na venda, que Aparício anda agora com mais de duzentos homens. Eu quero ver é a coragem do tenente Zeca Targino, que está fazendo o diabo por aí. A força dele não está respeitando nem fazendeiro. Estão dizendo que ele tem até mais força que o coronel de Jatobá. Até prendeu um cabra do homem na feira e passou-lhe o flandre. Só quero ver o encontro dele com Aparício.

Saíram os dois de estrada afora:

— O velho anda de espreita mode uns cabras que apareceu lá em casa pedindo notícia. Ele está certo que é gente do Brejo, vindo para acabar com nós. Pai até me disse: "Meu filho, isto é gente do finado Casemiro. Eu fui obrigado a fazer um serviço no infeliz, fui no júri e me deram razão. Agora me descobriram por aqui e estão de má intenção. Tu ainda é menino mas já tem fôlego de homem. Eu posso morrer mas tenho que deixar um desgraçado estendido. Tu vai ficar com a tua mãe e a tua irmã nas costas."

— É, Zé Luís, mas tu não deve estar falando isto com todo mundo. O mestre sabe o que faz e está no direito dele.

— Eu não falo não. Mas o velho já me deu a comblé dele. Até estou limpando a bicha. O velho está de posse de uma arma que ele apanhou com o capitão Custódio, é pistola Mauser.

Bento quis fugir da conversa e o menino não parava:

— Na venda, o matuto que apareceu com a notícia de Aparício falou que a tropa do governo está agora com uma arma danada que tem um pente comprido como fita. Um homem só atira por cem. É só puxar o gatilho e a bicha descarrega sem parar. É. Mas não pega Aparício, não. Terto me disse que Germano está com o bando e com o nome de Corisco. Cabra macho. Terto é que é cabra mofino. Eu se fosse ele tinha ido também para o serviço de Aparício. Só assim podia vingar a família toda. Tem até irmã ofendida.

Quando chegaram na entrada da subida da Roqueira o menino parou e Bento seguiu pelo caminho coberto de vegetação. Foi subindo com o pavor da morte do mestre Jerônimo. Se esta desgraça acontecesse teria mesmo que assumir as responsabilidades da família. Gostava mesmo da moça e via no mestre um homem capaz de tudo. Zé Luís, porém, estava perdido. A fama do cangaceiro havia crescido para

Cangaceiros • 175

ele com sedução invencível. O menino terminava correndo para o cangaço. Com o pai morto, na certa não pararia um dia em casa. Ao mesmo tempo a imagem da moça doida da história de Domício foi-lhe chegando para mais ainda atormentá-lo. Lembrava-se bem de vê-la na estrada, de olhar terno, de voz doce, quando foi da sua viagem com a mãe na retirada. E vinha Domício com aquela história.

***

O mestre estava irritado com o capitão Custódio. Havia pedido qualquer coisa para o conserto da moenda e o velho não lhe deu ouvidos:

— É por isto que esta gangorra não vai para diante. O diabo deste velho não cuida de nada. Vive de falar do filho como se defunto botasse a gente para a frente. Sou um homem do meu ofício e quero trabalho.

Nisto apareceu Terto mostrando os cipós que escolhera no mato para as ataduras dos garajaus.

— Nesta gangorra – disse o mestre —, tenho que ver tudo. Já lhe disse, seu Terto, que não quero cipó grosso assim. Esta gente só mesmo no ferrão.

Depois que o caboclo saiu, continuou:

— O irmão ainda deu para cangaceiro, mas este peste não presta para nada. Bicho mofino.

Depois o mestre voltou-se a falar do capitão:

— Menino, eu não sei mesmo não, mas ando com a pulga atrás da orelha. Este velho está de negócio escondido. De quando em vez me chega aqui um cabra com novidades. Antigamente era aquele negro tangerino e agora esse beiço lascado. Não sei não, mas por aqui anda coisa escondida.

Bento sentiu-se inteiro nas suspeitas do mestre. Quis encontrar uma frase que pudesse desviar as cismas do outro e não teve coragem de uma mentira.

— É capaz deste velho estar metido com cangaceiro, fazendo trabalho para Aparício. E se for verdade, a gente toda daqui está desgraçada. Porque qualquer dia descobrem e a volante entra pela propriedade para acabar com todo mundo. Tenho uma filha donzela. Isto é o diabo.

Parou o mestre de falar para ir conversar com o carapina que tinha chegado para o trabalho na moenda. Bento saiu para a puxada onde Terto espichava os cipós ainda verdes:

— Este mestre Jerônimo anda de veneta. E vem logo com ofensa. Tu sabe, Bento, que eu não me danei com o Germano porque não tenho mesmo calibre para cangaço. Um dia eu mostro a este mundo o que posso fazer.

E continuou a espichar os cipós de cabeça baixa:

— O capitão Custódio anda à tua procura. O velho não me parece de cabeça assentada. Não é que veio aqui atrás de Germano! Eu disse a ele: "Capitão, Germano se foi há mais de ano". Aí ele bateu com a mão na cabeça e me disse: "É verdade, anda com o capitão". Estou até com medo deste lugar. Aquele mestre com raiva todo dia não sei de quem, e este velho amalucado sem tenência de nada.

Bentinho nada disse mas Terto foi mais longe:

— Estava dizendo Zé Luís que Aparício deu um fogo em Sergipe e me garantiu que Germano era o homem de confiança do capitão Aparício. Melhor para ele, que só queria ser isto mesmo. Eu não. Estou vendo se junto um dinheirinho para ir de rota batida aonde está o meu povo. Pelo meu gosto eu não tinha deixado mãe e as meninas sozinhas no mundo. Germano foi quem quis. É. Tenho que voltar. E tu, Bento? E o teu casamento? Até vou te dar um conselho: casa e vai para longe deste mundo aperreado. Isto é terra para sofrimento. Não fica aqui não, menino. A moça é boa e merece. Amanhã entra aqui uma volante e faz o que quiser com o povo. Cangaceiro também não dá guarida a ninguém.

Neste instante apareceu o capitão Custódio arrastando uma perna:

— Anda cá, menino. Ando à tua procura desde cedinho.

E saíram para os lados do açude. O velho estava numa agitação frenética:

— Não sei, não. Mas já estou sem esperança nenhuma. Vou morrer com a vergonha. Ali em cima está meu menino enterrado. A minha mulher morreu de pena e eu fiquei para pagar o mal que nunca fiz a ninguém. Que mal eu fiz, menino? De nada sei. O que fiz, menino?

Parou de falar e os olhos miúdos cobriram-se de lágrimas:

— O teu mano Aparício era a minha esperança. Sim, ele tem força e podia mostrar a Cazuza Leutério que matar um inocente é coisa para se pagar aqui nesta terra. E o tempo vai correndo. E o teu mano nem ata nem desata. Ninguém pode com Cazuza Leutério. Ontem me disseram que já botou o juiz de Tacaratu para fora. É só chegar na capital e falar com o governo e tem o que quer. Ali está aquele mestre Jerônimo, anda com brabeza comigo. É que eu não tenho vergonha na cara. Que vergonha pode ter um velho que deixou o filho sozinho, que deixou a mulher morrer de desgosto? Eu te chamei para dizer uma coisa: vou eu mesmo para fazer uma desgraça em Jatobá. Só não vou hoje por causa do teu mano Domício. O capitão me mandou ele para os meus cuidados e tenho que tomar conta do rapaz, mas é que eu não durmo mais, menino. Quando não é esta vergonha na perna, é uma dor maior, uma

178 • José Lins do Rego

dor que não é de uma parte do corpo, mas que dói na alma toda. Lá em cima está o menino morto enterrado com estas mãos. Tenho até vontade de me enterrar com ele na cova, de virar poeira com ele. E a mulher morta de sofrimento. Estão dizendo que tu está com um plano de casamento com a filha do mestre. Faz isto logo. E se teu mano não estivesse contigo, eu te daria um conselho de velho: vai para longe, não fica neste sertão desgraçado. Olha o meu filho. Está lá em cima enterrado e não fez nada. E o pai não fez nada. Só porque Cazuza Leutério quis, e acabou-se. Mas o teu mano Domício precisa de ti e veio para aqui a mando do capitão. Se minha mulher estivesse viva estava tratando dele, mas morreu de vergonha. É, menino, não posso mais abrir a boca não. Só me vêm mesmo na boca o filho e a mulher. É o que está na ponta da língua deste velho mofino. Ah, mas eu vou fazer o que nunca tive coragem de fazer! Saio um dia daqui, carrego a minha pistola e dou cobro a esta agonia de tantos anos.

— Capitão, o que pode a gente fazer, capitão, com os que podem tudo? O senhor não tem culpa de nada. Coronel Leutério é que manda no sertão. É mesmo que governo, tem até soldado de linha para garantir a casa.

— É, menino, isto é muito bom de se dizer, mas quem sofre é este velho. A minha mulher Mocinha ainda quis fazer o que eu não tinha podido, e mandou o negro Fidélis que morreu na beira do rio. Mas eu faço. Deus do céu há de ficar sabendo que Custódio dos Santos, um dia, foi homem de verdade.

Os olhos do capitão criaram uma luz estranha. Os lábios tremiam e da boca murcha escondida pelas barbas saía-lhe uma espécie de rugido amortecido. O ódio trancado queria romper daquele peito dolorido e não podia, nem chegava a fazer impressão de uma fúria verdadeira. Havia mesmo qualquer coisa

Cangaceiros • 179

de postiço na raiva do capitão. E ele próprio como que se sentiu em falso e voltou outra vez ao lamento que era o seu natural:

— Ninguém acredita no que eu digo. Eu sei que ninguém acredita. E quem vai acreditar num velho mofino? Não acreditou a minha mulher e nem há de acreditar o meu filho que está, lá em cima, enterrado na terra do pai, nesta terra de que o pai não devia ser dono. Para que ser dono?

Os patoris gritavam nas águas do açude, cobertas de folhas verdes. Para um canto, perto do balde, um pedaço da represa descoberta mostrava uma água mansa onde o céu azul se refletia. Os patoris nadavam tranquilos. De repente, se fez um silêncio de terra deserta. O velho olhava para o chão e dos seus olhos muitas lágrimas brotaram, que lhe caíam pelas barbas como gotas de orvalho em folhas secas. Bento sentiu uma dor tremenda varar-lhe o coração. Quis encontrar uma palavra para consolar o velho desamparado e logo lhe veio a lembrança da mãe louca destruída, do pai desligado de tudo, do padre Amâncio morrendo. Então teve vontade também de chorar. Seria terrível naquele instante mostrar ao velho que ele também era assim como o outro, um homem sem calibre para aquele sertão de gente de coração de pedra e de braços e de mãos que manejavam armas sem medo da morte. Ele tinha medo como o capitão. Vieram andando devagar. Nada tinham que dizer um do outro. O velho ainda lhe parecia um homem mais forte, porque era capaz de confessar o que sentia, de falar tudo o que lhe vinha na boca. Ele, não. Ele não tinha forças para nada. Nem coragem para fugir, nem pernas para correr. Ao chegarem perto da engenhoca, o capitão ainda lhe disse:

— É mas eu tenho que fazer. Cazuza Leutério tem que me matar. O meu menino está lá em cima, debaixo da terra, e a minha mulher há de dizer: "Custódio, eu sabia que tu terminava fazendo isto".

6
—

DIAS SE PASSARAM, até que Domício se sentiu com forças para abandonar o sítio e ganhar outra vez a caatinga. Certa tarde, quando Bento chegou em casa encontrou-o na porta do copiá, em pé.

— Só estava à tua espera para te dizer que nesta madrugada vou sair para me encontrar com Aparício. Deve andar lá para o coito do Zé Nonato, nas bandas de Moxotó. E mesmo isto aqui já não está seguro. Quando tu saíste hoje de manhã, apareceu aqui uma negra com uma conversa atravessada. Sabe o que o diabo me disse? Veio com a leseira de que aquela moça doida de que lhe falei tinha dado à luz um menino de Aparício. Não disse nada ao diabo da negra mas fiquei maldando. Será que aquela desgraçada sabe alguma coisa da vida da gente? Ela se chegou pra qui pra me oferecer remédio. Por via das dúvidas vou ganhar os matos, e mesmo já estou bom. E para que não dizer? Estou até com saudade dos cabras. A gente se acostuma com o inferno.

Bento não lhe disse nada sobre as intenções dele, apenas falou-lhe de Alice e da conversa que tivera com a mãe.

— É verdade, Bentinho, tu deves sair daqui quanto antes. Tu sabe, Aparício tem compromisso com o capitão Custódio, e lá um dia ele faz uma desgraça em Jatobá. Feito isto, não vai ficar gente para contar a história, nesta fazenda. Para o velho, morrer é até um descanso. Tu porém não nasceu para esta vida. Tu não tem calibre para o serviço. O melhor mesmo é mudar de terra. O dinheiro que Aparício mandou para a velha está aí. Tu nem buliste num vintém. Pois te serve dele. E mesmo Aparício, quando souber, vai dizer: "Bentinho carecia de ajuda e

Cangaceiros • 181

fez muito bem". Eu para falar com franqueza vou ficar mais que satisfeito. Eu sei que tu não dá para esta vida de sertão. Tu não tem coração como o da gente. Vai-te embora, Bentinho.

A voz de Domício amaciava. Estava como nas noites de agonia do amor pela cabocla da furna.

— Menino, estou certo de que não vou te ver mais. Vida de cangaceiro não dura muito. A gente não vai morrer na rede. Tem que morrer mesmo na boca do rifle, por isto, morrer amarelo como eu estou, dando pena ao povo, não é morrer. Não, menino, já que caí na vida, tenho que sair desta desgraça com coragem.

Bentinho sabia que o irmão estava falando para produzir efeito. Aquele coração de tanta ternura, aquele peito donde brotaram cantos de tristeza, aquela voz de pássaro dos tempos antigos, não dizia na certa o que estava dentro da alma.

— Mas Domício, eu sei que não é assim como tu diz.

— Ora, menino, tu não sabe de nada. Quem sabe é Aparício. É ele quem manda em nós e eu até gosto de ser mandado. Tu não ouviste falar na história da doida? Será mesmo que ela está de cria, com obra deste teu mano? Quando a negra me falou do caso senti um frio por dentro. Estou de filho. Neste sertão há um menino com meu sangue, gente que vai sofrer muito. Já não sou um homem só, Bento. Se tivesse força, eu saía atrás desta pobre e ia dar conta do filho; mas o que eu posso fazer, menino? Só mesmo Aparício é quem dá jeito. Só ele é quem é capaz de mandar na minha vida e de me arrancar do medo. É verdade, Bento, ando com medo. Faz quase um ano que eu me peguei com aquela mulher de cabelo comprido e dentro de mim foi ficando um frio que eu não sei explicar. Que diabo será? Vim para aqui e ainda não passou uma hora que a mulher não estivesse na minha mente. Está bem viva, Bento, é como se estivesse aí neste lugar. Quero fugir e não posso. Te digo: muita vez, na rede, tenho vontade de gritar por ti. Por isto é melhor cair no meio do bando e acabar tudo. Ainda posso fazer muita coisa. Aparício há de ter precisão de mim, o cangaço até me alivia desta vida. No tempo em que fazia leseira, em que andava de cabeça virada pelo santo, até imaginei noutra vida. Mas qual! A vida da gente é esta mesma que está aqui e o melhor é acabar com ela. E agora aparece menino novo, para ainda mais me sucumbir.

A noite vinha chegando e os dois irmãos se calaram. Bento possuído de tristeza. Domício olhava para o mundo. O sol se punha devagar, e nuvens carregadas corriam no céu.

— É capaz de chover. Também o sertão anda carecendo de uma pancada d'água.

Mas Domício não falava para Bento. Falava para esconder o que desejava desabafar. Os pássaros vinham dando seus últimos cantos. Bento sentiu que Domício era um homem na boca da morte. Uma dor acerba varou-lhe a alma e lágrimas brotaram de seus olhos.

— Ora, menino – disse-lhe o irmão —, não faz isto. Me deixa ir embora sem este sofrimento.

E passou a mão sobre a cabeça do caçula para lhe dar mais coragem:

— Menino, eu não queria te dizer, mas vou dizer: desde que morreu a nossa mãe que Aparício ainda não tomou tenência na vida. É que ele pensa que está faltando reza para ele. A velha estava daquele jeito, até com raiva da gente, mas tinha muita força. Força lá de dentro para mandar nas coisas. Aparício acredita em oração e tu nem pode calcular o que é um cangaceiro com esta fé. Agora, porém, está diferente. Eu sei que o mano não está mais de corpo fechado e é por isto que mais

Cangaceiros • 183

quero chegar para perto dele. De madrugada, vou saindo desta terra, mas tu precisa tomar decisão para tua viagem. Pega no dinheiro de Aparício e te dana por este mundo afora.

Calou-se. A noite estava ali, cercando-os de trevas. Bento foi acender a lamparina. Domício não se arredou do copiá. Soprava um vento de bafo quente. Bento começou a mexer nas panelas da cozinha. Depois os dois começaram a beber café sem coragem de olhar um para o outro. Foi Domício quem rompeu o silêncio:

— Bento, esta história do menino novo vai me agoniar. Eu sei que tu não vai poder fazer, mas se fosse possível dar um jeito com a família da moça e levar o menino para fora deste sertão, era a melhor coisa do mundo. Ele vai terminar como nós.

Aí a voz de Domício empastou-se:

— Vai acabar na desgraça da sina que a gente carrega. Ah, Bento, a gente tem que purgar muito! É força dos antigos. Nem a nossa mãe pôde com isto. Bento, tu que tem mais coisa na cabeça que a gente, arriba deste lugar.

Calou-se outra vez e foi se levantando do tamborete para se sentar no copiá. Deviam correr lágrimas dos seus olhos porque levou a manga da camisa ao rosto. Bento não se conteve e correu para o quarto. E foi ficando deitado até que os primeiros pássaros começaram a bulir nos arvoredos. O outro se preparava para partir. Com a rede nas costas, as alpercatas nos pés, na luz vermelha da madrugada que incendiava as nuvens da barra, parecia um penitente que se preparasse para uma viagem de peregrino. Os cabelos grandes e o corpo magro que a camisa de algodãozinho ainda mais afinava, davam a impressão de homem sem ligação com a terra. Bento chegou-se para perto dele e viu o calor dos olhos do mano. Eram duas chamas. Só os olhos mostravam o Domício que se ia para sempre atrás da

184 • José Lins do Rego

morte. Abraçou-se com Bento e as suas chamas minaram água. E lágrimas quentes que o caçula sentiu na face. Depois só ouviu o bater duro das alpercatas no chão de pedregulhos, o chiar dos passos de Domício descendo a ladeira para sempre. O céu todo vermelho. E agora os passarinhos cantando com a maior alegria da vida. Bento encostou-se no esteio do copiá e lhe veio, de repente, uma onda de indiferença por tudo. Ouvia os passos do irmão que se ia para nunca mais voltar e era como se estivesse fora de tudo. Rápido, porém, um golpe o acordou, e então uma terrível dor furou-lhe a alma inteira. Quis força para correr atrás de Domício e não tinha força nenhuma, e assim ficou até que o sol se abriu de todo. Não teve coragem de fazer fogo para o café. Veio-lhe porém uma espécie de medo de ficar sozinho. A saída de Domício transformava aquela casa num lugar mal-assombrado. Nisto escutou, vindo lá de baixo, um barulho de patas de cavalo. Quem poderia ser? Quis esconder-se, para que ninguém pudesse vê-lo naquele estado de desespero.

Era o capitão Custódio.

— Menino, ontem de noite me chegou um recado do capitão para o teu mano Domício.

E quando soube que Domício havia partido há pouco tempo, mostrou-se desapontado.

— Que diabo! É que o capitão está precisando do teu mano na fazenda do velho Prudêncio, em Piranhas. Me disse o Beiço Lascado que é preparo para o ataque a Jatobá. Deus queira que seja. Cazuza Leutério anda de peitica com o chefe de polícia por causa do parentesco deste com o povo de Triunfo e me disseram que vão retirar os soldados do batalhão que está em Jatobá. A força de linha que estava guardando a estrada de ferro, já se foi. Tu sabe de uma coisa? O que este homem me contou é que o negro tangerino está solto. Foi visto em Tacaratu com farda de soldado. Nem estou acreditando nesta história, mas se for verdade, estamos desgraçados. O negro sabe de nossos segredos. Em todo caso, pode ser obra do tal juiz que está de briga com Cazuza Leutério. É, menino, pelo que estou vendo, aquele desgraçado vai conhecer o dia dele. Deus há de me dar vida, nem que seja um dia só, uma hora só, para ver o fim daquela peste. O meu menino está enterrado lá em cima. Só está esperando isto mesmo. Mas o teu mano teve algum aviso do capitão Aparício?

— Não, capitão. Domício se foi pela cabeça dele. Deu-lhe uma veneta e saiu de rota batida para pegar o grupo, num coito de Moxotó.

O capitão baixou a cabeça e depois, aproximando-se de Bento, lhe disse:

— Olha, menino, vou te falar uma coisa muito séria. Se tu está mesmo com vontade de casar com a filha do mestre Jerônimo, casa logo. E te digo mais: ganha os campos. Quem não tem calibre para aguentar este sertão não deve fazer como eu faço. É melhor sair, do que estar sofrendo isto que eu sofro. Tenho o meu filho enterrado lá em cima tenho uma mulher que morreu de desgosto; só porque não sou homem de coragem, estou na situação em que estou. Ganha os campos. A minha hora está chegando. Depois do serviço do capitão Aparício a força do governo vai cair em cima desta minha propriedade para acabar com tudo. Mas que me importa? O que eu quero é ver Cazuza Leutério, de dente arreganhado, varado de bala. Quando acontecer isto, o mundo pode se acabar. É por isso mesmo que eu te aconselho: casa com a menina e ganha os campos. O capitão não vai precisar da tua ajuda. Tu não tem calibre para os trabalhos dele.

Calou-se, e depois de alguns minutos se despediu.

Os passos de seu cavalo ficaram nos ouvidos de Bento. Sozinho na casa onde a mãe morrera enforcada, sentiu-se o rapaz sem forças para suportar aquela paz que lhe abafava o fôlego da vida. O dia cheio de sol se fartava de luz e de verde. Agora o céu todo limpo não tinha uma mancha sequer de nuvens e os pássaros enchiam o silêncio de cantoria. Tinha que fugir daquele mundo. Alice esperava por ele. Sim. Tinha que fugir, não podia esperar por mais tempo.

Quando chegou na porta da casa do mestre a manhã ainda cobria de luz macia os arvoredos banhados de orvalho. Quis passar de passagem mais foi logo vendo o mestre Jerônimo debaixo do pé de juá.

— Estava mesmo à tua espera – foi-lhe dizendo. — Aninha anda com estas dores e eu estou até com medo de coisa ruim. Ontem de noite a pobre se torceu em cima da cama de fazer pena. Só veio mesmo melhorar, agorinha. Isto é a dor de pedra e só passa mesmo quando ela deitar a bicha pela via. Lá no Brejo tem uma erva que dá um chá de primeira para estas coisas. Estou com o nome do mato na boca e não me alembro. Mas não era por isto que eu estava te esperando. É que soube ontem que anda lá por cima, no teu sítio, um homem doente. Me falaram num cabra de Aparício. E eu disse para o sujeito que me falou: "Olha, não acredito, aquele menino Bento não tem cara de se meter com esta gente". Quem me falou nisto foi um tipo que passou na estrada, dizendo que tinha sabido a história de uma negra do olho-d'água. Até vinha dizendo que o tal homem estava amarelo que nem papa-figo.

— Nada, mestre. O homem que esteve comigo é um parente de minha mãe, do Açu. Veio aqui à procura da velha, porque tinha sabido que a gente estava morando na Roqueira, e só se demorou dois dias. Já se foi.

Cangaceiros • 187

— Bem, bem, disto eu tinha certeza. Avalie se esta notícia chega na boca do tenente Viegas, que anda dando surra somente porque malda que os sertanejos têm conversa com Aparício. Vou até ser franco: estou achando o velho Custódio de muita conversa com aquele sujeito de beiço lascado. Menino, se este velho doido estiver metido com Aparício vai ser o diabo para nós. Eu tenho mulher e filhos, e sabendo de tal, anoiteço e não amanheço. Tu sabe lá o perigo que a gente corre? Amanhã descobrem e entra a força do governo e não respeita. O cipó de boi vai comer nas costas da gente e não fica cacareco inteiro. Só mesmo coisa deste diabo doido!

Alice apareceu na porta e para Bento era como se a manhã criasse outra alegria, outra luz, outra frescura de brisa. Bento saiu para falar com ela enquanto o mestre entrava para vestir a camisa. Agora, Bento não sentia medo de coisa nenhuma. Alice sorriu-lhe tão feliz, tão viçosa de corpo, cabelos amarrados, com os olhos grandes e negros e de fala terna.

— Bentinho, mãe não pregou olhos a noite toda.

— É, o mestre me disse. A irmã do meu padrinho padre Amâncio tinha dores assim e um médico que passou por lá falou que era doença dos rins. É esperar que passe o tempo. Ela fica boa.

Alice ia falar-lhe uma coisa quando apareceu o mestre:

— Vamos embora, menino, tenho muito que fazer. A engenhoca do velho está se quebrando toda. Para esta safra ele ainda pode contar com aquela tacha de cozinhamento. A bicha já está que parece cobertor de taco.

E foram andando de estrada afora. O mestre tinha qualquer coisa para falar a Bento. Passaram pelo bosque de oiticica e lá estavam aboletados uns matutos. Logo na beira do caminho apareceu um rapaz de chapéu de couro:

— Meus amigos – foi dizendo —, se não me engano isto aqui é a propriedade do velho Custódio? Pois inté estava na feira de Tacaratu, quando mataram o filho dele. Cabra macho. Vi o rapaz brigar como onça acuada e o velho nada fez. O cabra que matou o rapaz anda em Jatobá palitando os dentes. Até me disseram que é inspetor de quarteirão no distrito da Ema. Os amigos trabalham para a fazenda do velho?

— Sim, senhor.

— E lá tem rapadura? Nós estamos voltando do Brejo. Safra desgraçada. Os brejeiros só estão cuidando de café.

O mestre queria saber por onde tinham andado.

— Estamos chegando de Mata Grande. O povo está todo espalhado com medo de Aparício. O capitão no cerco do Olho-d'Água do Acioli só não comeu homem véio. Não ficou moça inteira. O tal do Corisco é um pai-d'égua desadorado. Inté me disseram que ele era filho deste lugar.

— Não é não – disse o mestre. — Aqui nunca ouvi falar neste homem. Estou aqui há mais de cinco anos, e nunca vi este tal de Corisco.

Apareceram outros matutos e o mestre Jerônimo veio a conhecer o chefe do comboio:

— Estou conhecendo o senhor. Não se trata do mestre Jerônimo do Brejo de Areia? Olhe, o senhor nem se lembra de mim. Comprei muita rapadura no engenho do doutor Cunha Lima. O senhor trabalhava neste tempo com o homem.

O mestre quis mudar de conversa e o matuto não parou:

— Eu soube do seu caso com o finado Casemiro. Mas ali não havia jeito. O finado era aquilo mesmo. Mestre, o capitão ainda tem rapadura?

— Eu nem sei de sua graça.

— Justino, seu criado.

— Pois, seu Justino, o capitão vendeu tudo. O ano foi fraco e o senhor sabe que aqui se safreja pouco.

Com mais outras palavras despediram-se do comboio.

— Tu viste estes matutos? Andam de conversa fiada. Isto é gente do Brejo que anda atrás de mim.

E calou-se. Havia, porém, qualquer coisa secreta no mestre que ele queria botar para fora. Bento deu-lhe o pretexto:

— Mestre, eu estava para lhe falar e não tinha coragem.

— Eu sei, menino, o que é. Aninha me contou tudo. Tu quer te casar e sair desta terra. E era justamente isto o que estava com vontade de dizer. Nada tenho para dar a minha filha. Só tenho mesmo esta luz do dia. Mas se tu quer casar, se arranja um jeito. Tenho comigo uns cobres que me deu o doutor Cunha Lima no dia de minha saída do engenho dele. Lá cheguei e lhe disse: "Doutor, eu sei que o senhor não está forte na política e eu não quero ficar por aqui não. Tem aí esta gente do finado Casemiro e eu sei que, mais cedo ou mais tarde, eles vêm pra cima de mim." O homem me falou para ficar. Mas falou por falar. Eu sabia que o povo de Simeão estava de cima. Depois eu lhe disse com toda a franqueza: "Doutor, tenho mulher e filhos e não fico aqui não". Aí ele me disse mais: "Jerônimo, não sou rico mas vou te dar um auxílio". E veio lá de dentro com uma nota de duzentos mil-réis e me deu. Há mais de cinco anos que tenho este dinheiro comigo. Pode agora servir para o teu casório e assim tu e a menina pode fazer a viagem. A gente vai ficando por aqui mesmo. Estou certo que Aninha está se acabando e o meu menino tem fôlego para cuidar da vida dele. Se tu quer mesmo se casar, o melhor é fazer a coisa de supetão e ganhar o mundo. Este sertão ainda tem muito que sofrer.

— Sim, mestre, é só o que eu pretendo fazer. Tenho pena de deixar a sinhá Aninha assim como está e nem sei mesmo se Alice aceita isso.

— Tem que aceitar. Tem que aceitar. A minha mulher já botou na cabeça da filha outra ideia. Nós ficamos. Estou com receio que esta canalha do Brejo venha acabar comigo. Brejeiro tem isto, é gente de guardar raiva. Pois que venha esta desgraça. Uma coisa eu te digo: Jerônimo da Silva não morre como carneiro. Levo um desgraçado comigo.

Estavam chegando e o capitão Custódio esperava-os na porteira:

— Bom dia, mestre. Estava aqui na sua espera. Ontem esteve aqui, de noite, um freguês de Tacaratu me falando do senhor. É um tal de Lourenço, comprador de aguardente. Me disse ele que no Brejo se falava muito no senhor e até de uma morte que o senhor fez em legítima defesa.

— Mas, capitão, o que é que este sujeito quer? Se veio para falar de mim, o senhor devia ter mandado ele na minha casa.

— Não, mestre, o homem não falou por mal. Foi só conversa. Me falava ele de gente de coragem e me disse: "Homem forte é este mestre Jerônimo que o senhor tem aqui", e me contou a história.

— Capitão, vou lhe dizer uma coisa: eu não gosto destas conversas. Pode ser que o senhor não me queira na sua propriedade. É só me avisar, e pronto.

— Mestre, não foi para tanto que eu lhe falei no caso. Esta propriedade é terra sua.

E com a voz alterada:

— Fique certo de que sou homem de uma só palavra.

E voltando a si, com visíveis sinais de constrangimento:

Cangaceiros • 191

— É verdade que tenho um filho enterrado e que não fiz o que devia fazer para vingar a sua morte.

O mestre caiu em si e baixou a cabeça:

— Me desculpe, capitão, é que estou com a mulher de cama e tudo me sobe na cabeça. O senhor vai me desculpar a maneira.

Afastaram-se para a casa da engenhoca. O capitão permaneceu em pé, como se estivesse a olhar para longe, à espera de qualquer coisa.

— Menino, a gente às vezes faz besteira. Ofendi o velho e estou doente com isto.

Mais tarde o capitão chamou Bento e lhe falou do mestre:

— Eu até não disse tudo o que me falou o freguês de Tacaratu. O mestre ia ficar mais danado ainda. É que o tal me contou do crime que o homem tem nas costas e me adiantou mais coisas, dizendo que no Brejo de Areia o mestre era tido como homem perigoso. E ele não foi só a um júri. E a gente olha para ele e não dá pela coisa. É de que eu tenho inveja. É de ver um homem com tanta disposição, um homem capaz de fazer uma ação e não esperar pelos outros. É isto o que me dói. Tenho um menino assassinado, vi como ele chegou em casa furado de punhal e me falta coragem para fazer o que eu devia fazer. É. Mas um dia eu me resolvo. Um dia este velho há de sair desta casa com a cara limpa de vergonha. Agora tu não vais voltar mais para o sítio. Tenho, ali na casa, um quarto que tu pode ocupar. O meu menino vivia lá. E vou te dizer: se não fosse este sertão uma terra desgraçada, tu podia casar e vinhas morar comigo. Não tenho ninguém neste mundo. Tenho é um filho enterrado, ali em cima.

— Obrigado, capitão, mas já estou decidido. Caso com a moça e vou embora. Aparício não precisa de mim. Foi isto mesmo que me disse Domício. E mesmo o mestre Jerônimo está de acordo.

Calaram-se os dois. Vinha chegando o vaqueiro Laurentino todo encourado:

— Bom dia para todos. Estou chegando do campo, capitão. A vaca Lamparina morreu ontem e inté vendi o couro para o senhor.

O capitão só fez lhe dizer:

— Vá pro inferno, cabra ordinário. Este bicho só me aparece aqui para me dar notícias desta ordem. Enfia este dinheiro no rabo.

— Mas capitão, não precisa tanto barulho. Já disse a vossa mercê que só estou nesta fazenda inté o dia em que o senhor me botar pra fora.

— Pois que se dane.

O vaqueiro não arredou o pé do lugar e, de chapéu na mão, sorria, num jeito de quem não acreditava na fúria do patrão:

— Pois, o capitão fique sabendo que não me ofende. Sou filho desta terra e sei inté que o capitão gosta de mim. Ele só diz estas coisas do dente pra fora. Pois menino, o capitão Custódio pode dizer tudo que quer.

Mas o velho não estava para conversa e foi se retirando para dentro de casa.

— É assim desde que me entendo de gente. O meu pai me dizia todo santo dia: "Laurentino, não arreda o pé da Roqueira". O velho meu pai foi vaqueiro do pai do capitão e morreu no serviço. Agora tudo está mudado. O capitão não tem mais amor a nada. Nem vai mais ver as reses que tem. Desde que mataram o menino que deu nisto. É nojo, menino. Isto vai até a morte. O gadinho lá se acabando. É. Mas não saio não. Os gritos dele não me ofendem não.

Mais tarde o mestre Jerônimo alterou a voz para o carpina Florindo e quase que chegaram a vias de fato. Discutiram por causa de um pau da moenda. Bento apareceu para acomodá-los:

— Não fico mais aqui. Sou um oficial carpina, homem de meu ofício e não estou para aguentar desaforo de ninguém. Nesta Roqueira não tem homem para me mandar e não vim pra aqui pra aguentar grito de ninguém.

O mestre não lhe deu mais resposta; só fez lhe dizer:

— Pois que faça o trabalho limpo.

O capitão Custódio apareceu para saber a razão das divergências e ouviu calado a arenga de cada um. Depois, virou as costas, sem dizer uma palavra. Parecia fora de tudo. O vaqueiro ainda continuava no copiá, e quando o capitão foi subindo ele se chegou:

— Capitão, já vou saindo e queria pedir a vossa mercê creolina para curar as bicheiras do gado.

— Já lhe disse que fosse pro inferno. Não quero ver ladrão na minha porta.

E deu-lhe as costas. O vaqueiro sorriu e foi se chegando para a casa da engenhoca.

— Ele me chamou de ladrão e pode chamar. Desta terra não saio, mestre. Nem cangaceiro me tira daqui. O velho está mesmo de leseira.

E sorriu. Depois que saiu, no cavalo magro, o mestre Jerônimo falou para Bento:

— Aquele bicho está roendo os ossos do velho. Não há uma semana que não apareça com a notícia de uma rês morta. Também o diabo do velho não tem mais destino. Não tem nem força para botar este cachorro no meio da rua. A gente tem até tristeza de trabalhar para uma gangorra desta. Saí da terra de um Dotor Cunha Lima para cair na terra deste boi de cu branco.

À tardinha saíram os dois. Bento ia ao sítio para trazer os seus troços. Na porta da casa do mestre parou para conversar com Alice. Os cabelos soltos, os olhos negros tinham-se preparado para Bento. O mestre entrou para falar com a mulher e os dois puderam se entender.

— Falei com o mestre e tudo está pronto.

Alice sorriu e Bento chegou-se mais para perto dela. Vinha um cheiro bom do corpo esguio. Foi quando apareceu Zé Luís espantado, com a notícia do ataque a Jatobá. Aparício, com mais de cem homens, dera um cerco na cidade e o tiroteio durou mais de três horas. A notícia tinha chegado por um vaqueiro que contou tudo na venda. Tinha morrido muita gente.

7

LOGO QUE SOUBE DO ataque, Bento foi, às carreiras, procurar o capitão e encontrou o homem de cama. Tinha-lhe aparecido de repente o diabo da erisipela.

— Fui molhar os pés no açude, atrás de tirar d'água um patori morto, e senti logo a dor na perna.

Os olhos vermelhos escondidos por trás das sobrancelhas que pareciam duas barbatanas areadas. A febre dava ao capitão uma cor de pele avermelhada, e desde que Bento lhe contou a notícia, sentou-se na cama e seu corpo todo pareceu agitado por uma corrente estranha.

— Não me diga, menino. Não me diga. Estou certo de que Cazuza Leutério, a esta hora, já deve ter pago as suas misérias. E quem trouxe a notícia? Mas será verdade?

Quis se levantar, fazendo um tremendo esforço. Mas não conseguiu vencer o peso da perna inchada. As dores do corpo arriaram-no na cama, como um traste. Mesmo assim, a fala trêmula se aqueceu na esperança de um sonho que parecia realizado. Depois, silenciou e uma ânsia opressiva partia-lhe o fôlego. Ressonou. E saiu desembestado daquele estado de meio torpor, para falar sofregamente. Aí não se ligavam mais os seus pensamentos. A febre subiu-lhe para a cabeça e falava alto e gritava:

— Cachorro, sai de minha casa, ladrão. Mocinha, deixa que eu vou, deixa que eu mato aquele cachorro.

A velha criada Donata apareceu para acomodá-lo e, vendo o rapaz, não se conteve:

— Ah, menino! Você está aí. O capitão agora deu para isto. Vindo a dor da perna sobe o demônio para a cabeça dele e só faz dizer besteira. Isto é a dor "do mal do monte". Deixa ele sozinho, menino. Eu tomo conta do velho.

Bento saiu da casa e ficou na conversa com Terto, na porta da estrebaria.

— O velho deu para gritar. E só dar nele a dor "do mal do monte" e abre a boca para dizer besteira.

Bento tocou na notícia do ataque a Jatobá. Terto não se alterou:

— Mais cedo ou mais tarde tinha que acontecer isto. O coronel Leutério não vai com Aparício, e botou soldado de linha em Jatobá. Aparício não vai levar aquilo assim de brincadeira, não. Te garanto que o estrago foi feio.

A noite cercou a Roqueira de escuridão. Os bichos começavam a chiar. Terto calou-se. E na cabeça de Bento começaram a trabalhar os acontecimentos. Não voltaria mais para o sítio. Dormiria ali mesmo. Foi procurar uma rede para armar no quarto de Terto. O rapaz, deitado, de cigarro aceso, balançava-se bem devagar:

— Menino, estou aqui pensando no ataque de Jatobá.
Já que não chegou notícia da coisa, a gente não pode calcular
o fato direito. Tu já avaliaste o que pode acontecer? O coronel
Leutério deve ter dado fogo no grupo. É homem para aguentar
tiroteio. É capaz de Aparício sair debandado. E aí, toca a chegar
soldado para este sertão. O homem pode como governo. Nem
sei não. Tenho para mim que o cipó de boi vai roncar neste
sertão. Oh! terra desinfeliz.

Bento não pregou olhos. A conversa de Terto foi esmore-
cendo e com pouco roncava alto. Alice apareceu-lhe, a doença
da mãe, as histórias do mestre Jerônimo foram lhe enchendo
a cabeça. Era peso demais para que pudesse ficar quieto, sem
agonia no coração. De repente, teria que tomar conta da família.
Sim, veio a convicção de que o mestre não estaria vivo, até o
fim do ano. Aquelas conversas sobre a gente do Brejo davam
esta certeza. Alice só contava com ele. O casamento estava
feito. No outro dia, ia tratar de tudo. O dinheiro que Aparício
mandara para a mãe ia servir agora para dar um jeito na sua
vida. Não roubava de ninguém. A princípio ficou com medo
daquele maço de notas que a mãe escondia num buraco da
parede. Domício lhe dissera que o dinheiro era dele. Alice. E se
ela chegasse a saber de sua vida? E o mestre, que não gostava
dos cangaceiros? Aí Bento esfriou. Se chegasse a descobrir a
sua irmandade, se viesse a saber que era irmão de Aparício? O
sono fugia, e mais para perto dele chegavam aquelas preocupações. Balançava-se na rede, e o gemer dos armadores de
cordas abafava o ronco seco de Terto. Alice teria coragem
de casar com irmão de cangaceiro? Já ouvia as primeiras cantadas
dos passarinhos. Abriu a porta e deixou Terto no sono pesado.
A Roqueira dormia ainda. Com a casa do velho coberta pelo
sereno da madrugada, com os arvoredos úmidos de orvalho.

Cangaceiros • 197

E lá para o outro lado as barras se abrindo para o sol, que nascia em leito de chamas.

E se Aparício se acabasse em Jatobá? Este pensamento assaltou-o como um ladrão de estrada. Fugiu dele. A morte de Aparício daria paz ao sertão, daria paz a sua vida. Não se falaria mais na família infernal. Os Vieira teriam o seu fim e as maldições se consumiriam para sempre. Sentiu-se miserável com aquele pensamento. Lembrou-se de Domício. A lembrança do irmão querido furou-lhe o coração de angústia. Tinha desejado a sua morte.

A manhã banhava a Roqueira de luz novinha. A negra Donata abriu a porta da frente e ele foi perguntar pelo capitão.

— Está dormindo, o febrão já amornou. Tem café lá dentro.

Na cozinha, com a velha, a conversa pegou sobre o capitão.

— Menino, estou aqui desde o tempo da finada Mocinha. O velho muito sofreu com aquela morte do menino. E deu no que tá. Tenho pra mim que vai morrer. Esta dor de perna tá dando toda semana. As febre come o corpo do homem. Dá nele aquela tremedeira e a cabeça fica lesa. Eu nem sei de nada. Mas anda coisa com ele. Vem aqui aquele homem de beiço lascado, vinha também um tal de Moreno, tangerino. E ele só vive de conversa. Eu nem quero imaginar. Pois inté desconfio de coisa com cangaceiro. Também era só o que faltava ao capitão Custódio. Era esta amigação com cangaceiro. É o diabo. Nem quero imaginar.

Bento não se demorou muito. Saiu e já Terto estava a olhar a manhã, de cócoras, na porta da casa de farinha. O rapaz chegou-se para perto dele e a conversa do caboclo voltou às notícias da noite passada:

— Estava, aqui mesmo, pensando na história de Jatobá. Aquilo foi fogo de verdade. Deus queira que Germano esteja em paz e salvamento. Aparício foi cair numa danada. O coronel Leutério tem até caminho por debaixo da terra. A casa é como cadeia. Toda rodeada de parede de pedra. É. O negócio deve ter sido dos diabos. É. O mano Germano tem Deus com ele. Mais tarde, foi chegando o mestre Jerônimo. Vinha de cara fechada, e deu bom-dia sem olhar para os dois. Entrou para a casa da engenhoca e começou a bater na tacha velha que procurava consertar. Bento foi para perto. Vendo o rapaz sozinho, o mestre lhe disse:

— Passou lá por casa um matuto e me contou do ataque em Jatobá. Aparício cercou a cidade de todos os lados e deu um fogo de mais de duas horas. O coronel respondeu com os cabras, porque não tinha mais soldados do batalhão, em Jatobá. Só tinha mesmo o destacamento. Pois bem. Aparício não tomou a cidade. Me disse o homem que os cangaceiros chegaram até dentro da rua grande e não puderam ficar. Os cabras do coronel aguentaram o tiroteio, e quando foi de madrugada, os cangaceiros já tinham fugido. Morreu muita gente. Falava-se na morte de um maioral do grupo. Tem muita gente de Jatobá morta e há feridos. Uma filha do coronel Leutério deu fogo com os homens.

— Mas mestre, o matuto não lhe falou no nome do maioral de Aparício?

— Não me falou não. Só me disse que era cabra dos grandes. Se este sertão tivesse um homem como este coronel de Jatobá, estes pestes de cangaceiros não estariam soltos de canga e corda.

Bento saiu e viu que se aproximava um cavaleiro, subindo pela ladeira do curral. Reconheceu logo Beiço Lascado. O homem apeou-se e foi logo à procura do capitão, mas, vendo Bento, chamou-o para um canto e lhe disse:

Cangaceiros • 199

— Menino, tu deve voltar pro sítio. Lá eu te falo direito.

A voz fanhosa saía-lhe dos lábios partidos como gemidos.

Quando soube da doença do capitão, adiantou para Bento:

— Tu deve levar mantimento de boca.

Mais tarde saiu Bento com o saco de farinha e de carne. Passou de longe pela casa do mestre atravessando a estrada pela beira do rio. Bento não queria ver Alice no estado de ansiedade em que ele estava. Tinha medo de encontrar Domício varado de bala. Agora já subia a ladeira. E nem reparou nas lavadeiras da beira do olho-d'água. Foi chegando, para perto de casa, com o coração saltando de emoção. E mal botou os pés na porta da entrada, viu um homem estendido no chão da sala. Aproximou-se devagar, e então pôde verificar. Era um negro. Com o barulho dos seus passos o tipo levantou-se, mas não teve forças para se manter de pé.

— Tu é irmão do meu compadre Aparício? O teu mano me mandou pra aqui. Estou ferido, na pá, com uma bala. A bicha me atravessou de lado a lado.

Devia ser o negro Vicente.

— Para falar com franqueza a desgraçada nem me doeu, no princípio. Só senti mesmo a pancada nas costas. Depois foi o sangue molhando a minha camisa. Quem viu foi o Pilão Deitado e me deu uma fraqueza danada. Me botaram para trás do fogo e o meu compadre Aparício, por minha causa, foi dando retirada. Eu ainda disse a ele: "Meu compadre, não se aperte com o negro. Estou no fim, meu compadre." Ele deu a retirada. Tinha também uns cabras de fora que não prestavam pra nada. O capitão só recuou por isto. Me vendo ferido, ele amoleceu o coração. E aqui estou eu a mando dele. "Vicente", me disse ele. "Tu vai ficar no coito do capitão Custódio. Tenho um mano lá, que vai te dar trato."

200 • José Lins do Rego

A voz do negro era mansa e saía da boca quase em surdina. Bento chegou-se para ele e viu-o de mais perto. Tinha os olhos fundos e a barba crescida.

— Estou mesmo com cara de penitente. Só fui baleado uma vez, na perna, no tempo ainda de menino.

Bento foi para a cozinha preparar café e depois levou o negro para o quarto, deitando-o na rede:

— Seu Vicente, o senhor vai ficar descansado. A coisa se ajeita.

— É. Isto de cangaceiro ficar de rede à espera de saúde não está direito. A gente se fez para matar e morrer no fogo. Só tenho mesmo desgosto é do meu compadre ter de serenar um ataque por minha causa. O fogo estava até bom pra nós.

Aí fez uma careta com o movimento que deu no corpo.

— É uma dor que vai de um lado para o outro. Não deve matar não. Estou certo que desta me levanto.

Tomou café quente, e tocando em suas mãos, Bento sentiu que ardiam de febre. Queria ele falar mais ainda. A voz ia ficando mais fraca e com pouco mais adormeceu.

Saindo para o copiá, Bento viu Beiço Lascado que chegava. Não quis acordar o negro e foi falar com o homem debaixo do pé de juá.

— O ferimento do negro desesperou o capitão. Deixaram muita gente morta na entrada da rua. Os cabras do coronel Leutério brigavam com arma de governo.

Beiço Lascado tinha ficado, na hora do tiroteio, na entrada da rua. Fizera no dia anterior a feira em Jatobá, e tinha levado para o capitão as notícias da saída dos soldados do Batalhão. Mas é que o coronel tinha mais gente no rifle do que parecia:

— Menino, foi um fogo danado. O capitão levava quase que cem homens. Tinha vindo pra ele gente de Bom Conselho.

Cangaceiros • 201

O fogo estava muito bem preparado. Fui pegar o grupo, de volta, na caatinga. Estavam trazendo o negro na rede. Me deram ordem para deixar ele aqui. Andamos a noite inteira pela caatinga, cortando volta, para chegar. Tivemos sorte e o negro está inté melhor. O bicho não deu nem um gemido. Botei ele em cima da cangalha e nem parecia que era um baleado. Me disse o capitão: "Deixa o compadre Vicente na Roqueira; com quinze dias lá tem de ficar bom". E mandou este dinheiro para te dar. Agora vou de rota batida pra Tacaratu. Deve de ter muita notícia por lá. O grupo passou o rio e caiu em Sergipe. O capitão Custódio, quando soube da história de Jatobá, deu um pulo da cama como um gato. Vi o velho morto e até chorou. O velho está doido.

Com a saída do homem, Bento caiu em si e viu que as coisas caíam sobre seus ombros com uma tremenda responsabilidade. E se o negro morresse? Passaria o dia inteiro ali, fazendo as vezes de criado, de mãe, de tudo. Na casa, só havia mesmo uma garrafa de arnica dos tempos ainda da velha. Era o que Domício bebia quando chegou baleado. Foi ver a garrafa e estava ainda pela metade. Na tarde, quando o negro acordou, deu-lhe uma caneca d'água com a meizinha. A febre acinzentava-lhe o rosto e as mãos ardiam.

— Mas isto passa. A bala por onde passou deixou rastro. Mas amanhã já vai melhorar. Desta me levanto. Vai cuidar da tua vida e me deixa só. Não te importe comigo. Tenho calibre para aguentar este negócio. Estou certo de que não vou morrer na rede.

Calou-se. Bento saiu outra vez, e os pensamentos ruins chegaram. Se Alice soubesse desta sua vida, não se casaria mais com ele. Bem vira a raiva com que o mestre tinha falado dos cangaceiros. Na certa, o casamento estaria acabado. E, mesmo, já ele próprio começava a sentir-se um miserável, a esconder de Alice os segredos que carregava. Todo o amor que lhe vinha com a presença dela, aquele fogo que lhe enchia o corpo, esfriava com a ideia de estar guardando um segredo capaz de acabar com tudo.

Dois dias depois, o negro Vicente parecia outro. Já não tinha febre, e, apesar da fraqueza, quis se levantar para uma precisão, e andar pelo quintal. Bento viu-o erguer-se. O corpo curvo como se temesse que qualquer coisa se rompesse lá por dentro. Foi andando com os passos arrastados:

— É, menino, o negro tem que muito esperar para que fique coisa boa.

Sentou-se na rede e passou o dia todo sem se deitar. Bento preparava-lhe a carne de sol com farofa e não ouvia uma única palavra de sua boca. Permaneceu assim alheio a tudo como se tivesse perdido contato com o mundo. Por isso deixou-o sozinho e desceu para ver se falava com Alice. Mas, ao chegar no pé da serra, viu a negra Assunção no meio do caminho:

— E o casório, menino? Tu está preparando a casa para morar nela?

Bento deu-lhe uma resposta qualquer e foi saindo.

— Menino, estão dizendo que Aparício vai voltar pra Jatobá. E ele volta mesmo. Os cabras do coronel podem encomendar a mortalha. Poder ninguém pode com Aparício.

Na casa do mestre Alice recebeu o noivo com a mesma alegria. Soubera-se naquela manhã, por um matuto que parara na porta pedindo água para beber, que tinha chegado tropa de três estados para Jatobá. Os homens que passaram para a feira de Tacaratu contaram a Zé Luís que os cangaceiros tinham atravessado o rio, com muita gente ferida. Tinha morrido

Cangaceiros • 203

um parente do coronel Leutério e havia para mais de vinte baleados. O governo mandou, de Piranhas, um trem cheio de tropas de Alagoas com o major Lucena. Zé Luís ainda tinha mais histórias. Falava-se da morte do negro Vicente. Tinham visto os cangaceiros carregando a rede na corrida para o rio. Depois da conversa com Alice, Bento lembrou-se do velho Custódio e foi à sua procura. Há dois dias que não botava os pés no engenho, e, lá chegando, não o encontrou em casa. O mestre já estava espantado com a ausência de Bento:

— Menino, quase que eu ia a tua procura, lá em cima. Pensei inté que tivesse acontecido alguma coisa.

— Nada não, mestre, é que chegou do Açu um negro que foi vaqueiro de meu pai, e como o pobre apareceu com sezão, pois tinha vindo do Brejo, fiquei lá para tratar dele. Felizmente de ontem para hoje não tem mais nada.

— Menino, para te falar com franqueza, estou com medo do velho. Não é que o homem deu para ir falar com o filho ali na cova! Ontem eu vi o pobre sair e fui atrás como quem não quer e querendo, e parei um pouco distante dele. Reparei que ele estava falando, até alto, e cheguei mesmo a ouvir o negócio. O velho estava conversando com o filho. Eu só ouvia mesmo ele dizer: "Menino, eu vingo. A tua mãe não acredita, mas eu vingo." Depois parou a conversa, e começou num soluço de cortar coração. Tive até vergonha de estar ali, no encalço dele. Aquilo era dor de verdade. O velho tem mágoa trancada, e vai morrer desinfeliz, sem ter nenhuma alegria. Estou te falando para te dizer que agora não saio mais daqui. Este velho vai endoidar e não tem gente para tomar conta dele. A gente precisa ter consideração. Olha, eu sou um homem duro, mas não é que minou água dos meus olhos? Estou certo de que o negócio com cangaceiro é doidice dele.

Nisto, viram o capitão Custódio, mancando de uma perna, caminhando para o lado deles. Bento foi ao seu encontro e reparou que o homem estava mesmo acabado. O olhar vago não se fixava sobre coisa nenhuma. Vendo o rapaz, foi logo dizendo:

— Eu quero te falar.

Saíram para as bandas do açude e, vagarosamente, foi ele falando, de voz trôpega:

— Tu soubeste de tudo, não é? O Beiço Lascado me trouxe um recado para uma compra de munição. Eu não posso fazer mais nada. Estou acabado, não tenho mais força pra nada e nem sei como vai ser isto. Não tenho ninguém pra fazer este mandado do capitão. Cazuza Leutério está mandando no sertão com mais força. O capitão não acaba com ele. Ninguém acaba com ele. É verdade. Na noite do fogo eu até sonhei com o meu menino. Estava ele vivinho, assim como tu, bem pertinho de mim. E me estirou a mão para tomar a bênção. Abençoei o menino. Estava vivinho. E está morto, ali em cima, varado de bala, furado de punhal. Bem que eu estou vendo, no dia em que chegou ali na porta da casa, com o recado do miserável. Eu não tinha feito nada. Não votava com ele porque desde que o finado meu pai era vivo que só votava no Partido Liberal. Mas aquilo era raiva dos antigos. Matou o menino. Mocinha não acreditou na minha coragem e morreu de desgosto. E o capitão, teu mano, não pôde fazer nada. Cazuza Leutério é quem está mandando. E eu estou aqui, um velho sem-vergonha, um trapo, um homem sem honra. Mocinha morreu porque sabia disto. E eu confiei no capitão e deu no que deu. Acabou-se tudo.

Bento quis animá-lo. Aparício daria conta do coronel.

— Não dá não, menino. Ninguém dá. É poder muito grande. O meu menino está morto. No sonho eu vi ele, vivinho e me estendendo a mão para me tomar a bênção. Parece que estou vendo ele. Era um rapaz forte, tinha mais corpo do que tu. Era forte, mesmo. Eu sei que era. E mataram ele. Os cabras de Cazuza Leutério mataram ele. É verdade. Eu sei que é. A mãe morreu de desgosto, morreu mesmo.

A voz do velho ficou num tremor. Ele queria falar e não podia. Um soluço estrangulado embargava-lhe a fala. Lágrimas vieram correndo de seus olhos. Bento teve medo de que ele caísse e procurou ampará-lo. Ele, porém, recusou auxílio e caminhou em direção a casa. Andaram os dois, um pedaço de tempo, silenciosos. Depois, ele parou no mourão da porteira e disse para Bento:

— Olha, menino, todo mundo aqui me tem na conta de um mole. Eu sei disto. Aquele mestre Jerônimo me olha por cima. Até o negro Laurentino debocha de meus gritos. É verdade. Todo mundo me acha um chifre de cabra. Está bem. Eu sei que sou mesmo. Mas olha, já que o capitão não pôde fazer nada, faço eu.

Olhou para o rapaz como à espera de sentir o efeito da afirmativa arrogante.

— Tu não acredita. A minha mulher Mocinha não acreditou. É. Ninguém acredita. velho mofino tem é que ficar calado e morrer na rede. É verdade.

Curvou-se, olhando para o chão, e voltou outra vez ao silêncio. Outras lágrimas foram-lhe correndo pelas barbas. Passou a mão pelos olhos, enxugando-os:

— É. Eu é que tenho que fazer. Ninguém me ajuda.

E arrastando a perna inchada, foi andando até a casa-grande. Subiu os degraus com dificuldade. O mestre Jerônimo procurou saber o que queria o velho na conversa que tivera com Bento:

— O velho tem um pegadio danado contigo. Ele está pensando que tu é o filho dele. Está doido de verdade.

8

O NEGRO VICENTE PARECIA outro homem. Com quinze dias de parada já falava em pegar o bando. Só esperava mesmo a ordem do seu compadre Aparício. Beiço Lascado não dera mais notícias. Depois do ataque a Jatobá, o sertão só falava das estripulias das volantes. Os cangaceiros recolhiam-se às caatingas, deixando que passasse a fúria do governo. O velho Custódio serenara nas suas conversas. E passava assim os dias sem sair de casa, sofrendo, com mais constância, dos ataques de erisipela. Bento, porém, mais ainda se sentia ilhado. O mestre Jerônimo mais de uma vez voltou a falar de seus inimigos do Brejo. Zé Luís vira o tal sujeito de marca no rosto, com outros matutos, em demanda do Brejo. E pararam na porta pedindo água para beber. E o tipo perguntou pelo mestre:

— Olha, aquele teu pai foi o melhor mestre de açúcar que já houve no Brejo de Areia. O diabo é que o gênio do teu pai é de cobra. Já deu conta de dois. Isto aqui é que é terra para o mestre Jerônimo.

Zé Luís contou a conversa ao mestre.

— Tu olhaste pra cara do sujeito? Não é um cabra de olho verde, bem fornido, de fala vagarosa?

Repetindo a Bento estas passagens ele queria mostrar que havia gente tramando contra ele:

— Estou correndo perigo. É pena que meu menino não tenha o juízo acertado. Senão eu ia mesmo pegar logo esse sujeito. Não sou paca para cair em tocaia de caçador. Mas o diabo do meu menino não assenta o juízo direito. Estou com medo que ele se perca por este mundo. Deu na cabeça dele esta história de cangaço. A minha mulher lá em casa já deu para maldar. Ontem me chamou pra dizer: "Jerônimo, este teu filho vai se perder". Quem pode dar sossego a novilho de sangue de azougue? É deixar que dê chifradas por aí afora.

***

Bento, porém, andava espantado com as melhoras do negro Vicente. Vira-o chegar no sítio, cinzento, de fala bamba, varado de bala. E agora o negro recuperava todo o vigor do corpo e não parecia aquela fera das referências de Domício. Chegou a pensar que Domício contava histórias para iludi-lo. Numa manhã, quando preparava o café, o negro chegou na cozinha para lhe dizer:

— Deixa isto para mim. Esta história de ficar aqui parado está me bulindo com a vida. O capitão, pelo que eu vejo, não está mais precisando do compadre. E ele bem que carece de gente pra ver aqueles cabras novos que tão chegando. Nem sei quem esticou a canela no ataque de Jatobá. Vi teu mano Domício, atirando sem parar. Depois que aconteceu aquela história com ele, com a tal doida, que não cuida mais de outra coisa. Virou fera de verdade. Tive comigo um menino chamado Cobra Verde, filho natural da cidade de Monteiro. Podia ter dezesseis anos quando chegou pra nós. Nunca vi homem mais forte no fogo. O danado tinha corpo rezado. Pois o teu mano está assim. Bala passa por ele de longe e de perto e ele nem dá fé. Está com o desespero. Quando eu me senti baleado, me deu fraqueza nas pernas. Estava certo da desgraça. O sangue que corria, nem era muito. Mas sangue na boca, eu senti. Cuspia e não via sangue, mas tinha gosto de sangue na boca. Caí no oitão de uma casa onde Domício estava deitado, atirando. Óios danado tinha o teu mano. Era óios do diabo. O cano do rifle chega alumiava na boca da noite. Caí, vendo tudo. Sabia que estava me consumindo, mas uma coisa me dizia que não era a minha vez. Me pegaram, e aí o compadre deu a retirada. Estou certo que foi por minha causa. E fez mal. Fez mal. Cangaceiro não pode está cuidando de defunto. Tem é que brigar. Morrer é mesmo o trabaio da gente. Estou aqui e estou só me lembrando nos meninos. Estou bem, a saúde está boa, e nem sei por que não me chega a ordem do compadre.

No outro dia, Bento, antes de sair para a engenhoca, encontrou o negro Vicente sentado no copiá.

— Menino – foi dizendo ele —, estou inté disposto a dar uma corrida deste buraco. Vou te dizer uma coisa: óia que eu tenho corrido este mundo todo, e ainda não vi lugar mais esquisito. Fico sozinho. Tu te vai embora e me dá um negócio que nem sei o que é. Não é medo não. Mas é coisa que entra na gente assim, como um frio aborrecido. Não sei não. E inté me chega uma coisa na cabeça. Estou nesta vida pra mais de vinte anos. O teu mano, o meu compadre Aparício, está junto comigo desde o tempo do capitão Luís Padre. Pois bem, nunca me deu essa leseira que ando sentindo. Te digo, fico a imaginar: será que o negro Vicente está caindo na leseira? Tu saíste ontem, e eu fiquei neste mesmo lugar. Era mesmo nesta hora. E não sei o que apertou no coração. Me veio na cabeça uma coisa que nunca me passou pela mente. Vi, direitinho, o freguês de meu primeiro serviço. O desgraçado ficou me roendo inté que tu chegaste. Eu estava no Coité, e era menino, menino novo. O meu pai tinha descido na seca e eu fiquei na casa de um tal Malaquias, um negro da estimação do capitão Dioclécio, de

Cangaceiros • 209

Flores. O tal Dioclécio estava na política e carecia de gente disposta. Era um homem de muito mando. O negro Malaquias tinha dois fios, inté rapazes de boa conduta. A mulher do negro me tratava de fio. Num dia, o homem chegou em casa e disse pra nós: "O capitão me falou hoje de um negócio para a gente tratar com um sujeito que anda na cobrança de dismo. É um homem da política do major Bonifácio. Parece que na feira, desfeiteou um protegido do capitão Dioclécio. O sujeito vem toda segunda pela estrada que vai pra Flores. A gente tem que estar naquela porteira do Angico, nos lajedos, à espera do cabra." E foi dito e feito. Eu podia andar pelos meus quinze anos. Me alembro como se fosse hoje. Foi numa tarde de chuva. Quando vimos, lá vinha o cabra, todo de capote, montado numa burra. O negro Malaquias escorou o rifle e atirou na certa. O cabra foi caindo do animal e se fazendo nas armas. Atirou pra riba da gente. O negro Malaquias esperou um instante e quando viu que o bicho não se mexia, disse para nós: "Bem, agora temos que levar a certeza pro capitão". E puxou da faca. O homem ainda estava bulindo. Estou vendo ainda hoje os óios do homem. Era assim como se fosse dois óios de carneiro, olhando pra nós com espanto. A pistola estava no chão. Era uma comblé de dois canos. O negro Malaquias disse pra nós: "Fica de lado, meninos. O bicho pode estar de marmota." O homem nem se mexeu. Estava caído de lado e assim ficou. Aí o negro foi pra perto dele e cortou as oreias do homem. Todas as duas. E nem saiu muito sangue. Viu duas foias de mato e embrulhou as duas coisas. O homem tinha uma carteira de matuto, mas o negro não pegou em coisa nenhuma. No outro dia ele foi ao capitão com as oreias do homem. Ainda estou vendo a coisa. Ficou branca assim como carne passada. Os dois rapazes nem abriram a boca. Quando cheguei em casa, fica certo, a coisa estava como se estivesse na minha boca. Engulhei a noite toda como urubu novo. Pois foi este desgraçado que me apareceu aqui, ontem. Vi o homem com aqueles dois óios tristes olhando pra mim. Aqui me tem chegado o diabo. Pois o que quer comigo aquele desinfeliz? Oito dias depois do serviço o negro Malaquias saiu para a feira de Flores, na companhia do filho Duda, rapaz de qualidade. Até não era parecido com o pai. Havia gente de vista em cima dele. Era que estavam os dois na barraca do barbeiro, bem no meio da feira, e apareceu um tal de Norberto, cabra de muito nome, e vendo os dois saiu logo de tiro em cima. O menino nem se mexeu. Caiu ciscando no chão. Malaquias se fez nas armas e abotoou o desgraçado. Lutou até deixar o cabra estirado. Ele tinha também, lá nele, uma furada no vão direito. Ficou preso na cadeia de Flores. A gente foi falar com ele. Durou três dias. Quando me viu foi dizendo: "Vicente, tu fica com o menino mais velho. Isto me aconteceu de mando do major Bonifácio. Não precisa dizer nada. Vou morrer. O dia é chegado e não carece de choradeira. Procura o capitão Dioclécio. É homem pra não dar desgosto." A gente só voltou depois do enterro. O capitão deu caixão pra ele e chamou a gente pra um canto e disse: "Vocês têm que ficar lá mesmo. O negro Malaquias era de minha estimação." A gente ficou. O rapaz Nico fez muita amizade comigo. Eu, para te falar com franqueza, tive vontade de sair do lugar, depois fui ficando. E lá um dia Nico me chamou e disse: "Vicente, tem um chamado do capitão". Saímos pra conversar com o homem e ele disse: "Menino, aquele Norberto que matou teu pai e teu mano era cabra do major Bonifácio. O trabalho era para mim e eu não vou deixar que este miserável me acabe com a vida. O teu pai deixou as armas contigo. Negro bom. Adivinhava os meus pensamentos." O fato é que uma noite Nico saiu e me chamou.

Cangaceiros • 211

No caminho foi me falando acerca do fato. A gente ia fazer um serviço difícil. O major costumava fazer madrugadas ali pela estrada que dava pra vila de Flores. Tinha fazenda lá e fazia toda semana aquela viagem. Estou contando um fato real. Pois ali ficamos, Nico de rifle e eu com a comblé do velho Malaquias. Posso te dizer que estava com medo. Também foi só o medo que tive na minha vida. Ficamos por debaixo de um pé de juá na beira da estrada. Nunca vi noite tão estrelada. Nico não pregou olhos. Eu ainda dei uns cochilos. Uma coisa me dizia que não ia sair com vida daquilo e me veio na cabeça a minha vida inteirinha. A seca danada e o meu pai me dando ao negro Malaquias. E a morte do sujeito. E as oreias cortadas. E a fala do finado, na cadeia de Flores. Nico me disse: "Óia, Vicente, o véio meu pai foi morto a mando daquele major Bonifácio. Eu estava com tenção de mudar desta terra, mas não posso. O capitão Dioclécio tratou do velho com coração. Estou com ele inté o fim. Tu se quiser pode ganhar o mundo." Assim fomos ficando inté o clarear das barras. Já tinha pássaro cantando quando se ouviu um baruio de cavalo no chão da caatinga. Tinia nos pedregulhos. Nico se escondeu nos lajedos. "Tem mais de três animais", me disse ele. "Tu só atira se os cabras se apeiar." E de fato. Vinha dois cavaleiros. Na frente, um vulto de branco. O coração me bateu. Também só me bateu assim, naquela madrugada. Estavam chegando. Nico com o rifle no ponto. E ouvi o tiro e a queda do vulto. O cabra que vinha atrás pulou do animal no chão e Nico descarregou outra vez a arma. O bicho rolou. E atirou para o meu lado. Depois parou e a gente correu. Ouvimos o barulho de outros animais nos pedreguios. Caímos na caatinga. Andamos de bruço, me arrastando como cobra. O serviço foi bom e muito agradou ao capitão Dioclécio. Nem dei um tiro, mas foi como se tivesse dado. Tava com uma morte nas costas. E vem agora aquele sujeito do serviço do negro Malaquias e fica oiando pra mim. Oio de defunto, perseguindo a gente. Quando um bicho destes cai assim de oio regalado, o melhor é fechar aquela desgraça de punhal. Ontem estava ali na rede e quando dei fé estava o miserável oiando pra mim. Eu nem tinha atirado nele. O serviço fora de outro.

Aí o negro parou de falar e Bento quis arredá-lo da conversa:

— Mas seu Vicente, e Domício?

— Menino, este teu mano quando chegou pra junto de nós, parecia coisa de moça. Vinha com coisa de reza, mas nem sei como virou fera. Raiva o bicho tem, no fogo. Parece que se desadora com o pipocar de bala. Tem mão de azougue. O teu mano Aparício é macho mesmo. Desde que estou com ele nunca vi aquele homem bambear numa ordem. Me alembro dele no começo, no grupo do compadre Luís Padre. Era novinho assim como tu. Tinha mão de anjo para acertar. Ficou logo dono de tudo. Mandou até no finado Luís. Uma negra no Pajeú pariu um filho deste teu criado e tomei o teu mano para compadre. Nem sei se o moleque vingou. Ficamos compadres e estou com ele até morrer. No fogo de Jatobá ele deu retirada e foi uma errada. Viu o negro no chão baleado e amoleceu o coração. Nada disto. Cangaceiro de calibre não tem coração. O que vale é o fogo; morreu está morto e pronto. Tu, menino, tu não tem natureza para o cangaço. Mas pega. A gente começa embrulhando e termina comendo com gosto. Um dia tu tem que cair na vida porque irmão de cangaceiro não tem que escolher. Os "mata-cachorros" não estão reparando que tu é de boa paz. Sendo mano de Aparício só tem que se fazer no rifle. Vai te despedindo desta vida.

Ficou Bento com aquela conversa do negro na cabeça. Aquela conversa fez-lhe um mal muito sério. Outra vez se convencia que não podia viver fora do destino dos Vieira. E a figura da mãe atormentada, de cabeça variando, destruída pela dor, fixou-se, outra vez, na sua lembrança. Chegou na estrada com a disposição de contar tudo a Alice. Não devia enganar a moça, era preciso falar-lhe de coração aberto. Se ela soubesse de sua história e ainda quisesse continuar, estaria muito bem. Continuar assim é que não era possível. E mal avistou a casa do mestre viu muita gente na porta. E lá encontrou o mestre Jerônimo falando alto. Alice correu para ele:

— Tu nem sabe o que aconteceu. Zé Luís furou um homem, na venda, numa briga. Está aí o inspetor de quarteirão, todo armado, atrás dele, querendo que pai dê conta do menino. A briga de Zé Luís foi por causa de uma besteira com outro rapaz. O ferimento não dá para matar. Foi somente uma facada nas costas, mas nem furou muito. Menino impossível. Bem que mãe dizia todo dia: "Zé Luís, tu te aquieta. Para que esta história de andar de arma, no quarto?"

Bento chegou-se e falou com o inspetor:

— O senhor bem que está vendo que o rapaz não está aqui. Foi briga de rapaz e isto podia ficar no que estava.

O homem sentiu a sua autoridade ferida:

— Ficar como está? E a autoridade, rapaz? Uma autoridade é para ser desfeiteada? Inspetor de quarteirão não é para isto. O mestre Jerônimo tem que me dar conta do filho.

Aí o mestre cresceu na voz:

— Já disse ao senhor que o menino ganhou a caatinga. Já lhe disse também que, por meu gosto, ele não se entrega. E digo outra vez: homem para me prender, não é assim com duas palavras. Bobagem. Não devo nada.

O inspetor quis revidar, mas verificou que o mestre não estava para mais conversa. Sinhá Aninha, arrastando-se, apareceu na porta da sala e se dirigiu para a autoridade:

— Inspetor, o meu marido não está falando para agravar. O menino fez o crime e fugiu de casa. Como quer o senhor que a gente dê conta dele?

— Mas minha senhora, sou uma autoridade e não estou aqui para ser afrontado.

— Eu não afrontei o senhor. Estou na minha casa e não estou escondendo o meu filho. E vem o senhor teimando, fazendo finca-pé. Já disse e torno a dizer: dentro de minha casa ninguém me tira a razão.

Bento então resolveu intervir. Os olhos de Alice marejavam de lágrimas e a velha perdera a fala. Ela sabia que o marido na zanga era capaz de chegar às últimas. Bento falou para o inspetor:

— Senhor inspetor, eu considero a sua autoridade, mas por outro lado quem está com a razão é o mestre. Afinal de contas ele está dando a palavra de honra sobre o caso. O rapaz não botou os pés aqui. Fez a bobagem e ganhou o mundo. O mestre é homem de palavra, o senhor precisa considerar.

— Está certo, está certo, menino. Sou homem de acomodar, mas o mestre Jerônimo não me quis dar consideração. Sou autoridade nestas redondezas, há mais de vinte anos, e nunca sofri desfeita.

— É. Mas o mestre deu a palavra dele. O senhor é homem sério e ele é também.

O mestre Jerônimo havia saído para a beira da estrada, no momento mesmo em que passava um matuto a cavalo.

— Bom dia, mestre. Soube da cabeçada do seu filho. Lá em Jurema viram o menino, na direção do rio.

Cangaceiros • 215

— Pois diga isto a este senhor que está aí.

E levantando a voz ainda mais alto:

— Inspetor, escute aqui o que está dizendo este amigo.

A autoridade sentiu-se compensada das desconsiderações e falou mais tranquilamente:

— Está certo, mestre Jerônimo. Estou vendo que o senhor não esconde o rapaz. Se vim bater aqui em sua casa foi porque me disseram que o criminoso tinha vindo para cá. Estou vendo que me engano.

— Inspetor, isto não. O rapaz não é criminoso. A gente não sabe do caso ainda como foi. Se o menino se fez nas armas, fez na defesa de sua vida. E fez muito bem. Ninguém é criminoso agindo desta maneira.

— Mestre, eu soube do fato contado por pessoa que assistiu à briga. Os rapazes se estranharam devido uma conversa de besteira e o seu filho puxou logo da arma, sem precisão. Isto foi o que me contaram.

Afinal, tendo chegado às boas, a autoridade refeita ainda se demorou um pouco. Alice trouxe café e o mestre, contrafeito, ficou suportando a presença do homem até que, feitas as despedidas, a casa voltou à calma anterior. A velha chorava numa lástima de cortar coração. Chorava pelo filho que se perdera:

— Olha, Jerônimo, tu é culpado de tudo. Tu botaste arma nas mãos deste menino e agora deu isto. Está ele perdido por este mundo de Deus.

O mestre escutou a mulher sem uma palavra. Mais tarde, conversando com Bento, lhe disse:

— Pelo que eu vejo, esta história do menino ainda vai dar em coisa. Estou morando em terra de homem mofino. O meu filho está sem proteção. E pelo que estou vendo, vai cair no cangaço. Se fosse no Brejo, um senhor de engenho não deixava

216 · José Lins do Rego

este meu filho assim desprotegido. Mas nesta Roqueira não há jeito. Aqui não há homem no leme.

E quando saíram ainda foi se lastimando:

— Veja só isto: Zé Luís fez um ferimento leve e até parece que matou um homem. E este inspetor de quarteirão bate em minha casa para contar lorota. Vou até te dizer: eu só fico nesta terra porque não sei direito do paradeiro do menino. Se ele tiver cabeça, tem que ganhar lá para as bandas do Brejo e contar a história ao doutor Cunha Lima. Ali não vai bater inspetor de quarteirão para contar bobagem. É, mas ele não vai não. O menino está de cabeça virada com as histórias de Aparício. Te garanto que, a esta hora, já está na batida dos cangaceiros. Isto me ofende. Sou homem de matar, menino, mas de matar com a minha razão. Cangaceiro mata sem razão. Não. Vou ter desgosto com esta história do meu filho.

Quando chegaram, o velho Custódio parecia atacado de fúria. Avistando-os, dirigiu-se para eles, arrastando a perna:

— Fui chamado para depor em Tacaratu. Veio aqui aquele Firmino, oficial de justiça, com ordem do juiz para ir depor na história do tangerino. "É ordem do Recife", me disse o tal oficial. Pois eu vou. Vou e não tenho medo. Se querem me botar na cadeia que botem. Um velho que não tem coragem para vingar a morte do filho, só mesmo na cadeia. Ah, estou vendo o menino ali, naquele lugar, todo ensanguentado! Cazuza Leutério fez o que quis e ainda me mandou aquele recado de afronta. Mocinha morreu de desgosto. Vou amanhã a Tacaratu. Vou falar de tudo. Podem me botar na cadeia. Lá é que deveria estar Cazuza Leutério. Miserável, assassino.

De repente, porém, voltou a si, e como se sentindo com vergonha da raiva que não correspondia à sua fraqueza, baixou a cabeça. O mestre quis corrigir a situação e lhe falou do filho.

Cangaceiros • 217

— É verdade mestre, já tinha sabido. Mas o seu filho está vivo e o meu está morto. O seu menino escapou e tem um pai capaz de brigar por ele.

A voz do capitão baixou de tom e, mansa e magoada, parecia mais um lamento:

— O meu menino está lá em cima morto, a mãe não aguentou a vergonha e eu estou aqui vivo com esta cara de homem desonrado. Mestre, eu não valho nada.

E saiu.

— Não posso mais ouvir este velho. Dá-me um frio no coração e tenho até vontade de tomar as dores dele. Isto é que é sofrer. Menino, eu me lastimo e há por aí sofrimento mais grande do que o da gente. Este velho carrega nas costas um peso danado. E cada dia que passa mais a carga vai pesando. Só escapa mesmo com a morte.

9

À NOITE BENTO ENCONTROU o negro Vicente inquieto:

— Menino, tu não soubeste nada do meu compadre Aparício? Não aguento mais isto aqui, não. Está me dando uma agonia dos seiscentos diabos. Olha que defunto nunca me fez medo. Pois não é que está me chegando defunto na cabeça? Depois que tu saíste fiquei neste esquisito e a cabeça deu para girar e começou a aparecer gente e gente que inté que nem sabia mais do rastro. Eu estava com o Nico na feira de Flores. Foi mesmo perto da latada de um cabra que vendia fumo. Nico estava falando pra comprar um rolo quando chegou pra perto da gente um sujeito de chapéu de couro. Vi que Nico foi se arredando pra perto da parede. E aí o cabra puxou o punhal e foi em cima dele. O rapaz baixou o corpo e gritou pra mim: "Vicente, te some". Qual nada. O sangue subiu na minha cabeça e mal o sujeito se fez outra vez, dei de mão da comblé e atirei. Fui feliz. Já tinha gente da feira cercando nós. Aí Nico gritou pro povo: "Arreda de perto". Corremos até a beira do rio e muita gente atrás de nós. Quando chegamos na caatinga, era de tardinha, e Nico me disse: "Temos que dar conta do negócio ao capitão Dioclécio. Aquele cabra de Flores vinha mesmo pra acabar com nós. Tu foste mais ligeiro. O tiro pegou bem na cabeça do desgraçado." Pois não é que este cabra de Flores me apareceu? Parece que estou vendo a cara do sujeito. Era um bicho de olho verde e trazia chapéu de couro e estava de espora nos pés. Posso te garantir que nem me passava mais pela cabeça este fato. E me chegou como se fosse de ontem. Foi o primeiro homem que matei. E vem agora este peste e me aparece. Não tenho arreceio de defunto. Nunca matei um desgraçado para me arrepender e rezar pela alma dele como fazia o meu padrinho Malaquias. Morto, está morto. Mas os desgraçados deram para me aparecer. Se ficar mais dias neste lugar fico doido, de tanto infeliz que me aparece.

Depois Bento contou-lhe a história de Zé Luís e o negro se alarmou:

— Fica certo que vai dar um estrupício. É capaz de entrar força na terra do velho e virar tudo de papo pro ar.

Ficaram na conversa até alta noite. O negro Vicente queria desabafar, contando as suas histórias:

— Mataram o Nico na feira de Jatobá. Eu tinha ficado em casa sofrendo de uma dor de figo desgraçada. Nico tinha saído pra correr mundo. O rapaz não podia ficar parado. Pois não é que foi se meter com gente do coronel Cazuza Leutério? Me contaram que o rapaz tinha tomado uma bicada na venda e ali estava um praça bem encachaçado. O praça quis obrigar o rapaz a pagar e ele não estava ali para isso. Foram às vias de fato. Apareceu mais gente pra cima do rapaz e a briga pegou feia. Morreu Nico e mais dois. Eu soube do sucedido e fui falar ao capitão. O homem estava danado: "Eu tinha dito àquele rapaz para não botar os pés em Jatobá. Sou amigo de Cazuza Leutério e a gente tem trato. Cabra meu não pode estranhar cabra dele. O rapaz morreu porque quis." Saí da casa do homem com raiva e foi aí que me resolvi ganhar o mundo. Arrumei a minha rede, peguei na comblé do meu padrinho e saí por este mundo, atrás de encontrar um homem que me desse ajuda. Me falaram num tal de Janota, de Pitu. Lá cheguei e fui logo ao assunto. Ele olhou para mim e quis saber de onde tinha vindo. Caí na besteira de dar o nome do lugar. O homem me disse em cima da bucha: "Não quero não; cabra de Dioclécio só sai do serviço dele quando não tem mesmo serventia". Fiquei danado e jurei me vingar daquele cachorro. Não sabia para onde ir. Foi quando me encontrei com uns matutos de aguardente. O dono do comboio me perguntou se eu queria trabalhar com eles. Falei com toda franqueza. Não estava procurando trabalho daquele. O homem sorriu e deu logo sinal: "Pois, menino, é de gente assim que estou carecendo". Os matutos não era outra coisa que ladrão de cavalo. Te digo: quis sair, mas os cabras não estavam pra brincadeira: "Olha, menino, o melhor é te aquietar. Estamos de rota batida para o Brejo. Tu vai com nós e tu vai ter trabalho sério. Brejeiro é mofino, mas tem traição, tem safadeza na palma da mão." Fiquei com os ladrões até que se deu o caso, perto de Bom Conselho. A força nos pegou de jeito numa grota. Nós estávamos dormindo quando acordamos com um animal que desembestou. Aí foi que ouvimos o tiroteio. Vi que não tinha jeito. O fogo era danado. Saí rastejando por cima dos espinheiros, de barriga no chão, andando como calango. Ouvi o pipocar do rifle. Não quis brigar com a razão dos ladrões de cavalo. Fugi e não me arrependo. Fui assim inté chegar na casa do coronel Zé Abílio, e ele me tratou como de seu povo. Homem de palavra. Homem para saber proteger. Eu era um rapaz moço e aconteceu o que eu não podia esperar. Tinha na fazenda uma moça fia de um vaqueiro. Era moça branca, e a bichinha se engraçou deste negro. Se engraçou mesmo. Eu te conto: uma vez, estava sentado na porta da estribaria do homem, sem cuidar de nada, olhando o tempo, e vi a moça na porta da casa de farinha, olhando pro meu lado. Pensei que ela estivesse mirando outra coisa. Mas não era, a moça queria era coisa comigo. Era moça branca. O resultado foi uma desgraça. O vaqueiro Clemente descobriu a coisa e veio me dar uma surra de peia. Dar em mim, não dava não. "Negro", gritou ele bem na porta da casa-grande, "tu vai ver o que vai custar a tua ousadia". Te digo que inté não estava com raiva do homem. Tinha ele uma filha e brigava por causa dela, mas quando vi a peia no ar, vi que estava desgraçado. Me fiz no punhal. A primeira lapada me passou roçando a cara. O coronel Zé Abílio apareceu na porta e gritou pra mim: "Para com isto". Não tinha mais jeito. A raiva tinha entrado no meu coração. E o homem levantou mais o braço. Arriou para trás, foi arriando com a mão levantada como quem queria aguentar alguma coisa e o sangue espirrando da camisa. Aí os outros cabras quiseram cair em cima de mim. Corri pra parede da casa de farinha e estava de bote preparado para o primeiro, quando ouvi o coronel Zé Abílio chamando pelo meu nome. Os cabras se arredaram do lugar e o coronel me segurou pelo braço: "Você está com o diabo?" Não respondi. Estava mesmo com o diabo. Naquela hora eu matava quem aparecesse. O coronel quis saber de tudo. Falei com toda

Cangaceiros • 221

franqueza. Eu não estava devendo nada à moça. A moça nem era donzela. Não tinha crime nas costas. Não fiquei na fazenda. O coronel me mandou pra outra paragem, com recado para um amigo dele. Ia ficar ali inté passar o barulho do crime. Não vi mais a moça, só sei que não chorou a morte do pai. Saí de noite e nem pude falar com ela. Mas te digo, inté podia ter mudado de vida, serenado para sempre na fazenda do coronel. O diabo foi a brabeza do vaqueiro Clemente. A filha nem era donzela. Foi somente porque eu era um negro. Mas te digo: a moça valia um dinheirão. Que mulher, menino! Tinha todo o conforto. E, voltando à história do rapaz lá de baixo: o velho Custódio não tem proteção do governo e é capaz de aparecer força na fazenda e haver serviço feio. Até eu corro perigo. Olha que força quando aparece assim atrás de criminoso faz o diabo, mete o cipó de boi e nem olha pra cara.

Bento falou-lhe do recado que o velho tinha recebido para ir depor no caso do tangerino Moreno.

— O quê? Esse negócio não está bom não. O diabo é que a gente não tem notícia do meu compadre Aparício.

***

No outro dia de manhã, quando Bento chegou na porta da casa do mestre, ele já não estava. Alice estava preocupada com a doença da mãe. Ouvindo a voz do rapaz a velha falou:

— Não é seu Bento que está aí? Diz a ele que eu quero falar uma coisa.

Estava estendida na cama:

— Seu Bento, essa história do meu filho Zé Luís me botou no chão de uma vez. Menino desadorado. Bem que eu dizia todo dia ao Jerônimo: "Jerônimo, não bota coisa na cabeça deste menino". Mas aquele homem tem cabeça mais dura do que pedra. E está aí. O menino naquela idade com um processo nas costas. Está perdido. Ele andava dizendo que sertanejo só dá certo mesmo no cangaço. E não tirava o nome deste Aparício da boca. Seu Bento, estou lhe falando como uma mãe acabada. Eu sei que Jerônimo, de uma hora para outra, pode fazer uma besteira. Ele é homem que não tem paciência. E esta menina?

Bento deu-lhe confiança. Ela bem sabia que iam se casar. Estava só esperando que ela ficasse boa.

— Não, menino, não espere mais pela minha saúde. Aqui mesmo só a morte. A saúde se foi.

E calou-se. Bento saiu do quarto. Lá fora, em baixo do pé de juá, estava Alice. Nem reparou na chegada dele e só deu fé de sua presença quando ele lhe falou.

— Mãe te falou de Zé Luís?

— Falou, mas falou mais da gente. Ela quer o casório para logo. Tu não acha que ela tem razão?

Alice baixou os olhos e custou a responder. Depois, como se procurasse se libertar de qualquer constrangimento, lhe disse:

— Olha, Bento, eu te digo com sinceridade. Tu não quer casar comigo, e por que vai fazer isto? Sim, tu diz que não é verdade, mas é. Eu te conheço bastante. Tu gosta de mim mas tu tem uma coisa escondida e não diz a ninguém.

Bento forçou um sorriso:

— Qual nada, Alice, o que é que eu posso te esconder? Eu nunca gostei de mulher nenhuma.

E quis fazer-lhe uma carícia. A moça fugiu, evitando a sua mão. Bento insistiu. Por fim viu que ela chorava.

— Tolice, Alice. Gosto muito de ti mesmo.

E estreitou-a nos braços. Havia um silêncio cúmplice na manhã de luz brilhante. Canários estalavam seus cantos e o

Cangaceiros • 223

cheiro dos bogaris e das malvas davam àquela conversa de amor um aconchego camarada. Beijou-a pela primeira vez e a boca quente de Alice e os olhos negros e os cabelos soltos e a carne acesa iluminaram o corpo aflito de Bento. Era a primeira hora de alegria total em sua vida. Não havia vivalma pelas proximidades. Apenas as vozes da natureza pacífica cobriam aquele encontro de nervos e de alma de um cheiro de essências derramadas. Porém aquele êxtase durou apenas um minuto. De repente, Bento lembrou-se de Domício e viu na sua frente a doida no desespero de amor. Alice fugiu do seu corpo.

— Mas Bento, tu não quer casar comigo.

Ficou calado. Caía-lhe na alma uma onda de remorso. Mas teve força bastante para dizer-lhe:

— Não, Alice, eu só quero isto, é casar. Não quero outra coisa.

A voz, porém, se constrangia e, quase que naquele momento, deixou sair de dentro do seu coração o segredo terrível. Teve ímpetos de confessar-lhe tudo, de dizer que era irmão de cangaceiro e filho de uma raça de gente marcada pela desgraça. Reagiu e procurou dar confiança à moça frágil.

Deixou-a assim e foi andando, à procura da Roqueira. Os pensamentos e o desespero tomaram conta da sua cabeça; nem amar podia, nem a bondade de uma mãe pudera com a sina do seu povo. Na travessa da estrada, estava parado um cargueiro consertando a cangalha do animal. Parou para ajudar o homem e era Beiço Lascado.

— Estou chegando do outro lado do rio e vim andando à tua procura. O capitão quer saber da saúde do negro Vicente. Desde que esteja bom, ele mandou ordem para o homem se juntar com o grupo na fazenda de Joca Leite, no estado de Sergipe. O ataque de Jatobá arrasou o capitão. Ainda tem gente estropiada. Até o teu mano Domício amofinou. Graças a Deus que tudo serenou. Passei, tresantontem, pela casa daquele velho, pai da moça doida. O menino está gatinhando. Tinham-me contado que o homem fora sentar praça. Qual o quê! O velho parece uma sombra, nem fala mais. A moça deu para andar por aí, dizendo que está prenha outra vez do capitão Aparício. Olha, o recado está dado. Negro Vicente sabe onde é o coito e eu vou voltando daqui mesmo. O capitão inté me mandou à procura do juiz de Tacaratu. O moço estava de viagem para a fazenda do pai dele, em Triunfo. O governo, depois do fogo de Jatobá, está todo do lado do coronel Leutério. Pois é isto. O recado está dado. E me diz uma coisa: o velho não comprou a munição?

Bento falou-lhe da doença do capitão Custódio. Beiço Lascado saiu de estrada afora.

Quando chegou na engenhoca, Bento viu o caboclo Terto na porteira do açude:

— Estava mesmo à tua espera. Ontem de noite vi o velho morto. Estava de um jeito de cortar coração. Dando gritos. Fui ver o que era e lá estava a negra vendo se aguentava o homem na rede. Queria correr como doido. Nunca vi coisa parecida. Tinha os olhos para fora e espumava como cachorro doente. Dei um adjutório no escalda-pé que a negra preparou numa lata de gás. O velho abrandou e foi ficando como morto, na rede. Pois, hoje de madrugada, já estava o homem de pé. Estou certo que é coisa do diabo. O mestre Jerônimo teve uma conversa com ele. Estou vendo que anda coisa-feita nesta terra. Só não me dano daqui porque estou à espera dum aguardenteiro que vai vir do Brejo. Vou com ele para Triunfo. Também estou vendo mestre Jerônimo meio lá e meio cá. Depois daquela leseira de Zé Luís que ele não anda certo. Comigo, nem fala mais. E hoje,

Cangaceiros • 225

depois que falou com o velho, chegou-se para me dizer: "Seu Terto, trate de fazer o seu serviço e largue de estar ouvindo a conversa dos outros". Não disse nada. Para quê? O mestre está pensando que eu estou de olho nele. Ele já sabe que eu vou para o Brejo. Olha, Bento, se eu fosse como tu, sabendo ler e escrever, já estava longe desta gente.

Mais tarde, Bento conversou com o mestre Jerônimo. Terto tinha razão. O homem estava nos seus azeites. Mal Bento lhe falou da doença do capitão, começou a conversar, a princípio com a voz mansa, e, logo depois, um tanto agressivo:

— Menino, vou te dizer uma coisa, curta e certa: o velho está doido. Estou cismando uma coisa: que o velho estava de conversa com gente de Aparício. Pelo que ele me disse, vem gente de cangaceiro aqui nesta fazenda. Se eu tiver certeza disto, anoiteço e não amanheço. Estava até para te dizer: aquele Beiço Lascado é gente de coito. Veja o que ia me acontecer: estou feito coiteiro de Aparício.

O silêncio de Bento permitiu que ele continuasse.

— Vem a polícia e descobre tudo. O cipó de boi vai roncar e todos nós estamos na corda. velho besta, isto é medo. Mataram o filho e o mofino anda atrás de cangaceiro para se vingar. Mas eu te digo: tendo certeza, saio desta merda em dois tempos. Sou um homem de crime nas costas, mas fui a júri e estou livre. O meu filho está perdido. A mãe disse que a culpa foi toda minha. Qual nada! Aqui no sertão os rapazes só estão vendo Aparício. O bandido mata e esfola, mata menino, ofende as moças donzelas e é como se não tivesse feito nada. Todos eles só cuidam de correr atrás do cangaceiro. Isto não é terra de gente. Aqui eu só tiro esta safra que está aí. Tu, se quiser me acompanhar, me acompanhe, mas ficar aqui, não fico. Amanhã, entra nesta propriedade uma volante e arrasa com a gente. O meu filho está perdido para sempre. Sei o que é isto. Se ele tivesse tido um protetor, não ia correr para o cangaço. Fazia o crime como ele fez, uma coisa boba, e tinha amparo. Entrava no júri e saía livre, mas com este velho mofino só tem mesmo que correr para o cangaço. Se o menino tivesse me procurado, eu tinha dito a ele: "Vai atrás de gente de força". O diabo é que só estava vendo Aparício e agora se acabou de uma vez. Não há quem dê mais jeito nele.

Parou a conversa, olhou para o mestre Frederico, que consertava o assentamento:

— Olha, mestre, lá no Brejo se abre mais o caminho do fogo, até o bueiro.

E passou a falar do serviço. Bento saiu e foi ver o capitão sentado na porta. Chegando perto dele, o velho não lhe deu a menor atenção.

— Bom dia, capitão.

— Bom dia, menino.

E calado ficou.

— Terto me disse que o senhor tinha passado mal a noite.

— É verdade. Coisa da perna, mas passou, estou até bem-disposto.

E como Bento fosse saindo, o velho lhe disse:

— O teu mano não deu mais notícias. Hoje, eu tenho que ir a Tacaratu para ser testemunha. Tenho até necessidade da tua companhia. Ontem de noite me vi morto. Um febrão que me atacou a cabeça. Vi tudo rodando. O escalda-pé foi um santo remédio. A negra Donata me disse que eu dei para gritar, como mulher parida, e eu nem me lembro. Mas isto tem que acabar. Ontem estava ali onde tu está, e vi o meu menino estendido no chão. Ah, miserável! E não há bala que vingue a morte do meu filho. Mas há, tem que haver. Cazuza Leutério tem que encontrar um cristão com a coragem de mandar ele para o inferno.

Aí a voz do capitão subiu de tom:

— O teu mano correu dele em Jatobá, não podia nunca pensar numa coisa desta. Cazuza Leutério, sozinho, sem força do batalhão, sem tropa de linha, dando uma carreira no capitão Aparício. Amanhã de madrugada tu vens aqui, e nós vamos a Tacaratu. Já nem sei como olhar esta gente. Esta perna inchada me dói como se tivesse um espinho dentro, mas tenho que ir mesmo. Todo mundo vai olhar para mim e vai dizer na certa: "Este velho não morreu para poder vingar a morte do filho". Dizem mesmo. É. Mas estão enganados. Lá um dia a casa cai, e estou bem certo, que ainda vão falar de mim como de homem de vergonha na cara. E falam mesmo. Só assim, menino, este velho vai ter descanso, porque viver assim como eu vivo é uma merda. Não é viver não. Ah, eu ainda me lembro, eu estava lá dentro de casa quando a minha mulher me disse: "Custódio, repara no que vem ali na estrada". Olhei e vi uns cabras trazendo uma rede. Era o meu menino. Estenderam ali na porta, o corpo todo furado, e ainda deixaram aquele recado de Cazuza Leutério. Não pode ser não. Não pode ser não.

A voz do capitão subia de tom. E um ronco de cólera quase que impedia que se percebesse o que ele pretendia dizer. Os olhos baços pegaram fogo. Bento temeu que ele tivesse uma coisa. Tudo passou, e ele voltou-se mais calmo para o rapaz:

— Tu vens dormir aqui, para fazer a madrugada.

Voltando Bento para a conversa com o mestre Jerônimo, foi encontrar o vaqueiro de fala mansa. O cabra sorria, a propósito de tudo:

— Seu mestre, esta fazenda já foi de gente de muito mando. O finado meu pai foi vaqueiro do pai do capitão e me dizia: "Olha, menino, o capitão Constantino só tinha uma palavra. O filho nem chega aos pés dele." Não estou falando não, mas o capitão Custódio está aí, me dá grito, me chama de ladrão. É só porque não tem mando de verdade. O menino que morreu, este sim, que vinha com sangue bom. Mataram ele em Tacaratu e ficou por isto mesmo.

O mestre desconversou e o cabra, compreendendo que as suas palavras não impressionavam, foi tratando de sair.

— É isto que se vê – disse o mestre para Bento. — O velho já nem tem forças para mandar numa gente desta. Rouba o homem e ainda vem para aqui maltratando.

E baixando a voz:

— Estou certo de que este capitão Custódio ainda termina fazendo uma besteira. Pela conversa que tive com ele, hoje de manhã, vi que o homem está com a coisa na cabeça, pois me disse e vi que o homem estava falando sério: "Mestre, não fica assim não, estou para morrer mas levo um comigo. Este sertão todo me tem na conta de frouxo. Vou mostrar que o menino tem pai vivo." É capaz do velho sair daqui e ir em Jatobá fazer uma besteira. No Brejo eu conheci um homem assim. Faziam dele tábua de lavar roupa, chamavam-no até por um apelido e ele acudia. Pois não é que numa tarde, na feira do Brejo de Areia, eu estava no mercado, quando chegou um sujeito dizendo: "Lorota se fez na faca e está estranhando todo mundo. Matou um soldado. Virou bicho." Isto pode acontecer. O velho hoje me falou e estou com medo que ele termine fazendo uma desgraça.

Bento contou-lhe da viagem que iam fazer, no dia seguinte. O juiz tinha mandado um oficial de justiça à procura do capitão.

— Tu deve ir. Eu ia. A gente vê que o homem gosta mesmo de ti. É pegadio de pai para filho. Mas toma cuidado. Este juiz de

Tacaratu anda de política. O pai é homem de mando do governo. É briga de grande e este tal doutor quer tomar conta do sertão. Estão fazendo tudo para botar o coronel Leutério no chão. Não vá te meter a falar demais. Sei bem de que são capazes esses camaradas. Também no Brejo me chamaram uma vez para falar do doutor Cunha Lima. Me fiz de besta e os cabras não me pegaram não. O tal juiz quer é fazer do velho um pau-mandado. Vou até sair dos meus cuidados e vou abrir os olhos do homem. Não gosto de dar conselhos, mas o homem está de miolo mole.

À tarde voltaram juntos. Pelo caminho, o verde do mato, as flores das trepadeiras e o canto dos pássaros nas despedidas encheram o coração de Bento de alegria. O mestre vinha calado e logo que chegaram no bosque de oiticica havia gente no descanso.

— Não vamos parar não. Isto é gente que vem com contrabando de cachaça para o outro lado do rio.

E nem terminou de falar. Ouviram um chamado pelo nome do mestre. O homem parou estarrecido e um sujeito de carteira atravessada apareceu.

— Laurentino por aqui?

Abraçaram-se.

— É o que te digo. Estou no comércio de aguardente e só parei por aqui porque me disseram que vossa mercê estava morando neste desterro.

— Menino, como vai o povo de lá?

— Tudo está bem, meu padrinho. O doutor Cunha Lima está de baixo, mas não tem dado alteração não. Soube da estadia do senhor nestas paragens por um matuto que trabalha com Guilherme. Me disse ele que tinha estado de conversa com madrinha.

230 • José Lins do Rego

— Pois vamos ver meu povo. O meu menino fez besteira e ganhou o mundo e a tua madrinha anda de doença. Está se acabando, menino.

O rapaz saiu para prevenir os companheiros e depois voltou.

— Meu padrinho, eu estou no comércio de aguardente com o velho Fausto. Trago a mercadoria até a beira do rio, e lá já tem gente para receber. O diabo é esse negócio de cangaceiro. As volantes não dão sossego à gente. Mas a coisa dá, lá disso eu não posso me queixar. O cobrinho está guardado na mão do velho Fausto. A gente compra a cana a cruzado e chega a vender a mil e quê. O negócio é bom.

O mestre mudou de cara com a aparição do rapaz:

— A tua madrinha nem vai te conhecer. Também já faz tanto tempo.

— E Alicinha, padrinho?

— Menino, está um moção. Este moço aí é noivo dela.

— É sertanejo?

— Sim. É sertanejo. É filho do Açu. E tu te casaste?

— Qual nada, meu padrinho, não posso não. Mãe não quer. Diz ela que eu tenho irmã solteira para casar. Também ainda não apareceu quem me quisesse.

Quando chegaram em casa foi uma festa. Sinhá Aninha chorou. Alice queria saber de muita coisa. Laurentino ficou para cear e Bento se despediu. Falou a Alice da viagem e ela não gostou:

— Bento, toma cuidado. É capaz deste juiz fazer uma traição ao velho.

Deixaram Laurentino na conversa com os pais, e lá fora, na boca da noite que chegava, Alice chegou-se mais para o noivo. Os corpos quentes se ligaram num instante e Bento sentiu fogo nas suas veias. Beijou a moça. E como perseguido por qualquer

Cangaceiros • 231

coisa, saiu a correr. Só ouviu a voz de Alice chamando por ele. Não parou. E coisa estranha: lembrou-se de dona Fausta, lá do Açu, daquela quentura dos lábios, daquela fúria, puxando-o para cima dela. E a doida de Domício, de cabelos compridos, chamando por Aparício. Apressou os passos. O negro Vicente precisava saber do recado do irmão.

10

O NEGRO VICENTE ESTAVA sozinho na casa coberta de noite. Bento ainda não tinha voltado da viagem que fizera com o capitão, e ele, depois do recado de Aparício, sentia-se num aperreio de passarinho na gaiola, solto, sem ter forças para voar. É verdade. Não sabia andar fora do grupo, dar dois passos sem que estivesse com os companheiros por perto. Recebeu o recado e nada quis dizer ao rapaz, não querendo dar parte de fraco. E agora ali estava e não se sentia garantido, e não se sentia na posse da sua vida. Sim. Aquilo podia ser medo de verdade. Não era possível que fosse medo, não tinha nem medo da morte. Mas as recordações da sua vida enchiam aquela casa dos mortos que matara, de gente que derrubara nas lutas brabas. Via a cara do homem que seu padrinho matara na estrada, com os olhos vidrados e as orelhas arrancadas. Nunca, antes, tinha se lembrado daquilo. Tinha certeza que era um negro de coração de pedra. Via as feições murchas da velha que na fazenda de Candinho Novais caíra varada de bala, quando correu para arrancar uma filha moça das mãos de Pilão Deitado. E ele atirou na velha e a mulher rolou no chão, estrebuchando. Aquela cara vinha lhe aparecer, estava na sua cabeça, a cara murcha, os cabelos brancos desenrolados na poeira do terreiro e o sangue correndo. A moça gritava nas mãos do cabra que se punha por cima dela, babando de gozo. E aquela cara murcha, os cabelos brancos, o sangue molhando a terra, tudo estava naquele lugar, ele bem via como se fosse o fato de um minuto. Não podia mais ficar naquela casa. Então se sentou no chão do copiá e ficou na escuta, à espera dos passos de Bento, subindo a ladeira. Não tremia de pavor, mas começava a ouvir coisas estranhas. Nunca acreditou em almas de outro mundo. Tinha até dormido num cemitério da vila de Coité, na espreita de um ataque que deram. Tinha visto cova furada pelos tatus, e até ossos de defunto em cima da terra. E não tinha tido medo. Naquela noite, do cemitério, um cabra chamado Toitiço batia os queixos de medo, chorava como menino novo, e era um bicho macho como poucos. E ele nem como coisa. Por que lhe vinha agora aquele frio que ele sentia, aquela latomia nos ouvidos, o choro da menina de Chico Moreira, de Livramento, que o cabra Felício atravessou de punhal? Ouvia o que não podia ouvir. Na outra noite, com o rapaz dormindo ao seu lado e ele sem poder pregar olhos. Era que ao lado dele, na rede, estava o Manuel Florêncio do Ingá. Tinha até se esquecido da história daquele diabo. Fora assim: O homem tinha uma briga de terra com o irmão que morava no Mataú. Um dia, na feira, Justino de Dadá chamou-o para um canto e lhe disse: "Vicente, o seu Ribeirinho tem um negócio para a gente. É serviço caprichado." Fizeram o serviço. Era até numa noite de lua. O velho vinha voltando de rota batida para a fazenda e eles ficaram à espreita na estrada. O cavalo baixeiro pinicava nas pedras do caminho. Justino lhe disse: "Estou conhecendo o andar do animal do homem. Aquilo é o Manivela do velho Florêncio." E deram com ele no chão com dois tiros de rifle. O cavalo correu e eles fizeram fogo no animal. O velho estava estendido no chão. Lembrava-se muito bem. O homem ainda falou pedindo pelo amor de Deus não o matassem. Só se lembrava do grito que ainda deu com a punhalada de Justino. Tiraram o maço de notas que tinha no bolso. A lua iluminava a estrada cobrindo tudo de alvura. Aquele grito do velho tinha ouvido outra vez. O mano de Aparício dormia ao seu lado. Justino de Dadá lhe deu duas notas de vinte mil-réis e lhe disse: "Olha, negro, não te quero ver mais por aqui". Aí o sangue lhe chegou na cabeça: "Mas por que, seu Justino? Não fizemos o serviço juntos?" Ele não quis conversa e foi saindo de estrada afora. O negro se aborreceu e foi para o outro: "Olhe, seu Justino, sou um homem de um só trato", e mal disse isto, o cabra arrancou do punhal e foi para cima dele. Bicho miserável, estava querendo ficar com o dinheiro todo. O negro pulou de lado como um tigre e arrancou para cima dele. Ligeiro, o negro Vicente deu-lhe a primeira punhalada no vão. Foi a punhalada mais certeira da sua vida. O cabra caiu de bruço. Então não teve pena do desgraçado. Coseu-o de punhaladas. Deu-lhe mais de cinquenta e arrancou-lhe o dinheiro do bolso. Virou-lhe o rosto para olhar aquela cara de ladrão. A lua mostrou-lhe a boca arreganhada, minando sangue pelos cantos. Não era, porém, aquele desgraçado que lhe apareceu na cabeça, naquela noite sem sono, mas o grito do velho, aquele grito na noite calada. Era aquilo que lhe vinha aos ouvidos. Não tinha medo de defunto, e aqueles desgraçados chegando, um por um, na solidão da casa, fora do mundo. Não tinha pena dos homens que matara. Para que ter pena dos finados? E os desgraçados estavam chegando. Nunca pensou que aquilo pudesse acontecer. Morto o infeliz, tudo estava findo. E não estava não. Vinham para lhe mostrar a cara, para lembrar os gritos, as dores, o sangue. Por que não se acabara no fogo de Jatobá? Não tinha nem mais o sinal da bala que o atravessara de lado a lado. Estava era com medo dos defuntos. Bem que era medo. O rapaz não chegava e a noite de escuro cobria a casa inteira. Uma tarde, o grupo chegou na casa do velho Eduardo. Era um homem de respeito. Tinha até um filho formado, mas Aparício estava de ligação com um inimigo dele e foi a conta. Entraram na fazenda, na boca da noite. Aparício foi pela porteira, e ele tomou pelo lado que dava para o rio. Deram os primeiros tiros e não houve resposta. O fazendeiro apareceu no copiá, já os cabras tinham tomado conta de tudo. "Velho desgraçado", gritou Aparício, "tu vai morrer". A mulher ajoelhou-se nos pés do capitão. Era uma cega, tateava nas pernas de Aparício, e ele a sacudira para longe com um pontapé. Aí o velho se fez nas armas e o negro Vicente só teve o trabalho de derrubá-lo com um tiro. A velha deu um grito de preguiça ferida. Um grito fino, e foi se arrastando até encontrar o corpo do marido. Tocaram fogo na casa, mataram os bois do cercado e nunca mais o negro Vicente se tinha lembrado daquele fato. E para espanto seu, vinha nos seus ouvidos o grito fino da velha. Não tinha arrependimento nenhum. Sozinho, não se sentia mais o mesmo homem. O que lhe faltava? Faltavam-lhe as armas? Não, porque ali havia um rifle que Aparício deixou. O que é que lhe faltava? E por que não chegava o rapaz?

A noite, naquele alto de serra, com o gemer dos bichos da terra, esmagava-o de encontro às imagens que vinham chegando à sua cabeça. Quis andar um pouco, e foi para perto do juazeiro. A lamparina acesa dava à casa abandonada a impressão de vela na cabeceira de defunto. O corpo estendido e a luz por cima do caixão preto. Não tinha para onde escapar. Sentou-se numa pedra e encolheu-se como se fosse receber um tiro nos peitos. A cara da menina apunhalada, o gemer igual a um grugru de olho-d'água, tão baixinho, com o fio de sangue saindo do peito, correndo pelo chão, no barro

Cangaceiros • 235

do terreiro. Via bem a cara da menina. O punhal atravessou, de um lado para outro, e os cabras ainda lhe puxaram os cabelos. Estava com medo daquela cara. Não foi ele que fez a miséria. Aparício não tinha gostado da malvadeza do cabra, depois se esqueceu. Olhou mais uma vez para a casa abandonada e a luz da lamparina atraía enxames de mariposas como vermes. A cara miúda estava bem em cima dele. Fechou os olhos, e, mesmo assim, só via a menina gemendo, e o sangue correndo do peitinho atravessado. Aí, ouviu uma coruja parada por cima da casa. As asas batiam, umas nas outras, no voo que deu. Nunca tinha reparado em coruja. A bicha correu de um canto para outro, e depois parou mesmo em cima da réstia que a lamparina espichava, até longe. Tinha cara de gente. E aqueles olhos fundos olhavam para ele. Era para ele. Pegou numa pedra e fez menção de sacudi-la. A coruja, como que adivinhando a sua intenção, levantou voo, e o canto sinistro encheu a noite inteira. Caiu em si e viu que estava com medo de uma coruja. O negro Vicente com medo de um pássaro de agouro. Sentiu assim falta de firmeza nas pernas. Faltava-lhe o chão aos pés. Não era possível que estivesse acontecendo aquilo, a ele que nunca correra de gente braba, nos maiores perigos. Então subiu para casa e as pernas mais bambas obrigaram-no a sentar-se no batente do copiá. Encostou-se na parede fria de barro, fechando os olhos. E o canto da coruja vinha de uma enorme distância. Era um canto fino, bem fino, assim como aquele choro que voltara aos seus ouvidos, aquele choro da menina atravessada de punhal. Era medo, medo mesmo. Aos poucos, se acomodou na posição em que estava, e foi sentindo que o seu braço perdia os movimentos. Estremeceu de susto. Era o braço direito, o das manobras do rifle. Levantou-se rápido e aos poucos recuperou os movimentos do membro dormente. Tinha sido somente uma dormência. Agora só ouvia mesmo o barulho dos grilos, aquele rumor que vinha do ventre da noite. Foi ficando mais calmo e viu que lhe enchia a cabeça a história de um fogo que deram, na fazenda de um padre de Ouricuri. Aparício não queria bulir com o padre. Havia mesmo mandado dizer ao major Dodô que com padre não queria negócio. Mas não iam pegar o reverendo, somente daria um ensino na fazenda dele. O major Dodô fazia questão de mostrar ao inimigo que política não era coisa de sacristia. E deram um fogo na fazenda. O tiroteio pegou forte. O padre estava armado até os dentes. Mais de dez cabras estavam entrincheirados na casa-grande. Aparício lhe havia dito que não estava com vontade naquele fogo. Mas aconteceu, de saída, que uma bala doida liquidou o cabra Mansinho. O rapaz caiu morto nos pés do capitão. Aí ele criou raiva e foi para cima dos cabras do padre, com toda força. O fogo demorou mais de três horas, e quando se acabou havia mais de três mortos, cabra gemendo e sangue correndo pelos quatro cantos da casa. Sangraram os que ainda estavam com vida. No canto da sala estava o santuário cheio de santo. Um cabra de cabeça virada passou fogo em cima. Aparício deu um pulo e os olhos vermelhos quase que lhe saíram das órbitas. A bala tinha cortado a cabeça de uma santa, degolando a imagem. "Desgraçado", gritou Aparício, "mata este desgraçado, compadre Vicente". Só lhe deu um tiro. O negro olhou para a cara do cabra morto: era um menino de cabelo aloirado, chamado Godói, dos Godói de Cajazeiras. Viu a cabeça estirada no chão, o bicho sem vida, todo encolhido, assim como se estivesse com frio. A cara dele estava ali, os olhos arregalados, os cabelos compridos, sujos do barro da estrada. Mas ele tinha degolado uma santa. Não podia viver um homem com aquele peso nas costas. O compadre Aparício tinha mandado matar. Ele não tinha culpa naquela morte. E vinha aquela cara de olhos arregalados, e se punha a mirá-lo. Não, não tinha culpa daquela morte. Por ele não teria feito aquilo, porque não acreditava em santo. O compadre Aparício acreditava e sabia que as rezas da sua mãe o botavam para diante. Não deviam ter feito aquele serviço contra o padre.

Por que diabo não chegava o mano do seu compadre Aparício? Onde estaria o rapaz? Falara-lhe de uma viagem a Tacaratu com o velho e podia ter acontecido alguma coisa. Teriam descoberto o coito?

O negro foi fazendo os seus planos para arribar de madrugada. O compadre estava do outro lado do rio, em Sergipe, na fazenda de Joca Leite. Teria que andar três dias, e assim se veria livre daqueles pensamentos que buliam na sua cabeça. E de madrugada, mal as barras clarearam, foi se preparando para a viagem. Fez fogo para o café, arrumou a rede, e dinheiro tinha para o que pudesse acontecer. Feito tudo, saiu de casa e começou a viagem. O orvalho molhava as folhas dos arvoredos, e o frio da manhã ajudava as pernas. Andou umas duzentas braças e sentiu um aperreio que lhe entrava de peito adentro. As pernas não eram mais as pernas do negro Vicente. Parou. Aquilo podia ser resto do ferimento. Podia ser que estivesse afrontado. Recomeçou a andar, viu então que não podia ir para diante. Faltava nele qualquer ajuda, não tinha tino para andar sozinho. Iria se perder, iria cair nas mãos dos "mata-cachorros". Não sabia andar fora do grupo, não tinha fôlego para se orientar. Parou à beira do caminho. Agora havia sol por sobre as árvores e os passarinhos estavam cantando e toda a terra vivia à farta naquele bom dia de fim de inverno. É, pensou, tinha que esperar mesmo pelo guia do compadre Aparício. O rapaz teria que trazer notícias, na certa. E foi voltando para casa. Desfez a trouxa da rede e ficou inteiramente desprotegido, igual a um menino perdido, sem cabeça para descobrir um roteiro, incapaz de vencer aquela fraqueza que lhe consumia as pernas de andarilho. Ouviu um tropel de cavalo que se aproximava. Retirou-se para o fundo da casa e ficou à espreita. Podia ser que fosse gente estranha. Era Bento que voltava de Tacaratu. Criou alma nova, e, sôfrego, procurou notícias:

— Menino, estava com susto.

O rapaz saltou do animal e se pôs a contar a viagem. O capitão Custódio não podia mais sair de casa. Viu o homem morto na estrada, até que chegaram em Tacaratu. Aí começou a via-sacra. Saíram da casa do juiz onde o doutor queria saber da vida do tangerino. O capitão mostrou, porém, que estava de cabeça boa e foi dizendo que não sabia de nada. Aquele tangerino passava pela sua engenhoca, a mando dos matutos de rapadura, para saber de preço. Foi quando o doutor lhe falou baixo: "Capitão, não estou aqui para fazer receio a ninguém, eu sei que o senhor tem um filho assassinado pelos cabras do coronel Leutério". "É verdade, senhor doutor, mas não sou homem de guardar raiva. O que passou, passou." O juiz fechou a cara. "Pois, capitão, vá dar o seu depoimento ao escrivão Josias." Para lá fomos e havia muita pergunta para responder. O velho respondeu a tudo. Mas antes de terminar o escrivão não se conteve e falou para ele: "Capitão, conheci o seu pai e fui eleitor do Partido Liberal. Vou lhe ser franco: tudo isto não passa de visagem. Este juiz que está aí não tem cabeça, anda atrás de fazer politicagem contra o chefe de Jatobá. O pai dele é chefe de Triunfo, e este processo vem me dando um trabalho danado. Eu se fosse o senhor não me metia em luta contra o homem de Jatobá. Hoje ele não está muito com o governo, amanhã está. E veja o senhor, o chefe de polícia não vai com ele e lá está o coronel Leutério mais forte do que nunca. Eu sei que o senhor tem suas queixas. Fiz o corpo de delito no seu filho. Capitão, quem está lhe falando não tem interesse nenhum na causa. Estou mais velho do que o senhor; o melhor mesmo é ficar na sua propriedade. Capitão, não vá atrás deste juiz."

— Tu tiveste notícias do compadre Aparício? – perguntou o negro Vicente.

— Não soube de nada. Estavam falando em Tacaratu que Aparício tinha sido ferido no ataque de Jatobá. O povo não sabe de coisa nenhuma e fica inventando.

— Menino, tenho comido o diabo neste buraco de mundo.

A voz do negro se amaciou:

— Dei até para ver visagem, e de madrugadinha saí com vontade de ir embora e nem tive forças. O tal do Beiço Lascado não aparece. Estou te dizendo: o melhor é ficar perdido na caatinga do que aqui, trepado nesta serra. A cabeça da gente dá para trabaiar, num cortar só. Se tu soubesse do caminho, eu te pedia pra me levar daqui. Não posso ficar um minuto sossegado. Estou feito gata parida.

Calou-se. Bento foi tomar conta do cavalo e o negro ficou de cabeça trabalhando. De repente viu tudo, como num clarão de relâmpago, e quando o rapaz voltou ele lhe disse:

— Tu me falaste na história do escrivão com o véio. E eu vou te dizer uma coisa: não tarda volante aparecer por estas paragens. Este tal do juiz tem plano feito e o capitão Custódio vai acabar nas mãos dele. O melhor que a gente faz é sair daqui. Estou vendo acontecer uma desgraça comigo. Se entrar volante na propriedade, vem direitinha para este sítio. E não vai demorar. Tu vai fazer força e vai sair comigo até a beira do rio. Passando pro outro lado, eu sei pegar a estrada. É só cair na caatinga.

No outro dia pela manhã saiu Bento em direção à Roqueira. A sugestão do negro pesava-lhe como chumbo na cabeça. Ele também não sabia romper mundo. E o que diria para Alice e para o mestre? Não tinha uma desculpa. Sabia que a moça desconfiava de sua vida. Fora ela mesma quem lhe falara, duvidando dele. Tinha um segredo e Alice sabia disto. Ninguém podia viver com um segredo roendo-lhe a alma. Não era um homem como os outros, como os que podiam mostrar a vida aos olhos de todo mundo. E foi chegando à casa do mestre Jerônimo. O sol da manhã se espalhava no verdume da estrada. Viu o mestre nu da cintura para cima, lascando lenha debaixo do juazeiro:

— Estava aqui mesmo me distraindo para te esperar. Me conta o que aconteceu com o velho em Tacaratu.

Bento repetiu tudo e o mestre teve a mesma impressão do negro Vicente:

— Olha, vai aparecer volante nesta propriedade. Tenho aí esta menina e uma mulher doente. Só não me mudo hoje porque a velha não aguenta viagem. A noite de ontem passou toda aos gritos com aquelas dores no vazio. É. Esta é a minha vida.

Alice apareceu na porta e o mestre entrou para vestir a camisa. Saíram para a beira da estrada. A moça tinha os olhos vermelhos:

— Bento, estou certa de que mãe vai morrer.

Aí as lágrimas correram e ele não teve palavras para consolá-la. Sentiu-se partido de emoção. Viu-se perdido também, mas ainda lhe pôde dizer:

— Nada, Alice, isto passa. O mestre Jerônimo me falou de mudança.

— Mudar para onde, Bento? Vive pai com esta história na cabeça. Quer ir para o Brejo, mas lá chegando, vai voltar outra vez com as brigas e as histórias de júri.

Calaram-se e o mestre foi chegando.

— Vamos andando, menino. Aquele pedreiro que está no serviço é mestre de borra. Assim também eu posso ser pedreiro.

Já iam longe quando avistaram um grupo de cavaleiros que vinha em sentido contrário. Deviam ser os cargueiros para a feira de Tacaratu. Deixaram a estrada para dar lugar à burrama que vinha carregada de farinha. Mas o matuto maioral parou para uma conversa. Estava vindo das bandas de Bom Conselho e lá se falava na morte de Aparício.

— Mas é tudo mentira. Ontem mesmo, estava no pouso ali no pé da serra de Jacu, e apareceu um aguardenteiro com a notícia do grupo, no outro lado do rio. Esta não é a Roqueira, do capitão Custódio? Pois estão dizendo que um filho do mestre de açúcar daqui, um menino que entrou no grupo, está fazendo o diabo. Corisco não é filho natural desta propriedade?

— Homem – respondeu o mestre —, moro na propriedade há mais de cinco anos e nunca ouvi falar nestas coisas. Falam muita mentira.

E quando saíram, o mestre só fez dizer a Bento:

— Está tudo acabado. O menino caiu mesmo no grupo e não vai durar muito para a volante passar por estas bandas e tomar conta da família do cangaceiro. O menino já caiu na boca do povo e aconteceu o que está aí. Agora é aguentar o repuxo. Tenho mulher e filha. Vou voltar para o Brejo. Lá tenho um homem de fôlego que pode me sustentar. E não é esta gata parida que só faz gemer. Olha, tu pode ficar certo: esta história do juiz não fica nisto. Vem coisa por aí. Tenho que fazer das tripas coração e arrancar o meu povo desta terra. Lá no Brejo posso morrer, mas respeitam a minha gente. Eu sei que a mulher vai botar a mão na cabeça, mas aqui é que eu não fico.

E como se quisesse forçar uma atitude de Bento:

— Se tu quiser, também vai comigo. O doutor Cunha Lima é homem de não temer careta de governo, é homem de respeito.

Bento calou-se. Chegaram na engenhoca e Terto veio logo com a notícia:

— O velho, depois que chegou da viagem, abriu um berreiro dos diabos. A negra me chamou para aguentar o homem que estava como doido. Tinha um febrão de queimar. Está lá num gemer de doer na gente.

O mestre dirigiu-se para a casa-grande e entrou no quarto do capitão. O velho dormia, para um canto da cama de couro, e tinha a perna toda envolvida em folhas de mato. A negra Donata contou tudo:

— Ele chegou da viagem já com a esipra e deu a dor como nunca. Dei um escalda-pé e foi mesmo que nada. Agorinha mesmo caiu no sono. Seu mestre, desta vez o negócio foi brabo.

Durante o dia, o mestre Jerônimo não falou com ninguém. Com a cara fechada, dava ordens ao pedreiro que se aborreceu com a rispidez de suas maneiras. Mais tarde, falando com Bento, o pedreiro não se conteve:

— Eu sei que tu está de casamento com a filha do mestre. Nunca vi homem de mais presunção. Parece que é ele o dono da propriedade. Só mesmo este velho Custódio aguenta um mestre de açúcar com estes bofes.

Terto também se queixou:

Cangaceiros • 243

— O mestre está cada vez pior. Só falta dar nos outros. Como estou de viagem, não quero briga com ele.

À tarde, Bento procurou o capitão Custódio. Parecia um velho de cem anos, com os olhos mortos e a fisionomia arruinada.

— Menino, desta vez a esipra chegou com o bute. Deu-me uma dor no corpo como se todos os ossos estivessem se partindo. Parecia que estavam me passando numa moenda. Felizmente amanheci melhorado. A aragem da noite me fez muito mal. É. Eu não posso mais sair de casa. E, depois, tu viste, aquele juiz me fez muita raiva. Bem que me disse o escrivão Josias; ele quer é me botar de isca e ficar de fora. O teu mano não dá mais notícia e a gente fica por aqui sem saber o que fazer. É. Não estou mais na idade de esperar pelos outros. Tenho que morrer (aí a sua voz foi criando outra entonação), tenho que morrer um dia destes, mas antes de chegar até lá vou mostrar a este sertão que o meu menino não fica sem vingança. Olha, eu ainda me lembro, parece que foi ontem, eu estava ali quando Mocinha me chamou para ver. Cazuza Leutério, ah, foi aquele miserável!

Quis levantar-se da cama mas não se pôde mover, com a perna estirada:

— O diabo desta perna não me deixa fazer o serviço que tenho que fazer. Estou aleijado.

Arriou outra vez o corpo magro.

— É, estou aleijado.

— Mas capitão – foi lhe dizendo Bento —, amanhã está o senhor bom do ataque.

— É, é verdade, preciso ficar bom. Tenho muito que fazer. O teu mano correu do Cazuza Leutério. O desgraçado manda mais do que o governo.

11

A NOITE VINHA CHEGANDO e o negro Vicente começou outra vez com a sua agonia. Apertava-lhe o peito uma coisa estranha, e pela sua cabeça iam passando as recordações terríveis. Não podia estar só, era como se fosse um menino com medo de escuro. Estava sentado no copiá da casa de barro e via as sombras da noite caindo por cima do mundo. E o rapaz não aparecia. Só se sentia bem, de verdade, na companhia de outra pessoa. Ele ia com Aparício e mais dez cabras atrás de dar um cerco na volante do tenente Matias, de Sergipe. E tiveram que parar na casa de um tal de Chico Patrício. Tinha este cabra sido coiteiro, mas no momento estava sem serventia nenhuma. Desde que a força do tenente Lucas deu-lhe um banho de cipó de boi, que o tal sujeito não estava querendo mais nada com Aparício. Quando chegaram na casa do homem, ele não estava. A mulher e as duas filhas botaram as mãos na cabeça. "Não precisa morrer não, moça. Bota comida pra gente." Era um par de moças de encher a vista. Os cabras estavam de olhos compridos em cima delas. As pobres nem tinham forças para pegar nas panelas, de tanto tremor. O negro agora se lembrava de tudo. Havia uma, assim dos seus dezessete anos, de ancas como de pata, toda baixinha. Aparício não tirava os olhos da menina. Os cabras estavam por debaixo do pé de umbuzeiro e conversavam, num vozerio de feira. "Compadre", lhe disse Aparício, "estou me engraçando deste diabinho". Ele sabia o que queria dizer aquilo na boca do compadre. Tratou de sair. Pois não é que ouviu um grito dos diabos? A moça dando gritos num gemer de gente ferida. Ouviu o berro do compadre. Correu para ver o que era. A velha tinha partido com um tição

Cangaceiros • 245

para cima de Aparício, queimando o homem bem no toitiço. Viu o compadre, de punhal partir pra cima da velha e a bicha estender-se no chão, como jenipapo. O compadre tinha papado a mais moça e a outra correu para o fundo da casa. Caíram em cima dela e ficou um bagaço. Foi ver a sujeita estendida por debaixo do juazeiro. Respirava como um cavalo afrontado. Toda rasgada de espinho, o rosto cortado e as pernas abertas. Chorava. Aparício estava que nem um demônio com a dor do fogo, no toitiço, e nem esperou por mais nada. Saíram para a emboscada no tenente Matias.

O negro Vicente queria fugir da memória, mas esta funcionava como uma máquina. E os fatos lhe vinham na cabeça, numa sucessão de detalhes. A mulher de Chico Patrício estava ali com ele, bem morta, estendida no chão, porque Aparício sabia furar como ninguém. As filhas em petição de miséria. Que podia fazer para acabar com aquele remoer de cabeça? A noite de escuro se enchia de gemidos de bicho. Nunca, na caatinga, prestara atenção naquilo. Capaz de estar doido e não saber que estava. Sim. Podia acontecer semelhante coisa, podia muito bem estar de miolo mole, como aquele Nesinho Novais, que conheceu, homem de coragem de onça, bom no rifle, capaz de qualquer fogo, e de repente virou mofino, de dentes arreganhados para o tempo, todo de fala fina, sem voz de homem. Tinha endoidado, por via de maldição de uma mulher de Cabaceiras. Ele ia no mesmo caminho. Mas não podia ser. E aquele mano de Aparício, quando chegou para o grupo, veio também aluado com a história do santo na cabeça. É, podia estar andando para a desgraça de Nesinho Novais. Em torno da lamparina rondavam formigas de asas, numa nuvem que quase cobria o candeeiro. A angústia do peito e as recordações atordoavam o negro matador, a fera indomável dos sertões. E sem querer

246 · José Lins do Rego

se entregar àquela pressão que o esmagava, procurou o vento da noite que soprava bem manso. Permaneceu de pé, como se procurasse descobrir qualquer coisa na escuridão lá de fora. Quis andar um pouco, e como da outra vez, as pernas não ajudaram a sua vontade. Só podia ser medo, outra coisa não podia ser. Recordou de súbito seu padrinho Malaquias, aquele negro disposto que matava sem dó. A cara do homem morto e as orelhas cortadas para que o major soubesse mesmo que o serviço fora bem-feito. O padrinho não teria nunca aquele medo que pesava nas suas pernas como chumbo. E se lhe acontecesse aquilo, num fogo, num tiroteio com os "mata-cachorros"? Se não pudesse mais comandar a sua vontade, se desse para ficar como Nesinho Novais? Pôs-se a andar de um lado para outro. Viu que tinha passo firme e aos poucos foi-lhe chegando a história de Teodorico Loreto. E nem pensava mais no caso, tão distante já de sua vida. Dera-se no ano de 1915, no tempo da seca grande. Ainda não estava com o compadre Aparício. Vivia neste tempo escoteiro e nem imaginava que viesse a ser cangaceiro de grupo. Mas o major Solano, depois do crime da fazenda do Amparo do coronel Zé Abílio, se engraçou dele. E dizia mesmo: "Olhe, moleque, tu pode ficar comigo a vida inteira. Te dou proteção. Gosto de homem com a tua decisão, com a tua força para a luta." Mas tinha o major Solano uma peitica com o velho Teodorico Loreto, homem de posse e dado também ao gosto de armas. O major lhe disse: "Este Teodorico tem plano feito para me pegar. É, mas antes que ele me pegue tenho que fazer o serviço." O major Solano não era homem de muito falar. Lá um dia o chamou: "Vicente, temos que fazer um serviço na quinta-feira". Ficou esperando. E de fato. No dia marcado, de noite, o homem o chamou. Vinha com mais dois cabras e saíram de rota batida. E de madrugada, ainda com as barras escondidas, eles chegaram perto da fazenda do velho Teodorico. Foi aí que o major disse para o grupo: "Nós estamos aqui para acabar com aquele cachorro". E foi o diabo. Deram o cerco na casa do velho. Os bois do cercado mal se punham de pé. Foi quando o major Solano gritou para o grupo: "Abre fogo". Lá da casa não apareceu sinal de vida. Deram outra descarga, e aí, de uma janela do oitão, começou uma boca de rifle a responder. Só tinha um homem na casa. Depois de mais de duas horas o pessoal foi se chegando para o copiá da casa-grande. O major gritou para dentro: "Abre a porta, velho cachorro!" E mal fechou a boca, uma fera saltou em cima dele. O velho Teodorico tinha pulado pela porta do oitão e com um punhal atravessou o major. Vicente deu-lhe um tiro no pé do ouvido e o resto foi triste. Não ficou nem criação no terreiro da fazenda. O gadinho estava nos ossos. Mataram tudo. Tinha lá uma velha entrevada. O diabo gemia num canto, num gemer de gata parida. Deu-lhe uma coronhada de rifle na cabeça e a bicha ficou de olho vidrado, olhando pra ele. Pois, agora, era a desgraça daquela velha que estava ali.

O negro andava de um lado para o outro. Os olhos da velha estavam em cima dele. Não havia jeito de fugir daquela peitica. Lá fora a noite era de breu. O rapaz tardava e o negro Vicente não aguentava mais aquele desespero. Era um coração de pedra, mas uma água mole parecia ter furado aquele granito mais duro do que ferro. Sentou-se no chão frio do copiá. Tinha certeza de que acontecera qualquer coisa ao mano do compadre. Os gemidos da noite entravam nos seus ouvidos, e remoíam na sua cabeça. Baticum forte como de bigorna. Aí foi que chegou para ele uma presença estranha. Não era de pessoa viva, de gente de carne e osso. O negro esfriou, da cabeça aos pés. Nunca sentira semelhante coisa, mesmo com a morte em cima dele, no mais perigoso tiroteio. Agora era a aproximação de uma coisa mais forte do que um perigo de morte. Baixou a cabeça no chão, estendeu-se ao comprido e lhe veio vindo um desejo de se acabar, de reduzir-se a nada para escapar daquele pavor. Estava espichado no chão como uma rês em tempo de seca, sem corpo, sem vida, pronta para a bicada dos urubus. A presença estranha enchia a casa inteira. Vinha um frio lá de fora, uma ventania que açoitava a terra. Já não sabia bem se aquilo era sono ou se era mesmo da realidade. E mais empurrou o rosto contra o chão, querendo machucar a cara contra o barro. Naquele estado em que estava não teria forças para resistir a um menino. Estava inteiramente sem coragem para manejar uma arma. De repente, ouviu como se fosse um gemido de gente, o fio de voz da menina que viu atravessada pelo punhal do cabra. Não era possível. Devia ser coisa de visagem, barulho que chegava aos ouvidos no silêncio da caatinga. Apurou o ouvido. Era mesmo a menina morrendo com o fio de sangue minando do peito. Levantou-se com esforço tremendo e chegou à porta. Bem defronte, em cima de um toco de árvore, os olhos da coruja faiscavam como olhos de gato na escuridão. Aquele gemido era daquela desgraçada. É verdade, estava com medo de uma coruja. O negro Vicente tremendo de medo por causa de um pássaro feio, querendo correr de um gemido de mentira. Recuperou assim o controle e foi para o quarto atrás do rifle. Era preciso acertar naqueles olhos de fogo. E de arma em punho correu a bala na agulha e fez pontaria. Deu o primeiro tiro e ouviu o rumor das asas da coruja, cortando a noite. Tinha errado. Não sabia mais atirar. E com raiva diabólica fez fogo contra a noite, descarregando toda a munição da arma. Voltou ao quarto e carregou outra vez o rifle. O contato com o gatilho dera-lhe um súbito vigor. Estava outra vez na posse de suas forças. Ficou, assim, de arma na mão à espera de uma ordem de fogo. Nisto ouviu um tropel de cavalo que se aproximava. Escondeu-se atrás da casa na expectativa de alguma surpresa. Por fim chegara Bento na companhia do espião de Aparício. Agora era ele outra vez o negro Vicente. Bento e o Beiço Lascado traziam notícia de Aparício. Tinha seguido para o Juazeiro atrás da bênção do padre Cícero. O governo do Ceará estava precisando de Aparício para um adjutório contra as tropas dos revolucionários. Mas Aparício deixara ordem para que ele fosse atrás dele. O capitão carecia do negro Vicente:

— Menino, vou até dizer. Estava quase sem fé no cangaço. Agorinha andei dando uns tiros e nem acertei na desgraçada de uma coruja que estava naquele toco. O negro mofinou. Mas só em saber do compadre me vem um espírito novo. Vamos sair agorinha mesmo. Aqui nesta casa não fico não. Estava até com medo de endoidar. Vou desarmar a rede.

Fez a trouxa, enquanto Beiço Lascado contava a história do grupo. Tinham estado em descanso na fazenda do coronel Carvalho, em Sergipe, para mais de três semanas. Aparício teve um panarício no dedo e veio inté o filho do coronel, que era doutor, para curar do tumor. Rasgou o dedo do capitão e ele nem deu um gemido. Felizmente isto foi coisa, lá nele, na mão esquerda. A força de Sergipe nem deu pelo fato. Andava nas caatingas da Bahia atrás de Aparício. Mas o coronel Carvalho manda no governo e não há volante que entre na sua propriedade.

— É, mestre Vicente, temos que pegar o rio, lá para as bandas de Piranhas.

Tudo ficou combinado que a partida seria pela madrugada. O negro Vicente não se continha, na alegria. Foi ele mesmo fazer café e a conversa pegou com o negro de língua solta:

— Estive perto da morte e nem como coisa; mas aqui nesta casa, sozinho, no meio deste mundão esquisito, tremi de medo. Nem sei mesmo de quê. Tive medo até de coruja. Agorinha antes de vocês chegar, estava em petição de miséria. Não tinha nem forças para levantar os pés do lugar. Coisa do diabo. Ora, menino, eu, que tenho estado em fogo danado, e para te ser franco, não é para me gabular, nunca me bateu a passarinha. Eu te conto um fato. Estava com o meu compadre perto de Flores. Estava com a gente mais três cabras. Pois não é que uma volante de Pernambuco, do sargento Melquíades, nos cercou? E que cerco! Avalie que a tropa nos pegou na casa da fazenda e se entrincheirou num cercado de pedra. Aparício me disse: "Compadre, só há mesmo um jeito. É a gente abrir fogo e pular por cima dos cabras de punhal." E foi o que se fez. Os três cabras eram bichos machos de verdade. A gente tiroteou uma hora mais ou menos, e quando foi de madrugada, eu ainda me lembro, com a primeira barra que se abriu no céu, o compadre foi dizendo à gente: "É agora". E abriu a porta e nós cinco corremos para cima do cercado para o pulo. Os "mata-cachorros" não esperavam. Fomos cair na caatinga. Canela de Cão ficou para trás. Eu e o compadre pudemos ganhar os lajedos e com tanta sorte que pegamos uns matutos que vinham da feira, e, nos cavalos deles, chegamos no Incó do velho Casemiro. Pois nem aí tive medo. O compadre me disse: "Negro velho, o sargento Melquíades quase que tirava o couro da gente". Eu não acredito em oração, mas o meu compadre acredita. E ele me disse: "Olha, a véia minha mãe devia estar rezando por nós aquela hora. Só com os poderes de Deus a gente não levou o diabo." Pois não é que andei deitado, ali naquele copiá, com medo não sei de quê?

De madrugada saíram. Bento os viu na partida. O negro, feliz, e Beiço Lascado de cara fechada. Iam atravessar grandes perigos. As estradas andavam cheias de forças. Beiço Lascado sabia, no entanto, de atalhos, de veredas, por onde passariam incólumes. O negro ia a pé, com a rede atravessada nas costas, e o outro num cavalo de cangalha como se fosse um matuto de feira. A manhã chegou límpida, de céu azul, de sol radiante, por cima dos arvoredos floridos. Os passarinhos abriam o bico no estalo dos canários amarelos, nas dolências das rolinhas-caboclas. Agora quem estava só, mais do que nunca só, era Bento. Por mais estranho que pudesse parecer, a presença do negro que ele guardava dava uma ligação com o mundo de fora. Ligava-se através dele ao Araticum, aos irmãos, sobretudo, a Domício. Ali estava um assassino, de coração de pedra, um tigre assanhado, mas o negro não lhe metia medo. Era mesmo uma companhia que lhe dava um conforto. Agora, porém, estava só. Mais só do que dantes. E a cabeça se enchia imediatamente de todos os seus problemas. Viu Alice à espera do seu braço protetor para viver, para ser uma criatura feliz, longe dos cangaceiros, das polícias, das misérias do sertão. E ele teria forças para esta obra? Fechou a casa e foi descendo. O sertão ainda no florir do fim das chuvas. Não havia um pau seco, não havia um canto de terra, um lajedo, que não mostrasse a sua flor. O cheiro macio do muçambê adocicava o caminho. O negro Vicente fazia-lhe mais companhia que o mestre Jerônimo. Tinha medo do mestre Jerônimo. Desde que chegava para perto dele, sentia-se responsável por qualquer coisa. Antes de chegar à casa do mestre, viu na beira da estrada Alice que esperava justamente para conversar:

— Bento, vim mesmo para aqui para poder falar com sossego. É que pai anda com a pulga atrás da orelha. Me disse ele ontem: "Estou desconfiando do teu noivo. Vejo ele em conversa com aquele matuto de beiço lascado, numa cochicharia dos diabos", e me falou do negro que está parado lá em cima do sítio. Vim te dizer logo para que eu não venha a saber pela boca dos outros. O velho desconfia de negócio dos cangaceiros. E desde que ele soube que Zé Luís está no meio dos cabras, que não tem mais paz. Está sofrendo mais do que mãe. Pai tem horror de cangaceiro. Bento, ele diz todo dia que cangaço é ofício de cabra safado. Tu sabe mesmo de alguma coisa?

Bento quase que não resistiu à namorada. Quis mesmo abrir-se, contar-lhe tudo, com esforço, porém, se conteve e ainda pôde arranjar algumas palavras:

— Não, Alice, tu bem sabe que eu não tenho calibre para estas histórias. O teu pai anda desconfiado de mim porque o velho Custódio gosta de falar em cangaceiro comigo. Mas é maluquice do velho.

— É, Bento, eu sei que tu não tem coração pra estas coisas. Mas que tem mistério, tem. O velho sabe que tem mistério em tudo isto, e tu está escondendo muita coisa de mim. Eu me lembro da velha tua mãe. Coitada, ela tinha dentro um segredo, assim como tu tem. Sinhá Josefina sofreu de guardar tanta coisa, lá dentro dela. E tu também esconde de mim. Eu sei que tu esconde.

O rapaz calou-se, quis sair. Uma força extraordinária dominou-o. O medo de que fosse renegado como leproso, de que Alice e o pai o considerassem um renegado, filho de entranhas malditas, fez com que não abrisse a boca para a confissão que queria fazer.

— Não, Alice, não te escondo nada.

Mas a voz era de derrotado. De quem não tinha razão.

Aí a moça olhou para ele com olhos de desconfiança para lhe dizer:

Cangaceiros • 253

— Pois já que tu não tem coragem de confiar em mim, eu não quero mais nada contigo. Se não mereço nada, é porque tu não confia.

E foi andando.

Bento quis acompanhá-la; de súbito, porém, chegou-lhe a certeza de que seria melhor ficar. Não tinha coisa alguma para dar-lhe, de fato. Seria na certa um estorvo para a moça. Era um irmão de cangaceiro. Era um filho de gente possuída de má sina. Deixou-se ficar parado. Viu Alice seguir de estrada afora e lágrimas chegaram a seus olhos. Não. Teria que seguir, teria que derrotar o medo de sua vida. E gritou para a moça. Ela parou, voltando-se para ele. Apressou os passos e os dois se beijaram, com a maravilha da manhã de julho cobrindo aquele amor que não se continha. As lágrimas dos olhos negros de Alice juntaram-se às lágrimas dos seus olhos. Uma ânsia de vida propagava-se pelos campos em flor. Avistaram um vulto na estrada. Era o mestre Jerônimo que vinha chegando. Ficaram um tanto aturdidos com aquela presença. O velho falou calmo:

— Menina, vim mesmo à tua procura. Vai ver a tua mãe que está carecendo de ti.

E quando Alice se afastou, o mestre foi dizendo para Bento:

— Estou para te falar há dois dias sobre um fato. Aquele caboclo Terto esteve me dizendo que tu tem parentesco com o povo do Aparício. Me disse mesmo que tu vinha de gente do Açu, do povo da Pedra Bonita. Eu nada tenho com a família de ninguém. Aqui neste sertão não há bem dizer cabroeira, mas tenho cisma com o povo metido em cangaço. O meu filho já se foi. Se eu estivesse no Brejo, não tinha acontecido isto. Feito um crime, e nem foi um crime, tinha proteção e o júri para ele se livrar. Mas história de cangaço, de matar gente para roubar, e atacar casa de fazenda para desonrar donzela, isto é coisa de miserável. O caboclo Terto tem aquele mano. O tal procurou o rifle e diz que está vingando a morte do pai. Mas não está não. Está é mesmo no cangaço que é sina de gente ruim. O meu filho foi no mesmo caminho. Vou voltar para o Brejo. Já não posso me demorar neste calcanhar de judas. Lá que venha quem me vier. Posso até mesmo fazer uma miséria no dia em que chegar. Não tenho culpa nas costas. A mulher não quer mais arredar o pé daqui. É por causa da filha. Mas eu não fico. A menina já está ciente de tudo. Se tu quer me acompanhar, que venha. Estou vendo cada dia este velho Custódio mais maluco e mais doente. Mas me diz: tu tem mesmo parentesco com os Vieira?

Bento parou um segundo, e como se se tivesse rompido dentro dele um mundo, falou para o mestre com a voz firme, como se quisesse responsabilizar-se pelo crime de todos os seus parentes:

— Sim. Sou irmão.

O mestre não lhe disse mais nada. Foram andando os dois e, antes de chegar à porteira, parou e voltou-se para Bento:

— A sua noiva não sabe disto?

— Não, mestre. Só mesmo o senhor e o capitão Custódio. O velho é coiteiro.

A voz de Bento continuava firme:

— Mestre, agora que o senhor sabe de tudo, me diga uma coisa: tenho culpa de ser irmão de Aparício?

— Não, menino. Tu não tem culpa nenhuma. Eu tenho é pena. Te quero um bem de pai. Eu sei que isto é da sina de cada um. Tu não tem natureza de assassino. Tu tem coração de gente.

E vendo a tristeza que se estampou na cara derrotada do rapaz, passou a mão pelo seu ombro e lhe disse:

— Não tem nada não. Alice, minha filha, pode ser a tua mulher. Tenho é que mudar desta propriedade, na carreira. E aquele negro que estava lá em cima?

— É o negro Vicente.

— Não me diga! É uma fera. Está lá ainda?

— Não, seguiu hoje para o grupo. Para o outro lado do rio. Chegou baleado e já ficou bom.

Deixando o mestre, Bento caminhou até o açude com a ânsia de se ver só, de sentir-se à vontade, para avaliar as coisas com mais exatidão. Verificou que dera um passo decisivo na sua vida. Abrira-se afinal para o mestre Jerônimo. Parou na beira do caminho, e pôde sentir-se aliviado de um peso enorme. Podia agora contar com criatura com força para ajudá-lo. Já não era um prisioneiro inerme de todos os seus pavores. E aí a figura da mãe atravessou-se na sua cabeça. A loucura da velha Josefina varou-lhe a alma. Justamente ela tinha se acabado porque não pudera carregar a carga que trazia em cima dos ombros. Mãe de cangaceiro. Ficou cismando uma porção de tempo. O mestre lhe falava com convicção da mudança, todos sairiam daquela terra de perigo. O mestre comandaria e ele assim teria mais descanso, não precisava dirigir-se pela sua cabeça. Os patoris nadavam alegres nas águas do açude. A manhã de julho de céu sem nuvens. O vento que soprava bulia nas folhas das juremas e os periquitos, em nuvem, baixavam sobre o mato verde do campo coberto de flores. Bento sentiu a alegria imensa de quem tivesse recuperado a saúde, de um golpe. Em breve, estaria distante de todas as suas desventuras. Mas durou pouco. Veio se chegando para ele, arrastando a perna inchada, o velho Custódio:

— Menino, já tinha mandado o caboclo Terto à tua procura. Não é que eu estou com uma peitica que não me sai da cabeça? Este mestre Jerônimo anda de combinação com gente de fora para me liquidar. Tenho eu uns parentes lá para as bandas do Brejo da Madre de Deus. É sobrinho, filho do meu irmão Nonato que lá fez família. É gente que vai ficar com estas besteiras que eu tenho. E este mestre Jerônimo está de pacto com esta gente. Veja tu que miserável. Chegou aqui com a rede nas costas e é assim que me paga. Ah, menino! não vai me pegar assim não. Era o que me faltava. Já vinha maldando há muito tempo. Esta gente do Brejo não pode merecer confiança. A gente bota dentro de casa e agasalha uma cobra. Veja lá o que ia me acontecer. Boto um mestre de açúcar aqui, e lhe dou toda a força, e o cabra me preparando uma emboscada.

— Capitão – disse Bento —, o senhor está muito enganado. O mestre está de viagem, posso até garantir ao senhor que não vai demorar na sua propriedade.

— Não acredito, menino, tudo é manha. Tudo é obra feita. É plano contra mim. É. Cazuza Leutério me mata o filho. Ainda me lembro, é como se fosse hoje, eu estava na casa quando Mocinha me chamou. Vinha gente com um defunto numa rede e sacudiram o menino varado de punhal bem no copiá. Era o meu filho. Estava mortinho. Ainda mais com aquele recado. Que mal eu tinha feito àquele desgraçado? E todo o sertão ficou sabendo que Custódio dos Santos, filho de um homem de valia, não tinha forças para vingar a morte do filho. O teu mano não fez nada. Correu de Cazuza Leutério. Todo mundo corre dele. Até o governo respeita a força dele.

A voz do velho começou a morrer na garganta. Era uma espécie de soluço rouco e mal se podia ouvir o que ele dizia. Os patoris gritavam no meio da vastidão sertaneja. O velho Custódio, porém, libertou-se da crise para dizer:

— Mas olha, este que está aqui ainda tem um fio de vida, e basta isso. Só com isto eu dou conta. A minha velha morreu de

Cangaceiros • 257

desgosto. É. Mas eu tenho que fazer uma desgraça. Não. Tenho que mostrar que sou sertanejo de verdade.

O vento gemia nas folhas da jurema grande. Os urubus rondavam por cima do açude.

— Aquilo deve ser patori morto – disse o velho.

Os olhos miúdos minavam lágrimas como se fossem um olho-d'água em pé de lajedo.

12

O negro Vicente encontrou gente nova no grupo. Aquele que acudia pelo nome de Bem-Te-Vi, um rapaz magro, quase menino, dava aparência com o finado Cobra Verde, assim também daquele jeito, ainda de buço, cara de menino, mas de têmpera como nunca se vira. Soube que tinha chegado de Tacaratu e que viera mesmo do coito onde ele se tinha curado. Era filho do mestre Jerônimo, cuja história tinha sabido pelo mano do compadre. E havia também um negro alto, de canela fina, chamado Melado. Não gostava de negro assim como ele, no grupo. Só conhecera mesmo um negro de valia, um que tinha o nome de Dentinho, desertor da polícia. Bicho de verdadeira estimação. Num cerco que rompera, no Serrote Preto, nunca se viu um homem de tanta coragem. O compadre Aparício podia dizer que lhe devia a vida, ao rompante que o negro Dentinho tivera, naquele dia. O rifle nas mãos dele disparava como uma carretilha, e quando chegava na hora do punhal, o negro furava mesmo. Não era como aquele outro Tatu, que tinha conhecido com o finado Gomes, cabra de primeira qualidade para um fogo, mas quando chegava a hora da sangreira virava a cara para o outro lado, para não ver o sangue espirrar. Não.

Estes não serviam. Homem com medo de sangue é como se fosse mulher. Agora via aquele negro Melado. O compadre lhe dissera que tinha chegado do Ceará, vindo das forças do doutor Floro. Tinha estado na briga com o governo ao lado do padre Cícero. E podia ser que fosse bom de verdade. A princípio o negro Vicente sentiu as pernas ainda fracas. A viagem com Beiço Lascado correu na calma. Passaram o rio embaixo da cachoeira e não tiveram notícia de volante nenhuma. Encontrou-se com o grupo no coito combinado. O compadre fez-lhe festa quando o viu chegar. Os cabras antigos se alegraram. Então o compadre lhe contou dos aperreios, logo depois do ataque de Jatobá. Ficaram os dois por debaixo de uma imburana com conversa comprida. Passaram os fatos todos. O negro falou-lhe do mano mais moço. Rapaz bom mesmo, mas todo cheio de modos que não eram para o meio do cangaço.

— Compadre Vicente – disse-lhe o chefe —, o negócio está ficando mais apertado. O mano Domício não é homem para mandar nestes cabras. E tem acontecido o diabo. Fui obrigado a dar um ensino naquele Inácio que era cabra de valia. Pois não é que o desgraçado andava de veneta, todo encolhido, atrás de briga com o mano? Me disseram que a coisa tinha sido por causa de uma mulher, que os dois comeram na fazenda do Louro. Chamei o cabra e lhe falei direito. Deu-me uma resposta atrevida. Não tive dúvida, ali mesmo toquei-lhe fogo e disse: "Aqui quem levanta a voz sou eu e mais ninguém". O mano Domício andou de cara entronchada. Eu conheço bastante aquele bicho. É bom demais para estar metido com a gente. Mas como eu ia lhe dizendo, temos um chamado para o doutor Floro. É uma história de briga do governo com força de linha. Pus o corpo fora, compadre. O doutor me falou de perdão do governo. Mas qual nada. Palavra de governo não me dá segurança. A vida da gente é esta mesmo. Saindo deste cangaço, quero morrer. Compadre, por falar nisto, a morte da véia minha mãe não me sai da cabeça. Me disse o mano Domício que ela perdeu o siso. Véia de valia. Já não sou o mesmo Aparício. Até lhe digo: estou negando fogo. Naquele dia, no ataque de Jatobá, me lembrei da véia mesmo na hora, e me vi sozinho, compadre. Me vi sozinho, e nem tive cabeça para fazer o que devia. Sabia que o coronel estava desprevenido e botou a gente para correr. Depois o compadre foi baleado. Disse pra Domício: "O meu compadre não pode morrer". É que eu não tenho mais ninguém neste grupo que valha nada. Tenho aí uns cabras valentes, mas homem de cabeça não tenho não. O mano Domício briga de fato, e quando chega a hora de decidir fica como um leso. Sempre foi assim com este calibre. Tenho aí este negro que veio do doutor Floro, parece que é homem de decisão. O mais é o que se vê.

O negro Vicente falou do ferimento:

— É verdade, compadre, vi a bicha comigo na rede. Deu-me um febrão danado. O vosso mano Bento me tratou como se fosse mãe. Rapaz de boa condição, mas este negro tem fôlego para aguentar mais repuxo. Tive uns medos depois. Não é que não podia mais aguentar aquele esquisito! Me deu vontade de sair atrás do bando, e cadê as pernas do negro? Até os finados deu para me atentar. Não era medo, compadre, mas porém chegava um momento que vinha um frio para o corpo, como se tivesse vindo de outra terra. Sei lá o que é! É. Tudo se foi e agora é cuidar da vida. Tem muita força espalhada no sertão. O negócio de andar força de linha atrás de revolucionário está fazendo mal à gente. O melhor é parar aqui mesmo em Sergipe.

— É, compadre, mas é que os cabras não podem ficar assim. Sem fogo a gente não vive. Se parar vai dar morrinha nestes cabras. E aquele tiroteio de Jatobá não me sai da cabeça.

— Compadre, a gente tem que esperar. O homem foi feliz uma vez. A outra vai ser da gente.

Aparício tinha os olhos com manchas de sangue. Os dedos cobertos de anéis de ouro e muita fadiga na cara suja, de barba de mais de semana. Os cabelos caíam-lhe por cima da orelha com o cheiro enjoado de brilhantina.

— Compadre, não estou gostando do tempo não. Isto de briga de governo com força federal vai dar trabalho. O sertão está ficando mais menor para nós. Estou com quinze homens descansados e isto ofende a natureza dos cabras. Este paradeiro faz mal. Cangaceiro não tem que parar. Estava inté pra lhe falar dum fato que não me sai da cabeça. Me contou o coiteiro Zé de Nana que o velho Neco Silvino tinha vendido cem sacas de lã. A fazenda do dito fica lá para as bandas do Seridó. A gente nunca deu um fogo naqueles lados. Este tal velho é homem de muita riqueza e não é prevenido de cabras. É verdade que tem um filho metido a brabo. O coronel Policarpo do Jardim teve com o rapaz uma briga por via de política. O coronel Policarpo sabe ser amigo. Ainda o compadre não estava comigo quando tive que me haver com ele. Lá na fazenda da Queimada demorei mais de quinze dias com o grupo. Tinha me dado uma febre danada. E fui tratado como filho da casa. Soube da briga do véio Neco com o coronel Policarpo. Amigo é amigo, seu compadre. Esses meninos estão aí parados, e agora, com o compadre de volta, pode-se fazer uma festinha no Rio Grande do Norte. Isto por aqui está como paradeiro de morrinha. Tenho o roteiro na cabeça. Só estou mesmo é precisando de umas novas do coiteiro Zé de Nana.

O negro Vicente saiu para o meio dos cabras. Falavam de Juazeiro. Viram o padre Cícero. Vendo Domício, magro, de cabelos compridos nos ombros, o negro foi para ele:

Cangaceiros • 261

— Está de penitente.

Saíram os dois e Domício quis logo saber notícias do mano. Ouviu em silêncio tudo que lhe contou o negro. Soube do casamento com a filha do mestre:

— Mas, Vicente, depois da morte da nossa mãe o meu mano Aparício não anda de cabeça acertada. Estava mesmo carecendo da sua vinda. Não diga nada a ele, porque o mano Aparício não tem ouvido para escutar conselho de ninguém.

— É, rapaz, o compadre vivia certo da proteção da véia. A gente perde um amparo daquele jeito e tonteia mesmo. Tu não te lembra do cabra Zé de Sousa? Tinha uma mãe de reza forte. Brigar junto daquele cabra dava até medo, pois bala passava por longe dele e ia pegar os outros. Depois, quando soube da morte da mãe, virou mulambo. Num tiroteio, lá nas bandas de São José do Egito, vi o cabra encolhido que nem uma cobra, tremendo. Fui me chegando para ele, de rastro e o bicho nem se moveu. Gritei pro cabra: "Pega no rifle, desgraçado!" e ele nem levantou a cabeça. O fogo estava pegado, o compadre, do outro lado, tinha emboscado a tropa do tenente Levino e eu ficara para dar uma retaguarda com cinco homens. E o cabra Zé de Sousa não se movia. Foi quando eu me lembrei da história da finada mãe dele e gritei bem no pé do ouvido: "Tu está com medo da puta véia da tua mãe?" E aí o cabra nasceu outra vez e pulou pro outro lado do lajedo e eu só ouvia a gritaria dele. Os "mata-cachorros" caíram em cima do cabra. Foi aí que eu tomei o lado esquerdo, pela beira do riacho, e dei um fogo bem no toitiço da volante. O cabra Zé de Sousa estava morto e o tenente Levino escapou na carreira. É isto. O compadre anda com a véia na cabeça. Lá um dia ela sai. E este negro novo, tem mesmo têmpera?

— Está com fama. Diz que foi do doutor Floro. O mano Aparício confia nele. Não deu prova ainda não.

— Menino, vou te dizer, de negro basta eu. Para te dizer mesmo, ainda não vi um que fosse de verdade. Tem muita fama, tem isto, tem aquilo, tem aquiloutro, e quando chega na hora não dá no riscado. Pode ser que eu me engano. O meu compadre sabe o que faz.

Os cabras riam alto, e na solidão da caatinga aquele rumor desembestado parecia de bichos assanhados.

— O teu mano Bento é rapaz para outra vida. Me tratou como se fosse mano, fazendo as vezes de criado. Um rapaz branco com modo de gente de trato.

No outro dia atravessaram o rio ainda com o escuro da madrugada. E ganharam a caatinga com o rastejador Salustiano na frente. Aparício tinha na cabeça o roteiro da caminhada. A viagem seria de dias, mas para as pernas dos cabras não havia lugar distante. Tinham as paradas certas, nos coitos que se sucediam. E assim chegaram numa fazenda de Exu, de um Minervino. Descansariam ali para o assalto combinado. O velho Minervino tinha munição guardada naquele pé de serrote, dava coito ao bando. Aparício soube logo de tudo que se passava. As forças do governo haviam atravessado o estado da Paraíba carregando tudo que era animal de montaria. Os sertanejos estavam com a mão na cabeça. Felizmente que não haviam passado no Exu. E quando Aparício lhe falou do Neco Silvino, quis cortar a conversa:

— Capitão, conheço pouco este homem e até lhe digo: não sei de suas posses.

Mas Aparício insistiu:

— Pois vou dar uma limpa naquele cachorro.

Cangaceiros • 263

— O capitão tem notícia de alguma traição deste homem? – perguntou o Minervino.

— Não é nada disto. O coronel Policarpo de Jardim foi ofendido por um filho daquele velho. Amigo meu não é para ser ofendido.

Os cabras se agasalharam pela casa de farinha. Aparício chamou o negro Vicente para conversar:

— Compadre, este Minervino parece que é da súcia do velho Neco. Falei com ele e cortou volta. Temos que dar duro nele.

E procurou o homem para lhe dizer:

— Minervino, não estou de conversa fiada. Tá ou não tá com nós?

— Capitão, isso não é pergunta que se faça.

— Pois vou logo dizendo. Falei na história do velho Neco e você me cortou conversa. Olha, o negócio comigo não é para cortar volta.

— Capitão, sou homem direito e estou com o senhor há muito tempo. Tenho família e tenho vergonha.

— Não estou dizendo nada, é só para prevenir.

Depois Aparício chamou o negro Vicente para fora de casa:

— Vamos sair amanhã de madrugada.

E chamando o rastejador Salustiano para as suas instruções:

— Você tem que sair de rota batida. Já dei o roteiro. Veja o que há nas fazendas de perto. Me falaram de um tal Saldanha que está com barriga com o governo. Nós vamos pernoitar amanhã naqueles lajedos, ali perto da serra Luís Gomes, onde há um pé de jatobá. Quero saber de tudo. Tem mais de dois anos que não dou uma volta no Seridó.

Toda a família de Minervino caprichava nos agrados ao capitão. Tinham matado galinha para o jantar e os cabras comiam em meio de risadas e de ditos. Na casa de um coiteiro o respeito era uma coisa sagrada. As moças sabiam que seriam respeitadas.

Aparício saiu para continuar na conversa com o seu lugar-tenente. Ficaram até tarde combinando ordens, e não davam notícias aos cabras do que fariam no dia seguinte. Só na hora do fogo, chamava-os para dar a tarefa de cada um. Desde, porém, que chegava a hora do fogo, os seus homens sabiam o que teriam que fazer.

— Compadre, estou maldando neste Minervino. Vamos fazer um serviço no velho Neco, antes de mais nada. A gente confia no coiteiro inté o dia em que ele parece servir. A fala deste Minervino não me agradou. Será que este bicho está de combinação com os "mata-cachorros"?

— Compadre Aparício, quem manda é o senhor. Tenho para mim que estamos errados. Minervino é antigo neste serviço. Bem sabe o compadre que ele tem esta munição para mais de três anos.

— Por via das dúvidas, compadre, vamos arribar de madrugada. Salustiano tem que trazer as notícias na ponta de língua. É o melhor rastejador que já tivemos.

De madrugada, partiram. Antes de sair, o capitão chamou Minervino para lhe dizer:

— Vou te falar uma coisa: toma bênção aí ao compadre Vicente. Eu estava maldando da tua conduta.

— Mas não é possível, capitão!

— Pois é o que eu te digo. Tu deve a vida ao compadre Vicente. Coiteiro que trabalha comigo tem que ser como mulher casada. É só de um homem.

Cangaceiros • 265

E ainda as estrelas brilhavam no céu quando se sumiram pelo caminho. Os cabras marchavam na frente, e só se escutava o gemer das alpercatas no chão duro. Não se ouvia uma palavra. Aparício e o negro Vicente iam atrás do grupo, na distância de umas cem braças. Quando o dia clareou, tomaram pela vereda da caatinga, rompendo os espinhos, na marcha lenta, como se fossem bichos da terra. Ao meio-dia pararam para comer a carne de sol e farinha com rapadura que traziam no bornal. Teriam que descer para o bebedouro, num córrego que ficava bem na saída para a estrada real. Pararam por debaixo de um pé de oiticica. Havia ainda restos de fogo dos comboios que por ali passaram. Muito pouco tempo demoraram, somente o bastante para matar a sede. Teriam que andar todo o dia e a noite inteira. O rastejador esperava pelo grupo num lugar marcado, e com todos os informes. Aparício não falava. Sempre que tinha um serviço na mente, concentrava-se todo, até a hora do primeiro tiro. Aí abria a boca para as descomposturas e os gritos de ordens e só parava no fim de tudo. Andava-lhe, porém, pela cabeça qualquer coisa que não sabia bem o que fosse. Não era receio de luta, não era indecisão. Desde que a mãe morreu que ele sofria destes momentos. Sentia-se mais fraco, como se lhe faltasse um alento no corpo. Domício não merecia a sua confiança. Tinha aquele negro. Os cabras iam rompendo a vereda quase que fechada. Bem-Te-Vi, novato na caminhada, tinha o rosto ensanguentado. Um galho de unha-de-gato esfolara-lhe a cara. Domício, a seu lado, foi-lhe falando:

— Menino, tu ainda não sabe andar na caatinga. Toma cuidado. Olha que um espinho deste pode te vazar a vista.

E foi falando mais:

— Tu está vindo de Tacaratu, da Roqueira do capitão Custódio. Bento é nosso mano e pelo que me contou o seu

Vicente está de casamento com a moça, filha do mestre Jerônimo. Estive no coito do capitão me curando de uma bala, e Bento me falou muito deste tal mestre.

— É meu pai.

— Ah, tu é mano da moça! Pelo meu gosto Bento já tinha arribado deste sertão. Não tem calibre. Tu, menino, não tinha necessidade de cair no cangaço. O meu mano Aparício bem que não te queria.

— É mesmo. Ele não me queria porque não acreditou que eu pudesse com o rifle, mas já mostrei que posso. Meu pai foi no júri, e tem duas mortes nas costas. Ele me dizia todo dia: "Menino, homem não se fez para aguentar desfeita". Se estou no cangaço é para não aguentar a cadeia sem ter homem que me proteja.

Domício olhou para o rapaz e se lembrou de Bento. Tinha um irmão de mais idade do que ele, com aqueles olhos grandes, aquela fisionomia verde. Lembrou-se do Araticum e sentiu-se longe dos seus tempos de rapaz, como se tudo fosse de outro mundo. Deu-lhe então uma saudade repentina, um desejo de tornar a ser o que fora, de amar o que nem sabia o que era.

O negro Melado chegou-se para os dois:

— Bem-Te-Vi, quero te ver no rifle. – E sorriu.

O rapaz nada disse, mas Domício foi falando:

— O menino tem calibre mesmo. A gente quando chega no cangaço nem sabe como começa.

Bem-Te-Vi sorriu:

— É, Melado, no fogo a gente vê.

Com a boca da noite ganharam a estrada. Havia um espojeiro bem na vazante do rio. Ali pararam. Bem-Te-Vi e Domício ficaram perto um do outro. Fizeram fogo debaixo da oiticica e assaram carne. O cheiro da fumaça foi subindo

Cangaceiros • 267

na noite calma, sem vento. Aparício, ao longe, espichou-se no chão. O negro Vicente apareceu para falar com os cabras:

— O capitão vai dar um foguinho amanhã de noite. É coisa maneira. Não carece gastar munição à toa. A gente vai dar um ensino num velho que está de parceiro com os "mata-cachorros".

E vendo Bem-Te-Vi perto do fogo, ao lado de Domício:

— Menino, tu já deste um fogo?

— Não, seu Vicente.

— Pois toma cuidado; a gente pensa que o negócio é duro e não é. E só ficar firme. Tenho visto cabra macho se borrar no primeiro fogo. Isto de coragem se pega com os outros.

Uma hora depois saíram para andar a noite inteira. Deviam amanhecer nos repiquetes da serra do Luís Gomes. Aparício conhecia tudo aquilo, palmo a palmo. Andaram um tempão por um caminho estreito, quase todo tomado pelo mato, e quando foram chegando num tabuleiro descoberto, ouviram um rumor de cavalhada. Recuaram para dentro do descampado e se agacharam na terra fofa. Eram matutos. Aparício gritou para eles e com um disparo de rifle os homens pararam.

— Quem manda nesta tropa?

Apareceu um velho de carteira atravessada nas costas:

— Estou falando com o capitão Aparício?

— Seu criado, velho.

— Pois, capitão, aqui estou para ser mandado.

Vinham chegando das bandas de Luís Gomes, onde estiveram para a compra de cereal para a feira de Exu.

— Capitão, não possuo nada, a não ser estes animais.

— Nada quero, velho, mas me diz lá: tem "mata-cachorro" por aí?

— Volante, não vi não, capitão, somente o tenente Camarinha deu um cerco na fazenda de Lucas Saldanha e o fogo durou a noite inteira. Lucas Saldanha está de briga com o mano Antoninho. Na feira de Luís Gomes estão falando que Vossa Senhoria estava no Juazeiro com o meu padrinho padre Cícero. Capitão, estou às vossas ordens.

Aparício procurou saber de mais alguma coisa:

— E o velho Neco Silvino?

— Capitão, de nada sei. Até ouvi falar da briga dele com o coronel Policarpo, por via de um filho. O velho é muito rico.

Depois se foram, e Aparício falou para o negro Vicente:

— Compadre, a gente tem que andar depressa. As volantes estão no roteiro do Ceará. A gente pega este velho de jeito. Salustiano deve de estar à nossa espera, no lugar marcado.

Bem-Te-Vi, ao lado de Domício, não abria a boca. Foi Domício quem procurou conversa:

— Menino, tu estava com teu pai e para que vieste para o nosso lado?

O rapaz custou a responder:

— É verdade, mas pai não tinha força para me proteger. Ele me dizia sempre: "Meu filho, no Brejo tem homem capaz de botar outro pra fora no júri. Aqui neste sertão, não vejo ninguém como o doutor Cunha Lima." Eu furei um sujeito e só tive mesmo o recurso de correr. Vim pro cangaço para não ir pra cadeia.

— É, menino, isto aqui não é brincadeira. Tu precisa criar bofe para aguentar esta vida. Agora é sustentar o rojão.

Uma coisa agoniava o rapaz. As palavras do negro Vicente e aquela conversa desconfiada de Domício não lhe deram ânimo. Sempre que ouvia falar de Aparício, a imagem do cangaceiro crescia como a de um homem fabuloso. E agora o via, de olhos vermelhos e de cabelos grandes, com aquela fala agressiva, e não descobria nele o herói de suas ilusões de menino. E depois, a vida com aqueles cabras sujos e desbocados. No dia em que chegou para o grupo, foi na feira do Arraial de Limeira. O grupo já ia saindo, depois de ter arrasado o comércio. Ele foi atrás de Aparício e lhe disse:

— Capitão, quero seguir com o senhor.

O cangaceiro olhou para ele:

— Não estou carecendo de menino.

O cabra Pilão Deitado apareceu no seu auxílio:

— Capitão, não custa nada, o menino está com disposição.

Veio para o grupo sem arma. Foi somente na tarde do outro dia, no coito de José de Mário, que lhe deram o rifle. Mandaram que atirasse. Fez pontaria e foi feliz. Repetiu, e ainda deu certo. Ficou no grupo, e desde aquela noite, na primeira viagem pela caatinga, que a saudade de casa apertava-lhe o peito. Lembrava-se da mãe, de Alice, do velho. Mal sabiam que o filho tinha virado cangaceiro. E, depois, foi a viagem ao Juazeiro. Viu o padre Cícero, viu o mundo de retirantes, nas latadas, e se lembrou das conversas da sua mãe, falando dos milagres do velho. Reparou nos olhos mansos e na fala que lhe saía do coração. Foram abençoados na porta da igreja. Nos primeiros dias, sentiu-se como num brinquedo de menino, o cangaço tinha agido sobre a sua imaginação de maneira absorvente. Aos poucos foi caindo em si, foi sentindo de perto a realidade de tudo. Aparício não dava uma palavra e os outros pareciam bichos. Havia Germano que logo se aproximou dele para falar: "Tu não é o da Roqueira do capitão Custódio?" Deu-lhe todas as notícias que ele queria saber. Perguntou pelo irmão Terto. "Olha, menino, tu vem para a gente, sem saber de nada. Isto aqui não é brinquedo não. A gente tem que matar gente viva mesmo; tu devia ter ficado na tua família. Tu não tem, como eu, pai para vingar e nem irmã ofendida."

Assim se ligou com Germano, chamado Corisco. Os outros cabras deixaram-no de mão, respeitando-lhe a amizade. Escapou assim das brincadeiras terríveis. Faziam graças com os novatos, fingindo o diabo para meter-lhes medo e experimentá-los. Houve o caso de um rapaz de Pajeú, que tinha vindo fugido da cadeia por um crime de morte. Quando chegou no grupo, numa noite, fingiram um ataque de uma volante. O rapaz acordou assustado e se fez no rifle e foi atirando à toa. Uma bala doida foi pegar num cabra, Fogão, furando-lhe a perna. Aparício ficou danado. Quando soube da besteira não disse nada ao rapaz: o cabra ferido perdeu muito sangue. Deram-lhe o nome de Bem-Te-Vi e ali estava sem gosto e arrependido da aventura em que se metera. O jeito agora era ir para a frente. Pegaria gosto com o tempo. Corisco pegou-se com ele. Lembrava-se dele e do irmão Terto, tão diferente. Quando soube que tinha vindo ele para o cangaço, ficou cheio de admiração e ali veio se encontrar com o irmão de Terto. Corisco era respeitado pelos outros cabras. Ganhara fama de terrível, de bicho brabo, de coração de pedra, e se não fosse este companheiro não tinha aguentado aquela vida dura, nos primeiros dias. Via como os cabras viviam. As necessidades, a fome, a sede nas caatingas quando eram obrigados a romper os espinheiros, fora das estradas, rastejando o chão, à espreita das volantes. Mas o que mais o perseguira nos momentos iniciais, fora a convivência com os companheiros. Nem pareciam gente, sujos, de cabelos compridos, só de palavras imundas na boca. Conversavam naquele tom de deboche. Se não fosse Corisco, teria fugido. Ficou triste e os cabras mangavam: "Bem-Te-Vi está mudando de pena. O bichinho está na muda." Quisera ter força para desgarrar-se. Não podia. O jeito que tinha era mesmo ficar

Cangaceiros • 271

cangaceiro como os outros. O buço cobria-lhe os lábios e fios de barba rompiam pela queixada. O talho que aquele galho de unha-de-gato lhe fizera, doía com o suor que lhe caía pelo rosto. O mano de Aparício, que vivia sozinho, sem conversa com o resto dos cabras, dera para lhe falar da vida. E gostou de ouvi-lo. Domício tinha cara diferente. Os cabelos compridos quase lhe caíam de ombros abaixo. Com pouco mais, teria que entrar no primeiro fogo. Nas brincadeiras de menino, fazendo de Aparício, engendrava táticas e emboscadas. De arma em punho, com as espingardas de pau, com os punhais de madeira atravessados na cintura, dava gritos de guerra. A sua mãe não gostava. Ela bem sabia que o seu pai tinha matado um homem e que fora livre pelo júri. O mestre Jerônimo não era homem de brincadeira. Dizia todo dia que filho seu não devia voltar para casa apanhado, era homem bravo protegido por senhor de engenho. E tinha deixado o Brejo para não matar outro. E assim ficou naquela Roqueira sem forças para garantir um filho que tinha furado um sujeito, em legítima defesa. É, tudo aquilo que ele estava vivendo não era o que ele imaginava, e por isso tinha vontade de voltar. Não havia mais recurso. Com pouco mais entraria no primeiro fogo.

Quase ao pôr do sol Aparício fez alto, na caatinga. A combinação com Salustiano falava num encontro num pé de jatobá, na estrada que subia para a serra. Esperou a noite para descer da caatinga, e pegar a estrada. O negro Melado começou a cantar com voz fanhosa a história do padre Cícero:

Padre Cícero Romão
tem força que Deus lhe deu,
é como João Batista,
assim Jesus escreveu.

Contava toda a vida do santo, todas as bondades, todos os milagres, todas as desgraças dos sertanejos. A voz fanhosa, naquela boca da noite, era assim como se fosse mesmo uma ladainha, um gemer de oração aflito. Os outros cabras perderam a voz com a cantoria lúgubre do negro. Falava de todas as secas do sertão, falava do anticristo, das trevas, das armas para derrubar tudo, que o padre Cícero trazia, o padre Cícero Romão que falava de Nosso Senhor Jesus Cristo porque tinha na mão o lenho do Senhor, a força de Sansão, a ira do Profeta, o coração de São José. Naquele fio de noite, com a ventania que mexia nas folhas das imburanas, Zé Luís, chamado de Bem-Te-Vi, foi ficando mais triste e com medo. "Para com isto, negro", gritou Domício. "Isto dói na gente."

A voz ficou zunindo, no ar, igual ao bordão partido de uma viola. Outra vez ergueu-se no silêncio. Pé-de-Vento cantava:

Rendeira, ô rendá,
cadê a minha renda
que eu mandei te encomendá.

Era um gingado de dança, uma cantoria de festa. Os outros fizeram coro até que Aparício apareceu violento:

— Para com esta brincadeira! Não estão vendo que a gente está mesmo em cima da estrada?

Fez-se um silêncio como de menina em recreio. A noite chegava e Aparício conversou com o negro Vicente:

— Compadre, estou cismando com esta demora do Salustiano.

Ficaram os dois bem debaixo do pé de jatobá, a cavaleiro da estrada. Daí podiam ver com o clarão da lua os que passavam pelo caminho. Lá pelas tantas viram um vulto que se aproximava. Escutaram o bater das alpercatas no chão de pedregulhos. Era mesmo Salustiano. O relatório saiu-lhe da boca sem um tropeço:

— Saindo em demando do Seridó, fui vendo tudo. O povo está com medo da força do governo. Deram um fogo, de mais de seis horas, na fazenda de Lucas Saldanha, e depois do serviço feito, ficaram nas redondezas, fazendo o diabo. É um tal de tenente Filipe, da família dos Penha. Soube que não vai sair tão cedo destes arredores. Na feira do Luís Gomes, não apareceu nem marchante de boi. A força de governo está com ordem de acabar com a gente de Saldanha. Capitão, não estou vendo jeito do senhor dar um ataque no coronel Neco Silvino. Fui falar com o coronel Policarpo. Me dei a conhecer e o coronel me chamou para os fundos do curral e me disse: "Diga ao capitão que a coisa não está boa. O tal tenente Filipe veio com ordem de ficar no Seridó. O governo está com medo de Lucas Saldanha. O homem está na Paraíba formando um grupo para atacar o irmão Antoninho." Capitão, me desculpe, mas desta vez comi o diabo por aí. Tive inté medo de ser preso, pois eu vinha puxando caminho, quando parei numa budega, numas terras de um capitão Laurindo. Queria tomar uma bicada. E veio logo um sujeito com dito. Aguentei calado o desaforo. Desconfiei que o cabra era mandado. O cabra estava na mente de que eu fosse gente do Saldanha. Capitão, o tempo não está de dar fogo no Seridó.

Aparício mandou que o rastejador seguisse para a caatinga, juntando-se com o grupo.

— Compadre, demos uma viagem perdida. Estou com cisma do coiteiro Minervino. Aquele cabra me falou bambo e, olhe, esta viagem de Salustiano é capaz de trazer água no bico. Capaz de Salustiano está sendo seguido pelos espias das volantes.

274 • José Lins do Rego

Parou de falar. Vinha pela estrada um comboio grande. E logo atrás uma volante de mais de oito praças. A tropa foi passando com os assobios dos matutos, e depois os soldados, de rifle, bem devagar. O rumor das alpercatas cortava o silêncio da noite. Rastejando para a caatinga, saíram os dois e, chegando perto do grupo, encontraram Pé-de-Vento contando histórias de Trancoso, no falar manso. O negro Vicente apareceu, de bruço.

— Apague o fogo. Tem "mata-cachorro" na estrada. A gente vai subir a caatinga de rastro. Cuidado com as armas.

Com pouco, já tinham as redes atravessadas nas costas. E foram de barriga no chão, como cobras, rompendo o espinheiro, na demanda de uma vereda, que só Aparício conhecia, na garganta de um serrote, onde havia os lajedos:

— Compadre, aquele Minervino está de tramoia. Estamos correndo perigo. O rastejador da volante estava no calcanhar de Salustiano. Temos que pegar a caatinga e amanhecer no Serrote das Onças. Lá a gente pode manobrar com mais jeito.

13

Passaram dois dias na caatinga, arrancaram raízes de pau para matar a fome e a sede, mas Aparício dizia:

— A gente tem que aguentar até que os "mata-cachorros" ganhem pra outro rumo.

Salustiano marchava na frente. Ele tinha ouvidos e olhos como se não fossem de gente. Era capaz de ver e ouvir o que os outros não podiam. E para sentir o cheiro das coisas, valia mais do que um cachorro de caçador. No roteiro da caatinga, por debaixo das imburanas, Bem-Te-Vi foi sentindo

o quanto era duro e difícil a vida de um cangaceiro. Pé-de-
-Vento contava histórias, de papo para o ar, de olhos fechados,
e falando sempre:

— Menino, isto se deu na corte do rei Carlo Mago, no
tempo dos par de França. Deus estava com os guerreiros do rei,
e os turcos, do outro lado, matando cristão. Tinha o guerreiro
Oliveira que era assim como um filho do rei. E vinham os feitos
dos cristãos contra os mouros.

A voz do cabra era de veludo, macia e terna, por cima
dos espinheiros. Zé Luís ouvia aquelas narrativas e fugia, pela
cabeça, daquele lugar onde estava. Vinham as saudades da mãe,
de Alice, do mestre Jerônimo. O coração apertava, e nem a
fome e a sede podiam mais do que as suas saudades. Domício
e Corisco falavam daquele paradeiro. A gente tem que aguentar,
até a vontade de se perder. O negro Melado perdera a fala e
não mais se ouvia o cantar fanhoso de suas trovas aprendidas
dos cantadores. A fome e a sede começavam a doer de verdade.
No terceiro dia, apareceu Salustiano com a notícia de que as
volantes tinham atravessado para os lados de Tacaratu. Aparício
queria saber dos movimentos da estrada. Tudo estava no natural,
com os matutos trafegando sem susto. Então o capitão levantou
o acampamento. Romperam a caatinga e chegaram nos lajedos
do Serrote da Onça. Os cabras pareciam de cara roída, com o
olhar fundo e brilhante, os lábios secos e cortados pelas raízes.
Tinham que atingir a casa de Nó de Doninha, a meia légua para
o lado do rio. Bem-Te-Vi mal se tinha em pé. Os lábios cortados
doíam-lhe, o estômago inchado, a cabeça a arder. Quase que
não podia com o rifle. Domício chegou-se para perto dele:

— Aguenta, menino, que está perto.

Pelo seu gosto cairia no chão quente, e não daria mais um
passo. Foi quando Corisco segurou no seu braço:

— Não deixa o capitão te ver neste estado. Ele te mata.

O sol entrava pelo chapéu de palha adentro, e ia queimar-lhe os miolos. Fez um esforço tremendo para não cair. Corisco ao seu lado empurrava-o. Sentiu que os olhos se apagavam e um mundo de fogo começou a cobrir o seu corpo. Só veio a ter ciência das coisas na casa de Nô de Doninha. Soube que estivera desacordado e agora, enquanto os cabras falavam no terreiro, a dona da casa dava-lhe caldo para beber. Sentia-se com febre, os olhos doíam-lhe, as pernas sem governo. Quis levantar-se e não pôde, caiu outra vez na rede. Estava desgraçado. Apareceu Domício para falar-lhe:

— Tu está doente e a gente tem que seguir. O mano Aparício vai cair outra vez na caatinga. Tem volante atrás da gente e tu não pode andar. Isto dá, no começo.

Corisco chegou-se:

— Bem-Te-Vi, vai ser danado, mas, porém, não tem jeito. Tu vai ficar com Nô de Doninha, a mulher dele te trata e, na volta, o capitão te pega. A gente tem que tomar outra vez a caatinga. O capitão não quer dar fogo na volante.

No outro dia, de madrugada, arribaram. Zé Luís ouviu, com o cantar dos passarinhos, o rumor das alpercatas no chão de pedregulhos. Uma ânsia de vida encheu-lhe o corpo inteiro. Estava livre e podia voltar ao seu povo. Era só poder andar e ganharia os caminhos que dessem para a casa perdida. A febre ainda esteve com ele mais de dois dias. Devagar foi se sentindo com forças para andar. Viu que tudo lhe valia mais do que dantes. Pôde contentar-se com o que os seus olhos viam, com o que as suas mãos pegavam. Ali estava aquele pé de juá todo verde, de copa redonda. Ficou por debaixo do arvoredo; ao lado estava o curral de bode de Nô de Doninha. O cheiro ativo do pai de chiqueiro enchia a terra de um hálito de coito.

Cangaceiros • 277

A mulher de Nô ainda era moça. Deu-lhe leite de cabra e queria vê-lo bom. E agora já lhe falava com mais franqueza. Devia estar mesmo um bicho, com aqueles cabelos que lhe chegavam aos ombros. A mulher pediu para que ele lavasse a cabeça:

— Menino, tu já pode aguentar água fria.

Ele trouxe um pote do barreiro com raspa de juá. Sentiu-se imundo. A voz da mãe soprou-lhe nos ouvidos: "Vai tomar banho, Zé Luís! Vem que eu quero te catar, Zé Luís." A infância com o pai preso, com o pai no júri, com as lágrimas da mãe. Ao mesmo tempo o orgulho do pai, um homem macho, respondendo por crime de morte. Lavou-se das sujeiras de dias e dias. A mulher de Nô, que se chamava Noca, foi-lhe dando um pouco de agrado do mundo. Sentiu-se mais livre, ainda mais quando ela lhe falou, devagar:

— Menino, tu não tiveste juízo. Nesta idade e na vida de cangaço!

Quis dizer que não queria saber mais daquela vida infeliz. Teve medo. Nô de Doninha era um espia de Aparício. Aquilo tudo podia ser uma manha da mulher para desgraçá-lo. Calou-se. Nô saía de casa de manhã, e só voltava de noite. Há uma semana que estava ali e não sentia mais coisa nenhuma. Só estava mesmo à espera da volta do grupo. Mas começou a imaginar na fugida. Noca ia para o roçado; quis ajudá-la, ela, porém, não deixou:

— Tu fica aí mesmo. Pode passar gente na estrada e, te vendo no serviço, quer logo saber de quem se trata. O capitão te deixou para tratamento.

Certa manhã, Nô já tinha saído, e ele estava debaixo do pé de juá quando sentiu mãos nos seus ombros. Virou-se e era Noca. Tinha ela os olhos brilhantes, tinha a boca com fome nos lábios. Teve medo no princípio, e ela sorriu para ele. Levou-o para dentro de casa. A mulher estava com uma fome dos diabos, e lhe contou a vida inteira. Nô sofria de um mal esquisito, não era homem de verdade. E ela sofria. Desde moço que ele perdera tudo. Estava naquele oco do mundo como uma desgraçada. Os seus parentes tinham morrido, lá na outra beira do rio. Havia casado na seca de 1915, na retirada, no lugar onde Nô morava. Nô trabalhava para Aparício fazia muito tempo. Era um serviço infeliz, todo dia com aquele medo, sem dormir direito, com o pavor das volantes. Se pegassem Nô, acabariam com ela também. Bem sabia o que acontecera com o coiteiro Soriano, de Pão de Açúcar. Uma volante desgraçara a família toda, depois de matar o homem como cachorro. Aparício uma vez se engraçou dela, bem que se lembrava disto, foi no mês de São João. O grupo estava de passagem e ele ficou na camarinha, no descanso. Pegou-a de jeito como um bicho. Não era gente não. Nem sabia o que tinha acontecido com o medo que estava do homem.

Depois Noca saiu para o roçado, na vazante, e Zé Luís mudou de ideia. Não sairia tão cedo dali. As volantes não dariam trégua a Aparício. Sem dúvida que demoraria, na sua passagem de volta. Ao mesmo tempo, pensou em Nô. Só podia ser homem valente. Se estava metido com Aparício, era porque não tinha medo da morte. À noite, quando ele voltou, não teve coragem de olhar-lhe na cara. Nô, porém, trazia uma notícia. Soubera, na vila, de uma passagem de Aparício. O coiteiro Minervino tinha feito safadeza com o capitão. E só podia aguentar o que aguentou. Não ficou nem criação viva na casa do homem. Aparício matou tudo, a mulher e as duas filhas, tendo tocado fogo na casa. Só podia ter sido por via de um malfeito de Minervino. Soubera que as moças ficaram ensanguentadas, de pernas abertas. Tinham-lhes ofendido as partes. Coiteiro de Aparício, que fazia miséria, sofria daquele jeito:

— Estou com o capitão há bem cinco anos. Já tenho mudado de propriedade, pra poder dar o serviço na conta. Aqui neste cotovelo de serrote estou há mais de dois anos. Nesta minha casa já chegou um dia o capitão, com uma catarreira danada. Curou-se aqui mesmo com camaru. Não tenho medo desta vida, Noca fala todo dia pra eu deixar isto. Mas não posso não. A gente pega gosto e não larga mais. Tenho pena de Noca. Está moça ainda. É. Nem tenho cara para falar com ela. O capitão precisa de mim. Estou aqui neste cantinho, e estou fazendo o que posso. Nesta propriedade esquisita não passa volante. O capitão Robertinho é um homem pobre, de posse nenhuma. Estou no trabalho com ele, e vou vivendo como é possível. Sirvo o capitão e estou satisfeito.

E assim Zé Luís foi ficando, sem vontade de arribar, de abandonar aquela vida desgraçada do cangaço. Se pudesse correr com Noca seria muito bom. Por outro lado punha-se a medir as consequências. Estava sem um tostão no bolso e Noca também não tinha coragem. Chegou-lhe a falar no caso. Poderiam fugir daquele oco de mundo e viver noutra terra como marido e mulher.

— Qual nada, menino. Estou pegada a Nô pra o resto da vida. Tu fugia comigo e quem pagava na certa era ele. Aparício botava pra cima dele e matava o pobre. Tu ia ver que a gente acabava se desgraçando também. Mas tu deve fugir, tu tem vida pra viver. Vai por aí, e pega uma tropa de matuto e ganha este mundo de Deus.

Dizia isto com a voz magoada, quase que num choro, como se falasse numa desventura sem jeito, e se pegava com Zé Luís mesmo na rede de Nô. O amor estremecia-lhe as carnes gastas no trabalho e o rapaz não encontrava meios de escapar daquele prazer que lhe escaldava o sangue. Tinha que acabar

280 · José Lins do Rego

um dia. Aparício ia bater na porta, e ele outra vez cairia na caatinga, para rastejar como calango pelos espinheiros, até que uma bala desse conta de sua vida. Sozinho, na casa de Nô, punha-se atrás de uma solução para o seu caso e não encontrava um caminho, uma vereda sequer, para escapulir. Noca não tinha coragem para o que ele lhe oferecera. Não havia outro recurso para ele. Aos poucos, porém, foi resistindo ao medo e chegou a arquitetar os planos de sua evasão. Nô lhe falara do caminho que cortava a serra e ia dar na estrada por onde os tangerinos conduziam as boiadas para a beira do São Francisco. Não seria difícil pegar-se com os matutos que desciam para o Brejo. Chegaria no Brejo de Areia e ia direito ao engenho do doutor Cunha Lima. Lá estaria garantido de tudo. Feito isto, não tardaria a voltar à família, ao pai e à mãe, à irmã. O mestre falava todo dia em voltar para a terra. Tinha certeza que Aparício ia demorar muito para as bandas de Sergipe, mas tinha que chegar ali, e ele abandonaria aquele pegadio com Noca. Aquilo podia ser uma manobra do demônio, um perigo dos diabos para cada vez mais ainda desgraçar a sua vida. Fugiria, não tinha dúvida. E ficou com este propósito. Entrou dia e saiu dia sem que tivesse coragem de concluir os planos que traçara na cabeça. Desde que Noca se chegava para ele, a sua vontade se derretia, o coração pulava-lhe no peito e amava com o seu verdor de anos.

— Menino – dissera-lhe uma vez —, estou desconfiada de que estou pegando barriga. Te garanto que Nô vai me matar, mas não faz mal não. Morta eu já estou. Agora estou vivendo outra vez. A gente tem mesmo que morrer.

E os olhos se encheram de lágrimas, olhos já baços pelo sofrimento, já cansados de tanta miséria.

— Menino, tu me veio para me dar um taco de alegria e não quero mais do que isto.

Naquela noite, Nô apareceu com as notícias do ataque da volante do tenente Alvinho, em Tacaratu. A força tinha feito o diabo. Depois do serviço do capitão, em Minervino, as volantes estão apertando o cerco nos coiteiros. Parece que o desgraçado falou da gente. Um matuto me contou que em Tacaratu o povo não dorme mais em casa. Tem gente nos matos, correndo de soldado.

Zé Luís não dormiu, com as notícias na cabeça. Imaginou logo uma desgraça na sua família. O pai tinha estranhado aquele inspetor de quarteirão por sua causa.

E quando foi alta noite ouviram um rebuliço no curral dos bodes e imediatamente um grito:

— Abre a porta, cachorro, sinão te mando fogo.

Nô correu para o seu lado:

— É a volante. Eu não me entrego.

Já estava com o rifle na mão:

— A gente vai morrer mesmo. Não me entrego.

Tinha a voz rouca e parecia possuído da maior calma. O rapaz esfriou da cabeça aos pés. Noca estava perto dele e sentiu, no escuro da casa, as suas mãos trêmulas no seu braço. Foi procurar a sua arma. Tinha munição para muito pouco fogo, mas o cabra Nô gritou lá para fora:

— Atira, fio da puta!

E deitou-se no chão.

— Olha, menino, tu tem ali um buraco na parede. Atira daquele lado que eu fico aqui para derrubar o primeiro que botar a cabeça.

Quase que Zé Luís não podia se mexer. De repente, lhe apareceram, na cabeça, todos os entes queridos. Era a morte que estava à sua procura. Respondeu aos primeiros tiros e o dedo tremia no gatilho. Aos poucos foi ficando firme. Nô gritava com o pipocar das balas que atravessavam as paredes finas da casa. Ele nem mais sabia do tempo que durava aquilo. Carregava o rifle, no escuro, e ao seu lado estava Noca que parecia uma brasa, de corpo tão quente:

— Zé Luís, está tudo no fim.

E beijou-lhe a boca que parecia mais quente que o cano da arma. Já não sabia mais da morte. Agora era todo do outro mundo, de outra vida que não tinha dimensão e nem tempo. Os tiros cruzavam a casa de todos os lados. Caíam as telhas como pedra. Nô deixou de gritar. Noca, agachando-se, chegou-se para perto dele:

— Mulher, estou acabado, estou furado no vão esquerdo. Mas estes fios da puta não me pegam vivo. Vai ver o menino. O bicho está brigando mesmo. Não conta nada, te desgracei a vida. Eu sei que tu está prenha do menino.

Quis dizer alguma coisa ao marido e não pôde, a voz estrangulava-se na garganta. Por fim fez um esforço:

— A gente vai morrer, Nô, acabou-se tudo.

E abraçou-se com ele. Sentiu o quente do sangue que brotava do corpo do marido. O último calor daquele homem que, há muito, havia esfriado para ela. Sentiu o cheiro do sangue e debruçou-se por cima de Nô, que, para ela, já tinha morrido, desde há muito. Lembrou-se de Zé Luís e foi para ele:

— Tu está aí? O bornal está quase vazio. Vê o bornal de Nô.

Foi atrás do marido e encontrou-o sem um movimento. Com a respiração nas últimas. Arrancou o bornal e levou para o rapaz. O fogo continuava:

— Sai daí, Noca. Os cabras estão atirando rasteiro.

A gritaria, lá fora, intercalava-se ao tiroteio:

— Entrega-te, fio da puta!

Respondia com um disparo do rifle. Foi quando sentiu que Noca estremeceu toda, num grito:

— Não é nada, menino, não é nada.

Apalpou-lhe o rosto, apalpou-lhe os seios e sentiu nas mãos o quente do sangue.

— Tu está ferida, eu não brigo mais.

Deixou cair o rifle e grudou-se ao corpo da mulher.

— Não estou sentindo dor, é capaz de só ser o sangue de Nô.

Mas ele foi com as mãos atrás do ferimento e sentiu bem o ventre de Noca, o sangue borbulhando. Já não sabia de mais nada. Ouviu somente que derrubaram a porta da casa, ouviu os gritos do comandante:

— Não matem ninguém, acendam a lamparina.

O tenente empurrou com o pé o corpo inerme de Nô. E vendo Zé Luís caído ao lado de Noca:

— Não toquem no rapaz, quero levar o bicho vivinho para o Recife. Deve ser o tal do Bem-Te-Vi.

Noca ainda bulia, os olhos abertos miravam o rapaz que nem parecia tomar conhecimento do que acontecia. Viraram os trastes da casa à procura de qualquer coisa. A mulher gemia baixo e nem tinha mais força para mover a cabeça.

— Está morrendo.

Então Zé Luís ficou em cima dela, pegado à sua carne, num desespero agressivo.

— Amarra este cabra – gritou o tenente. — Preciso ganhar um galão com este miserável.

Arrastaram o corpo de Nô e Noca para o terreiro. Já havia luz da madrugada clareando a terra. Os soldados espatifavam os trastes. O tenente dava ordens ao sargento:

— Sargento, corte a orelha do coiteiro; prometi ao major Lucena levar para ele um sinal da diligência. Minervino deu mesmo o roteiro dos cabras.

Depois pararam um instante no descanso. O tiroteio tinha durado mais de duas horas. Os bodes, espavoridos, tinham corrido e de longe, do alto dos lajedos, espiavam.

— Sargento, manda atirar estas duas pestes no barredo atrás da casa.

Zé Luís, amarrado, estava sacudido bem junto do chiqueiro dos porcos. Os soldados falavam alto e faziam fogo para assar carne. A fumaça cheirosa subia para o céu, que se abria no dia maravilhoso. Pássaros abriam o bico no mundo, no estalar dos canários amarelos, dos galos-de-campina, de toque dobrado. O tenente conversava com o sargento:

— Estou de sorte, com este Bem-Te-Vi; posso dizer que pego mais um galão e vai dar o que falar. Estou lembrado de que o sargento Melquíades, só porque pegou vivo aquele cabra Ludovico, do grupo de Luís Padre, tem hoje patente de oficial. Este menino vai dar o que falar. E é mesmo um danado. Aguentou o fogo que nem um demônio. Estou certo que só se entregou por causa da fome. O major vai ver a orelha do coiteiro. Minervino ainda deu o roteiro de mais uns cinco, nestas redondezas.

Os soldados se espichavam pela sombra do juazeiro. A manhã de céu limpo brilhava nos arvoredos bem verdes.

14

A NOTÍCIA DA CAPTURA de Bem-Te-Vi encheu os jornais da cidade. Uma fera dos sertões, quase menino, caíra nas mãos do tenente Alvinho, depois de luta tremenda. Tratava-se de um monstro de dezoito anos. Os médicos legistas davam entrevista, as fotografias de Zé Luís apareciam nas folhas e pelas feiras corria o á-bê-cê do cangaceiro, com a narrativa do combate. A figura do menino criou raízes na imaginação sertaneja. O tenente subiu de posto e andava, agora, com a sua volante fazendo o diabo, pelas caatingas.

Na casa do mestre Jerônimo chegou a história terrível do filho. Numa das notícias do jornal vinha a vida dele, contada com todos os detalhes. Era filho de um famigerado assassino do Brejo, e tinha corrido para o sertão perseguido pela justiça da Paraíba. Vivia ele, numa fazenda de Tacaratu, com outro nome, correndo assim da lei. O filho trazia no sangue o instinto criminoso e se transformara no bandido mesmo que uma cascavel. O mestre pediu para Bento ler a folha:

— Vê tu como mente estas desgraças. Sou um homem livre pelo júri, nunca me fiz nas armas que não fosse para uma legítima defesa, e vem um miserável deste com estas mentiras. Aninha não deve saber disto. A pobre não pode nem se mexer na cama de tanta dor. Está de inchação nos pés. A mãe morreu do mesmo mal e ainda mais esta história dos cantadores. Estão fazendo de Zé Luís uma fera do cangaço. Coitado, nem sabia manejar um rifle. Te garanto que esta história do tenente Alvinho é mais pabulagem, para ganhar patente no batalhão. Zé Luís está é servindo de escada para este sujeito.

Calou-se. Permaneceu assim e teve outro desabafo:

— É, uma coisa eu te digo. Devo arribar desta terra quanto antes, senão bate tropa por aqui atrás de mim. Estes pestes não têm culhão para brigar de verdade com Aparício e andam maltratando o sertão. Nem sei se deva esperar pelo passamento de Aninha.

Pararam a conversa quando Terto se aproximou:

— Mestre, o velho ontem à noite deu pra gritar de meter medo. Fui à procura da negra Donata e ela me contou: "O capitão não está de esipra. É coisa só de cabeça." Pois deu para chamar pelo nome de Aparício. Estava dando ordens para isto e aquilo. Só baixou o fogo, de madrugada. Não sei não, mestre, mas o homem endoidou de vez. E de manhã saiu arrastando a perna inchada, de tabica na mão. Me disse a negra que está de viagem para Jatobá.

Bento saiu um pouco. Enquanto o mestre ficou em conversa com Terto, foi vendo o capitão Custódio na beira do açude, parado, a olhar para o lado da mata. Quis então fugir, desviando-se do caminho, mas não teve tempo. O capitão fez sinal, levantando a tabica e veio ao seu encontro arrastando-se:

— Bem, menino, tudo está se arranjando. Cazuza Leutério nem sabe de nada. Olha, o sertão vai ver quem é este velho Custódio. Nem te quero falar. Eu estava no copiá, e a minha mulher Mocinha me disse: "Olha para a estrada". Era um defunto na rede. Era o meu menino, o meu filho. Estava morto, todo furado, a rede melada de sangue. Ah, menino! tu nem sabes o que é um sertanejo assim como eu sou. É. Mas tudo tem fim. Vou dar fim a Cazuza Leutério. Dou fim, mesmo.

E levantou a voz, no silêncio da manhã:

— Dou fim naquele filho de uma puta.

Erguia a tabica no ar, os olhos miúdos fuzilavam, uma baba corria pelas barbas sujas:

— Ali está este mestre Jerônimo: é um inimigo, aqui dentro. Brejeiro miserável. Veio pra minha casa morrendo de fome. Matei a fome deste ladrão, e está pensando que me mata. Não me mata não. Estou prevenido, já mandei chamar aquele negro Glicério para tomar conta disto. Este mestre vai pagar caro pela traição.

Bento quis falar e ele não deu tempo:

— Bem sei que este sujeito está com plano. É o diabo! este Cazuza Leutério está mandando até aqui dentro. O miserável matou o meu filho e não ficou satisfeito. Me lembro como se fosse hoje. Eu estava em casa quando Mocinha me chamou. É, o menino morto na rede, de corpo varado de bala. Levei a vida procurando um jeito. O sertão não acredita em mim. Quem vai acreditar num velho sem-vergonha. A minha mulher morreu de desgosto. Está enterrada, junto do menino. Ah, mas eu não morro assim não! O tal de Aparício, teu mano, deu aquela corrida em Jatobá. Ninguém pode com Cazuza Leutério, e ainda por cima de tudo, me chega este mestre com intenção de me matar. Mas eu hoje boto aquele cachorro para fora. O negro Glicério está chegando numa hora desta.

Bento verificou que o estado de cabeça do capitão era de desequilíbrio completo. Bem sabia ele o que era aquilo. Viu assim a sua mãe, com a ideia plantada na cabeça, incapaz de ouvir uma palavra, e sempre com as mesmas palavras. Deixou-o e foi às carreiras prevenir o mestre.

— Qual nada, menino, conheço estes doidos todos. Ele fala de mim como brabo e chega pro meu lado diferente. É mais caduquice. velho besta como este nunca vi.

E continuou no trabalho. Terto preparava as palhas para os garajaus de rapadura, assobiando uma polca antiga.

— O diabo daquele caboclo nem parece irmão do outro. Nunca vi sujeito tão mole. Mas menino, eu vou te dizer uma coisa. Não fico aqui nem um mês. Estou vendo as coisas de mal a pior. Eu sei que tu tem a tua vida pegada por outro lado, porém eu te dou o meu conselho. Vamos pro Brejo. Não é por interesse que eu te falo: case ou não com a menina, tu não deve ficar aqui. E vou te dizer por que: tu tem os teus irmãos no cangaço e agora o meu filho se meteu no meio deles. Aqui, neste sertão, homem não tem garantia nenhuma. Mandar, só manda mesmo este homem de Jatobá.

288 • José Lins do Rego

Saindo dali, é gente do calibre desta galinha velha. Vêm os cangaceiros, vêm as volantes, e quem não tem nada com o peixe pode, de uma hora para outra, se desgraçar. A minha velha está em cima da cama, mas não tem nada não, vou embora desta desgraça.

À tarde saíram os dois e, quando foram chegando na estrada, passava um comboio de matuto. Vinha na frente o comprador de rapadura Chico Lopes. Viu Bento, entre os homens, uma cara que ele conhecia e não sabia de onde, e enquanto Chico Lopes conversava com o mestre, o tipo voltou-se para Bento, indagando:

— Rapaz, me diz uma coisa, não é aqui que nasceu Bem-Te-Vi?

Pela voz Bento reconheceu o homem de cabelos quase que caindo pelos ombros, e gritou para ele:

— Não é o seu Dioclécio?

— Ah, rapaz, tu me conheceste de onde?

Viu Bento que corria perigo.

— Nem sei mesmo, mas estou certo de que se trata do cantador Dioclécio.

— Sou o dito cujo, rapaz, mas tu não me respondeu a pergunta. Aqui não é a terra de Bem-Te-Vi, o menino do grupo de Aparício que o tenente Alvinho capturou? Pois me disseram que o tal tinha vindo da fazenda do velho Custódio.

Aí o mestre apareceu na conversa. E Dioclécio continuou:

— Pois eu só vim por estes cantos para conhecer a terra do menino. É um tal de Zé Luís. O sertão todo está falando dele. Ora, aconteceu que o tenente Alvinho deu um fogo no coiteiro Nô de Doninha, e lá estava Bem-Te-Vi, na cura de um ferimento. As folhas de Recife só falam dele. Dizem que é mais ruim que uma cascavel. Menino de dezoito anos, com mais morte nas costas do que anos de vida. O cantador Lourival já fez o á-bê-cê sem saber de nada. Peça ruim.

— E o rapaz está bem? – perguntou o mestre.

— De saúde perfeita. Pois não é que sozinho resistiu duas horas de fogo? Só pegaram quando não tinha mais nenhuma bala. E ainda brigou de punhal.

Os matutos queriam seguir a viagem. Dioclécio falou-lhes:

— Manos, muito obrigado. Tenho que parar por aqui mesmo. Estou no encalço da vida de Bem-Te-Vi, e cantador não tem parada.

Ficou com os dois. O mestre indagando do filho e o cantador dando notícias.

— Mas, rapaz, donde eu te conheço? Estou vendo que já te vi, não sei onde. Aparício me pegou nas caatingas de Exu, e me obrigou a cantar a noite inteira. No fim ele me disse: "Dioclécio, como tu só conheci coisa melhor: foi Inácio da Catingueira". Foi aí que vi o tal Bem-Te-Vi. Era um menino, de buço no beiço. Falei com ele e soube de tudo. Estava no cangaço para vingar a morte do pai. Me deu o nome de Zé Luís. Sei de tudo da vida dele, e vem Lourival e faz aquele á-bê-cê. Bicho mesmo jumento.

O mestre ficou inquieto e apressou o passo:

— Meu amigo, pode ficar aqui para pernoitar. A casa é sua.

Alice ficou desconfiada com o desconhecido e meio arisca com Bento. Logo, porém, que soube que o cantador tinha notícia de Zé Luís, ficou para ouvir o seu falatório. Dioclécio arrancou da viola para as suas cantorias. A voz fanhosa encheu a casa de música. A velha Aninha falou alto, da camarinha:

— Menina, quem está tirando estas modas?

— Mãe, é um moço, de viagem.

290 • José Lins do Rego

Depois Dioclécio ficou falando com Bento.

— Está me dizendo a mente que eu te conheço de um lugar distante. Tu não é filho destas paragens?

Bento reagiu, mas teve vontade de contar tudo. Botou o corpo fora, mas Dioclécio insistiu.

— Eu te conheço, rapaz. Esta cara não me é estranha.

Depois procurou ainda conversar mais sobre Bem-Te-Vi.

— Deu-me na veia contar a história do menino. Tirei umas histórias sobre a façanha do tenente Alvinho. Soube de tudo pelo cabo Queixada que me contou, na feira de Jatobá. Este tenente deu loas para encher as folhas do Recife, vi até o retrato de Bem-Te-Vi. A cara não enganava e a história que contaram nos jornais é mesmo danada. Contaram o cerco do coiteiro. O diabo do menino, de rifle e punhal, só se entregou quando não tinha mais uma bala. Me contou o cabo que o pai de Bem-Te-Vi é um homem do Brejo, com mais de vinte mortes nas costas.

Aí Dioclécio voltou à viola. O mestre e Alice se chegaram para a porta e ele pinicou o instrumento e começou a cantar. Vinha de longe, vinha falando do pai, da família toda. Bem-Te-Vi vivia quietinho no meio de seu povo, o pai estava em descanso, depois de tantas tropelias. E foi quando apareceu uma força de Pernambuco, entrando de Paraíba adentro, e foi mesmo cercar a casa do homem. Fizeram o diabo com a família, mataram o chefe, reinaram com a mulher, ofenderam a filha e foi por isso que Bem-Te-Vi caiu no cangaço. A voz de Dioclécio tinha dolências, gemia para depois erguer-se, como cabeça de cheia, e rugia na raiva do menino, que procurava vingar a morte do pai. E contava os combates, todos os fogos de Bem-Te-Vi, atrás do tenente de Pernambuco que lhe desgraçara a família. Não tinha mais de dezesseis anos e era uma onça, uma fúria de bicho

Cangaceiros • 291

nas caatingas, nos lajedos, nas estradas. A viola parou. Dioclécio sentiu o silêncio que se fez na casa. O mestre levantou a voz e lhe disse:

— Cantador, tudo que tu cantou não é verdade não. Este menino é meu filho e esta é a minha família. Nunca matei homem nenhum por matar, tenho duas legítimas defesas e quem quiser saber a verdade que vá ao Brejo de Areia. Matei, não nego, mas fui a júri e me livrei, sem um voto contra.

— Mestre, isto é história de cantador.

— Sim menino, sei que é lorota de cantador, mas termina virando verdade. Este menino, meu filho, saiu de casa por via de uma besteira que fez ali, na bodega do seu Leitão. Briga boba. Se fosse no Brejo, estava livre pelo júri, mas deu na cabeça de ganhar o mundo.

Dioclécio arregalou os olhos:

— Mas Bem-Te-Vi é vosso filho? Quem havia de dizer!

Lá de dentro a voz da velha Aninha ergueu-se, vibrante:

— Zé Luís não tem nada de assassino, rapaz.

— O senhor me desculpe – foi dizendo Dioclécio —, tirei estas trovas porque me contaram o fato.

A viola parou. Houve um certo silêncio, um tanto constrangido, até que Bento convidou o cantador para sair.

— Olha, rapaz, nunca me aconteceu coisa assim. Sou cantador há mais de vinte anos, e só hoje venho encontrar um fato deste. Pode ser que este Bem-Te-Vi não seja o mesmo. Esta família deve estar iludida. O rapaz de Aparício não é este não. Porque o povo não mente. Este Bem-Te-Vi é mesmo como está na minha cantoria. Este velho não sabe de nada. As folhas de Recife contaram tudo. Eu vi a cara do cangaceiro e a história escrita, quem leu para mim foi o Cirilo, caixeiro da loja do major Amâncio, em Tacaratu. O menino mesmo contou a história inteirinha, tal qual eu botei nos meus versos. Mas rapaz, eu te conheço. Estou certo que já vi esta cara. Tu é também do Brejo? Bento quis recuar outra vez.

— É verdade, eu também me lembro do senhor.

— Mas vem cá – disse-lhe Dioclécio —, tu já não estiveste na vila do Açu, na casa do padre? Ah, menino, esta cabeça não falha! Te conheci lá mesmo, tu era croinha, e pelo que eu ouvi falar, tinha um mano no cangaço. Ah, menino, é tu mesmo. Tu é irmão de Aparício. E o que é que tu está fazendo por aqui?

Bento, sem jeito, não pôde fugir do cerco de Dioclécio, mas temeu sabendo que, caindo na boca de um cantador, estava na boca do sertão. Calou-se. Mas Dioclécio foi continuando:

— Rapaz, tirei um á-bê-cê para a tua mãe e para o teu mano Domício. Fiz coisa caprichada, e posso me gabar que, neste sertão todo, não há quem faça peça melhor. Fiz o teu mano Domício chorar, na fazenda de Caetano Calisto, bem perto do Crato. Aparício tinha chegado com o bando depois da bênção do meu padrinho padre Cícero. Foi numa festa do velho Caetano, eu havia chegado de viagem, e estava meio desarvorado, tinha cantado um desafio com aquele cachorro Luís Meia-Noite, negro desgraçado no repente. Levei dois dias e meio para derrubar aquela peste. Bicho forte. Mas como eu ia te dizendo, me chamaram para cantar para o grupo. Cheguei na sala e Aparício parecia um rei. Nunca vi tanto anel no dedo e o homem cheirava como um pé de flor. O teu mano até engordou, pois tinha visto ele no ano de 1920 e nem parecia aquele que estava ali. Naquele tempo era magro e me pegou na caatinga, me obrigando a cantar a noite inteira. Quando cheguei na sala, ele falou para o major Caetano: "Este não é o cantador Dioclécio?" Abri a boca para cima dele, e fui logo com o á-bê-cê sobre a velha mãe. Ah, botei toda a alma, contei a história do

Cangaceiros • 293

Açu, os sofrimentos dos Vieira, a desgraça do santo da Pedra. Aconteceu o que ninguém nunca tinha visto. Aparício chorou, rapaz, saía água de seus olhos como dos lajedos da caatinga. Ah, rapaz, vou cantar para tu ouvir.

E pinicou na viola. A mãe dos cangaceiros lá estava na história, sofrendo pelos filhos e sofrendo sem parar. A família vivia num pé de serra e a força do governo chegou como fera, para acabar com eles. Deram no pai até matar e quebraram tudo. Então a velha levantou a voz e disse para os filhos: "Vingança, meus filhos, vingança". Feito isto, começou a obra dos Vieira, e veio depois a história do santo da Pedra e aí Aparício saiu pelo mundo para vingar a morte do pai. E ela sabia de reza, sabia fechar o corpo das criaturas, sabia curar as feridas, só se lembrando dos filhos.

Bento não aguentou, pediu para Dioclécio parar, lágrimas vieram a seus olhos e o coração partido de dor.

— É isto, menino, eu sei tocar no coração do povo. Fiz Aparício chorar e é mesmo que ter feito uma pedra gemer. Ele me chamou para perto, e me deu uma nota de cem mil-réis. O teu mano Domício saiu comigo para o lado de fora, e me pediu a viola. Bicho bom no dedilhar! Ficamos na conversa, lá por debaixo de um tamarino. Ele cantou para mim. Tem voz de salão. E me cantou umas loas de primeira. Falei com ele da história da Pedra e cortou conversa. É, aquele bicho não tem coração de cangaceiro. Pelo que ouvi contar, tem ele qualquer coisa doendo, lá por dentro. É capaz de ser história de mulher, de amor acabado. Homem quando canta daquele jeito é porque tem ferida aberta dentro do peito. E tu, que está fazendo por estas bandas? Olha, rapaz, se as volantes te descobrir vai te pegar para se vingar de Aparício. Este tal do capitão Custódio sabe de tua vida? Pois eu te digo, se fosse comigo não ficava aqui. As volantes qualquer dia chegam e vêm fazer desgraça, e te descobrindo, vai levar para as folhas do Recife. Um mano de Aparício vai dar galão a tenente metido a besta. Aquele safado do tenente Alvinho, que eu conheci cabo do destacamento do Brejão, está feito homem brabo, com três galão no braço, por causa da prisão de Bem-Te-Vi. Conheço estes brabos aqui do sertão. Tu não te lembra daquele alferes Teófanes que pegou Antônio Silvino? Pois, nunca vi bicho mais mofino. E hoje está até no comando, feito major. Rapaz, este teu criado não é homem de mentir, nem homem de visagem, por isto eu te aconselho: deixa esta merda e vai para longe. Este sertão não tem pena de ninguém, e tu não tem calibre para cangaço. O melhor mesmo é cair no mundo. Aparício está com força de governo, neste sertão. Tu pode se pegar com um coronel destes e ganhar outras terras. Rapaz, estou precisando de pouso, não será que lá na fazenda não tem um lugar para armar esta minha rede?

Saíram os dois. A noite enchia o caminho de negrume. Foram andando e Dioclécio voltou a falar:

— Aquele velho, pai de Bem-Te-Vi, me pareceu homem de arrojo; é brejeiro. E estes brejeiros têm muita goga. Veio para cima de mim, com aquela história de júri, está crente que matar não é nada. Basta ir a jurado. Eu te digo: a história de Bem-Te-Vi só pode ser verdadeira, filho de gato é gatinho.

Foram subindo a ladeira. Bento ia se sentindo outro ao lado de Dioclécio. Uma coisa lhe dizia que desta vez podia falar com uma criatura sem medo. Falou do noivado:

— Seu Dioclécio, eu estou de compromisso com a filha do mestre Jerônimo e é isto que me segura por aqui. É moça muito boa e já dei a minha palavra. Preciso sair deste buraco, mas vou até lhe falar com franqueza, nem sei como, porque irmão de cangaceiro não tem vida garantida em parte nenhuma.

— Rapaz, por que não te junta com os homens que estão saindo para o sul? Estava em Tacaratu um sujeito caçando gente para isto, é só ter disposição. Mas vem cá: este capitão Custódio, pelo que eu ouvi falar, é um velho puxado a gira? Velho sem ação. Teve um filho que foi rapaz macho, mataram ele na feira de Tacaratu, obra de uns cabras do coronel Leutério.

Quando chegaram lá em cima, Terto estava na porta do quarto, à espera de Bento. Agora via a lua clareando a casa-grande, espichando-se pelo curral quase vazio:

— Bento, o velho está nos azeites. Já deu grito na negra e apareceu de tardinha, armado de garrucha, dizendo que era bala para o mestre Jerônimo e estava perguntando por tu. Não sei não, mas isto não termina bem.

E vendo Dioclécio:

— É viajante?

— Vem dormir aqui, é o cantador Dioclécio que está de rota batida para Jatobá.

Ouviram uns gritos. Devia ser o capitão.

— Seu Dioclécio, pode se aboletar na casa do engenho. Eu vou ver o que tem o capitão.

E saiu. Encontrou o velho sentado na espreguiçadeira, com as pernas estendidas sobre um tamborete. A luz da lamparina caía sobre a sua cabeça. Vendo Bento, olhou-o fixamente. A barba caía-lhe em desalinho pelo peito ofegante.

— Boa noite, capitão.

Deixou ele escapar um gemido.

— É, menino, isto já faz mais de quinze anos. Eu estava ali, mesmo aonde tu estás, e Mocinha me chamou. "Anda, vê, Custódio", e eu vi uns cabras trazendo um defunto na rede. Era o meu filho, sim, o meu filho morto, todo furado de bala e de punhal. O diabo desta perna não me deixa fazer nada. E agora

296 • José Lins do Rego

está aí, este assassino me botando tocaia. Já disse hoje àquele caboclo Terto: "Boto abaixo aquele cachorro. Não pense que me entrego. Morro, mais deixo um de dente arreganhado."

E como se lhe voltasse o senso crítico, parou de falar, baixando a cabeça e era outra vez o capitão Custódio arruinado.

— Mas capitão, está aí um cantador, de viagem, que me pediu para dormir com a gente. Queria saber se vossa senhoria dá ordem.

— O quê?

Bento repetiu.

— Ah, pode ficar, menino.

A negra apareceu:

— Seu Bento, o capitão não devia fazer o que está fazendo. Passa o dia sem parar e quando é de noite, nem dormir ele dorme.

O capitão não ouvia a negra. De repente voltou-lhe a fúria, os olhos se arregalaram e foi dizendo:

— O teu mano Aparício correu de Cazuza Leutério, o governo corre daquele cachorro. Corre todo mundo, menos este velho aleijado. Tu podes sair por aí afora e dizer; diga mesmo a este cantador espoleta que o capitão Custódio dos Santos é filho de homem macho. Sim, pode mandar este sujeito dizer o que ele quiser. Pode espalhar no sertão o que quiser, aqui está para me vigiar. Sei que é para isto. Toda esta cambada só faz o que Cazuza Leutério quer. E tu, menino? Tu te prevines com aquele mestre Jerônimo, ele te mata.

Bento retirou-se e encontrou Dioclécio de conversa pegada com Terto.

— Rapaz, me disse ele que é irmão de Corisco, pois se é verdade o teu mano é homem e tanto. Vi ele no grupo bem perto de Aparício, é um caboclo bem parecido e ninguém dá a idade que tem. Mas Corisco não é filho deste lugar? Me contaram que tem sangue dos caboclos de Vila Bela. Fiz uns versos para ele, cantei para o cabra ouvir e o bicho molhou os olhos de lágrimas. Também eu puxei, no caso do pai que mataram, da mãe que apanhou de cipó de boi, das irmãs que ofenderam. Tudo foi obra do tenente Josué. Corisco pediu para eu parar. Só tinha eu e ele no momento. Piniquei a viola e o cabra me disse: "Mestre Dioclécio, me faça um favor, pare com isto". A voz do homem estava movida, não quis mais nada com ele. Isto se deu no mês de Santana, do ano de 1926. Três dias depois Aparício deu um cerco na fazenda Forquilha de Zeca Firmino. Foi uma desgraça: caparam um filho do fazendeiro, um rapaz que se meteu a brabo, e nem ficou moça donzela. Até uma menina de dez anos aguentou o repuxo. Me disseram que Corisco estava com o diabo neste dia. O negro Vicente perto dele é uma dama.

Terto ouviu tudo sem uma palavra. E quando o cantador suspendeu a fala, o caboclo chegou-se mais para perto.

— Seu Dioclécio, eu sei que o senhor sabe de tudo, mas o senhor me podia dizer uma coisa: Corisco não lhe falou do povo dele?

— Depois que ele ouviu a minha cantoria, me deu calado como resposta. Saí de perto do homem, porque, para te falar com franqueza, a cara do tipo não era para folguedos.

Espichado na rede, dedilhando a viola, se pôs a cantar assim com a doçura do passarinho na boca da noite. A voz baixa foi tomando conta de tudo. Cantava Dioclécio a história da moça Leocádia morta de amor pelo vaqueiro do pai, fazendeiro de coração duro, os dois se amavam tanto que nem viam que o velho estava de olho em cima, e lá um dia mandou pegar o rapaz, e com dois cabras do Pajeú arrancaram as partes dele com faca de capação de novilho. Aí, a moça gritou para o pai: "Pai desgraçado, me mata, aqui dentro, o filho que ele me deixou, me arranca de dentro de mim o amor que ele me tinha". A mãe se grudou com a filha e o velho bufava como um demônio e partiu para cima da moça para cortar ela, de lado a lado. Foi quando cantou no beiral da casa um beija-flor, que não é passarinho de cantar. Cantou de tal maneira que tinha voz de gente de verdade. O velho parou e os cabras tremiam de medo. O beija-flor cortava coração com tamanha tristeza. Aí o velho caiu morto.

A voz de Dioclécio se sumia no gemer da viola. Depois ele parou e Terto foi indagando:

— Seu Dioclécio, isto não é devera, não é?

— Devera é, rapaz, porque história que a gente canta não tem nada de mentira.

Mais tarde, Bento começou a fazer suposições sobre a conversa do cantador. Melhor seria mesmo tomar os conselhos dele e ganhar o mundo para sempre, deixar tudo para trás. Remexeu-se na rede e não encontrava lugar para o corpo agitado.

— Tu ainda não pegaste no sono, rapaz? Também eu, não sei o que me dá. Viajo por este mundo afora mas um dia me dá esta coisa. Fico de olho arregalado uma noite toda. Tem até lua lá fora.

Abriram a porta e os dois ficaram na conversa:

— Rapaz, não estou falando por falar, mas tu deve deixar esta terra. Um dia vai dar volante por aqui, e quando descobrirem que tu é mano de Aparício, está feita a desgraça. Vão te levar para amostra e fazer o que estão fazendo com Bem-Te-Vi.

— Pois seu Dioclécio era no que eu estava mesmo pensando. Mas eu tenho uma moça apalavrada para casar, eu não posso sair assim. Dei a palavra e tenho que ficar mesmo

Cangaceiros • 299

onde estou. Perdi aqui a minha mãe, o senhor nem pode avaliar o que foi. A pobre perdeu o juízo e terminou se enforcando.

— É, rapaz, tu vai te arrepender. Volante não tem coração, vai entrar nesta fazenda e vai arrasar tudo e este mestre Jerônimo devia armar os trastes e fugir para outras terras. É pai de cangaceiro. Estou vendo chegar a hora de entrar tenente por aqui, e levar tudo para o Recife. Vou te contar um fato, acontecido com a gente de Cobra Verde. Isto se deu, não faz muito tempo, e não foi ninguém que me contou. Eu vi com estes olhos. A tropa do Zé Pinto descobriu a família do pobre e deu assalto na casa. Olha que, lá dentro, só tinha mesmo mulher. De homem só havia um menino de doze anos. Fizeram o diabo. Deram tiro. Lá de dentro não responderam nem uma só vez, e de madrugada foram encontrar as pobres deitadas no chão. Tinha duas moças donzelas e os soldados arrasaram as moças. Aconteceu que eu vinha para a fazenda Aurora, do capitão Faustino Lopes, ouvi o tiroteio e disse para mim: "Vou parar aqui, aquilo é fogo de cangaceiro". Não preguei olhos. Estava debaixo de um umbuzeiro grande, e quando o sol apertou, eu fui andando. Nem te conto. A casa do desgraçado ficava na beira do caminho. Vi o fumaceiro, fui ver de perto. Tinha ainda viva uma moça, mas estava descatembada. A volante tinha feito um serviço de cangaceiro. Olha, rapaz, este sertão vive assim nesta peitica: quando sai de cangaceiro é para ficar com os soldado. Eu não estou fazendo medo não.

A lua estendia pelos altos, cobrindo de alvura os arvoredos parados. Não se ouvia um rumor de gente viva.

— Seu Dioclécio, eu não vou não. Se amanhã o mestre sair, saio com ele, tenho noiva, eu não vou deixar que ela fique sem amparo neste mundo.

Calaram-se. Após alguns instantes Dioclécio voltou:

— Rapaz, estou ficando velho neste ofício de cantador, e nem tenho onde cair morto. Vivo de feira em feira, de fazenda em fazenda, fazendo o povo escutar as loas que me saem do coração e nem tenho uma muda de roupa. Sina desinfeliz. Minha mãe me dizia sempre: "Menino, cuida de outra coisa". E não ouvi. Só ouvia mesmo esta agonia, esta vontade de correr mundo, de abrir a boca no mundo. Mas eu te digo: esta viola tem me dado consolo. Ah, isto sim! Estou te dizendo que tem, e não é para fazer inveja, eu também não invejo a riqueza de ninguém.

— Seu Dioclécio, e a história do velho do Monteiro, casado com mulher virgem?

— Não me fale nisto, hoje ainda eu sinto na boca o gosto daquele beijo. E os cabelos daquela morena, como cheiravam! Mas tem mais. Isto já faz muito tempo. Andava eu desiludido da vida. Tivera, em Campina Grande, um desgosto muito sério. Não sei como me vi cercado por dois cantadores de Teixeira, e me botei para os cabras, tendo a certeza de arrebentar os cachorros. Mas qual, o povo cercou a gente e a luta pegou, de manhã. Quando foi de tarde, eu já não tinha força na língua, os cabras me entupiram direitinho. Foi assim, com esta tristeza, que eu saí com destino a Soledade. Parei numa venda à beira da estrada e um homem me disse: "Mestre, tem uma festa lá em casa e eu queria que vossa mercê fosse fazer umas figurações". Gostei do tratamento do homem e fui com ele. Não devia ter ido. Era um casamento. A filha do homem com um tio, já de idade. Dei saída na cantoria, e parecia que o diabo tinha entrado no meu corpo. Cantei que nem uma patativa da mata. Pois não é que o diabo da menina, uma menina de seus dezoito anos, começou a me olhar, a fazer pinicado de olho? A festa tinha que durar três dias e três noites. Aí foi que dei

Cangaceiros • 301

para cantar, estava amando a moça, a pobre ia dormir com aquele diabo de barba, tipo muito mal-encarado. E os olhos dela, rapaz, pareciam duas rolinhas, tão castanhos que eram, coisa para amolecer inté as pedras. Me esqueci de Campina Grande e dos dois cachorros de Teixeira. Me esqueci de tudo. Me botaram para dormir num quarto com os rapazes de Soledade. As moças debochavam do velho, o diabo era rico, tinha fazenda em Santa Luzia, já tinha matado três mulheres. A menina estava vendida ao tio. Falavam nos cem garrotes que tinham entrado no negócio. Aí rapaz, me deu uma dor no coração que não tinha tamanho. Quisera eu ter a força de Aparício para fazer um serviço naqueles miseráveis. No outro dia botei a viola no saco e fui me despedir do dono da casa. Era mesmo. Não podia ficar naquela casa, nem mais uma hora. A moça ouviu as minhas despedidas. Arrumei a minha rede e saí de cabeça baixa. Pois não é que mal tinha dado umas cem passadas, bem na beira do rio, numa moita de cabreira, ouvi um siu. Voltei-me, e lá estava a moça. Ah, rapaz! eu nem te conto; para que contar uma coisa que ainda me fere o coração? A moça me deu tudo. Este cantador Dioclécio, ainda hoje, tem na boca o gosto daquela boca de bonina.

Parou um instante e continuou:

— É. Numa noite de lua assim, dá vontade da gente correr mundo atrás de uma coisa que não existe.

Ouviram então um grito e a negra Donata apareceu no alpendre:

— Seu Bento, vem ver o capitão que está com ataque.

Um grito mais forte estourou no silêncio da noite. Voaram assustados os pássaros do juazeiro.

15

DIOCLÉCIO DEMOROU-SE AINDA mais dias na Roqueira. O mestre Jerônimo não foi muito com a sua conversa e chegou a dizer a Bento:

— Estes cabras de cantoria não merecem confiança. Conheci um tal Cobrinha, no Brejo, bicho ensinado no verso, pois o miserável não passava de um ladrão sem-vergonha. Tinha estado na cadeia de Mamanguape, em vista de roubo numa venda. Ele e mais outro tipo arrombaram uma casa de negócio.

Dioclécio, porém, não deu atenção às desconfianças do mestre. E ficava o dia inteiro espichado na rede, de viola na mão, pinicando, cantando baixinho, indo e vindo nos versos que compunha. De noite, abria a boca no mundo, e lá vinha com as suas mágoas sertanejas, as cantigas bem tristes que amoleciam os corações como o de Terto, e que doíam nas tristezas de Bento.

O capitão vencera a crise da erisipela e vendo Dioclécio na porta do quarto de Bento, fez sinal para ele, chamando-o.

— Bom dia, seu capitão – foi-lhe dizendo o cantador. — Estou aqui, de parada, nesta vossa propriedade. Estou crente que mereço a vossa amizade.

O velho olhou para Dioclécio e lhe falou de Inácio da Catingueira:

— Soube até que Inácio tirou uns versos com o meu menino. Nem ouvi a cantoria. Pois, foi num dia assim, como este. Eu estava ali na sala, e a minha mulher Mocinha me disse: "Vem ver Custódio, o que vem na estrada". Era uma rede com um defunto. Botaram naquele canto. E vi o meu filho, todo varado de bala e de punhal. O meu menino bem morto,

Cangaceiros • 303

bem morto. E me deram um recado de Cazuza Leutério. Ah, sertão desgraçado! E não apareceu um homem que possa com aquele infeliz.

— Mas capitão, tem que aparecer.

— Não aparece não. Até Aparício correu dele.

— Mas capitão, não tenha dúvida. Aparício tem que voltar. É questão de tempo. O coronel está muito de grande, mas isto acaba. Conheci o doutor Jardim, de Garanhuns, e morreu de baixo. Lá um dia, chega um governo com o cabelo na venta, e dá com ele no chão.

O capitão calou-se e veio chegando o negro Filipe, todo encourado. Vinha de chapéu na mão:

— Seu capitão, estou chegando pra dar uma notícia ruim. Aquele boi de carro de vossa senhoria, o boi Medalha, filho da vaca Bonina, morreu ontem de cobra. Trouxe o couro para vossa senhoria ver.

O velho não ouviu a palavra do negro. Dioclécio foi se retirando. De repente, o capitão voltou-se para o vaqueiro e lhe perguntou:

— Morreu de quê? Não quero saber de suas velhacarias, negro safado. Saia-se daqui.

Bento e Terto voltaram com os gritos, e o negro Filipe não se alterou:

— Veja como anda isto. Venho dar uma notícia ao capitão e eles só falta me dar na cara. É. Mas eu não saio daqui não. Aqui trabalhou o meu pai que foi vaqueiro do velho pai dele.

O capitão já havia saído, arrastando a perna, e foi andando para a banda do açude. O negro continuou na conversa, na porta da casa-grande:

— Chame a sinhá Donata e pergunte a ela. Sou um escravo desta família. Tive um primo carnal que mataram por

304 • José Lins do Rego

via de um mandado de dona Mocinha e vem o capitão com estes gritos. Só aguento mesmo porque estou vendo que o velho está de cabeça moída.

E vendo o mestre Jerônimo:

— Seu mestre, estão gabando muito a sua rapadura. Aqui, na Roqueira, sempre foi terra de boa mercadoria. Inté queria adquirir uma carga para a venda do seu Leitão.

O mestre não lhe deu resposta. O cantador Dioclécio procurou concertar a coisa:

— Mestre vaqueiro, podia o senhor me dizer, esse seu primo que morreu, que nome tinha?

— Chamava-se Leocádio e foi morto na barranca do São Francisco, quando ia a mandado da senhora dona Mocinha, a patroa do capitão.

A conversa parou. O mestre Jerônimo apareceu na porta, outra vez, e falou alto:

— Seu Filipe, eu não quero conversa com o senhor.

— Mas mestre, afinal de contas, o senhor não é o dono da propriedade. Nasci e me criei neste lugar e espero morrer aqui mesmo. O senhor veio do Brejo.

Não acabou a frase:

— Pois, seu Filipe, é o que eu estou lhe dizendo, não estou disposto a bater língua. Já tenho este velho para ouvir as lorotas dele. Está ouvindo?

A voz áspera do mestre e os olhos arregalados pareciam de homem disposto a vias de fato.

— Está certo, mestre, está muito certo, o senhor é quem manda.

E fez um sorriso de deboche na boca de dentes brancos, saindo vagarosamente, a tinir as esporas no chão de pedra. Na porta da casa-grande apareceu a negra Donata e o vaqueiro ficou na conversa, acocorado. O mestre Jerônimo continuou irritado, falando com Bento:

— Menino, não estou gostando da presença deste cantador. É gente que não diz para que veio. É capaz de ser espia das volantes. Cabra que anda de viola nas costas, só pode ser mesmo um traste ordinário.

Bento procurou desviar a raiva do mestre:

— Mestre Jerônimo, estou para lhe falar, porque me chegou vontade de deixar esta terra. A gente podia fazer o casamento e sair quanto antes. As volantes andam fazendo o diabo, e depois tem este caso do Zé Luís. Breve vai bater tropa por aqui.

— É, menino estava também pensando nisto. Falei com a mulher e ela roeu a corda e me disse: "Olha, Jerônimo, deixa primeiro eu morrer. Como vai tu me arrastar por aí afora, aleijada do jeito que estou?" Tive pena da mulher e vou te dizer: não acredito que uma força do governo venha fazer mal a quem não tem culpa. Fui a dois júris. Tenho a consciência em paz. Não tenho crime nas costas.

— Mas, mestre, o senhor não está vendo o que a força tem feito por aí? Estão arrasando o sertão.

O mestre calou-se. Bem sabia ele que o rapaz tinha toda a razão. No outro dia começaria a moagem. Pusera a Roqueira pronta para uma safra regular. Apesar de todas as maluquices do capitão, o ano ia ser o melhor dos últimos tempos. Depois que o rapaz saiu, o mestre se pôs a pensar com pessimismo na vida. O rapaz tinha toda a razão. Não dera o braço a torcer para não dar parte de mofino. Sabia, ao certo, que a história de Zé Luís não tinha terminado.

O capitão voltou do açude e passou pela casa do engenho, olhando para tudo, arrastando a perna, mas indiferente à presença do mestre. Aquilo era um maluco, pensou o mestre, e não levaria em conta aqueles modos de quem não pensava direito. Mas olhando bem para os fatos, assim as coisas não podiam continuar. O diabo do velho andava falando mal dele, dizendo besteira a Terto. Um dia aquela maluquice podia dar em coisa feia. Se a mulher não estivesse em cima da cama, teria dado um jeito. O melhor era mesmo fazer o que Bento lhe tinha sugerido. Sair daquele calcanhar de judas e ir morar em terra de gente. Enquanto preparava as correias para a almanjarra, as saudades do Brejo foram chegando. Não devia nunca ter saído de lá. Só viera por causa da família. A sua menina Alice não podia ficar sujeita a ter um pai na cadeia, à espera de mais um júri. Tinha certeza de que, se tivesse ficado no Brejo, matava ou morria. Apesar de tudo, naquele instante mostrava-se arrependido. O doutor Cunha Lima lhe disse quando ele foi lhe dar a notícia da viagem: "Compadre Jerônimo, não vá fazer besteira. Vá ficando por aí. O que acontecer é porque tem que acontecer." Mas não quis ficar. E naquele sertão perdeu o filho, somente porque não contou com proprietário capaz de garantir o morador, capaz de mandar no júri, e soltar os seus homens. Aquele rapaz, Bento, tinha se engraçado de sua filha. E era de gente do cangaço, irmão de Aparício, um bandido que matava para roubar. Nada tinha que mostrasse semelhança com o outro. Parecia um tanto mole, um tanto acanhado. A menina gostava dele e bem podia ser um bom marido, cordato, sem bebedeira, só do trabalho. Mas era irmão de cangaceiro. Mais cedo ou mais tarde, o governo ia saber do parentesco e vinham as perseguições. Se ficasse, havia de acontecer uma desgraça. O melhor era voltar para o Brejo. Viesse o que viesse, pelo menos tinha um homem para lhe garantir. Se fosse a júri sairia livre, com o seu direito e a sua razão defendidos por quem sabia dizer as coisas. Apareceu Terto para lhe falar:

— Mestre Jerônimo, o capitão hoje está nos azeites. Chegou para junto de mim e foi me dizendo: "Caboclo, estou de olho no tal mestre. Se o cabra me disser um tanto assim, mando o bicho pros infernos."

— Vá trabalhar, rapaz, não está vendo que o velho está de miolo mole?

Dioclécio, espichado na rede, pinicava a viola cantando baixinho. E Bento saiu atrás do capitão. O velho tinha voltado para as bandas do açude, e ficou parado, olhando à toa, como se estivesse à procura de qualquer coisa que não chegava. Mal viu o rapaz fez-lhe sinal.

— Olha, menino, eu estava ali na casa-grande quando Mocinha me chamou: "Custódio, olha para a estrada", e eu vi uma rede com um defunto. Botaram no copiá. Era o meu filho todo varado de bala e de punhal. Tinha sido obra de Cazuza Leutério. Enterrei o bichinho, lá em cima, e depois a mãe morreu de desgosto. Tudo porque eu sou um mofino, um sertanejo sem honra.

Os olhos banharam-se de lágrimas:

— E veja mais, estou aqui nesta desgraçada fazenda, e me vem aquele mestre para me espiar, para me fazer uma traição. Menino, nem posso mais viver no meu canto. E só porque Cazuza Leutério pode mais que o governo e os cangaceiros. O teu mano Aparício correu dele, e até força de linha tem em Jatobá, para ajudar aquele miserável. Ah, menino! este velho Custódio dos Santos ainda tem que fazer uma no mundo. Até aquele caboclo Terto está me olhando atravessado. É capaz de estar na traição. Não faz muito tempo, passei pela boca da fornalha e o diabo me botou um rabo de olho de cachorro. Tu não viste aquele vaqueiro Filipe? Esteve aqui a mandado, tenho certeza, ele veio a mandado. É, mas fica certo que este velho não vai morrer assim como carneiro. Qual nada! O teu mano Aparício correu de Cazuza Leutério, o governo não teve força para ele. Mas eu conheço um que vai ter. Este sertão todo vai conhecer. Ah, vai.

Parou de falar. Os olhos fundos quase que não se abriam para a luz do sol que vinha caindo para o poente. Por cima do açude baronesas cobriam-se de flores azuis, os patoris gritavam no mormaço do dia de céu limpo. Bento não pôde articular uma palavra, viu lágrimas nos olhos do velho e imediatamente lembrou-se de sua mãe, assim como ele aluado, vendo inimigos por toda a parte, roída de um ódio contra o nada. Baixou a cabeça e os seus olhos molharam-se de lágrimas. Virou o rosto e desceu para o açude e de lá só saiu quando não mais viu o velho. Afinal de contas, ele também não era um homem de ação. Tivera pouca franqueza de falar com o mestre, não podia mais viver naquele lugar. Viu um cargueiro que se aproximava pela estrada que dava na entrada do engenho. Reparou mais detidamente, e verificou que era um matuto. Andou para perto da casa e reconheceu, de longe, o Beiço Lascado. O capitão já falava com ele. Temeu que o velho estivesse dizendo o que não devia, mas, para seu espanto, o capitão Custódio não era o mesmo dos minutos antes. Beiço Lascado trazia recado de Aparício. Havia uma carga de munição na fazenda de Totonho Medeiros no município de Floresta, à espera de entrega. O capitão queria o serviço feito no mais breve tempo possível. O grupo estava precisando de bala, pois tinha perdido muita coisa no tiroteio com o major Lucena em Água Branca. O velho foi falando com a maior calma:

— Pode dizer ao capitão do estado de saúde em que me acho. Com esta perna no estado em que está, não estou podendo montar a cavalo. Tenho aí três contos do capitão para o pagamento da encomenda. Aí está este menino, mas estou certo de que não vai fazer o serviço direito. Isto de carregar munição é trabalho arriscado e de muito capricho. O sertão está cheio de volantes.

O mensageiro ficou para sair no outro dia e o mestre Jerônimo quis logo saber de onde ele vinha. Beiço Lascado informou ao mestre:

— Estou atrás de semente de algodão para revender no sertão da Paraíba. Mas dei uma viagem perdida.

O mestre fechou a cara e foi adiantando:

— Meu senhor, por aqui não há nada que preste. Mocó bom, só mesmo do Seridó.

Beiço Lascado desconfiou. Bento e Dioclécio chegaram para a conversa. Falaram das obras dos açudes no Ceará. Tinha chegado maquinismo de todo tamanho para o serviço e os engenheiros estavam virando o Ceará e a Paraíba de papo para o ar. Depois o mestre saiu com destino à casa. E Bento chamou Beiço Lascado para uma conversa mais à vontade. O homem pôde falar do grupo, com vagar. Aparício tinha voltado do padre Cícero e ficou parado, em Sergipe, tratando-se de uma febre que trouxe do Araripe. Ficou bom, mas não parecia o mesmo. Tinha agora com ele uma mulher no grupo, uma tal de Josefina, mulher dos diabos. Andava armada como os cabras e era de coração duro. Aparício não podia mais viver sem este demônio:

— Olha, até o negro Vicente me disse: "O compadre anda de bicho no corpo. Esta muié tem parte com o demônio." O homem nem está vendo mais nada. A gente perde até o gosto pela vida. O teu mano Domício deu para o triste. Nem corta mais os cabelos. Está assim de monge. Vi ele e nem me voltou a cara para falar; foi o negro Vicente quem me disse: "O rapaz não fala com ninguém, depois que chegou do meu padrinho padre Cirço, deu nele uma macaca dos diabos". É capaz de estar voltando pra rezas. Mas me diz uma coisa: aquele freguês não é o cantador Dioclécio? Tu falaste com ele de Aparício? Toma cuidado, cantador é gente de bucho-furado.

A voz fanhosa do homem começou a fazer mal a Bento. Não lhe saía da cabeça a figura de Domício, de cabelos de mulher, fechado naquele silêncio que ele conhecia. Lembrou-se da mãe. Ela bem que dizia: "Domício não é menino de cabeça forte, Domício tem coração mole".

E quando ficou a sós, depois daquela conversa com Beiço Lascado, andou para as bandas do açude. Vinha chegando a tarde. O baticum do martelo do mestre, na tacha, estrondava no fundo do vale, ia a uma distância enorme para voltar aos seus ouvidos na surda resposta do eco. Bento botou as coisas nos seus lugares. Como obedecer às ordens de Aparício, com o velho naquele estado em que estava? A viagem seria perigosa. As volantes passavam pela estrada, numa vigilância agressiva. Não escapava ninguém. Teria que ir a Floresta, atrás daquele fazendeiro Totonho Medeiros. Sem dúvida, Aparício não quisera se arriscar por aquelas bandas. Lembrou-se muito bem da viagem a Bom Conselho, ainda com o capitão Custódio bom da cabeça. Correram perigo, quase que o tenente pusera as mãos em cima deles. Aos poucos, porém, foi se esquecendo de Aparício. E quem estava em sua frente era o irmão querido. Pelo que lhe dissera Beiço Lascado, o pobre estava como nos tempos do santo da Pedra. Era mesmo a sina da família. A velha que tinha uma cabeça tão firme, um coração tão bom, terminou variando, de espírito atuado, vagando como uma doida, possuída de ódio e de rancores. Era a sina dos Vieira, o sangue corrompido dos que haviam traído os antigos. Voltou desesperado. Dioclécio, espichado na rede, tangia as cordas do pinho, na maior paz deste mundo. E quando viu Bento foi logo lhe dizendo:

— Este tal do mestre Jerônimo, tenho para mim que é um homem pedaço de mau caminho. Rapaz, toma assento no que eu te digo: brejeiro, quando dá para ruim, ninguém pode com ele. Olha que tenho tido chamado para o Brejo, mas lá não ponho os pés. Estou aqui neste lugar, não fui aperreado pelo dono da terra, tu me trata como amigo e vem este sujeito e não me encara como deve. Tem ele um filho no cangaço e está pensando que já é gente, de fato.

E baixinho começou a cantar. Bento lembrou-se ainda mais de Domício e lhe falou das notícias do irmão:

— É mesmo, bem que sei que teu mano não dá para viver de rifle. Tu me contou que ele tocava viola e que inté tirava estrofes com o coração doído. Vi ele no grupo e logo disse para mim: "Aquele não tem calibre de cangaceiro". Depois me disseram que no fogo era mesmo que uma caninana. Não sei não, rapaz. Pois pra mim foi difícil acreditar. Não era que o teu mano fosse assim como os outros que tenho conhecido, gente de fala mansinha, como lã de barriguda, e com ninho de cascavel dentro do corpo. Não era não. Ele falou para mim, e quando me pediu a viola para tirar uns acordes era, direitinho, um homem como tu e como eu, como este caboclo Terto. Me enganei com teu mano. O cabra Sete Léguas me contou dele coisas de arrepiar, me dizendo inté que, no fogo, era mais brabo que Aparício. E agora tu me vem com esta história. É sina, rapaz, é fado que o homem carrega, vindo de longe. É vontade de Deus, que não se apaga da terra nem com chuva de seis meses de inverno.

Bento arrumou-se e foi conversar com Alice. Lá chegando, encontrou a casa cheia de gente. A velha Aninha tinha dado um ataque com o mestre na Roqueira. Vieram pessoas de perto. Tinha sofrido ela uma dor nas cadeiras tão forte que deu para rolar pelo chão e depois desmaiou. Deram-lhe um escalda-pé e ela ainda não tinha voltado a si. Estava de urinas presas. Sentiu Bento que a coisa era grave. Alice estava na cozinha, botando água para ferver, e quando viu o namorado levantou os olhos para ele e as lágrimas correram-lhe, copiosas, mal podendo falar:

— Bento, mãe está nas últimas.

Procurou palavras para consolá-la e não teve. Um nó na garganta, como no dia da morte de sua mãe, abafou-lhe as palavras. Só pôde mesmo responder com lágrimas nos olhos. Chorou também, de cabeça baixa. Não queria que os outros o vissem naquele estado. A fumaça do fogão enchia a casa. O mestre Jerônimo chegou-se para os dois e vinha com uma grande dor na voz moída:

— Menina, tua mãe está se acabando, não tem jeito mais não. Assim eu vi a comadre Chica, lá no Brejo. Isto é mal de morte.

A casa foi se enchendo cada vez mais. Até as negras do olho-d'água apareceram. Alice ficou ao lado da mãe, que agora parecia dormir profundamente. De vez em quando lhe saía um gemido, cada vez mais amortecido. O mestre não arredou os pés do lugar onde estava. Lá pela meia-noite pediram uma vela. Ele viu que a mulher morria e ele mesmo acendeu a vela e se ajoelhou perto da cama. E com as mãos pesadas, as duas mãos que tinham matado, chegou para a pobre Aninha que entregava a alma a Deus, e segurou-lhe a mãozinha murcha. E pôs-lhe entre os dedos aquela chama que era como luz que fosse iluminando-lhe a caminhada distante que ia fazer. As mulheres começaram a rezar alto, numa balbúrdia de vozes de todos os timbres. E sobre as rezas, o choro de Alice, muito alto, um choro

Cangaceiros • 313

fino e pungente, na noite de escuridão. Bento saiu para fora. Com pouco mais começaram a clarear as barras. Na madrugada todos os pássaros cantavam e todas as flores do jardim de Alice começaram a cheirar: as boninas, os bogaris, a roseira velha. E mais do que tudo, o pé de açafroa, com o orvalho, desabrochando da cabeça aos pés.

Apareceram Dioclécio, Terto e a negra Donata. Alice criou espírito novo, e, de repente, começou a mandar em tudo. Agora a dona da casa era ela. Dioclécio saiu com Bento para a beira da estrada.

— Vim para cá, quando soube da morte da velha. Afinal este mestre não tem nada que ver com a defunta. Quando chega a morte, só Deus é quem tem poderes. Me disse o caboclo que tu está de casamento com a moça. E foi mais por isto que eu vim.

Bento contou-lhe dos sofrimentos de sinhá Aninha. A história do filho acabara com ela. Boa mulher, muito tinha sofrido com as duas mortes do marido e não se queixava.

— É, rapaz, não sou para dar conselho a ninguém, mas sai desta terra, deste sertão. Leva a moça e foge daqui. Não vai tardar o que estou te dizendo. As volantes, logo que tenham notícia do irmão de Aparício nestas redondezas, vêm no teu rastro.

As rezas das mulheres alarmaram os pássaros, e enchiam de mágoa a manhã de sol. Bento e Dioclécio desceram para a beira do rio, e mais para longe, num pé de oiticica, havia matutos no descanso. Os cavalos, peados, comiam na vazante.

— Aquilo é gente que vem do Brejo.

Chegaram-se mais para perto e Dioclécio falou para um deles:

— Estão vindo de onde?

— Estamos de chegada da cidade de Garanhuns. Tem defunto lá pra cima?

— Foi a mulher do mestre Jerônimo.

— Ah, é. Doutra vez nós passamos por aqui e inté estive com conversa com ela. O mestre já tem dois júris. É homem de boa marca. Vinha disposto a falar a ele sobre um caso acontecido no Brejo. O tal do Laurindo, irmão do finado Casemiro, é com Deus. Morte de doença braba. Deu um cancro, lá nele, na boca, e nem durou dois meses. Este tal de Laurindo tinha jurado acabar com o mestre Jerônimo. Andou de viagem por este sertão com o fim de descobrir o mestre. Tu dá a ele esta notícia.

Os outros matutos preparavam comida. Dioclécio puxou mais conversa:

— E notícia de Aparício? Não anda muito falaço por aí?

— Para falar a verdade, só tem mesmo volante nas estradas. Vi o capitão Alvinho na entrada de Mata Grande e parou com e nosso comboio. Veio com peitica, querendo saber de histórias que nós não sabe. Estão dizendo que Aparício cegou de um olho e que anda com uma feme no bando que é mesmo que uma jararaca. O capitão pegou galão com a prisão que fez de Bem-Te-Vi. E está como dono do sertão. Dizem que nem respeita mais os grandes da terra. Estes oficiais de volante quando pega goga, ninguém pode com eles. Deixa ele que o capitão Aparício lhe faz um serviço no primeiro fogo. Aquele Oliveira da cidade de Sousa andou assim, e levou o diabo no Serrote Preto. Eu soube que o tal Bem-Te-Vi é filho desta terra. Pois é um menino com dezoito anos e tem mais morte nas costas que o negro Vicente. Só pegaram mesmo na traição. Dizem que estava doente, na casa de um coiteiro, e deram um cerco nele! Estava sozinho e brigou com uma força de mais de quinze homens. Até o cantador Dioclécio tirou á-bê-cê do caso. Na feira de Exu tinha um moço cantando um negócio. O capitão Alvinho pegou galão. Tu me pode dar o recado ao mestre? Não quero subir para não ver defunto.

Cangaceiros • 315

Bento e Dioclécio voltaram e foram encontrar o capitão Custódio. Descera ele, de montaria, de rebenque na mão. E sentado numa pedra debaixo do juazeiro, distante de todos, nem parecia que estava para uma visita de nojo. Chamou Bento para lhe dizer:

— Menino, estou aqui mesmo à tua procura. Um recado do teu mano Aparício é ordem para mim. É verdade que ele até hoje não me fez o prometido. Cazuza Leutério está em Jatobá mais dono do sertão do que era. O meu menino está morto e a minha mulher Mocinha morta, à minha espera. Porém sou homem do prometido é devido. Este mestre Jerônimo está, de fato, com marmotas para comigo. Medo eu só tenho dos poderes de Deus. Vim para ajudar a defunta, e o diabo do mestre nem me balançou com a cabeça. É que o bicho está preparando um bote contra mim. Mas vim. Amanheci hoje com vontade de fazer o serviço do teu mano. Desconfio deste tipo que está ali, aquele cantador. Aquilo é traste muito ordinário. Anda no mundo atrás de mulher, fazendo tudo que é desgraça. É capaz de estar espiando a gente.

Bento não teve cabeça para responder ao capitão. E só pôde lhe dizer:

— Capitão, é melhor a gente, amanhã, tratar do negócio com mais calma.

O velho não gostou da resposta:

— É, menino, mas compromisso é compromisso. O teu mano está carecendo mesmo de munição e eu tenho que dar um jeito. Se tu não pode sair hoje, eu vou levar o caboclo Terto.

E saiu para o cavalo. Bento não fez força nenhuma para retê-lo. O mestre apareceu para conversar com ele:

316 • José Lins do Rego

— Não enterro a minha mulher em rede. O ataúde da igreja do povoado tinha ido para um enterro de velho e Aninha está arriscada de não ter caixão.

Aí Dioclécio apareceu com os seus préstimos:

— Mestre, vou falar com o vigário de Tacaratu. Tem lá um caixão da irmandade do Rosário que pode servir.

— Não é dos negros? Não quero não, rapaz, não quero não.

Foi quando apareceu o inspetor de quarteirão para dar um jeito.

— Mestre, não se incomode, vou agora mesmo a Tacaratu e lá tem o caixão do município. A sua mulher não vai se enterrar assim como desvalida.

O mestre agradeceu, enquanto o inspetor chamava dois homens. Saíram com destino à vila. Mas, logo que ele se viu a sós com o futuro genro, não se conteve e desabafou:

— Se tivesse morrido no Brejo isto não me acontecia. Vou enterrar a minha mulher na caridade, como se fosse um traste sem valia. Isto da gente morar em propriedade de homem sem poder, é no que dá. O meu filho fez um ferimento besta e teve que cair no cangaço para não terminar na cadeia. Morre a minha mulher e vai para o cemitério num caixão de desvalidos. Mas é isto mesmo. Quis deixar o Brejo para não matar outro homem e estou reduzido a nada.

Os olhos secos do mestre Jerônimo faiscavam. Bento não teve coragem de uma palavra de consolo e Alice, agora, nem parecia que tinha a mãe morta, dando as providências na cozinha, preparando o café para o velório. Duas velas de cera iluminavam a cara fina da defunta, toda de branco, na mortalha de madapolão, estendida na esteira, no meio da sala. A reza das mulheres continuou noite adentro.

Cangaceiros • 317

16

O CAPITÃO CHAMOU O caboclo Terto e lhe disse:

— Rapaz, o outro não pode me acompanhar. Está no enterro da futura sogra e tem que ficar, para consolar a noiva. Eu tenho que fazer um serviço de precisão, e não posso esperar nem para amanhã. Vai arrear um cavalo com os caçuás, e vamos sair logo. Antes do anoitecer temos que ganhar a estrada para os lados de cima.

No outro dia, quando Bento chegou e não encontrou nem o capitão nem o caboclo, ficou em desespero. Dioclécio acalmou-o. Não daria em nada. O velho, no estado de saúde em que estava, não chegaria ao fim da viagem.

— Menino, só tenho mesmo pena é do caboclo Terto. O velho, com aquela cabeça como está, é capaz de fazer uma besteira e vai desgraçar o rapaz.

Então Bento contou tudo a Dioclécio. Era uma viagem para compra de munição para Aparício. Negócio desgraçado, com as volantes soltas pela estrada.

— É verdade, menino. É negócio brabo. Estou até com receio de ficar nesta terra. Te digo mesmo: o melhor que a gente faz é deixar este lugar. Estou dizendo, vamos ganhar o sertão; eu te levo para um canto aonde tu possa viver sem este aperreio. Tu vai pra longe, lá pras bandas do sul, e ganha dinheiro para ser homem de respeito. Tu tem instrução, tu sabe ler e contar, é homem de préstimo.

Foi Bento dormir com a sugestão de Dioclécio. Não pregou olhos a noite inteira. No outro dia de manhã apareceu o mestre com cara de poucos amigos. Apesar das delicadezas de Dioclécio, que se prontificara a arranjar caixão para sinhá

318 • José Lins do Rego

Aninha, nem lhe deu bom-dia. Quis conversar com Bento, e chamou-o para o lado de fora, saindo-se logo com estas palavras:

— Menino, estive pensando a noite toda e vim para te falar de um negócio sério. Este teu casório não pode ser não. Tu tem irmão no cangaço, eu já tenho um filho no mesmo caminho, e por tudo isto é que a gente deve mesmo seguir cada um para o seu lado. Disse à menina o mesmo que estou te dizendo e ela caiu no berreiro. Chorou mais do que com a morte da mãe. Estou dizendo para tu não ter mais conversa com ela. Decidi isto, e está decidido. Amanhã mesmo vou sair de rota batida para o Brejo. Se for preciso fazer outro crime, tenho o júri para me livrar. Não vou ficar com irmão de cangaceiro, do calibre de Aparício, como genro. Vim aqui para te prevenir, e prevenir como amigo.

— Mas mestre, Alice está de acordo?

— De acordo estou eu. Tive a minha mulher enterrada na caridade, não quero ter filha amarrada na raça de cangaceiro.

O rapaz quis lhe dizer alguma coisa, mas o mestre não lhe deu oportunidade.

— Soube que o velho doido saiu com o caboclo Terto, de estrada acima, rumo de Floresta. Este miserável está metido com Aparício. Sei de tudo. Toda vez que vinha aqui aquele tangerino eu dava para maldar. Depois apareceu aquele fanhoso. Estou num ninho de coiteiro.

E não disse mais nada. Foi ao engenho arrumar as suas ferramentas e saiu de estrada afora. Bento ficou estarrecido com o gesto do homem. Aquilo só podia ser doidice. Ontem tivera aquelas palavras de confiança, e aparecia hoje com quatro pedras na mão. Falou com Dioclécio, contando-lhe o sucedido.

— Rapaz, aí tem uma coisa: tu gosta mesmo da moça? Se de fato tu gosta, vai ser duro de roer. Isto de coração ferido é pior do que bala. O velho tem disposição para a luta e está desesperado com a sorte do filho e pensa, na certa, que tu tem a sina dos teus manos. Brejeiro é povo luxento. A moça gosta de ti, eu bem que vi nos olhos dela. Te comia com os olhos, rapaz. Se tu quer, a gente arruma um jeito. Vamos roubar a moça.

De repente, Bento sentiu-se inteiramente abandonado. Alice, obrigada pelo pai, seguiria para longe. Era um absurdo aquela providência do mestre Jerônimo. Teria coragem de seguir o conselho de Dioclécio? Afinal, o mestre era o pai da moça, com todos os direitos. Não queria deixar a filha perdida naquele sertão ermo, sem garantia nenhuma. O melhor era se conformar, sujeitar-se às vontades de quem tinha razão. E, como nunca, chegava-lhe outra vez a certeza de que não podia fazer nada contra a sina que estava escrita. Os Vieira carregavam um destino cruel. O sangue dos antigos mandava de fato. Não podia fugir do castigo. Bem que a sua mãe, nas angústias dos seus padecimentos, dizia: "Raça de cobra, raça de gente caipora, perseguida pelas iras de Deus". Conformava-se com a perda de Alice. Não tinha forças para resistir, não tinha ânimo para lutar contra o destino. As águas corriam, como em riacho de inverno pesado, arrastando tudo à força. Refugiou-se na casa do engenho. O mestre tinha preparado a engenhoca para a safra com o maior cuidado. É, não veria mais aquele homem sério, capaz de dar ordens, senhor de si, disposto ao trabalho, de consciência limpa. Aquele homem fugia dele, também suspeitava das vontades de Deus e não queria que a sua filha se ligasse com os Vieira, um irmão de cangaceiro, uma criatura suja pelo sangue dos antigos da Pedra. Outra vez apareceu Dioclécio para falar:

— Rapaz, tu deve saber que não tenho medo de cara feia. Aquele sujeito chegou aqui, fazendo da gente gato e sapato. Está muito enganado, e eu só não lhe fui às fuças, porque se tratava de pessoa da tua estima. Agora a coisa é outra. Este merda, porque me vê com a viola na mão, está pensando que eu sou um sem-vergonha. Olha, estou disposto a dar um ensino nele. Vamos arrancar a moça daquele cachorro.

Lá de cima, foi chegando a negra Donata, para falar da viagem do capitão. Bem que ela dissera ao patrão para não se meter naquela empreitada:

— Olhe, seu Bento, não sei como aquele homem ainda está de pé: não come nada. Só o senhor vendo o que ele come, é mesmo que passarinho, e com aquela perna de esipra. E se ainda tivesse feito a viagem com o senhor! Mas não, foi chamar o cabra Terto, um homem que nem põe, nem dispõe.

Dioclécio refugiou-se na rede e pinicava a viola, no balanço, cantando de vez em quando. Bento não tinha mesmo cabeça para se arriscar a refletir com segurança sobre os fatos. O que poderia fazer para arrumar a vida? Aceitaria os conselhos de Dioclécio? A negra Donata mandou levar-lhe o almoço e a conversa do cantador era uma só:

— Olha, rapaz, isto já faz muito tempo. Cheguei na serra do Araripe, e vinha estropiado, com mais de dez dias de viagem pelos sertões estorricados de seca. Pedi pouso na fazenda de um velho, homem de posse. Tinha máquina de vapor na bolandeira. Era mesmo um coronel de verdade. Me mandaram para uma puxada onde guardavam os carros de bois, e lá fiquei. Pois não é que de noite, já bem tarde, eu vi um movimento de cavalo perto do lugar onde eu estava? Me levantei, e fui vendo dois cavaleiros nas proximidades da janela do oitão. Pensei logo em ataque de cangaceiro, mas

Cangaceiros • 321

logo a janela se abriu e pulou de lá uma moça. Era uma moça, a lua estava mesmo em quarto minguante. Aí os dois homens se juntaram à moça, e ela pulou para a garupa de um deles. E saíram às carreiras. Não preguei mais olhos. No outro dia, de manhã, o fazendeiro soube de tudo. Tinham roubado a filha do homem. E logo me chegou ele para saber de onde vinha e para onde ia: "Cabra", me disse ele, "sou um homem desonrado. Aqui, ontem de noite, os filhos de Targino Cavalcanti me roubaram uma filha. Tu tem coragem para fazer um serviço?" Vi logo que o homem me tomava por um qualquer. "Coronel", lhe respondi, "sou um cantador e não sei trabalhar noutro ofício". Aí, apareceu outro homem que era filho do fazendeiro, falando alto: "Que está fazendo aí este cabra, meu pai?" Não deixei que o velho respondesse e lhe disse: "Sou um viajante que dormi a noite aqui neste pouso". "Pois, arrume os seus trastes." O rapaz estava com o diabo no corpo. Me fui embora, e depois eu soube de tudo. Foram pegar a moça na casa de Laurentino Gomes, onde ela estava depositada. E mataram a pobre no caminho de casa. O rapaz que tinha furtado a moça armou-se. Dizem inté que arranjou uns cangaceiros, e atacou a casa do coronel. Foi uma briga desadorada. Contei tudo isto nos versos.

E pegou da viola, e botou para fora a história da donzela Firmina e do moço Lourenço.

— Sertão é isto mesmo, rapaz. Vê tu este mestre Jerônimo? É um brejeiro sem alma: sabe que tu gosta da filha, sabe que ela gosta de ti e vem acabar com a tua vida. Se tu quer roubar a moça, a gente tem que tomar uma providência. É preciso saber se ela está com disposição. Não acredito em moça de Brejo. Termina o pai dando um grito e corre tudo para debaixo da cama. A gente tem é que entrar logo no jogo. O mestre não te falou que vai embora de hoje para amanhã?

322 • José Lins do Rego

Bento ficou sério, sem uma palavra. Dioclécio deixou-o e voltou para a rede. Outra vez a viola encheu a calma do dia de um doce quebranto. Na cabeça de Bento, como nas horas terríveis das doenças da mãe, voltava a ideia de que, para ela, o mundo era mesmo um sofrer contínuo. Sentiu-se só, mais só do que nunca. Alice ainda lhe dava segurança de alguma coisa, ainda ao lado dela podia sentir-se um homem capaz de enfrentar a vida. E de súbito, como uma dor violenta que lhe apertasse o coração, chegou-lhe o pensamento de que para ele não havia mais Alice, e que aquela hora estaria ela de estrada afora arrastada pela fúria do pai. O canto baixo de Dioclécio ligava-o ao seu irmão Domício, outro que se acabara para ele. Quis chorar e teve vergonha de Dioclécio. Retirou-se para a beira do açude. O sol quente da tarde brilhava nas pedras. Viu, metido no seu gibão de couro, o vaqueiro Filipe que se aproximava da casa-grande. A negra Donata apareceu no copiá e falou com ele. O negro nem se apeou. Deu volta no animal, mas logo que viu Bento dirigiu-se para seu lado:

— Muito bom dia, seu Bento. Vim aqui atrás do capitão, porque tive um chamado pra vila de Tacaratu. Fui lá, na feira, e conversei com Joca Galvão, um sujeito que negocia com fumo. Falei do mestre Jerônimo, e o homem me disse que o tal de Bem-Te-Vi era filho desta fazenda. Eu respondi: "Homem, sou nascido e criado naquela terra e nunca ouvi falar neste tal". Aí o homem me disse: "Pois fique sabendo, o cangaceiro é natural do Brejo, mas tinha morado na Roqueira. É filho de um mestre de açúcar, do Brejo de Areia, homem que tem crime nas costas." Não disse mais nada e ontem me apareceu lá em casa o cabra Juvêncio com recado do delegado para mim chegar na vila. Perguntei ao homem o que tinha acontecido e ele só fez me dizer: "Estão falando do velho capitão. Isto é ordem

Cangaceiros • 323

de cima." Vim aqui para prevenir o homem e soube que está de viagem. E o mestre, adonde anda?

Respondeu-lhe Bento qualquer coisa.

— E aquele homem cantador, seu Bento, ainda anda ficando por aqui? Na venda do seu Leitão eu soube que ele é o mestre Dioclécio. Mas o capitão está mesmo facilitando. Esta nação de cantador não é gente pra merecer confiança. É verdade que não tem moça donzela por aqui. Sei lá! É capaz de andar atrás de coisa.

Quando o vaqueiro saiu, Bento compreendeu que havia qualquer coisa naquela visita e foi falar com Dioclécio.

— Eu estou te dizendo todo o dia: temos que sair correndo. Aquele cachorro veio foi fazer reparo. Estou certo do que te digo. Vai logo arranjar os teus trastes, e a gente sai, logo à boca da noite. Vamos para as beiras do São Francisco e ganhamos o estado de Sergipe. Lá tenho amigo. Tu fica numa fazenda de criação do velho Anacleto Lopes, e logo que for tempo, embarca com os corumbas para o sul. Tu tem instrução e pode dar jeito na vida. Deixa essa desgraça de sertão pra mim. Nasci pra ele e não posso viver longe dele.

O conselho de Dioclécio, em vez de pacificá-lo, alarmou-o mais ainda. Decidia-se, naquele instante, a sua vida. Ficaria livre, de uma vez, de todos os aperreios. E não tinha coragem. Havia um visgo na sua alma. Mesmo assim tratou de enrolar a sua rede. Lembrou-se então do dinheiro de Aparício que a sua mãe deixara escondido no buraco da parede na casa do sítio. Devia haver quantia grande. Teve medo de falar a Dioclécio. Poderia confiar naquele homem? Com aqueles cobres, poderia tentar uma vida mais folgada, saindo para fora do estado, escapando para sempre da sina que o perseguia. Afinal foi falar com o cantador:

— Seu Dioclécio, tenho que ir no sítio, ali mais em cima, e trazer umas coisas que eu tenho lá. É coisa pra menos de uma hora. Estou de volta antes do sol se pôr.

Saiu às pressas, mas não conteve o medo que se apoderou de si. Tinha que passar pela porta do mestre, e não tinha andado umas cem braças, quando viu uma figura, à espreita, na beira do caminho. Era Alice, como se estivesse à sua espera. Talvez que o tivesse reconhecido de longe e parasse. Abraçou-se com ele, como nunca fizera antes. Beijou-a com furor.

— Bento, pai não quer mais que tu te case comigo. Ele me falou pra não te ver mais. E está se arrumando pra voltar pro Brejo. Saiu, agorinha, de casa, porque foi comprar mantimento na venda.

A moça chorou nos seus braços e assim estava ele vendo que não seria tão fácil fugir, como há poucos instantes planejara. Esconderam-se atrás de uma moita, no caminho, e ficaram num pegadio que não se acabava mais. Por fim, o rapaz se abriu:

— Tu tem que fugir comigo. Te prepara para hoje de noite. O teu pai criou raiva de mim não sei por quê. Eu sei que o mestre é homem para acabar com nós dois.

— Eu quero fugir, Bento. Não fico sem ti não.

E outra vez chegou-se para o rapaz, desejosa de ligar-se com ele para o resto da vida. Sumiu-se todo aquele seu recato, aquela vergonha dos olhos que baixavam, do sorriso medroso.

— Bento, eu não posso mais ficar com pai. Uma coisa me diz que ele termina fazendo uma desgraça. Eu vou contigo. Tu pode marcar a hora e eu espero. A gente vai pra bem longe, não é? Tu tem mesmo coragem?

Abraçou-se com a moça e uma alegria transbordante encheu-lhe a vida. Beijou-a. Sentiu nos lábios o salgado das

Cangaceiros • 325

lágrimas de Alice. Agora, pela primeira vez, o mundo lhe pareceu uma festa.

— Estou certo, Alice, que a gente escapa. Esta terra acaba com tudo que a gente tem. Tu vai me esperar, lá para as nove horas. Fique com a janela do teu quarto aberta. Eu venho pela estrada, assobio como se fosse um matuto de comboio, e tu já sabe: pula bem devagar e vem para o caminho da beira do rio. Lá estou à tua espera. Vou no sítio, ver se trago um dinheiro que mãe deixou escondido.

Beijaram-se, e Alice parecia ter criado outra natureza, naquele instante. Não era mais a moça acanhada. Era uma mulher decidida, com disposição para o perigo. Bento deixou que ela desaparecesse no caminho, saiu na direção do sítio. Antes de chegar na ladeira, viu um comboio que se dirigia para os lados de Tacaratu. Era um comprador de aguardente com mercadoria para atravessar o rio. O matuto chefe parou e a ele se dirigiu:

— Muito boa tarde, meu amigo. Me diz uma coisa: esta não é a Roqueira do capitão Custódio? Pois aconteceu que ontem de tarde eu vinha pela estrada, quando vi uma volante. Não cortei caminho e vi o tenente Alvinho com um velho amarrado. O velho era a figura do capitão Custódio. O tenente mandou que a gente parasse. O preso estava furioso, mas o tenente Alvinho não é homem para brincar. Tive pena do velho sertanejo naquela idade. "Seu tenente", lhe disse eu, "este cidadão é o velho Custódio, da Roqueira, homem de muito respeito no município de Tacaratu". "Respeito coisa nenhuma", gritou-me ele. "Vou levar este merda pra Jatobá. Vai ver o que é que ele conduzia naquela carga. Munição pra cangaceiro." O velho não dizia nem uma nem duas. Tive dó do capitão. Não tarda bater volante por aqui.

326 • José Lins do Rego

Bento despediu-se do homem e apressou os passos até o sítio. Subiu a ladeira e o caminho coberto de mato quase que não tinha nem uma vereda para ele passar. Quando chegou na casa abandonada, assustou-se com o silêncio que cobria tudo. A porta estava aberta, sem dúvida pela força da ventania. Correu para o quarto da mãe, e, no buraco feito no barro da parede, encontrou o maço de notas envolvido num lenço encarnado. Nem quis contar. Era preciso correr e tomar com Dioclécio todas as providências para a fuga. A prisão do velho Custódio, doente como estava, podia liquidar com todos. Aí lhe chegou, na cabeça, a presença da mãe, estendida na sala, de corpo espichado na corda, a mãe furiosa, aos gritos contra os filhos. E toda a alegria do encontro de há pouco com Alice, desapareceu. Arrancou de casa numa carreira violenta e veio descendo a ladeira, desembestado, com os espinhos rasgando-lhe a roupa. Só parou lá embaixo, bem na estrada. A negra Assunção surgiu-lhe na frente:

— Menino, que foi que deu no mestre Jerônimo? Estava vindo, lá de baixo, nem faz dois minutos e ouvi uns gritos de gente apanhando. Parei na porta e o homem estava com o diabo no corpo, dando na fia. Estava chamando ela de coisa feia. Menino, o homem está é doido.

Bento correu na direção da casa do mestre, sem deixar mesmo que a negra parasse de falar, mas imediatamente refletiu. O mestre teria desconfiado da saída de Alice para conversar com ele, e tinha vindo com aquela violência danada. Quis cortar caminho e ganhar pela beira do rio e não teve tempo, porque avistou o mestre Jerônimo a umas cem braças de distância. Esfriou-lhe o corpo. Sem dúvida que o mestre vinha à sua procura e, como autômato, foi andando, inteiramente entregue ao que viesse. E qual foi o seu espanto quando a voz do homem chegou-lhe aos ouvidos:

— Menino, estava mesmo com vontade de te ver. É o seguinte: estava eu na venda do seu Leitão, e me disseram que o teu mano Domício tinha morrido num fogo em Sergipe.

Bento compreendeu que o homem estava disfarçando.

— Mas, mestre, isso pode ser só falaço. Agora mesmo eu soube por um matuto que uma volante pegou o capitão, e que estava levando ele para Jatobá.

O mestre não disse nada, mas fechou a cara. Depois não se conteve mais:

— Veja só no que dá isto de proteger cangaceiro. Vai comer cipó de boi, vai comer cadeia. Velho doido.

17

Quando chegaram na cadeia de Jatobá, a cidade inteira correu para ver os presos. O capitão Alvinho atravessou a rua principal, com os dois homens amarrados. Em menos de um mês tinha completado duas diligências que dariam muito que falar. Ali estavam dois costeiros, capturados no instante em que conduziam munição para os cangaceiros. A cadeia se encheu de curiosos, e logo que deixou os homens foi direto à casa do coronel Leutério. O chefe estava sentado à porta da loja, conversando com os amigos:

— Então, capitão, mais um servicinho?

— É verdade, coronel, fui feliz. Peguei o diabo do velho com a mão na botija. O bicho vinha com um carregamento de bala de rifle. É um tal de Custódio.

Ouvindo falar naquele nome, o coronel Leutério levantou-se:

— Não me diga! É o capitão Custódio, de Tacaratu?

— Me disseram que sim. Até aqui o bicho só tem dito desaforo, mas é homem de condição: tem até, pelo que me disseram, uma engenhoca de rapadura, na serra.

O coronel levantou-se outra vez e falou para o oficial:

— Olhe, capitão, vão dizer que é perseguição política. O senador José Furtado, quando souber, vai correndo pro chefe de polícia fazer logo intriga. Este capitão Custódio, da Roqueira, é meu inimigo. Já o pai dele foi inimigo do meu pai. Houve um crime com o filho dele, um atrevido que se meteu a me desfeitear, e desde este dia que aquele velho fala de mim, dizendo o diabo. Eu sabia que ele tem amizade com Aparício, mas nunca quis fazer nada. O senador José Furtado está hoje de dentro do palácio. Aqui ele não me mete o bico, aqui não chegam, mas para lhe ser franco, não estou satisfeito com esta diligência. O senhor devia ter levado este homem para a cadeia de Tacaratu. Lá tem um juiz que é meu inimigo, um filho do velho Wanderley, de Triunfo. Mas vou lhe pedir uma coisa: trata bem o velho. Se acontecer qualquer coisa a ele, fique certo que vão fazer exploração.

— Mas, coronel, estou com carta branca para perseguir os bandidos.

— Pois então leva este homem pro Recife. Eu quero é que não fique aqui. E trate bem o homem, capitão; não é que eu tenha pena destes coiteiros miseráveis, é que eu não quero encrenca com o senador.

O velho Custódio, sacudido na prisão com os outros, tremia da cabeça aos pés. Estava com ataque de erisipela. Com olhos esbugalhados, respiração opressa, encolhido para um canto, gemia alto. Os presos fugiram dele.

— O velho vai emborcar – disse um —, vai ter defunto aqui dentro. Tira a bota do velho.

O caboclo Terto aproximou-se do patrão. Conhecia bastante aqueles acessos de febre e sabia que era coisa para durar horas.

— Não é nada de morrer não, isto é ataque de esipra. Depois vai serenando.

Apareceu na porta o carcereiro.

— O homem está nas últimas, seu Joca.

— Espera que vou chamar o capitão.

Encontrou o oficial na loja do coronel:

— Capitão, o preso, o tal do velho, está com ataque. Acho bom chamar o seu Florentino da farmácia.

O coronel Leutério não gostou da notícia.

— Morre este homem, aqui em Jatobá, e vão dizer que foi tudo a meu mando.

E meio irritado:

— Capitão, eu vou lhe dizer uma coisa: não preciso de força no meu município para combater cangaceiro. Eles aqui chegaram e eu corri com eles.

— Coronel, pode estar certo que não vim parar aqui com intuito de criar dificuldades. Amanhã mesmo embarco o velho pro Recife.

— Não faça isto. Chega lá e os jornais vão fazer esparrame. Não estou contando com este chefe de polícia. É homem do senador. O senhor quer me fazer um favor, capitão? Leva este homem para a cadeia de Tacaratu.

Chegando na cadeia, o capitão viu que o velho estava muito doente.

— O que tem esta peste?

Entrou na prisão e, com a tabica que estava, empurrou o corpo arrasado do capitão:

— Devia era ter acabado com esta peste, no caminho.

O carcereiro sugeriu botassem o doente na sala livre.

— É, bota ele lá. Se não morrer, vou levar amanhã pra Tacaratu.

Mais tarde apareceu o farmacêutico.

— É, o homem está com acesso de palustre. Isto é coisa para dois dias. Vou mandar, seu Joca, quinino para o senhor dar a ele.

No outro dia, o capitão amanheceu sem febre e, como não visse ninguém a seu lado, não teve noção do lugar em que estava. Chamou pela negra Donata. A cabeça pesava-lhe como chumbo. Ergueu os olhos para a porta de grade por onde entrava a luz do dia e, como não visse ninguém, gritou com a força que tinha. Gritou pelo caboclo Terto. E apareceu na porta o carcereiro.

— Capitão Custódio, conheço o senhor, pois já morei na vila de Tacaratu, no tempo do finado capitão seu pai.

O velho não entendia nada.

— Como? O que me diz? Onde está a negra Donata? E o caboclo Terto? Terto, ô Terto!?

Aos poucos foi baixando de tom, e se pôs a olhar para o homem de pé em sua frente:

— Olha, menino, eu estava dentro de casa, quando Mocinha me chamou: "Custódio, vem ver uma coisa". Era um defunto na rede. Botaram o corpo do meu menino estendido no copiá. Estava morto, varado de bala e de punhal.

Aí, como se tivesse sentido que falava para um desconhecido, olhou fixamente para o carcereiro:

— Aonde estou, homem?

— Capitão, o senhor está preso na cadeia de Jatobá.

O velho pulou da rede, mas não teve tempo de ficar em pé. Caiu no chão e gritou:

Cangaceiros • 331

— Preso na cadeia de Jatobá? Meu Deus, estou acabado! E ficou estendido no chão como um animal ferido de morte, fazendo um esforço tremendo para levantar.

— Cazuza Leutério!...

E não disse mais nada. Baixou a cabeça enquanto o carcereiro com muito esforço levou-o outra vez para a rede. O capitão, como uma criança, se entregou ao homem e com o rosto coberto pela varanda da rede ainda quis esconder as lágrimas que lhe corriam dos olhos. Mais tarde, apareceu o oficial acompanhado de outra pessoa. Era o escrivão de polícia:

— Velho, abre o bico. Vai dizendo logo tudo. O cabra já confessou. Não adianta esconder nada.

Mas o capitão Custódio nem olhou para ele. Tinha os olhos semicerrados e a barba rala caía no peito, encolhido para um canto como um pássaro molhado de chuva.

— Abre a boca, velho, tenho o que fazer.

— Olha, homem – foi falando ele —, eu estava lá dentro de casa, quando Mocinha me chamou: "Custódio, lá vem um defunto na rede". Botaram o corpo do menino no copiá. Era o corpo de meu filho todo varado de bala e de punhal. E me disseram: "Está aí o que te mandou o coronel Cazuza Leutério".

— Cala esta boca, velho besta, não estou perguntando isto. Quero saber para quem levava você aquela munição? Aonde comprou aquelas balas?

Não deu resposta. Fechou os olhos e virou a cara para o outro lado.

— É, o coronel não quer que eu faça nenhuma com este traste, mas na ponta do cipó de boi ele falava que nem carretilha. Vamos tomar o depoimento do cabra. Já lhe dei umas ripadas e pelo que me diz não está sabendo de coisa nenhuma. Não quero agir como devia agir somente para não desgostar o coronel, senão este velho falava.

— Mas capitão – disse Joca —, pelo que eu ouvi, o velho não está bem da bola. E é mesmo sabido, neste sertão, que o capitão Custódio, depois da morte do filho ficou meio gira. Saíram. E o carcereiro Joca apareceu mais tarde com o almoço, encontrando o prisioneiro do mesmo jeito que deixara: virado para a parede e com a varanda da rede cobrindo a cabeça.

— Capitão Custódio!

— Ah, quem é?

Quando viu o carcereiro, levantou a cabeça e perguntou pelo caboclo Terto:

— Como vai o caboclo? É preciso dar de comer a ele. O oficial ainda está aí? Perde tempo, menino, perde tempo. Nunca vi este tal de Aparício. Manda Donata fazer café. Ah, ela não está aqui. Me diz uma coisa: eu estava ouvindo um toque de sino; estou mesmo na vila de Jatobá?

E como o carcereiro confirmasse, levantou a voz com firmeza:

— Era o que queria Cazuza Leutério. Eu sou mesmo um sertanejo sem honra. Não vinguei a morte do meu filho, a minha mulher morreu de desgosto.

Calou-se, e nem tocou no prato de feijão. Depois o carcereiro saiu, e espalhou-se pela cidade a notícia: o capitão Custódio da Roqueira estava doido, e o oficial tinha prendido um doido, pensando que fosse um coiteiro de Aparício. O vigário procurou o coronel Leutério para pedir pelo velho.

— Seu vigário, ontem mesmo, ali na porta da loja, eu falei com o oficial e lhe disse: "O senhor fez muito mal em trazer para aqui este homem. É meu inimigo e vai dar o que falar no

Recife. O senador não quer outro pretexto para me intrigar. Já pedi ao capitão Alvinho para levar o velho daqui. Não preciso de força de polícia para me defender de cangaceiro. É o que tenho a lhe dizer, padre Chico. Não quero este homem nem mais um dia aqui em Jatobá."

Enquanto isto, chegavam notícias de Piranhas. Aparício tinha atacado a cidade de Pão de Açúcar e feito uma desgraça, matando o sargento do destacamento, arrastando para a rua a família de Fidélis de Sousa. Os cabras serviram-se da mulher do homem, até que a pobre não deu mais sinal de vida. Aparício estava com mais de cem homens e tinha entrado na cidade de montaria. O capitão Alvinho reuniu a tropa e foi à cadeia dar ordens. Os presos ficariam até que ele voltasse da diligência. A volante ia, a toda pressa, ver se entrava em ligação com o major Lucena, de Alagoas. Tinha que aguentar os cangaceiros que sem dúvida procurariam atravessar para o outro lado do rio. Antes de sair o capitão, o coronel Leutério lhe disse:

— Aqui não entram, pode deixar Jatobá descansado, tenho recurso para defender o meu povo; e quanto ao velho, o senhor me faz um grande favor mandando esta gente embora daqui. Como eu lhe disse, tenho inimizade com este homem de longa data, é coisa de família. Amanhã não faltará gente para dizer que estou perseguindo, às custas da polícia. Não senhor, me faça este favor.

— Coronel, pode ficar quieto. O velho, depois de amanhã, deve sair daqui. O carcereiro Joca está com as ordens.

Logo que se retirou da cidade a volante, o carcereiro assumiu a direção de tudo. Conversou com Terto e soube de tudo. À tarde o coronel Leutério mandou chamá-lo para dizer:

— Olha, Joca, amanhã de madrugada você solta os dois homens. Se os animais dos presos não estiverem em condição, vá à casa do Alfredo e ponha dois cavalos à disposição deles. Deixe que depois eu me entendo com o capitão. Aqui em Jatobá mando eu. Isto de oficial de volante mandar, é para os outros e não para mim.

O carcereiro gostou da solução. Bem via que o capitão não podia ser um coiteiro, e se estava fazendo alguma coisa para Aparício, não fazia mais do que todo sertanejo era obrigado a fazer pelas circunstâncias. Como podia um fazendeiro ficar de peitica com cangaceiro? Com as ordens do coronel, foi procurar o capitão Custódio. Encontrou-o espichado na rede:

— Bom dia, capitão.

O velho levantou a cabeça com esforço e, sentado com a perna espichada, respondeu ao cumprimento:

— Está bem, Florentino, está bem. O inverno vai bom. Mocinha quer mandar vender aquela vaca Pelada. Pode vender para o marchante de Tacaratu.

E levantou-se:

— Olhe, não quero gado meu de mistura com as soltas de Chico Laurindo.

Andou arrastando a perna e sentou-se outra vez na rede:

— O meu pai não gostava destas misturas. O vaqueiro teu pai sabia disto. Não quero saber de mistura. Estiveste na feira de Tacaratu? Me disse o meu filho Zeca que o feijão deu a dois cruzados a cuia. Dinheirão. Isto é fome no Brejo. Isto é a bexiga e as febres no Brejo.

Calou-se e os seus olhos se cerraram como se quisesse tomar alento para continuar a conversa. Abriu-os, e fixou-os espantado em cima do carcereiro, e quis erguer-se outra vez da rede, fazendo um esforço tremendo para arrastar a perna.

— Eu estava na sala de janta quando Mocinha me chamou para dizer: "Olha, Custódio, ali vem o defunto, na rede". Vi mesmo. Sacudiram no copiá o meu filho varado de bala e de punhal. O carcereiro, possuído de espanto, não se mexia.

— Sim, era o corpo de meu filho, e me deram o recado de Cazuza Leutério. Sim, me deram o recado. Eu ouvi o recado. O recado está aqui neste ouvido, e nunca mais saiu desta cabeça. Ah, para que falar nisto! A minha mulher Mocinha morreu de desgosto. Não morreu?

E ele mesmo dava a resposta:

— Morreu, morreu porque o marido é um sertanejo desonrado. Não é? É verdade, um sertanejo desonrado. Mas, menino, o teu mano Aparício vai tirar a minha vingança. Tu bem deves saber. O capitão é homem de palavra. É só quem vai poder com Cazuza Leutério. Eu sei que ele vai me vingar, vai entrar na vila de Jatobá e nem vai ficar menino de peito pra semente. Eu sei que ele vinga. Não vinga?

O carcereiro queria sair e tinha receio de fazer, mas foi lhe dizendo:

— Capitão, amanhã de madrugada o senhor e o caboclo pode voltar.

— Pois eu vou contar tudo como se deu: Mocinha morreu de dor, está lá em cima enterrada, junto do menino. Ah, Custódio dos Santos, tu não presta para nada mesmo. Agora porém tudo vai se acabar.

E ergueu a voz:

— Florentino, bota a sela no meu cavalo ruço. Donata, traz um coxinho, traz as minhas botas. Eu vou dar um ensino em Cazuza Leutério.

Chegou-se para a grade que dava para a rua e gritou, com mais força:

336 • José Lins do Rego

— Florentino, prepara o meu cavalo ruço; traz o coxinho, Donata. Não quero mais saber de Aparício, não quero mais saber de Aparício para nada: quem quer, não manda. Vou matar Cazuza Leutério. Me lembro como se fosse hoje: Mocinha me chamou para mostrar. Florentino, sela o cavalo. O diabo da negra não me chega com o coxinho. Florentino! Donata! A engenhoca está moendo. Este mestre Jerônimo não deu ponto na rapadura. Florentino! Donata! Abra esta porta. Que Aparício, que nada! Homem sou eu, abre a porta. Mocinha, não é Zeca? Mocinha, tu não vê, não é Zeca não.

E arrancou para a porta aberta, ofegante. O carcereiro tentou segurá-lo mas o velho pulou para fora e saiu correndo, arrastando a perna. Os presos correram para a grade e correu gente da rua. O carcereiro pegou-se com ele e gritava para os soldados.

— Não atirem que o homem está doido.

E o capitão, aos gritos:

— Me solta, Florentino, vou matar aquele filho de uma égua! Mocinha, eu mato, está ouvindo? Eu mato.

A muito custo voltou para a cadeia. O capitão Alvinho já havia saído com a tropa e a notícia do fato chegou aos ouvidos do coronel Leutério.

— Veja você, seu Xavier, o que foi me arranjar este oficial. Vou mandar soltar este homem imediatamente. Vá o senhor, procure o Joca e diga que solte o velho e o cabra. Não quero mais esta gente em Jatobá.

À tardinha, o carcereiro soltou o capitão. O homem parecia dormir, com o rosto coberto pela varanda da rede, e nem se mexeu com a entrada dele.

— Capitão!

— O que é, quem está aí?

Cangaceiros • 337

Ergueu a cabeça e tinha os olhos vermelhos, a boca murcha a tremer. O cabra Terto, já solto, ficou à espera na porta.

— Que é?

Aí falou o caboclo:

— Capitão, já podemos voltar.

— É. O que é? Podemos voltar? Ah, sim, voltar. Traz as botas, a gente vai sair com o cair do sol e ainda chega em casa com a luz do dia. Tudo está pronto? É, tudo está pronto.

Levantou-se da rede.

— Esta perna não pode mais. O diabo da bota nem entra. É, vou mesmo sem bota. Mocinha me disse para comprar gás para casa. É. Gás. A feira já está no fim, nem sei quanto deu a farinha. Me parece que eu vi farinha de cruzado a cuia. É fome no Brejo, não é Florentino? É fome no Brejo. Bem, vamos ganhar o mundo.

Os olhos vermelhos e a boca murcha davam-lhe na fisionomia um brilho estranho. Levantou-se com esforço e foi andando.

— Aonde está o cavalo?

A porta da cadeia estava repleta de curiosos.

— Muita gente na feira de Tacaratu, Florentino? Muito bem, muita gente. Bem, meu povo, até a volta. Farinha de cruzado. Fome no Brejo. Florentino, vamos embora.

Baixaram a cabeça quando ele passou.

18

O MESTRE JERÔNIMO, DEPOIS que Bento retirou-se ainda com sol alto, saiu para dar uma volta pela beira do rio. Viu a vazante tratada pela filha. O inhame nas touceiras, a batata-doce enramando pela areia. A notícia da prisão do velho alarmou-o, de verdade. Bem sabia que uma fazenda, suspeitada daquele jeito, muito ia sofrer das volantes. Espantoso era que ainda não tivesse aparecido por ali um oficial com o diabo no corpo. Porque força do governo, quando entrava na perseguição dos cangaceiros, fazia o mesmo que os bandidos. E foi andando, agora pela estrada. E voltou-lhe à cabeça a situação de sua filha. A verdade, é que tinha feito o que não queria fazer com a menina. Dera-lhe de cinturão e abrira a boca para dizer o que jamais poderia dizer a uma criatura que ele tanto queria. O que não diria lá de cima a sua mulher? Se ela estivesse viva, certamente que não teria acontecido aquela desgraça. Mas desde que estava feito, estava feito.

O sertão começava a secar, o verde das árvores esmaecia. Aquela cor de terra seca cobria as capoeiras. Só as árvores grandes ainda permaneciam verdes. O mestre refugiou-se num bosque de oiticica onde os matutos paravam para descansar da viagem. Soprava um vento brando, e ele mais ainda foi se sentindo só e infeliz no mundo. Só havia um jeito. Era voltar para o Brejo. Ali haveria homem que podia aguentar os outros e mandar no júri. Podia casar a menina com rapaz cordato e de boa família. Aquela ideia da filha veio outra vez bulir com a sua cabeça. Fizera muito mal em bater-lhe daquele jeito. Voltaria para casa e falaria com Alice, dizendo-lhe mesmo que estava de cabeça atordoada, diria que tinha tomado uma bicada, coisa que nunca fizera, mas mentiria para que ela pudesse perdoá-lo. Tudo se resolveria em casa. Mas a notícia da prisão do velho era um assunto de muito aperreio. Por isto teria que apressar a sua viagem antes que acontecesse o diabo. Havia aquele irmão de Aparício, morando na Roqueira; e, quando soubessem que era ele o pai de Bem-Te-Vi, o que não viria para cima de todos? Era preciso tomar uma resolução rápida e correr para o Brejo. E Alice? O que diria a filha maltratada como fora? Tinha dito para que ela não se encontrasse mais com o rapaz e ela lhe respondeu com um grito que só merecia pancada. Nunca havia tocado na filha. E fora obrigado a fazer aquela malvadeza.

Quando Bento chegou no engenho e contou a Dioclécio a história da prisão do velho, o cantador assustou-se:

— Menino, nós estamos em cima de um formigueiro. O tenente vem aí como uma caninana. Estou com pena é do caboclo Terto. Teria aquele velho maluco de fazer a besteira que fez e deixar os outros numa enrascada desta. Vem coisa muito ruim pro lado de cá. Tu viste a moça?

Contou-lhe Bento o encontro com Alice e a promessa da fuga, da conversa do mestre e do trato fingido com que fora recebido por ele.

— A gente tem que apressar as manobras. Eu só fiquei neste mundo por sua causa e vou te dizer mesmo: estou arriscando a vida. Mas amizade vale mais do que isto. E a moça está disposta de verdade? Porque mulher é bicho para roer a corda.

Bento falou-lhe das conversas da negra. Ouvira choro na casa do mestre e lhe fez referência da pancada do homem na filha. O mestre tinha dado uma surra em Alice.

Dioclécio calou-se um pouco, e logo voltou ao seu tom de conselheiro:

— Conheço este sertão como ninguém. Sei de todas as locas, de todos os ferros de gado, de todos os caminhos, de todos os homens, com as suas forças e as suas peiticas. Este capitão Custódio, este homem tem mistura com não sei o quê. É doido, e não é. Tu viste como ele saiu pro serviço de

Aparício. Parecia que ia correr de estrada afora como maluco, e de repente se aprontou para um trabalho daquele arrojo. É. Mas conversa não adianta pra nós não. Vamos roubar a moça, na hora marcada, e ganhar o mundo. Posso garantir que ninguém vai pegar a gente. Este sertão está todo na minha cabeça. Já fiz o roteiro da nossa viagem. Primeiro que tudo tu tem que casar com esta moça. O frei Martinho está com as missões, lá para as bandas de São José da Boa Morte, perto de Floresta. Lá tu te casa. Isto de moça donzela não pode esperar. Casa depressa, e depois vamos descobrir um jeito de sua passagem pra Bahia. Conheço estas terras mais do que cobrador de dízimo. É. A prisão do velho vai arrasar este cocuruto de serra.

Bento foi até a casa-grande e encontrou a velha Donata no choro.

— Desde que dona Mocinha morreu, que esta casa não tem mais paradeiro. O capitão não teve mais nenhum dia de descanso, falando do filho, contando a história, puxando conversa para falar do sucedido. E depois, menino, eu sei de tudo, eu sei dos negócios com Aparício. Ele falava sozinho no quarto, como se tivesse com a mulher viva. Ouvia tudo, dizendo pra mulher morta tudo que estava fazendo. Até tinha medo. Mas, no outro dia, ele nem parecia que estava alterado. Só nos últimos tempos é que deu pra falar mesmo na minha frente com a mulher. Foi depois que deu, lá nele, aquela esipra na perna. Com o febrão contava tudo. Bem que eu dizia a ele: "Capitão, não vá fazer esta viagem". Não me deu ouvidos e está na cadeia, sujeito ao coronel de Jatobá. Menino, por que tu não vai na vila ver como ele está passando?

— Sinhá Donata, a senhora precisa saber de uma coisa. A volante está para aparecer por aí a qualquer hora e vai levar

Cangaceiros • 341

todos nós para a cadeia. O capitão foi preso levando munição para Aparício.

— Eu sei menino, eu sei que tu é irmão de Aparício.

Voltando para Dioclécio, Bento contou-lhe da conversa da negra.

— Vê tu – disse Dioclécio —, a tua presença aqui é um perigo. Hoje mesmo temos que arribar.

Todos os preparativos já estavam feitos. Dioclécio, estendido na rede, fez-se na viola e pôs-se a cantar uma moda dos tempos antigos. Era a história de uma Hilda, "a mais cruel de todas as perdidas" que ao filho pedira o coração da mãe, como um capricho de monstro. A voz do cantador foi ferir as saudades de Bento. Apareceu-lhe a lembrança da mãe, e um medo repentino abalou-lhe a vontade de fugir, de sumir-se daquelas paragens. A cantiga doeu-lhe na alma. Quis pedir a Dioclécio para parar e não teve ânimo. Vinha chegando a tarde. E ele saiu para olhar o sertão na tristeza, com os passarinhos cantando no alvoroço dos que se despediam de qualquer coisa. Chegou-lhe um nó na garganta e foi lhe aparecendo na memória a figura distante, esquecida já para ele: a figura de dona Eufrásia, a irmã do padre Amâncio, a doce voz que lhe ensinara tantas coisas, a mansa ordem da casa do padrinho. Aquela recordação inesperada ligou-o à vida de fora. Não podia ficar de maneira nenhuma. Não era mais irmão de Aparício, não tinha mais nada com aquele mundo. Foi saindo um pouco e viu o açude mais seco e verde, com as baronesas que lhe cobriam as águas paradas. A gritaria dos patoris enchia aquele mundo sofrido de vida. Quem tinha razão era Deoclécio. Fugir o mais depressa possível. Quis voltar para a companhia do amigo, como se tivesse medo de qualquer coisa. Estava ele

342 · José Lins do Rego

calado, balançando-se na rede. Estiveram assim em silêncio, alguns minutos. Por fim, Dioclécio continuou:

— Tenho mais de quarenta anos, e que vida é esta a minha? Nada tenho que valha um caracó. Tenho esta viola. É o único traste que tenho, mas vou ficando como outros, neste sertão. A gente tem, de quando em vez, uma alegria, vou andando triste por estes caminhos, vou de coração oco e, de repente, aparece uma coisa. Basta um canto de passarinho, basta uma florzinha, e o mundo vira uma coisa boa de verdade. É. Mas desta vez tu tem que passar sebo nas pernas. Sou um cantador e não quero sair desta terra. Tu tem que sair. Tu tem instrução, tu tem alma para outra vida.

Nisto ouviram um tropel de animais que se aproximavam. Saíram para olhar, e apareceram na estrada o capitão e o caboclo Terto, num passo de marcha vagarosa. Bento correu para ajudar o velho a descer. O capitão arrastou-se para casa, sem dar uma palavra, sem ter feito um cumprimento sequer. O caboclo Terto aproximou-se, e foi logo se abrindo:

— Só vim trazer o velho. Vou ganhar o mato, que é capaz de aparecer volante atrás da gente. O velho está variando, desde ontem. Está doidinho, até correu na rua de Jatobá.

Contou o episódio da prisão, com a sua voz arrastada, ainda em sobressalto:

— Vinha a gente com a carga, quando a volante mandou parar. O velho parecia que estava com vontade de se entregar. O tenente gritou para ele e ele nem deu ouvido. Podia ter falado com o homem. Mas qual! Foi só dizendo desaforo. Um soldado me botou pra baixo da carga, e, quando viram as balas, baixaram o pau. Eu estou de lombo lanhado.

E tirou a camisa. Vergalhões cruzavam-lhe as costas, com manchas de sangue.

Cangaceiros • 343

— O desgraçado do velho só fazia descompor. Também deram umas lambroladas nele, e era mesmo que nada. Lá em Jatobá, o coronel mandou soltar a gente, mas estou certo que é para isca. Vem volante atrás. Estavam dizendo que Aparício deu um fogo em Pão de Açúcar. Disse o carcereiro que até o padre apanhou. Botaram o vigário nu, de rio abaixo, numa canoa. A força do tenente seguiu para lá. Mas não vão pegar ele não. Vem é pra cima de nós. Bento, vou arribar hoje mesmo. Vou dormir no mato. O velho está se acabando.

Saiu para arrumar a rede e juntar os seus troços. Dioclécio chamou Bento e saíram.

— As volantes vão ficar assanhadas com este fogo de Pão de Açúcar. A gente tem que sair hoje mesmo. Tu marcaste com a moça pras nove, não foi? É boa hora. Vamos amanhecer na beira do São Francisco.

— E o senhor vai comigo, seu Dioclécio?

— Vou, rapaz, só te deixo casado e no outro lado do rio. Temos que pegar as missões do frei Martinho; e feito o casório tu já tem o roteiro na cabeça. Tu tem mulher, e mulher dá tenção nas coisas. O diabo é o mestre. É capaz de sair atrás de ti como cachorro de faro. Este homem é coisa ruim.

Mal acabava de falar, apareceu na porteira o mestre Jerônimo. Ainda havia resto de sol no cercado. Aproximou-se ele dos dois e se dirigiu logo a Bento:

— Menino, está aí o capitão?

— O senhor chegou mesmo na hora, mestre.

— Vim entregar a ele as ordens que tinha. Estou de partida pro Brejo, de madrugada.

Nisto apareceu no copiá o velho Custódio. Olhou demoradamente para o grupo, fazendo menção de descer os degraus, mas parou. O mestre foi se aproximando dele e o velho gritou:

344 • José Lins do Rego

— Para lá! É o Germiniano? É ele. Estou vendo que é ele. Chama Mocinha para ver ele, Donata.

Retirou-se para dentro de casa e voltou depressa. O mestre parou na porta sem compreender, inteiramente alheio ao que se passava.

— Não entre nesta casa, assassino.

— Quem é assassino, velho doido?

Aí o capitão recuou um pouco:

— Agarra bem o homem, Florentino. Segura este assassino, Florentino.

Dioclécio conheceu o perigo. O velho ia fazer uma desgraça. Era capaz de arruinar a vida de todos eles. E com a intuição da gravidade, foi para cima do capitão, arrancando de suas mãos a garrucha que ele trazia escondida. O mestre permaneceu calmo e, arredando-se um pouco, chamou Bento para falar:

— Veja tu, menino, a gente pode se desgraçar num minuto. Eu vi o velho com a arma e, fica certo, que estava marcando. Estava outra vez desgraçado, numa terra como esta, sem um homem pra me proteger no júri. Vou deixar a minha mulher enterrada neste sertão infeliz. Também é só a pena que eu levo. Tu queria casar com Alice e ela também queria, mas, menino, mais uma vez eu te digo: tu tem sangue de cangaceiro. Mais cedo ou mais tarde vão te pegar. Mesmo que tu não tenha calibre para o serviço, o governo não está sabendo. O governo te pega para fazer o que está fazendo com o meu menino Zé Luís. Vou voltar pro doutor Cunha Lima, lá estou protegido. Se a família do finado Casemiro aparecer com brabeza, tenho que me valer da ação. Mas estou garantido. Ficar, não fico. A menina não está querendo ir, e é por tua causa, mas tem que ir. Eu só te peço uma coisa: não te atravesse na minha frente. Gostei da tua

Cangaceiros • 345

conduta e sei que tu é homem de se confiar. Mas vim mesmo pra te prevenir. Não te meta na minha frente.

Não disse mais nada e retirou-se, sem se despedir dos outros. Dioclécio falou para Bento:

— Nunca vi homem mais soberbo do que este tal de mestre Jerônimo.

E quando Bento contou-lhe da conversa, ele lhe disse:

— Pois é isto. Só corri pra pegar o velho porque tinha receio de que o crime viesse atrapalhar a vida da gente. O capitão matava ou feria aquele sujeito, e a gente tinha que ficar aqui servindo nas diligências. Mas tu tem mesmo coragem pra roubar a moça?

— É só ela querer. Marquei para as nove horas, e às nove horas estou lá. Vai ser fácil porque o mestre me toma como cabra mofino e não vai ficar na vigia.

— Cadê aquele assassino?

Era o capitão Custódio com outra garrucha na mão.

— Florentino, diz ao Zeca para cercar o cabra. O bicho tem que morrer na ponta da faca. Aqui nestas terras de Custódio dos Santos não entra cabra safado. Vai dizer a Zeca, Florentino. E vocês, que estão fazendo aí? Tá bem. Já sei. São os cabras do Zeca.

A negra Donata apareceu e começou a falar:

— Capitão, a ceia está na mesa. Olha o sereno, capitão.

Saiu ele arrastando a perna e subiu, apoiado no ombro da negra, os degraus do copiá. A noite chegava, e a Roqueira era mais ainda um oco de mundo. Dioclécio e Bento só estavam esperando a hora de sair. Terto apareceu para as despedidas:

— Vou dormir lá embaixo, na caatinga. Nem espero pela madrugada.

E num silêncio só se ouvia o falar constante do velho Custódio.

— Seu Dioclécio, não sei como pagar esta ajuda que o senhor está me dando.

— Pagar o que, rapaz? Gosto de ti, gosto de fato. E fico até o fim. Não tenho nada, rapaz, só tenho mesmo esta minha vida.

Calaram-se. Lá fora rocavam sapos do açude num bater de papo que tinia como metal. Ouviam então um bater de porteira, no mourão. Quem poderia ser àquela hora? Bento e Dioclécio saíram para o terreiro e viram um vulto correndo para a casa-grande. Era Alice botando a alma pela boca: quase não podia falar. O pai tinha chegado em casa e fora se deitar. Ouviu um grito e entrou no quarto dele. Estava com os olhos esbugalhados, com a mão em cima do coração sem poder respirar. Isto nem durou um minuto. O mestre Jerônimo estava morto.

19

DIOCLÉCIO TOMOU TODAS AS providências para o enterro. O mestre enterrou-se, num caixão comprado em Tacaratu, com o dinheiro de Aparício, e teve velório de muita gente e de muitas velas. Apareceu até o inspetor de quarteirão para falar sobre a moça:

— É moça donzela e está sem mãe e sem pai. A menina não pode ficar assim no desamparo.

Mas Dioclécio soube falar:

— Seu inspetor, a moça está de casamento ajustado, e se não me engano já tem idade para tomar tenência na vida.

Antes de sair o enterro apareceu o capitão Custódio num traje esquisito. Vinha de preto, com bota só num pé, trazendo a outra perna enrolada com pano. Chegou-se para o meio do povo e se pôs a falar:

— O defunto não é o Clarindo? É. Morreu de bexiga. Eu sabia disto. Eu disse a ele: "Clarindo, não vai no Jatobá, na Rua da Palha está dando bexiga". Foi e está aí. Mocinha não queria que ele fosse.

Falava sem parar. A perna inchada não permitiu que ficasse muito tempo em pé. Sentou-se embaixo do juazeiro e desandou a falar:

— Quando andou por estas paragens, o padre Ibiapina deu ao meu pai uma fita vermelha, da grossura de um dedo, para amarrar na perna. Era um bento e tinha força para curar tudo que era doença de inchaço. Pois veio a febre de bobão e o meu pai, que estava em Garanhuns, não teve nada. Estava com a fita amarrada na perna. É isto. Este Clarindo não quis me ouvir. Bem que estava lhe dizendo que tinha bexiga na vila. Foi e está aí, mortinho da silva.

A negra Donata de longe olhava para ele e chamou Bento:

— Menino, pelo amor de Nossa Senhora, não deixe o capitão fazer estrupício. Ele está assim falando e depois quer fazer besteira. Está até armado de punhal. Só vim pra olhar pra ele.

Depois que o enterro saiu, tudo fizeram para o capitão voltar. O vaqueiro Filipe ficou, com a negra Donata, tomando conta do velho, e a custo conseguiram levá-lo para casa. Alice trancara-se no quarto e nem deu atenção às mulheres que ficaram na casa, após a saída do enterro. As negras do olho-d'água se puseram a falar do caso.

— Pois até vinha pela estrada e ouvi um choro de gente apanhando. O mestre estava dando na filha. E agora morreu.

348 • José Lins do Rego

— Pode ser de raiva – disse a outra. — Ele não estava mais querendo o casório com o rapaz. É moço branco, mas o mestre era muito soberbo.

— Estava querendo a filha para casar com filho de rei? Este povo do Brejo só tem maimota, tu não via? A gente está aqui e ela se escondeu para não falar com a gente. Orgulho besta.

— Vai casar com o rapaz, e nem sei como vai ser o casório. Só se for nas missões. Na vila o padre tem que tirar papel para os banhos.

— Casa nas missões com o frei. É só chegar e está feito.

— Mas minha nega, o tal do rapaz está de amizade com o cantador. Tu já viste gente daquela laia prestar? Estou pra ver. É. Só vive atrás de mulher. Não sei não, esta moça é capaz de se perder. O mestre não ia dar na filha sem razão.

— Eu vi o choro dela. Era capaz de ser por via do tal cantador.

Estavam as mulheres no terreiro. Lá na estrada ia o capitão Custódio com a negra Donata e o vaqueiro Filipe, falando alto.

— O capitão endoidou de verdade.

— Doidinho mesmo. Mas também não tinha cabeça boa desde a morte do filho. Agora está com a negra Donata. O pai terminou na leseira. Me alembro dele de camisolão, como penitente.

— Bom homem, o capitão. Depois da morte da mulher ficou naquela agonia.

— A moça vai se casar e não vai ficar na Roqueira. O rapaz não quer ficar mais aqui.

— Boa casa é esta, comadre Chica.

— Boa, mas não queria pra mim não. Tu te alembra daquele seleiro que morou aqui? Morreu um filho num banho de rio, e a mulher foi mordida de cobra. O mestre Jerônimo penou nesta casa.

— Não sei não, comadre. Estes brejeiros quando batem por aqui é porque estão penando. Ouvi contar que vinha do Brejo, correndo de crime.

Ouviu-se um canto que vinha da estrada. Era uma voz de mulher num bendito.

— Lá vem a pobre. É a moça que pariu de Aparício.

Apareceu desgrenhada, com os vestidos rasgados, os pés no chão, a doida Amélia das histórias de Domício. Nem parou para olhar; ia de passo firme, com os cabelos soltos e sujos, como se fosse atrás de alguém.

— Coitada, depois que o pai sentou praça não tem mais quem possa com ela. A tia sai correndo atrás dela e não pode. Pariu um menino. Dizem que é a cara de Aparício. O pai sentou praça mesmo?

— Estão dizendo que não. Que está desgraçado, por aí afora.

Ouvia-se de longe o cantar triste, na estrada. As mulheres se foram, e quando não havia mais nenhuma em casa, Alice saiu do quarto e ficou livre para pensar. Desde que vira o pai com a dor da morte que não tivera um minuto para botar as coisas nos seus lugares. Viu-se só, no mundo. Como poderia sair daquele cerco de fatos terríveis? Lembrou-se do pai, daquela raiva de seus olhos que refletiam uma fúria que nunca vira em ninguém. Bateu nela, quase sem motivo. Apenas se recusara a obedecer a uma ordem absurda. Nem mesmo a morte violenta conseguira arredar de seu pensamento aquele pai que ela tanto amou, mas que mudara de modo tão cruel. Por que ficara ele possuído daquele ódio infernal? O que teria sabido de Bento? Foi aí que Alice estremeceu. O que teria sabido de Bento? Ou teria sido somente por causa de Aparício? Por acaso teria ele descoberto outra coisa para encher-se assim de tanta raiva? Estava sozinha e não tinha medo. Morreram-lhe a mãe e o pai, e a morte não lhe fazia medo. Chegou-se para a porta e reparou na roseira velha. Estava caída, quase murcha. Foi procurar uma cuia d'água e derramou no chão seco. O líquido sumiu-se de terra adentro. Trouxe outra cuia até a terra se embeber. Os sapatinhos-de--nossa-senhora brilhavam aos raios do sol, no encarnado de suas flores. Uma coisa lhe dizia que não estava só no mundo. E como que se deixou invadir por uma espécie de alegria louca. Era mesmo a loucura. A casa ainda recendia ao corpo do pai, a morte ainda ficara nas paredes, no cheiro das folhas de camaru que haviam queimado. A morte estava dentro de casa e foi por isto que ela foi ficando debaixo do juazeiro. A casa, vista de fora, tinha a fisionomia de uma criatura que ela muito tinha amado mas que se perdera para sempre. Agora parecia-lhe uma pessoa estranha de quem nada podia falar. Não mais existia o pai. Bem morto ficara, morto como se já fosse de anos e anos. Ouviu a cantiga da doida e a princípio não ligou. A voz porém foi se chegando e agora a moça parou na estrada e ficou a olhar a casa como se quisesse identificar qualquer pessoa. Teve medo. Lá estava ela com os cabelos compridos, os trajes esfarrapados, com os pés no chão como os penitentes que saíam para sofrer pela terra atrás de um perdão de Deus. Lembrou-se daquela mulher do Brejo de Areia que ficava assim pelos caminhos, até que corresse sangue dos pés, toda arranhada pelos espinhos, à procura do perdão de Deus. A doida chegou-se mais para perto. Os olhos brilhavam-lhe como duas tochas e eram negros e grandes. Quis correr para dentro de casa e trancar-se, mas não deu tempo.

— Tu não é a moça viúva? Eu sei que tu é ela mesma. Eu estou vindo da casa de meu pai. Ele anda na procura do meu marido. Tu sabe quem é? É Aparício, moça viúva. Eu pari de Aparício, o menino é moreno e tem o cabelo mais comprido do que o meu.

Aí a voz já não era áspera, e ela se pôs outra vez a cantar. Sentou-se no chão e deixou à mostra as partes imundas, o corpo imundo.

— Moça viúva, tu sabe quem é Aparício? Tu nunca viste ele. Ele me comeu todinha.

E passou a cantar outra vez. Alice aos poucos foi perdendo o medo e começou a sentir pela pobre mais interesse. Quis conversar, mas ela não lhe deu resposta. Era ela só quem falava.

— Moça viúva, o teu marido enterrou-se hoje?

E sem esperar resposta:

— O meu morreu duas vezes e duas vezes ressuscitou como Nosso Senhor Jesus Cristo. Ele não morre como os outros homens.

Os seus olhos brilhavam na sombra do juazeiro, e de repente levantou-se, apertou o ventre com as mãos magras, e disse com raiva:

— Aqui entrou ele com o corpo todo. Meu pai não queria. Quem é teu marido, mulher? Tu não tens marido, mulher? Eu tenho, eu não dou meu marido a ninguém. Ouviste?

Seu corpo se agitou como se tivesse sido açoitado por uma corrente elétrica.

— Por que quer tu tomar o meu marido?

Pulou para trás e apanhou do chão uma pedra.

— Por que quer tomar o meu marido? Aparício ninguém toma. Aparício está aqui nesta barriga.

352 • José Lins do Rego

E foi recuando. A cantoria triste encheu a solidão como um frenesi de agonia. Alice ficou por detrás do pé de juá, procurando se defender. A doida já estava na estrada, tinha a mão levantada com a pedra, e cantava. Agora a voz chegava aos últimos agudos. Era mais um grito do que uma cantoria. Os pássaros voaram espavoridos. Nisto, um chicote de matuto estalou ao longe. Vinha um comboio pela estrada. A louca desatou a correr.

Parou, na porta, o chefe do comboio:

— Moça, pode me dizer, esta não é a casa do finado mestre Jerônimo? Soube da morte dele na venda do seu Leitão.

— Sim senhor, é aqui mesmo.

— E de que morreu o finado, moça?

— Deu uma dor lá nele, no lado esquerdo, e morreu com ela.

— Ah! igualzinho ao finado meu pai. Estamos chegando de Jatobá e lá soubemos da prisão do velho Custódio. Dizem que ele correu doido. Moça, vai ficar sozinha? Olha, moça, tem cuidado: nesta beira de estrada há de passar gente sem consideração.

Alice assustou-se com as recomendações do homem, mas teve calma para responder:

— Vou casar, nestes dias, e vamos sair de morada para outras terras.

— É bom, moça, o sertão não está bom para mulher de honra, não. Lá no Pão de Açúcar Aparício desgraçou a mulher de um homem da mesa de renda, fez bagaço da pobre. E quando não é cangaceiro, é soldado. Bem, moça, fique com Deus, vou pra feira de Tacaratu.

Ainda de longe se ouvia a cantoria da doida. Alice não teve coragem para entrar em casa. Viu-se abandonada,

Cangaceiros • 353

e sem querer, sem que tivesse procurado, a lembrança dos agravos do pai apareceu-lhe. Viu que o velho estava sofrendo muito, e a raiva do instante terrível só podia ser em razão de coisa muito séria. Por que a violência daquela reprimenda? Aquele desespero contra um casamento que era do seu gosto? Sempre o pai lhe falara com os maiores elogios a propósito de Bento. Haveria qualquer coisa que ele não quisera contar? Vinha anoitecendo. O silêncio deixava que a cantoria dos pássaros enchesse de alacridade aquela tristeza largada no mundo. Ela amava de todo o coração o rapaz que fora o seu primeiro amor. Nunca sentira nada de melhor em sua vida, e sabia que Bento só vivia para ela. Seria que o pai sabia de alguma coisa de Bento? Não. Era só por causa de Aparício. A desgraça de Zé Luís ainda mais aumentara o ódio do velho pelo cangaço. Bento porém era inocente. A moça pôs-se a avaliar a sua situação. E se não pudesse contar com Bento? Sentiu-se, então, à beira do abismo, e instintivamente caminhou para dentro de casa. Foi aí que compreendeu melhor a sua situação. Sem o amor de Bento, era uma criatura despojada de tudo. Onde iria viver? Como poderia fugir daquele sertão de tantos perigos? Sem pai e sem mãe, correria o risco de ser ofendida, sem um ente capaz de protegê-la, de olhar para si.

Bateram palma na porta e ela apareceu para ver quem era. Era a mulher do homem da venda:

— Menina, cheguei em casa e me pus a imaginar. Disse para o meu marido: "Leitão, aquela moça vai ficar sozinha na beira da estrada, e como eu tenho moça dentro de casa eu sei o que é uma criatura ficar assim como tu sem pai e sem mãe". Eu disse então: "Eu vou à casa do finado mestre Jerônimo e vou oferecer os meus préstimos à filha dele". Pois, menina, quer tu queira ou não, vim ficar aqui contigo hoje de noite, isto se tu não quiser ir agorinha para minha casa. Tu está sozinha neste esquisito. Este sertão anda cheio de gente muito perversa. Sabem que tu está sem pai e sem mãe e vêm logo para fazer o mal. Não, minha filha, conheci a tua mãe, era uma mulher sem conversa, tinha lá as suas peiticas com a gente daqui. Eu sei de tudo, mas era uma criatura da sua casa.

— Dona Severina, eu agradeço.

As palavras nem podiam sair da boca. Sufocou-lhe um pranto indomável. A visita abraçou-se com ela e passou a mão pela sua cabeça:

— É isto, minha filha, tu pode contar com a minha casa pobre. Amanhã pode acontecer a mesma coisa com a minha filha e queira Deus que apareça uma criatura pra olhar pra ela. Tu vieste do Brejo, e, órfã como está, adonde tu vai ficar?

Passados os primeiros minutos, Alice falou-lhe:

— Dona Severina, Bento vai se casar comigo.

— Bem sei disto, menina, mas antes que isto aconteça, tu não pode ficar sozinha aqui. Não, eu não vou deixar uma coisa desta. Vim hoje pra dormir e amanhã tu tem que ir pra minha casa. Este rapaz se quiser casar tem que casar com banhos na igreja.

E ficou como se fosse a dona da casa. Acendeu o candeeiro da sala e foi para a cozinha fazer café. Alice sentiu-se como um passarinho novo em ninho quente. Já não lhe doía o frio lá de fora, a pancada da chuva nas penugens. Dona Severina pegou da vassoura e limpou a casa dos sujos do velório. Depois foram para a mesa tomar café.

— Menina, eu não gosto de me meter na vida de ninguém, e se vim pra aqui, foi porque me mandou a consciência. A gente tem obrigação que não é da nossa obrigação.

Uma coisa me dizia, enquanto o finado teu pai estava estendido na sala: "E esta moça? O que vai acontecer com esta moça?" A coisa me ficou roendo na alma e chegando em casa deu-me uma vontade desesperada de chorar. Aí Leitão me perguntou: "Mas, mulher, o que tu tem?" Disse a ele o que estava sentindo: "Leitão, é aquela moça do mestre Jerônimo. Vai ficar sozinha." Ele não me disse nada, mas depois me chamou e falou direito: "Mulher, faz a tua vontade, traz a moça aqui para casa; a gente só tem uma filha, e uma boca a mais não vai acabar com a gente". E foi o que eu fiz.

Alice baixou a cabeça e não teve nem ânimo para agradecer. Estavam assim em silêncio, sem conversa, quando ouviram vozes na estrada. Dona Severina levantou-se para ver, e Bento e Dioclécio foram chegando, de volta de Tacaratu. A moça levantou-se para falar com o namorado e foi Dioclécio quem tomou a palavra:

— Agora é marcar o casório. Tem missões em São José, do frei Martinho.

Dona Severina, porém, cortou a palavra:

— Tem missão, é verdade, mas esta moça vai se casar é com banho. Vim aqui pra dizer isto, a menina não tem pai e não tem mãe; nós vamos fazer as vezes dos entes que estão faltando. A gente é pobre mas tem condição para tanto.

Alice não deu sinal de concordar com a palavra da visita. Dioclécio olhou para Bento e continuou:

— Tem a senhora toda razão. A gente fica até satisfeito com este mundo, só em ver uma coisa desta.

Sentaram-se na mesa para tomar café e outra vez fez-se silêncio entre os quatro. Dona Severina levantou-se para retirar os pratos e Alice olhou para Bento, como que querendo saber os efeitos da opinião da mulher. Num instante, sentiu-se feliz.

356 • José Lins do Rego

Estava com medo que a intromissão de dona Severina pudesse desgostar o namorado.

— Amanhã, Alice vai lá pra casa, seu Bento, e a casa é como se fosse esta aqui. O senhor é o noivo, e é bom tratar de preparar os papéis com o padre. Leitão vai tomar conta de tudo.

— Mas a senhora não vai ficar aqui sozinha – disse-lhe Bento. — Se quiser, a gente vai dormir na casa de farinha.

— Não faz mal não, uma noite passa depressa. Amanhã, se o senhor quiser, pode vir dar um adjutório na mudança.

No caminho Dioclécio foi logo dizendo a Bento:

— Olha, rapaz, eu vou te dizer com toda liberdade: eu é que não fico mais aqui. Estou vendo a desgraça chegando pra nós.

Mas quando foram botando os pés na Roqueira, já estava esperando por Bento, Beiço Lascado. Aparício havia sabido da prisão do capitão e mandava um recado para o irmão. Fosse ele para a Floresta e ficasse na fazenda Pedra Branca, do coronel Chico Inácio. Ou se quisesse – e aí Beiço Lascado baixou a voz – podia pegar o bando. Ficar na Roqueira é que não podia ser. Beiço Lascado contou-lhe ainda do ataque a Pão de Açúcar, do tiroteio, na beira do rio, com a força do capitão Alvinho. Aparício havia chegado no ponto de passagem e não havia canoeiro no lugar. Desconfiou logo de traição. E era mesmo. O capitão Alvinho estava entrincheirado num barranco, mas para salvação de Aparício disparou uma arma dos "macacos" e foi a conta. Os cabras recuaram para a caatinga e puderam escapar do cerco. Aparício teve cabeça para manobrar direitinho e foi varando debaixo do fogo, até chegar num cercado de pedra. Aí, o negro Vicente com seis homens caiu para a beira do rio e pegou a retaguarda da tropa. O capitão temeu que tivesse caído no cerco. Aparício não parou mais de atirar. O fogo durou mais

Cangaceiros • 357

de duas horas. Depois cessou o estrupício e a desgraça estava feita. O capitão com três praças tinham emborcado. E Aparício atravessou o rio no manso.

— Fui me encontrar com ele no Lajedo do coronel Felício. O negro Vicente perdeu um homem e tinha dois feridos no bando, sendo que um muito ofendido. Foi aí que o capitão te mandou o recado: "Diz ao menino para pegar a fazenda do coronel Chico; aquilo na Roqueira está acabado". E me disse mais: "Diz a ele que irmão de Aparício não pode cair nas mãos dos 'mata-cachorros', e se ele não quiser, pode correr pra nós".

Bento ouviu tudo calado e foi procurar Dioclécio. Contou-lhe o acontecido num tom de quem pedia conselho. O cantador ouviu a conversa, e por fim não tirou o corpo de fora:

— Rapaz, tu não tem bofe para o repuxo do teu mano. Ali está aquela moça. Tu não quer te casar? Ora muito bem, cangaço é ofício de cabra de sangue ruim, tu tem sangue doce, rapaz. Diga ao homem que tu não vai não.

Ouviram a gritaria do velho Custódio e, mal avistou ele Beiço Lascado, desceu para falar:

— Ouvi tropel de cavalo e estava pensando que fosse Zeca, de volta de Jatobá. Florentino, pega o cavalo deste homem e leva para a estrebaria. Dá ração a ele. Já sei a que veio, homem. Pois diga a Cazuza Leutério que não voto nele não. Aqui nesta Roqueira mando eu. Merda para Cazuza Leutério e para a laia dele.

Chegou-se bem para perto de Beiço Lascado:

— Está ouvindo?

Imediatamente a negra Donata apareceu:

— Capitão, vai se agasalhar.

Beiço Lascado saiu à procura do seu animal, enquanto o velho abria a boca no mundo.

— Estes cachorros estão pensando que eu tenho medo. Voto nos liberais, voto como meu pai votou toda a vida. Zeca está voltando. É capaz de estar por aí, como um pai de chiqueiro.

E deu uma risada, voltando-se para Dioclécio.

— Rapadura não tem, a safra foi pequena. Só para o ano, seu Afonso, só para o ano.

E saiu. Dioclécio passou a falar com Bento num tom de alarme:

— Olha, rapaz, mais uma vez eu te digo: a gente sai com esta moça para Floresta e lá tu te casa. Mas vem aquela mulher e já mudou tudo. Tu viste que a moça está de acordo. Mulher é gente que não para com uma ideia. Ficar aqui é que eu não fico nem um dia. Nem sei o que vem por aí. O major Lucena vai dar o bute com a morte do outro e se vinga nos sertanejos. Posso te garantir que esta Roqueira está com as horas contadas. Sei como é isto. Me alembro do caso do velho Floripes do Brejão. A tropa pegou até um filho dele e arrastou com o menino, como se fosse um assassino, para a cadeia de Bom Conselho. De tanto apanhar, o rapaz esticou a canela. E depois, tu é irmão de Aparício. Ah! rapaz, se pegam neste fraco, vão te mostrar por aí afora, como bicho.

Bento não disse nada e o cantador tomou o silêncio como desconfiança:

— É. Não estou aqui para servir de atrapalho. Só estou dizendo a verdade. E tu está pensando que é medo.

— Não, seu Dioclécio, eu sei que tudo que o senhor diz é verdade, mas o senhor sabe, tem Alice. Eu não deixo ela não.

Se ela está disposta a ir eu vou. Mas se diz que não, eu não saio. Vou ficar para o casamento.

O cantador refletiu um pouco para dizer:

— É isto mesmo. Tu me desculpa a má palavra, mas estou vendo tudo cagado. Como estava dizendo, não tenho medo de coisa nenhuma. Só tenho mesmo esta minha viola.

Ficou triste e com a voz cortada de mágoa:

— Peguei amizade a tu, rapaz, e estou com receio de que vem a miséria por aí.

20

No outro dia de manhã o cantador Dioclécio ainda permanecia na Roqueira. Bento havia saído para conversar com Alice, convencido que poderia resolver a situação conforme os conselhos do amigo. Casariam em Floresta, nas missões do frei Martinho, e de lá mesmo ganhariam para longe. Para tanto tinham recurso. Mas encontrou Alice com medo. Ela mesma lhe disse:

— Bento, dona Severina não te disse que era melhor casamento na igreja? Eu sei que tu é homem de confiança, mas mãe não teria gostado que me casasse assim como uma rapariga.

Calaram-se. E foi Alice quem primeiro abriu a boca para falar:

— Mas se tu quer, eu vou. Eu disse que ia e vou.

Apareceu dona Severina para conversar com o rapaz:

— Seu Bento, Leitão acha que o senhor devia ir logo a Tacaratu falar com o vigário sobre os papéis.

Bento concordou, mas desde que se viu a sós com a noiva foi adiantando:

— Alice, tu sabe da minha situação. O padre tem que saber o nome dos pais da gente e o lugar do nascimento. Era por isto que nas missões a coisa era mais fácil.

— É mesmo, eu não tinha pensado. Tu é irmão de Aparício. Não posso dizer isto a dona Severina. Ela vai fazer mau juízo de nós, mas não tem outro jeito. Eu nem vou dizer nada a ela.

De volta, Bento contou tudo ao cantador. O jeito era mesmo fugir. Alice concordava.

— Volta e diz a ela para se preparar. A gente ganha de noite os campos.

Deitado na rede, Dioclécio procurou a viola e a voz fanhosa queria acompanhar as cordas do instrumento. Pigarreou, e havia qualquer coisa embaraçando-o.

— Não há jeito de tirar esta coisa que anda pegada no meu corpo. Eu estou me acabando, rapaz. Não sei não! Mas este paradeiro, neste fim de mundo, está me entrevando o coração. Vai falar com a moça. Arruma tudo e vamos cair neste mundo. Aqui é que não fico nem mais um dia. Oh! cocuruto de serra desgraçado!

Pegado na viola, ia dedilhando com mais desenvoltura:

— É o diabo! Aquele Passarinho de Teixeira está com mais fôlego do que o velho Inácio. Pensava que era conversa mas ouvi o bicho na feira de Crato e te digo: só não quebrei esta viola porque a gente não mata um pai. Rapaz, eu vi o cabra, no galope, e para que não dizer, tive até medo. Aquilo não é homem desta terra não. Eu é que não dou mais nada. É verdade. Fiz aquele á-bê-cê com o tal do Bem-Te-Vi e quando imaginava que tinha feito obra de qualidade estou vendo que só fiz mentira. O teu mano Aparício não é homem para encher o peito de um cantador. Não chega nem nos pés de Jesuíno Brilhante. Este sertão está se acabando.

E parou de tocar.

— Tu deve falar com a moça. Aqui só fiquei para dar um adjutório na tua vida. E está tardando.

Bento saiu para o cercado e foi andando para a beira do açude. Havia chegado a hora decisiva, a hora de fugir da prisão em que vivia. Quis lembrar-se de Domício e só lhe chegou na cabeça a fúria da mãe louca, o ódio da mãe pela geração que lhe saíra das entranhas. A presença da Pedra veio chegando, aquela mortandade de romeiros, a fuzilaria, a terra melada de sangue, de sangue inocente. O olhar triste e compassivo do seu padrinho, o padre Amâncio, quase com a morte dentro de casa. Não. Ele não tinha sangue de cangaceiro. Ele não podia cair na vida do crime e do roubo. Não tinha coração para matar. E Domício? É verdade, o irmão bom, amoroso, era assim como ele e, hoje, corria as caatingas, matando como Aparício. A tarde vinha chegando. Sentiu-se então com força para separar-se de todos os seus. Andou um pouco e chegou perto da água do açude coberto de baronesas. Mais para cima, um ninho de patoris estava cheio de filhotes piando, enquanto a mãe carinhosa cobria-os com as suas asas. Saiu de junto para não espantá-los e subiu mais para o alto, e o vaqueiro Filipe apareceu, vindo ao seu encontro.

— Seu Bento, estou vindo aqui para falar com o capitão, mas porém o velho me virou a cara. Vim falar do gado e ele me veio com histórias do tempo antigo. Nem sei para quem pedir uma ordem. É que o gadinho está morrendo todo. A sinhá Donata me disse pra falar com o senhor.

362 • José Lins do Rego

— Mas seu Filipe, estou de mudança. Tenho pena do capitão, mas o que é que eu posso fazer? O senhor deve ajudar o velho até o fim.

— É, seu Bento, sou nascido e criado nesta terra e tudo tem que ter um paradeiro. O capitão está de tempos acabados. Com pouco mais estica a canela e vem o juiz pra cima de nós com história de inventário. Vou até dizer a ele que o major Leocádio me chamou para vaquejar o gado. E é o que vou fazer. Tenho dó do velho, mas primeiro que tudo a minha família.

Bento compreendeu que o negro tinha roubado os restos do capitão. Teve vontade de dizer o diabo e se conteve. Não lhe cabia responsabilidade nenhuma no caso.

— Pois seu Filipe, faça o que o senhor quiser, estou de mudança.

Mas quando chegou em cima, a negra Donata estava à sua espera:

— Seu Bento, o vaqueiro Filipe esteve falando do gado e me disse que está tudo morrendo. É safadeza daquele cachorro. Pobre do capitão, vai chegar no fim da vida sem uma criatura que puna por ele.

Apareceu na porta do copiá o velho:

— Donata, chama o Zeca para a ceia.

Bento sentiu o coração partido. O velho, à luz da tarde, de barbas sujas, nu da cintura para cima, de ceroulas, meteu-lhe pena e medo. Assim vira a sua mãe, arrasada, de olhar furioso, com o espírito avariado, falando de coisas absurdas, ligada a outro mundo que não aquele onde viviam. Não podia continuar mais em lugar de tantas recordações dolorosas. A sua vida precisava mudar, precisava ele correr para outros caminhos, fugir para sempre do destino de povo perse-guido por todos os lados. Tinha aparecido aquele Dioclécio

Cangaceiros • 363

para salvá-lo. O velho Custódio de pé, escorado num cacete comprido, olhava para o tempo. Estava com medo do velho. Retirou-se com aquela mágoa furando-lhe o coração e lágrimas vieram a seus olhos. O cantador reparou no seu estado e foi lhe dizendo:

— A gente tem que criar pedra no coração, rapaz. Estava ouvindo a conversa da negra, mas tu não pode e nem deve ficar mais. Tu tem que cuidar da tua vida.

— Seu Dioclécio, é isto mesmo. Eu vi o meu padrinho morrendo no Açu e corri atrás do meu povo para ver se podia salvar os pobres. E não salvei coisa nenhuma. Deixei o meu padrinho, na hora da morte, e Deus me castigou. É verdade, mas agora eu não fico mais não. Vou arrumar os meus troços.

Feito isto, saiu às pressas para prevenir a moça, e lá chegando encontrou dona Severina na porta da casa.

— Está de volta, seu Bento?

— É verdade, dona Severina, vim falar com Alice.

— Ela foi ali buscar água no rio.

Desceu a ladeira e Alice, sentada na pedra, nem deu pela sua presença. Espantou-se quando o viu.

— O que tu anda fazendo?

— Vim para te prevenir. A gente tem que sair hoje de noite. Vem tropa por aí. O capitão Custódio foi solto mas isto não vai ficar assim. As volantes não têm pena de coiteiro. O recurso é fugir desta terra. Tem missões em São José, em Floresta. Hoje de noite, lá para as nove horas, eu passo com seu Dioclécio. Nunca vi homem tão bom.

Alice não disse nada. Levantou-se para botar o pote na cabeça e Bento não permitiu.

— O que é que tu acha, Alice?

Debaixo da ingazeira fazia uma sombra sem mormaço. Soprava uma cruviana arrepiando a água parada de poço. Bento chegou-se para a namorada e ela estremeceu. Tinha as mãos frias e os lábios trêmulos. Foi se chegando para ele e beijaram-se.

— Tem cuidado com dona Severina.

Mas grudou-se ao namorado e lágrimas correram dos seus olhos pretos.

— Tu tem razão, eu te espero. Dona Severina vai dizer que eu sou uma ingrata. Eu te espero na hora marcada.

Levantou o pote até a cabeça e saiu vagarosamente, enquanto Bento voltava para combinar tudo com o cantador. Ao tomar a estrada na subida da ladeira, vinha um comboio. Reconheceu o matuto Chico Antão, comprador de rapadura, que foi logo parando para conversar:

— Muito boa tarde, menino. Então é com Deus o mestre Jerônimo? Pois eu vim até com um recado do doutor Cunha Lima do Brejo de Areia. Me disse o doutor: "Chico, você vai ver o meu compadre Jerônimo e diz a ele para voltar. Estou carecendo dele." É que o doutor subiu na política e está dando carta no Brejo. O mestre sempre foi um homem para toda ordem do doutor. E a menina dele?

— Está morando ali com o seu Leitão da venda.

— Em Bom Conselho estava correndo que o capitão Alvinho tinha pegado o velho desta engenhoca, e é verdade?

Bento contou-lhe tudo.

— Olha, volante quando cisma com uma criatura não larga mais. Eu se fosse morador destas terras caía no mundo. O tal de major Lucena, de Alagoas, está com carta branca. Deram ao oficial direito de dar sentença. Se eu fosse morador desta terra não ficava nenhum minuto mais. Se fosse da tua idade eu ganhava os campos.

Cangaceiros • 365

Despediu-se e o toque da ponta do relho estrondou na estrada.

Bento subiu a ladeira correndo. Uma coisa lhe dizia que não podia perder um minuto. Lá em cima encontrou o cantador bem descansado. Pôs-lhe a par das combinações e não pôde esconder a ansiedade que estava em seu gesto.

— Rapaz, para que tanto alvoroço? Tudo está feito como deve ser. A gente vai amanhecer bem longe daqui, e com mais uma pisada estamos em Floresta. As missões vai de manhã à noite. O casamento feito, tu toma destino melhor. É. Eu fico contigo. Vou te deixar no roteiro certo.

A negra Donata apareceu para pedir um auxílio. O velho tinha dado um ataque de erisipela com um febrão danado e não havia um vivente para ajudá-la. Fora até o quarto do capitão e ele, espichado na rede, parecia uma baeta de vermelho, tremendo, de olhos fechados.

— Há bem um mês que não dava ataque, mas hoje foi se meter na água do açude e foi no que deu.

— É, sinhá Donata, é só esperar que passa.

— Também, menino, estou com medo que o capitão se passe hoje mesmo.

— Nada, sinhá Donata. A senhora sabe que isto passa.

No íntimo, Bento sabia que o velho estava mesmo nas últimas. A perna inchada começava a arroxear. A negra tinha trazido uns ramos de arruda e espalhou pela rede. O cantador chamou Bento para lhe dizer:

— Nós não podemos ficar aqui não. O velho vai morrer e se a gente fica tem que perder dois dias mais. A volante não está sabendo de nada.

Bateu a porteira do cercado. Era o negro Filipe, todo assustado. Tinha passado na caatinga um grupo de gente armada e não era nem volante nem o grupo de Aparício. Diziam que um tal negro Sabino vinha de atacar um comboio de aguardenteiro.

— Estou com medo que peguem o senhor Leitão da venda.

O cantador chamou Bento para um canto e combinaram qualquer coisa.

— Rapaz, terra desgraçada é este sertão. Vem a volante e vêm os cangaceiros e o pobre do sertanejo é quem aguenta tudo no lombo.

Dioclécio desarmou a rede e fez a sua bagagem. Vendo aqueles preparativos o negro Filipe perguntou:

— Como é, menino, está mesmo de muda?

— É, seu Filipe, vamos embora.

— Veja só, foi dizendo o negro, morre o capitão e quem vai ficar tomando conta desta Roqueira? O seu Juca Napoleão queria até comprar a propriedade, mas com o velho assim ninguém pode. Eu é que não fico mais nesta desgraça. Mas tenho pena. Aqui nasci e me criei.

Baixou a cabeça.

— O diabo da terra se gruda na gente e dói sair assim. É um fato.

Já vinha caindo a noite. Os sapos do açude puseram-se a berrar, na tristeza da tarde morta. Bento parou para olhar as terras que jamais veria. E a imagem da mãe surgiu-lhe como se estivesse ali a dois passos. A mãe, desgrenhada, de olhar furioso, a andar pelas estradas com aquelas palavras terríveis na boca. Ela que fora tão mansa e tão firme na dor, desbocada, descompondo o ventre que parira monstros, carregando uma culpa de geração nos ombros arriados.

— Seu Dioclécio – disse ele —, tenho até vergonha de me abrir com o senhor. Mas estou com medo.

— Medo de quê, rapaz?

— Um medo não sei de quê.

Parou um pouco ainda para olhar a Roqueira, envolta nas primeiras sombras da noite que chegava.

— O povo vai falar de nós. Deixamos o capitão se concluindo e nem ficamos para botar a vela na mão dele.

Lembrou-se do seu padrinho. Fizeram o mesmo com ele. Mandaram-lhe atrás do padre da freguesia de Glória e deixou que ele morresse sem confissão. Tinha ido atrás de seu povo. Agora lhe acontecia o mesmo. Abandonando o capitão.

— Rapaz, morrer é fácil, o diabo é viver. Morto já estava aquele velho de miolo mole. A gente ficava e vinha volante. Tu não viste o negro falar dos cabras? Vem volante aí atrás. E vem em cima da Roqueira e não vai ficar ninguém pra contar a história. Assim é este sertão.

Dobraram na volta do caminho e ouviram rumores de vozes que vinham ainda de longe. Dioclécio parou e arrastou Bento pelo braço:

— Te deita.

E foram se rastejando até um pé de umbu. Ficaram de bruços, estendidos no chão de folhas secas, e puderam ver um grupo de dez homens armados. As alpercatas batiam no chão de pedregulhos. Deixaram que andassem mais e Dioclécio falou no ouvido de Bento:

— É a força. Temos que ganhar a caatinga. Tivemos sorte, rapaz.

E saíram pela mataria rasteira. A noite cobria-os de proteção. O céu estrelado, pinicando. Aí Dioclécio, baixinho, foi dizendo a Bento:

— Tu tem que ir lá pra baixo pra trazer a moça, conforme o combinado. A gente toma a direção de Floresta e vai caminhar o resto da noite toda.

368 • José Lins do Rego

— Seu Dioclécio, estou com o dinheiro amarrado no cós da calça.

— Tu vai te casar e depois a gente encontra um jeito. O diabo é a moça fraquejar.

Pararam nas proximidades da venda do seu Leitão. Um cachorro latia de quando em vez. No silêncio da caatinga dava para se escutar o menor rumor de bichos mexendo nas folhas secas do chão. Depois escutaram uma descarga de armas de fogo.

— Está ouvindo? Aquilo é a força. Posso te garantir que tocaram fogo nos troços do velho.

As descargas se repetiram e Dioclécio continuou:

— Mas, rapaz, está me parecendo que o fogo não é lá em cima não. É capaz de ter havido encontro com os cabras.

Outra vez o silêncio da noite. Mais tarde a lua foi subindo, grande e rubra, por sobre a mataria espessa. Foi subindo devagar.

— Rapaz, vamos chegando; com pouco mais está na hora do encontro.

Desceram para a beira do rio. As ingazeiras ramalhudas banhavam-se na luz macia da lua. Via-se bem o leito branco do rio, na areia que espelhava. Bento estava com medo:

— Seu Dioclécio, já está na hora.

— Se tu marcou pra nove, está em cima.

Foram então subindo devagar. A casa da venda ficava na curva, bem na estrada para a vila de Tacaratu. Alice devia esperá-los, conforme o combinado, mais para adiante da casa, debaixo de um pé de juazeiro. Lá chegaram e a moça não apareceu. O coração do rapaz apertou-se de angústia. Os minutos se arrastaram como num andar de lesma.

— Será que aconteceu alguma coisa?

Dioclécio andou um pouco mais e viu a casa apagada.

— Estão dormindo.

Um galo cantou, iludido com o clarão da lua. Bento tremia. No dia em que saíra a cavalo para prevenir o povo do ataque da força, o coração batia-lhe no peito, sem aquele frio que agora sentia. Se Alice não quisesse vir? Aquele era o instante maior de sua vida. Ia deixar para sempre todas as desgraças da família perseguida pelas pragas, pelas maldições dos antigos. Aquele Dioclécio viera para a sua vida como se fosse um mandado de Deus. Escutaram rumores de vozes e outra vez procuraram refúgio nas touceiras da estrada. Viram a força passando na direção de Tacaratu, com os soldados no passo lento, de rifles atravessados nas costas. Vinham em bando, e mais atrás o oficial. Esperaram que se distanciassem. E com pouco mais um vulto apareceu vindo pela porta do oitão da casa da venda. A lua caiu em cima de Alice que olhava para os lados, atrás de descobrir qualquer coisa.

— É a moça, corre pra lá.

E logo que se encontraram, Bento arrastou-a para onde ficara Dioclécio. Desceram para o rio. A moça tremia de susto e, quando se viu a sós com os dois homens, abriu-se num pranto convulso. O galo cantou outra vez num entusiasmo de alvorada. Alice sentou-se um pouco para conter o alvoroço do coração. Parou de chorar. Bento falou calmo:

— Seu Dioclécio, foi Deus quem mandou o senhor para a nossa vida.

— Qual nada, menino. Temos ainda que andar o resto da noite. O frei Martinho casa os romeiros na missa da madrugada.

A lua branqueava a caatinga, derramando-se pelos cardeiros e pelos espinhos, num banho de luz carinhosa. Bento e Alice, conduzidos pelo cantador, fugiam da terra dura e assassina.

370 • José Lins do Rego

— Rapaz, está mesmo uma noite para uma tocada de viola.

Calaram-se os três. E de madrugada foram chegando na fazenda do velho Herculano Cotia. Ainda fumaçava a casa-grande destruída e havia gado morto pelo cercado. Tinham passado por ali os cangaceiros de Sabino.

— Está vendo? Vamos de rota batida. Se não, vem chegando a força e pega a gente. Isto é o sertão, rapaz. Chegando em Floresta, tenho que cortar este cabelo. Estou que nem um penitente. Vamos embora.

Cronologia

1901

A 3 de junho nasce no engenho Corredor, propriedade de seu avô materno, em Pilar, Paraíba. Filho de João do Rego Cavalcanti e Amélia Lins Cavalcanti.

1902

Falecimento de sua mãe, nove meses após seu nascimento. Com o afastamento do pai, passa a viver sob os cuidados de sua tia Maria Lins.

1904

Visita o Recife pela primeira vez, ficando na companhia de seus primos e de seu tio João Lins.

1909

É matriculado no Internato Nossa Senhora do Carmo, em Itabaiana, Paraíba.

1912

Muda-se para a capital paraibana, ingressando no Colégio Diocesano Pio X, administrado pelos irmãos maristas.

1915

Muda-se para o Recife, passando pelo Instituto Carneiro Leão e pelo Colégio Osvaldo Cruz. Conclui o secundário no Ginásio Pernambucano, prestigioso estabelecimento escolar recifense, que teve em seu corpo de alunos outros escritores de primeira cepa como Ariano Suassuna, Clarice Lispector e Joaquim Cardozo.

1916

Lê o romance *O Ateneu*, de Raul Pompeia, livro que o marcaria imensamente.

1918

Aos 17 anos, lê *Dom Casmurro*, de Machado de Assis, escritor por quem devotaria grande admiração.

1919

Inicia colaboração para o *Diário do Estado da Paraíba*. Matricula-se na Faculdade de Direito do Recife. Neste período de estudante na capital pernambucana, conhece e torna-se amigo de escritores de destaque como José Américo de Almeida, Osório Borba, Luís Delgado e Aníbal Fernandes.

1922

Funda, no Recife, o semanário *Dom Casmurro*.

1923

Conhece o sociólogo Gilberto Freyre, que havia regressado ao Brasil e com quem travaria uma fraterna amizade ao longo de sua vida.
Publica crônicas no *Jornal do Recife*.
Conclui o curso de Direito.

1924

Casa-se com Filomena Massa, com quem tem três filhas: Maria Elizabeth, Maria da Glória e Maria Christina.

1925

É nomeado promotor público em Manhuaçu, pequeno município situado na Zona da Mata Mineira. Não permanece muito tempo no cargo e na cidade.

1926

Estabelece-se em Maceió, Alagoas, onde passa a trabalhar como fiscal de bancos. Neste período, trava contato com escritores importantes como Aurélio Buarque de Holanda, Graciliano Ramos, Jorge de Lima, Rachel de Queiroz e Valdemar Cavalcanti.

1928

Como correspondente de Alagoas, inicia colaboração para o jornal *A Província* numa nova fase do jornal pernambucano, dirigido então por Gilberto Freyre.

1932

Publica *Menino de engenho* pela Andersen Editores. O livro recebe avaliações elogiosas de críticos, dentre eles João Ribeiro. Em 1965, o romance ganharia uma adaptação para o cinema, produzida por Glauber Rocha e dirigida por Walter Lima Júnior.

1933

Publica *Doidinho*.
A Fundação Graça Aranha concede prêmio ao autor pela publicação de *Menino de engenho*.

1934

Publica *Banguê* pela Livraria José Olympio Editora que, a partir de então, passa a ser a casa a editar a maioria de seus livros.
Toma parte no Congresso Afro-brasileiro realizado em novembro no Recife, organizado por Gilberto Freyre.

1935

Publica *O moleque Ricardo*.
Muda-se para o Rio de Janeiro, após ser nomeado para o cargo de fiscal do imposto de consumo.

1936

Publica *Usina*.
Sai o livro infantil *Histórias da velha Totônia*, com ilustrações do pintor paraibano Tomás Santa Rosa, artista que seria responsável pela capa de vários de seus livros publicados pela José Olympio. O livro é dedicado às três filhas do escritor.

1937

Publica *Pureza*.

1938

Publica *Pedra Bonita*.

1939

Publica *Riacho Doce*.
Torna-se sócio do Clube de Regatas Flamengo, agremiação cujo time de futebol acompanharia com ardorosa paixão.

1940

Inicia colaboração no Suplemento Letras e Artes do jornal *A Manhã*, caderno dirigido à época por Cassiano Ricardo. A Livraria José Olympio Editora publica o livro *A vida de Eleonora Duse*, de E. A. Rheinhardt, traduzido pelo escritor.

1941

Publica *Água-mãe*, seu primeiro romance a não ter o Nordeste como pano de fundo, tendo como cenário Cabo Frio, cidade litorânea do Rio de Janeiro. O livro é premiado no mesmo ano pela Sociedade Felipe de Oliveira.

1942

Publica *Gordos e magros*, antologia de ensaios e artigos, pela Casa do Estudante do Brasil.

1943

Em fevereiro, é publicado *Fogo morto*, livro que seria apontado por muitos como seu melhor romance, com prefácio de Otto Maria Carpeaux.

Inicia colaboração diária para o jornal *O Globo* e para *O Jornal*, de Assis Chateaubriand. Para este periódico, concentra-se na escrita da série de crônicas "Homens, seres e coisas", muitas das quais seriam publicadas em livro de mesmo título, em 1952.

Elege-se secretário-geral da Confederação Brasileira de Desportos (CBD).

1944

Parte em viagem ao exterior, integrando missão cultural no Ministério das Relações Exteriores do Brasil, visitando o Uruguai e a Argentina.

1945

Inicia colaboração para o *Jornal dos Sports*.
Publica o livro *Poesia e vida*, reunindo crônicas e ensaios.

1946

A Casa do Estudante do Brasil publica *Conferências no Prata: tendências do romance brasileiro, Raul Pompeia e Machado de Assis*.

1947

Publica *Eurídice*, pelo qual recebe o prêmio Fábio Prado, concedido pela União Brasileira de Escritores.

1950

A convite do governo francês, viaja a Paris.
Assume interinamente a presidência da Confederação Brasileira de Desportos.

1951

Nova viagem à Europa, integrando a delegação de futebol do Flamengo, cujo time disputa partidas na Suécia, Dinamarca, França e Portugal.

1952

Pela editora do jornal *A Noite* publica *Bota de sete léguas*, livro de viagens.
Na revista *O Cruzeiro*, publica semanalmente capítulos de um folhetim intitulado *Cangaceiros*, os quais acabam integrando um livro de mesmo nome, publicado no ano seguinte, com ilustrações de Candido Portinari.

1953

Na França, sai a tradução de *Menino de engenho* (*L'enfant de la plantation*), com prefácio de Blaise Cendrars.

1954

Publica o livro de ensaios *A casa e o homem*.

1955

Publica *Roteiro de Israel*, livro de crônicas feitas por ocasião de sua viagem ao Oriente Médio para o jornal *O Globo*. Candidata-se a uma vaga na Academia Brasileira de Letras e vence a eleição destinada à sucessão de Ataulfo de Paiva, ocorrida em 15 de setembro.

1956

Publica *Meus verdes anos*, livro de memórias. Em 15 de dezembro, toma posse na Academia Brasileira de Letras, passando a ocupar a cadeira nº 25. É recebido pelo acadêmico Austregésilo de Athayde.

1957

Publica *Gregos e troianos*, livro que reúne suas impressões sobre viagens que fez à Grécia e outras nações europeias. Falece em 12 de setembro no Rio de Janeiro, vítima de hepatopatia. É sepultado no mausoléu da Academia Brasileira de Letras, no cemitério São João Batista, situado na capital carioca.

Cronologia • 379

Conheça outras obras de
José Lins do Rego

Primeiro romance de José Lins do Rego, *Menino de engenho* traz uma narrativa cativante composta pelas aventuras e desventuras da meninice de Carlos, garoto nascido em um engenho de açúcar. No livro, o leitor se envolverá com as alegrias, inquietações e angústias do garoto diante de sensações e situações por ele vivenciadas pela primeira vez.

Doidinho, continuação de *Menino de engenho*, traz Carlinhos em um mundo completamente diferente do engenho Santa Rosa. Carlinhos agora é Carlos de Melo, está saindo da infância e entrando na pré-adolescência, enquanto vive num colégio interno sob o olhar de um diretor cruel e autoritário. Enquanto lida com o despertar de sua sexualidade, sente falta da antiga vida no engenho e encontra refúgio nos livros.

Em *Banguê*, José Lins do Rego constrói um enredo no qual seu protagonista procede uma espécie de recuo no tempo. Após se tornar bacharel em Direito no Recife, o jovem Carlos regressa ao engenho Santa Rosa, propriedade que sofrera um abalo com a morte de seu avô, o coronel José Paulino. Acompanhamos os dilemas psicológicos de Carlos, que luta a duras penas para colocar o engenho nos mesmos trilhos de sucesso que seu avô alcançara.

Em *Usina*, o protagonista é Ricardo, apresentado em *Menino de engenho* e retomado no romance *O moleque Ricardo*. Após cumprir prisão em Fernando de Noronha, Ricardo volta ao engenho Santa Rosa e encontra o mundo que conhecia completamente transformado pela industrialização. Do ponto de vista econômico e social, a obra retrata o fim do ciclo da tradição rural nordestina dos engenhos, o momento da chegada das máquinas e a decadência dessa economia para toda a região.

Fogo morto é considerado por muitos críticos a obra-prima de José Lins do Rego. O livro é dividido em três partes, cada uma delas dedicada a um personagem. A primeira dedica-se às agruras de José Amaro, mestre seleiro que habita as terras pertencentes ao seu Lula, protagonista da parte seguinte da obra e homem que se revela autoritário no comando do engenho Santa Fé. O terceiro e último segmento concentra-se na trajetória do capitão Vitorino, cavaleiro que peregrina pelas estradas ostentando uma riqueza que está longe de corresponder à realidade.

Este box do "ciclo da cana-de-açúcar" é o retrato de um período da história brasileira, o dos engenhos açucareiros do Nordeste. Os livros que o compõem revelam os bastidores do universo rural, embora apresentem um caráter universal. *Menino de engenho*, *Doidinho*, *Banguê*, *Usina* e *Fogo morto* nasceram do anseio do autor de "escrever umas memórias (...) de todos os meninos criados (...) nos engenhos nordestinos", mas movido por uma força maior ele transcendeu o impulso inicial para criar uma "realidade mais profunda".